UNIVERSUM

**Alfred Platschka**

# Clavdivs Paternvs Clementianvs

europabuch

europabuch



www.europabuch.com | info@europabuch.com

ISBN 9791220136020

Erstausgabe: März 2023

Gedruckt für Italien von Rotomail Italia

*Finito di stampare presso Rotomail Italia S.p.A. - Vignate (MI)*

# Clavdivs Champion Paternvs Clementianvs

## Eine römische Karriere

***(Volatvs aquilae)***

Gewidmet dem Zeitgeist der Völkerverständigung und
dem Willen zur Freiheit, Gerechtigkeit, und Gleichheit,
sowie
friedlicher Zusammenarbeit der menschlichen Kulturen,
damals wie heute…

**‚Wenn wir das "Heute" und unsere Gegenwart verstehen wollten, müssen wir uns mit dem "Gestern" - der Geschichte unserer Vergangenheit und deren Menschen befassen, die sie durchlebten, die vor uns gingen und das Fundament für unser heutiges Verstehen und Leben legten.‘**

*Alfred Platschka*

## Inhaltsverzeichnis

**Info / Lebenslaufbahn**

**Claudius Paternus Clementianus**
(Büste im Landesmuseum Klagenfurt/Österreich)

Lebensgroße, aus Marmor gearbeitet Büste im Stil „*hadrianischer*“ Zeit. Im seitlichen Blickwinkel, mit drapierten Mantel an linker Schulter mit Scheibenfibel. Gesichtsportrait eines älteren, vornehmen Römers, mit lockigem Haar, und Bart. Charakteristisch hervortretende Backenknochen, tiefe Nasen-Wangen-Falten, schwere Brauenbogen, die Stirnpartie von zarten Falten durchzogen. Meisterleistung der Bildhauerkunst durch italienischen Künstler.

Fundort der Skulptur: Heiligtum der keltischen *Noreia-Isis* in Hohenstein/Kärnten, mit umfangreicher Bauinschrift und Namen des norischen Statthalters (125 n. Chr.) Claudius Paternus Clementianus

Auszug aus Orig.-Literatur: G. Piccottini, CSIR – Österreich II/I (1968), S.31.Nr. 48, Tafel 37
Bildrechte: Alfred Platschka

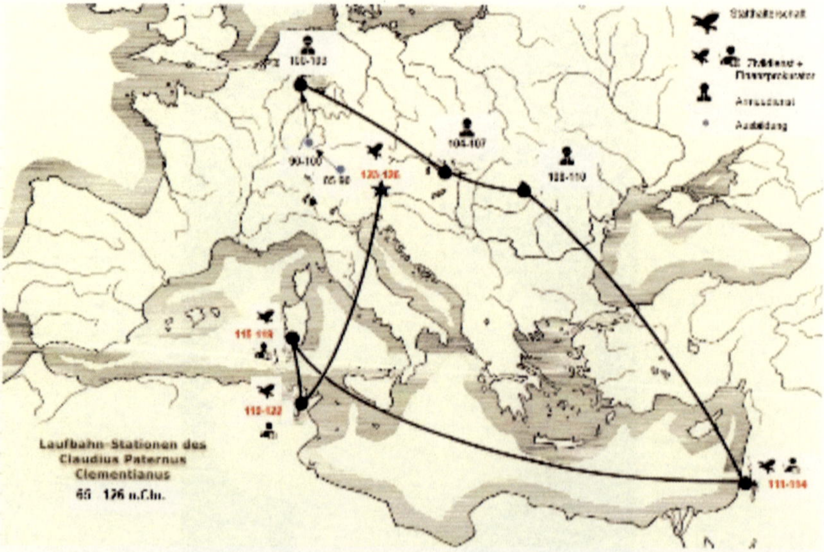


Bild 02 / A.Platschka /Laufbahn – Lebensstationen des Claudius Paternus Clementianus (* ca. 65 † um 135n.Chr.) /

**Karrierelaufbahn des Claudius Paternus Clementianus: (*65 - um 135)**

| Titel/Stellung | Militär | Zivil | Zeitraum | stat.Legions-/Einheit | Stadt/Ort | Einsatzort / Provinz |
|---|---|---|---|---|---|---|
| *Präsidial Procurator* (*Statthalter*) | | | 123 - 125 | | *Virunum* (A-Maria-Saal/Klgft) | *NORICUM* |
| **Procurator** / *Pro-Konsul* (*Finanz/ducenarer*) | | | 119 - 122 | *Legio III Augusta* | *Karthago* (TN-Tunesien) | *AFRICA Proconsularis* |
| **Procurator** / *Pro-Konsul* (*Finanz/ducenarer*) | | | 115 - 119 | | *Coralis* (CA-Cagliari) | *SARDINIA* |
| **Procurator** / *Pro-Konsul* (*Finanz/centenarer*) | | | 111 - 114 | *Legio X Fretensis / Legio VI Ferrata* | *Caesarea* (IL-Israel) | *JUDAEA* |
| ***Praefectus** alae equitum* (*Reiterpräfekt*) | | | 108 - 110 | **Ala Siliana** [*civicum Romanorum*] | *Alta Ripa* (HU-Tolna) | *PANNONIA inferior / DACIA* |
| ***Tribunus augusticlavius militum*** (*Legions-Tribun*) | | | 104 - 107 | ***Legio XI Claudia*** [pia fidelis] | *Brigetio* (HU-Szoeny) | *PANNONIA superior* |
| ***Praefectus cohortis*** (*Kohorten-Kommandant*) | | | 100 - 103 | **Cohors I Classica** [*pia fidelis*] | *Fletione* (NL-Vleuthen-de-Meern) | *GERMANIA inferior* |
| ***Tres militae equestres*** (*Offiziers-Ausbildung*) | | | 90 - 100 | ***Ala II Flavia*** [milliaria pia fidelis] | *Gontia* (DE-Günzburg) | RAETIA |
| Zivilamt | | | ca 85 - 89 | | *Augusta vindelica* (DE-Augsburg) | RAETIA *(Augusta vindelica)* |

Bild -03- / A.Platschka /Militärische und zivile Lebensstationen von C.P.C. /

## Vorwort des Autors:

Schon seit langem trage ich mich damit, über diesen bedeutenden Sohn – *Claudius Paternus Clementianus*, aus dem damals kleinen keltisch/römischen Ortes *Abodiacum*, gelegen im heutigen Epfach, Landkreis Landsberg/Lech in Bayern zu schreiben. Angefangen hat dies mit meiner Kindheit – gebürtig stamme ich aus Klagenfurt, der heutigen Landeshauptstadt Kärntens in Österreich. Ich erinnere mich noch deutlich, als wenn es gestern wäre, als ich in meiner Kindheit auch einige Sommertage bei meiner Großmutter Frieda in der Ortschaft Töltschach (bei Maria Saal) in der Nähe von Klagenfurt verbrachte. Diese kleine Ortschaft liegt auf dem Gelände der ehemals römischen Provinzhauptstadt Virunum (bis 300 nChr.) Eine hügelige ländliche Ansiedlung, die sich hervorragend dazu eignete, die Gedanken und Erlebnisse meiner Jugend zu beflügeln, zumal meine Großmutter in den 30er bis 50er-Jahren des 20.Jhdts in einer ehemaligen Mühle, die zum Gutshof Töltschach (oberhalb des Hanges) gehörte, lebte. Noch oft, wenn ich heute meine Heimat besuche, liebe ich es, über diese sanften Hügeln und Wiesen zu wandern, die meine Phantasie und mein geschichtliches Interesse in jenen Jahren bereits geweckt hatten, ohne dass mir dies so konkret bewußt war. Als Kinder spielten wir in den Wiesen, die damals wie heute als Weide für die Rinderzucht dienten, und gruben in unserem Eifer manchmal kleine Erdlöcher auf, in dem wir sonderbare Steine mit fremden Inschriften fanden. Damals wusste ich nur vage, dass dies geschichtlicher Boden von vor über 2.000 Jahren war. Erst später als sich meine berufliche Laufbahn von Österreich nach Deutschland verlegte, begann sich mein Hobby – die Geschichte, und

Archäologie zu festigen. Ich besuchte in meiner Freizeit solche geschichtlichen Plätze und begann dann ab 1995 aufgrund meinem Interesse an Webdesign auch an einer Webseite mit der Thematik Geschichte & Archäologie zu arbeiten.

In jenen Zeitraum fällt auch das Ereignis, als ich ein Buch in die Hände bekam, die die Ausgrabungen eines römischen Amphitheaters zeigten, die Ende des 20.Jhdt. getätigt wurden. Die Luftaufnahme eines römischen Amphitheaters als Bild auf dem Buchdeckel faszinierte mich, es kam mir sonderbar bekannt vor. Tatsächlich stellte es sich heraus, dass dies das Gelände meiner Kindheit war, als ich öfter meine Großmutter besuchte. Nur damals in den frühen 60er-Jahren, war mir davon nichts bekannt, außer dass man damals als Kind unbeschwert im Laufgalopp durch die Hügel und Wiesen streifte, am Ufer eines kleinen Waldweihers herumlief, und Ritter mit den anderen Spielkameraden spielte. Wie ich später erfahren habe, hatte man in den Jahren 1998 bis 2001 mit einem Projekt der Universität- und dem Museum- Klagenfurt, Grabungsarbeiten auf diesem Gelände oberhalb der damaligen „Sulz“-Mühle durchgeführt, als dieses – für damalige römische Verhältnisse (100 x 40m) riesige Amphitheater ausgegraben wurde. Heute „dümpelt“ diese Grabungsstätte wegen finanziellen Engpasses etwas vor sich hin, ab und zu wird dies als Kulturstätte des örtlichen Vereins, und ähnlicher Verbindungen genutzt. Bei meinen geschichtlichen Recherchen zur römischen Siedlung *Abodiacum* (Epfach/Landsberg am Lech in Bayern) stieß ich auf einen Namen, der mir schon länger bekannt war – *Claudius Paternus Clementianus*. Als Jugendlicher hatte ich bereits Ende der 60er-Jahre, das Museum in Klagenfurt besucht, in dem eine Büste dieses Mannes bei Ausgrabungen eines ehemaligen Tempels am Zollfeld (Hohenheim bei Liebenfels), gewidmet der röm./keltischen Göttin *Noreia*, aufgefunden worden war. Dieser römische Staatsmann, geboren um ca. 65 n.Chr. in der römischen Provinz *Raetien* (Bayern), hatte für die damalige Zeit eine erstaunlich außergewöhnliche Karriere hingelegt. Seine Laufbahn kennen wir heute anhand dreier Gedenksteine, die Anfang des 19.Jhdt bei Grabungsarbeiten in einer Umfassungsmauer des ehemaligen Römerkastells *Abodiacum* (Epfach) aufgefunden, und dann dem Museum in Augsburg (Bayern) überstellt wurden, wo diese steinernen Zeugnisse im Original noch heute zu besichtigen sind.

Seine Laufbahn begann er als militärischer Befehlshaber Ende des 1. Jhdt. n.Chr. von der damaligen Provinz Raetien aus, am Rhein in den Niederlanden, (Germania inferior/ Niedergermanien), weiter nach Pannonien (Ungarn), Dacia (Rumänien), weiter als politischer Beamter in *Sardinia* (Sardinien), *Africanum* (Tunesien), *Syria/Judäa* (Syrien/Israel) bis zu seiner letzten offiziellen Wirkungsstätte als kaiserlicher Statthalter in *Noricum/Virunum* (Österreich). Mit Beginn seines offiziellen Ruhestandes kehrte dieser in seinen ehemaligen Geburtsort *Abodiacum* (Epfach) zurück, wo er seinen Lebensabend verbrachte. Davon zeugt noch ein Gedenkstein, den er seiner Mutter *Clementia* gewidmet hatte, und heutzutage im römischen Museum von Augsburg (siehe Bildanlage) zu besichtigen ist.

Aus dem geschichtlichen Schlaf gerissen, wurde der Ort Abodiacum/Epfach zu Beginn des 19.Jhdt., als der

Epfacher Landrichter *Lorenz Boxler* um 1830 erste Grabungen am Lorenzberg (ehem. Röm. Castell) veranlasste. Hier wurden die heutigen vorhandenen Zeugnisse dieses bedeutenden, dem ehemaligen römischen Reiche dienenden Staatsbürgers entdeckt und erforscht. Mit den nachfolgenden Jahrzehnten, und dem folgenden 20.Jhdt. wurden durch spätere Grabungen, diese ehemalige römische Straßensiedlung intensiver erforscht. Funde, wie ein römischer Brunnen (Nymphaeum), heute rekonstruiert am örtlichen Feuerwehrgebäude, sowie eines ehemaligen Badehauses, ergänzen die historischen Kenntnisse, die in dem kleinen Römermuseum Abodiacum, an der heutigen Dorfhauptstrasse liegend (ehemals Via Claudia Augusta), ersichtlich sind.

Wie so oft nagt der Zahn der Zeit an den vielen Geschehnissen in dieser Welt. Die Jahrhunderte verblassen, das Kommen und Gehen der verschiedenen Völker. Eines aber bleibt, die Erlebnisse u.a. vor allem dieses jenen außergewöhnlichen Mannes, der vor fast 2.000 Jahren lebte und wirkte, das wollte ich durch diese Geschichte würdigen und damit Ihnen, liebe(r) Leser(in) näherbringen. Wie immer bei historischen Geschehnissen, bleibt vieles der Phantasie des Autors überlassen. Wichtig jedoch sind die historisch belegten Stationen, die wir nach heutigem Stand durch die archäologische Wissenschaft vermittelt bekommen. Zusätzlich mit Hilfe der Phantasie ergänzt, habe ich als Autor versucht über das Leben, Lieben und Wirken dieses Mannes, zu berichten. Man mag darüber spekulieren, ob sich dies so zugetragen hat. Eines jedoch war mir wichtig mit diesen Seiten, ihm ein Gesicht in der Geschichte für die Nachwelt zu geben. Mögen die Leser dieses Buches es selbst beurteilen, ob mir dies mehr oder weniger gelungen ist. Eines jedoch soll uns immer daran erinnern – „nicht wer oder was wir aufgrund von Geburt an sind“ – sondern – „was wir durch unser Leben vollbringen“, dies verbleibt in den Annalen der Geschichte. Dies gilt für jeden von uns. Dies wird lebendig, durch die angesammelten Ereignisse eines Menschenlebens – damals wie heute!

Der Autor.

## Kapitel I

## RESPECTIO (RÜCKBLICK)

***Quod non est in actis, (id) non est in mundo.***
*Was nicht in den Akten steht, existiert nicht auf der Welt*
*(Schriftlichkeitsgrundsatz: Römisches Recht)*

**Julius** des Jahres **888** ab urbe condita, **(A.D.**[1] **135)**
im 18. Regierungsjahr des Erhabenen Caesars Hadrianus

Mein Blick schweift nach Nordosten von der Anhöhe von *Abodiaco*[2], meines Domizils hinüber auf den kleinen Hügel um die sich liebevoll eine Flußschleife des *Licca* (Lechfluß) nach Norden windet. Die Sonne brennt heiß vom Himmel, es ist die Zeit nach Mittag. In der Ferne hört man das Gebell eines Hundes. Von dort drüben in einer geschätzten Entfernung von 500 Ellen[3] schweifen mein Gedanken nach hier, der ich hier vor meinem Hause sitze, das meine Eltern hier an der Strassenkreuzung der römischen Nord-/Süd-Fernverbindungsstrasse an der *Via Claudia Augusta*[4], sowie der West-/Ostverbindung von Brigantium[5] nach Juvavum[6], erbauten. Weit von mir liegt meine Jugendzeit vor über 60 Jahren, als ich hier an diesem Orte aufwuchs. Meine Mutter war *Claudia Clementia Induti*, mein Vater *Clementius Paternus* ein ehemaliger römischer Legionär, der sich in seinem

---

[1] A.D. = Anno Domini (im Jahr des Herrn/nach Christi Geburt)
[2] Abodiaco (Abodiacum) = heutiges Epfach (Landkreis Landsberg/Lech/Bayern)
[3] 1 röm. Elle (gradus) = 0,4455m
[4] Via Claudia Augusta = Röm. Fernverkehrsstraße von Ostiglia (Norditalien) nach Südbayern
[5] Brigantium = heutiges Bregenz (Westösterreich)
[6] Juvavum = Salzburg (Österreich)

Ruhestand als römischer Bürger und Kaufmann hier ansiedelte. Obwohl mein Großvater *Indutus* mütterlicherseits aus dem Volk der Kelten stammte, war meine Familie durch die Handelsgeschäfte meines Vaters, in seinem ehrenvollen Ruhestand nach dem Militärdienst, zu hohem Ansehen und Wohlstand in dieser Region gekommen. Hier lebte ich mit meinen Eltern zusammen mit meinen zwei jüngeren Geschwistern – *Aelius Domitianus* und *Lucia Clementia* ein beschauliches Leben, nichtsahnend dass der Strom der Zeit mich einmal aus diesem Orte fortreißen und zeitlebens als unruhiger Gast an vielen Orten dieses römischen Imperiums leben lassen sollte, bis ich nunmehr vor ca. 10 Jahren zu meinem wohlverdienten Ruhestand wieder in diese ehemalige Heimat zurückkehren sollte.

Gemäß dem anfänglich oben gewählten lateinischen Wortspruch, möchte ich mit diesen Zeilen, die erlebte Zeit nicht der Vergessenheit der Geschichte übergeben, sondern den Lesern der späteren Nachwelt diese Geschehnisse vor Augen führen. Zum einen über die begangenen Fehler der vielen Regierungsoberhäupter seit unser geliebtes Rom vor über 888[7] Jahren im Monat Aprilis[8] durch unserer Vorväter *Romulus* und *Remus* gegründet wurde. Zum anderen aber auch über die vielen kulturellen Errungenschaften, die unser Reich so groß gemacht hat, und sich über viele Länder unserer bekannten Welt erstreckt, und deren viele Städte ich während meines vergangenen, meines militärischen und danach zivilen Lebens kennengelernt, und zum Teil auch für unseren erhabenen *Caesarius Augustii* verwalten durfte.

[7] Ab urbe condita = Gründung Roms 753 v. Chr.
[8] Aprilis = lat. für Monat April

Zur Zeit meiner Geburt regierte unser erhabener Caesar *NERO Claudius Caesar Augustus Germanicus* – ein Nachkomme aus dem Adelsgeschlecht der Julisch-Claudischen-Dynastie. Wie mir meine Eltern erzählten, war seine Regierungszeit eine Zeit des totalen politischen und wirtschaftlichen Umbruches, das mit seinem Tode im Jahre 821 *ab urbe condita* (A.D. 68) seinem opulenten Leben durch das Schwert zum Opfer fiel. Ihm folgten drei weitere Caesaren, die um die gegenseitige Macht im Staate rangen. Man nannte diese Periode auch das Drei-Kaiserjahr (*Galba, Otho & Vitellius*), bis dann unser erhabener Caesar *Flavius Vespasian(us)* seine Regierungsgeschäfte nach deren Tod übernahm.

**Aprilis 831** ab urbe condita **(A.D. 78)**
im 9. Regierungsjahr des Erhabenen Caesars Vespasianus

In jener Zeit war ich noch mit jugendlichem Überschwang meines Lebens mit meinen Spielkameraden, die mit mir in diesem kleinen Orte aufwuchsen, unterwegs in den umliegenden Wiesen und Wäldern. Wir träumten von Eroberungen, die wir im Laufe unseres Lebens machen würden, nicht bewusst, dass diese Träume auch manchem von uns im Ernst des Lebens an den Strand heftiger Erlebnisse spülen sollte. Wie so oft in diesem Alter machten wir uns über die notwendigen Schritte zu diesen Träumen keine Gedanken, welche Schwierigkeiten sich uns in den Weg stellen sollten. Manchmal lagen wir gemeinsam auf den Wiesen, blickten in den Himmel, zählten die Wolken, die über uns hinwegzogen, und stellten uns dabei vor, wie wir mit den Legionen des römischen Reiches in ferne Provinzen zogen, und interressante Gestade in der Ferne kennenlernten. Ich wuchs zwar hier mitten auf dem Lande in dieser neuen Provinz *Raetia*[9] auf, hörte jedoch von den vielen Gesprächen mit Soldaten im Kastell *Abodiacum* an der Flussschleife, welche Distanzen das römische Militär auf seinen vielen errichteten Wegen zu Lande und auch auf dem *Mare Nostrum*[10] dieses riesige fortschrittliche Reich durchquerten. Hier in dieser Siedlung *Abodiacum*, gelegen an der zu Zeiten des Caesar's *Claudius* erbauten, und nach ihm benannten Strasse der *Via Claudia Augusta*, durchzog

[9] Raetia = Römische Provinz (heute tw. Nordschweiz, Südtirol (Italien), Süd-Bd.-Württemberg und Südbayern)

[10] Mare Nostrum = (lat. „unser Meer“) Mittelmeer

auch der Fluss des *Licca*[11] die weiten Lande, der sich in den sanften Becken-/Hügellandschaften dieser Ebene weiter abwärts dahinzog. Von hier aus flussabwärts ca. 100 röm. Meilen (ca. 60km) kam man zur Hauptstadt unserer Provinzregion *Raetia*, dem *Municipium Augustorum Vindelicum* und nochmals ca. 70 (ca. 40km) weiter nahe dem Kastell *Summuntorum*[12] mündete dieser Fluss in den *Danuvius*[13] (Donau), diesem großen Strom, der sich weiter nach Osten durch *Pannonia*[14] und *Moesia*[15] bis zum *Pontus Euxinus*[16] erstreckte. Welch riesige Entfernungen nach Osten, Norden, Westen und Süden. Damals waren uns diese Entfernungen noch nicht so bewußt, später durchstreifte ich diese Dimensionen z.T. persönlich – es war schon enorm, wie riesig dieses Römische Reich war, und damit auch verbunden unsere Vorstellungen von Abenteuer und Eroberungen, aber dazu mehr später.

In unserer bescheidenen Siedlung *Abodiacum*, konnte man diese Entfernungen noch nicht so ermessen. Beschaulich war das Kastell an der Flußbiegung mit der nur zur Hälfte einer *Zenturie*[17] besetzten, meist berittenen *Auxiliar*[18]-Soldaten, und darum herum an der davorliegenden Anhöhe ca. an die 40-50 Gehöfte, mit deren Anwohnern, ehemaligen Legionsveteranen, Kaufleuten, sowie teilweise der ursprünglichen Bevölkerung des keltischen

---

[11] Licca = Lech, bayerisch/schwäbischer Grenzfluß, der in die Donau mündet
[12] Summuntorum = (Burghöfe) Kastell u. Siedlung an der Mündung des Lech (Nähe Donauwörth) in die Donau
[13] Danuvius = Donau
[14] Pannonia Superior + P. Inferior = röm. Provinzen (östl. Donau Ungarn, Slowenien,)
[15] Moesia Superior + M. Inferior = röm. Provinzen (Nordbulgarien, Rumänien, Serbien)
[16] Pontus Euxinus (röm Bezeichnung für Schwarzes Meer)
[17] Zenturie = röm. Militäreinheit (80-100 Soldaten)
[18] Auxiliar- = Hilfstruppe, z.T. Reitersoldaten

Stammes der *Licater*[19], der auch die Familie meiner Großeltern mütterlicherseits entsprang. *Indutus* – meiner Mutter Vater war ein keltischer Stammesfürst, der zur Zeit der römischen Besetzung des Gebietes sich der „*Pax Romana*“[20] dem Römischen Adler zur Wahrung des Friedens frühzeitig unterordnete. Die Familie meines Vaters stammte aus dem Süden – *Aquileja*[21] aus der Region *Venetia*[22], dem Gebiet vor der großen Alpenkette. Durch die ehrenvolle Entlassung aus dem geleisteten Militärdienst meines Vaters, seiner dadurch erworbenen Verdienste, sowie erfolgreichen Handelsgeschäfte am Orte dieser Niederlassung, konnte sich unsere Familie im Vergleich zu manch anderen Bewohnern, einen außerordentlichen Wohlstand leisten.

Zusammen mit *Indutus*, dem Vater meiner Mutter *Claudia Clementia*, meinem Vater *Clementius Paternus*, lebte noch ihr Bruder *Indutus Licatus* der eine Pferdezucht betreute, sowie seine Familie, Ehefrau *Flavia Secunda*, und ihren zwei Söhnen, *Sicatus* mj. und *Marcus*, und konnte damit auch unserer Verwandtschaft ein gutes ziviles Fundament in dieser Ansiedlung bereiten. Mit mir als Kind meiner Familie lebten mein um vier Jahre jüngerer Bruder – *Aelius*, sowie meine um sieben Jahre jüngere Schwester *Lucia Clementia*.

Meine Kindheit empfand ich als unbeschwert, ging es uns doch als Familie wirtschaftlich recht gut, aber als ältester Sohn der Familie lagen auf mir auch gewisse Erwartungen, die sich nicht immer mit den Vorstellungen

---

[19] Licater = keltische Bevölkerung in der Lechebene
[20] Pax Romana = Friedensordung des römischen Reiches
[21] Aquileja = röm. Stadt (Region Friaul) 10km vor Golf vonTriest
[22] Venetia = ehem. röm. Region (Norditalien)

meiner Eltern deckten. Mein Vater hatte mir einen häuslichen Lehrer engagiert, der mir bereits in frühen Kinderjahren, neben den notwendigen mathematischen Fähigkeiten, sowie das Schreibens und Lesen des Latinum‘s[23] beibrachte, und mich mit den notwendigen Regeln des römischen Lebens vertraut machte. Durch den militärischen Werdegang meines Vaters, legte er großen Wert darauf, dass ich als sein ältester Sohn bereits früh mit den Gepflogenheiten des römischen Lebens vertraut wurde. Ich sollte es einmal besser haben als er, dies hörte ich immer wieder in seinen erzieherischen Massnahmen. Meine Mutter *Clementia Induti* war eine liebevolle Frau, die ihre drei Kinder immer fürsorglich betreute, und neben ihrer Liebe auch den notwendigen Freiheitsdrang zum Leben in verschiedener Weise ihren Kindern einhauchte, die sehr unterschiedlich in unserem späteren Leben zum Ausdruck kommen sollten. Ich selbst konnte es kaum erwarten, dass ich nach den absolvierten Lehrstunden unseres Hauslehrers, hinaus ins Freie kam. So oft ich konnte, verbrachte ich meine Freizeit bei meinem Onkel *Indutus Licatus*, dessen Namen seine ursprüngliche Herkunft aus dieser vormals keltischen Region hindeutete. Dieser hatte nämlich am oberen Hang des Hügels, wo die vorgelagerte Siedlung von *Abodiacum* lag, ein Pferdegestüt. Immer wieder bewunderte ich seine Fertigkeit mit diesen Tieren umzugehen, mit ihnen zu sprechen, sodaß ich beobachten konnte, wie diese oftmals die Ohren spitzten, wenn er ihnen geduldig und beruhigend zuredete. Diese Tiere mit den sanften Augen, oftmals aber auch dem stürmischen Charakter, der rasanten Schnelligkeit, mit dem sie vom Schritt, in den Galopp verfielen, bewunderte ich immer wieder. Mein

[23] Latinum = Lateinische Sprach-/Schriftkenntnis

Onkel hatte die Fertigkeit von meinem Großvater *Indutus* sr. in seinem Charakter mitbekommen. Hatte doch die Urbevölkerung dieses Landstriches, die *Vindeliker*[24] und vor allem der Stamm der *Licater,* die hier an diesem oft reissenden Flusse lebten und siedelten, bereits damals eine zwar bäuerliche, aber doch einfache und zugleich erfolgreiche Lebenskultur aufgebaut, bevor die Römer über die Alpen kamen und das Gebiet besetzten.

Ich habe mir oftmals Gedanken gemacht, was wohl gewesen wäre, wenn die römische Besetzung dieser Region nicht stattgefunden hätte, da ich vielfach den Gesprächen der älteren Bevölkerung in den abendlichen Treffen der urbanen Bevölkerung lauschte. <„*Früher war alles besser*“>, hörte ich oft, dachte mir aber dabei, wenn ich an die angenehmen Dinge denke, die die römische Kultur mit sich brachte. Badehäuser mit beheiztem Wasser, Häuser aus Stein, die römische Esskultur – viele Früchte, die sie aus dem fernen Süden aus ihren Provinzen mitbrachten, die Werkzeuge.... Alles Dinge, die unser Leben auch angenehmer machten. Nicht dass unsere keltische Bevölkerung keine Kultur gehabt hätte, aber oftmals waren auch die verschiedenen Stämme früher untereinander in Konflikt, insbesondere wenn es um territoriale Gebiete ging oder Besitzverhältnisse, die die Landwirtschaft mit sich brachte. Nun viele Dinge hatte auch diese Kultur der Römer mit sich gebracht, die das Leben einfacher machte, was wohl auch vielerorts dazu beitrug, dass sich langsam auch die Bevölkerung mit der neuen Kultur der Römer vermischte. Armeeveteranen, die nach 25 Dienstjahren ehrenhaft entlassen wurden, und dafür Landbesitz erhielten, hatten auch während ihrer

---

[24] Vindeliker = keltischer Hauptstamm der Lechregion

Dienstzeit in den verschiedenen Provinzen die Vorzüge der keltischen Frauen kennen und lieben gelernt. Diese hatten sich dann mit ihren Familien eine örtliche wohlhabende Existenz aufbauen können. Denke ich an meinen Vater *Clementius*, nachdem ich als Ältester mit gleichem Namen gerufen wurde, hörte ich oftmals bei Schilderungen seiner Erlebnisse während seiner Dienstzeit in der römischen Armee, in den verschiedenen Provinzen des Reiches.

Nicht immer hatte sich die urbane keltische Bevölkerung mit den neuen Herren abgefunden, oftmals hatte auch der Freiheitsdrang, oder persönliche Stolz der einzelnen dazu beigetragen, dass die Vermischung der Kulturen sich nicht immer friedlich abgespielt hatte. Wie so oft, gab es immer auf beiden Seiten auch Hitzköpfe, die sich nie mit den „neuen Zeiten" abfinden konnten und aufbegehrten, oftmals dadurch auch die Konflikte blutig niedergeschlagen wurden. Im Falle meiner Vorfahren hatte mein Vater das Glück, dass er seine letzten Dienstjahre hier in unserer Region im örtlichen Militärkastell einen meist friedlichen Dienst versah und auf den verschiedenen Erkundungsmärschen auch meine Mutter und deren Familie in der nahen Umgebung kennenlernte. Durch seine persönlichen Verdienste hatte er auch vom römischen Caesar durch den örtlichen Lagerkommandanten ein ordentlich großes Stück Land erhalten, das er jetzt seit Jahren zusammen mit seiner Familie, sowie seinem Schwager meinem Onkel *Indutus Licatus* bewirtschaftete. Auch die finanziellen Mittel, die er im Laufe seiner Dienstzeit sich zusammensparen konnte, zusammen mit seinen Vierdiensten die er während seiner militärischen Dienstzeit erhielt, ermöglichten es uns Kindern einen angenehmen, wenn nicht sogar wohlhabenden Lebensstandard zu erleben. Mein Großvater mütterlicherseits – Indutus [sr.], war in der Blüte seines Lebens ein bedeutender Stammesfürst der hiesigen Bevölkerung, der der *Licater* gewesen. Ihm ging es jedoch meist darum in Frieden und Wohlstand zu leben, als wie mancherorts andere seiner Stammesgenossen, sich mit der römischen Besatzung durch Widerstand im Konflikt zu befinden, und so wechselte der hiesige Stamm bald nach Ankunft der römischen Besatzung vor über 60 Jahren sein Ansinnen, und konzentrierte sich lieber auf die Zusammenarbeit, die vielen seines Volkes auch einen angenehmen Wohlstand durch diese Kooperation ermöglichte.

Nun die Pferdezucht meines Onkels *Indutus Licatus*, verhalf auch der örtlichen Kommandantur im Kastell unten am Fluss, dass die berittene Truppe immer über frische Pferde verfügte. Auch die verschiedenen Stationen an der zentralen Verkehrsstrasse, genannt *Via Claudia Augusta*, benannt nach dem 1. Caesar des römischen Reiches *Augustus (ehem. Octavian),* sowie einem seiner Nachfolger – *Claudius* vor über 40 Jahren veranlasste diesen Verkehrsweg aus dem zentralen römischen Reich im Süden mit den eroberten Provinzen im Norden auszubauen. Dies ermöglichte auch den vielen Kaufleuten, ihre Waren auf ordentlichen Verkehrswegen sicher an die verschiedenen Wegestationen und vor allem zur ca. 100 Meilen im Norden entfernten Provinzhauptstadt *Augusta Vindelica*[25] und darüber hinaus weiteren 70 Meilen im Norden an den großen Fluss des Danuvius[26] zu bringen. Unser Ort war in der glücklichen Situation durch die Kreuzung zweier bedeutender Handelswege – auch von

[25] Augusta Vindelica = Augsburg/Bayern (Hauptstadt der röm. Provinz Raetien)
[26] Danuvius = Donau (auch Danubius genannt)

der Ansiedlung Cambodunum[27] über Abodiacum nach Osten in Richtung Juvavum[28], viel von den sich auf diesen Strassenwege erwirtschafteten Gütern und Dienstleistungen, einen gewissen Wohlstand abzuerwirtschaften. Oft dachte ich daran wo alle diese Wege von Süd nach Nord und von West nach Ost hinführen, zeigten sie doch Distanzen auf, die man früher nicht gedacht hätte zu überwinden. Und gerade dies brachte mich oftmals, von der Ferne der verschiedenen Wege zu träumen, die diese Möglichkeit des gewaltigen römischen Imperiums zu erreichen boten. Damals wusste ich noch nicht welchen Weg mein Leben nehmen würde, und dass ich all diese Entfernungen auch mal in meinem persönlichen Leben kennenlernen würde.

Nun zurück zum Pferdegestüt, ich erinnere mich noch deutlich an eine Begebenheit, die so ereignisvoll in mein damaliges und auch späteres Leben eingreifen sollte. Als Jugendlicher war ich oftmals mit meinen Freunden unserer Siedlung, sowie mit meinen beiden Cousins *Sicatus* und *Marcus* und meinem jüngeren Bruder *Aelius Domitian* auf den umliegenden Pferdekoppeln meines Onkels unterwegs, um unseren jugendlichen Bewegungs- und Freiheitsdrang in den verschiedenen Spielen und Tagträumen, wenn wir unsere familiären Pflichten erfüllt hatten, nachzugehen. Besonders mein um 3 Jahre älterer Cousin *Sicatus*, war immer ein besonderer Draufgänger, besaß sein Vater *Indutus filius d*och diese Pferdezucht, und so kamen wir in diesem übermütigen Denken auch mal auf die verrückte Idee mit einigen Pferden um die Wette zu reiten, allerdings ohne Sattel, da die jüngeren Tiere ja noch nicht auf ihre Aufgabe als Reittiere gänzlich vorbereitet

---

[27] Cambodunum = Kempten/Bayern
[28] Juvavum = Salzburg/Österreich

waren. Besonders mein Cousin erwähnte immer oftmals, was er doch für ein Naturtalent war, das er doch von seinem Vater diese Fähigkeit mitbekommen hatte, und so kamen wir auf die Idee, uns einige dieser Tiere zu schnappen und ein bestimmte Strecke im Galopp zu reiten, fühlten wir uns doch dann wie eine römische Ala[29], die ihre Erkundungsritte durch die Gegend führten. Gesagt getan, jeder von uns, wir waren insgesamt 9 Jungs im Alter zwischen 10 und 16 Jahren – schnappte sich ein solches Reittier und dann gings los, auf ein nahes Wäldchen zu westlich der angrenzenden Pferdekoppel, ca. 3 Meilen entfernt. Manche der Pferde waren noch nicht auf Reiter gewohnt, andere wieder mehr, da sie diese Prozedur schon ansatzweise öfter erlebt hatten. Und dann gings im wilden Galopp auf das nahe Wäldchen zu. So toll wir uns dies vorstellten, nicht jeder von uns hatte die nötige Erfahrung mit dem Ungestüm der Pferde umzugehen.

Und so verlor manches Pferd bald seinen Reiter, die sich am Boden angekommen baldigst um ihre blauen und schmerzhaften Körperteile kümmern mussten. Nur vier von uns waren noch auf dem Rücken der Pferde unterwegs, mein Cousin *Sicatus*, zwei weitere Freunde, und ich. Was wir in unserem jugendlichen Übermut nicht bedacht hatten war, dass die Pferde ja auch zum Halten gebracht mussten, in welcher Form auch immer. Als die ersten Bäume des Wäldchens in unmittelbare Nähe kamen, die Pferde aber immer noch mit demselben Tempo unterwegs waren, kamen einigen von uns schon die Schweißperlen, wie dieses Abenteuer wohl enden würde. Unsere beiden Freunde und ich bekamen die Pferde dann doch mit Mühe und gutem Zureden noch zum Stillstand.

[29] Ala = römische Reitereinheit (bestand aus 500 – 1000 Reitern)

Nur mein Cousin *Sicatus*, erreichte das dem Wäldchen vorliegende Buschwerk nicht auf dem Rücken seines Pferdes. Der unmittelbare Stop vor dem Hindernis des Buschwerks brachte zwar das Pferd zum Halten, nicht jedoch den Flug meines Cousins vor dem Hindernis, in das er mit lautem Schreckensgebrüll durch die Luft sauste, bis sein Körper sich in dem Zweigwerk und Dornengebüsch einen unangenehmen Landeplatz verschaffte. Aus war es mit dem Vertrauen, dass mein Cousin ein Naturtalent im Pferdereiten war, ebenso auch mit seinem vorlauten Mundwerk, das sowohl sein umliegendes Gesichtsfeld, als auch einige seiner Körperflächen entscheidend ankratzte, und ihm tagelang schmerzhafte Glieder und blaue Flecken verschaffte. Ja so stark, dass er sich nicht selbst erheben konnte, und wir ihn zusammen mit den anderen unter Mühen und Plagen zurück zum Ausgangspunkt unseres Abenteuerrittes und weiterhin zum entfernten Elternhaus schleppten, da er als Ältester ja auch das meiste Gewicht hatte.

Zuhause angekommen wurde er mit entsetztem Gesicht seiner Mutter *Flavia Secunda* empfangen, die sich sofort an die Pflege des geschundenen Körpers und edlerer Teile machte. Mit Hilfe des in unmittelbarer Nähe arbeitenden Haussklaven *Publius Negro* sowie einem Nachbarn der auf Besuch war, brachte man ihn in das anliegende Gutshaus der *Villa Rustica*[30], das die Familie meines Cousins bewohnte.
Nach getaner Arbeit und Pflege des Unfallopfers, kam dann der Hausbesucher zu uns verbliebenen „Reitversuchsgesellen“, wobei wir alle ziemlich unser

[30] Villa Rustica = röm. Landwirtschaftsgebäude, bestehend aus Hauptgebäude, Wirtschafts- und Nebengebäuden, zur Versorgung der militärischen Verbindungsstrecken, meist mit Umgebungsmauer versehen

Fett, in Form von Ermahnungen abbekamen, aber auch das Lob und die Dankbarkeit, dass wir meinen Cousin in seinem Zustand nicht im Stich gelassen hatten, und ihn mit Mühe nach Hause geschafft hatten. Den damaligen Kommentar des Besuchers, *Lucius Proximus*[31], dieser war wie sich später mal herausstellte, er ein naher Bekannter und bedeutender Amtsträger meines Onkels in der entfernten Provinzhauptstatt *Augusta Vindelica* war <*„Junge aus Dir wird noch ein Wildfang aber mit dienstbeflissenem Eifer sich um andere verantwortlich zu kümmern“*>, noch keine Bedeutung legte. Erst später erinnerte ich mich an diese Worte, als mein Leben nach vielen Jahren sich in entscheidender Weise vom Amtsweg abweichend, einer militärischen Karriere zuneigte.

Aber davon später, auf alle Fälle war dieser Vorfall ein Schritt zur Erkenntnis, dass zu einem gewissen gedanklichen Können vor allem viel praktische Übung, und viel zu lernen bedeutete, aber all dies war ja in unseren jugendlichen Köpfen noch nicht so ausgeprägt. Da sollte noch jeder seine eigenen Erfahrungen im Laufe seines späteren Lebens machen. Und so vergingen die Tage und Jahre unserer Jugend und wie man so sagt, „der Ernst des Lebens“ beginnt früh genug, mit vielen Erwartungen, und weiteren Erlebnissen die wie einzelne Bausteine sich zu unserem späteren Lebenswege formen sollten.

---

[31] Lucius Proximus = Röm. Verwaltungsbeamter in Augusta Vindelica

**Aprilis 832** ab urbe condita **(A.D. 79)**
im 1. Regierungsjahr des Erhabenen Caesars Titus

Ein weiteres einschneidendes, zwar nicht unmittelbar direktes Erlebnis, ließ uns Kinder damals erschaudern, hörten wir jedoch davon erst Wochen später durch einen Kurierreiter, der unterwegs nach *Augusta Vindelica* war.

Mein Vater *Clemens Paternus* hatte nach Abschied von seinem aktiven Militärdienst in verschiedenen Regionen, von unserem Kaiser Claudius ein ansehnliches Gutslehen zur Bewirtschaftung übertragen bekommen. Hier hatte er auch in der letzten Station seines Militärdienstes vor 15 Jahren, meine Mutter *Claudia Clementia* kennengelernt und später geheiratet. Dieser Umstand verhalf ihm nach Ende seines Militärdienstes sicherlich auch zu einer guten regionalen Bekanntheit und Kontakte. *Abodiacum* verdankte seine optimale gute wirtschaftlichen Situation, aufgrund seiner Lage einer gut gehenden Strassenstation am *Licca*-Flusse. Die eine Strasse zog sich von *Cambodunum* am Alpenrande kommend zur keltischen Provinzstadt *Juvavum* verlaufend, die andere die *Via Claudia* aus der Richtung *Foetibus*[32] kommend in Richtung zur raetischen Provinzhauptstadt *Augusta Vindelica* verlaufend. Exakt hier an diesem Kreuzungspunkt hatte sich, nachdem unten am Fluss auf einem kleineren Hügel die erste Militärstation vor einem halben Jahrhundert gegründet wurde, auf einem Hügelplateau oberhalb des Flusses eine kleine zivile Ansiedlung entwickelt, wo sich Familien der stationierten Soldaten, aber auch Kaufleute und Bauern aus der

---

[32] Foetibus = Füssen/Bayern

umliegenden Region niederließen. Hier inmitten dieses Ortes direkt an der Durchgangsstrasse, hatte nun mein Vater mit seiner Familie einen gutgehende *Vicus vehiculorum*[33] mit einer unmittelbar in der Nähe liegenden *Villa Rustica* errichtet, die immer gut von Durchreisenden Militärs, sowie Kaufleuten besucht war.

An einem dieser letzten Herbstabende des Jahres im späten Monat des *Idus Novembres*[34], saßen wir Kinder nun am offenen Feuer und lauschten den Worten eines durchreisenden Nachrichtenkuriers namens *Publius Rufus*[35], seinen Erzählungen was er vor Beginn seiner Reise von Rom erlebt hatte. Insbesonders schweiften dabei unsere Gedanken immer in die Ferne, die so weit von uns weg lag, in unseren Vorstellungen jedoch immer so nahe waren, dass wir begierig sämtliche Nachrichten aufschnappten, die auf diesen weiten Strecken ihre Runde machten. So erfuhren wir von einer reichen Ansiedlung, die im Herzen des römischen Reiches, in der Nähe zur Hauptstadt Rom liegend, *Pompeij*[36] genannt, besser gesagt „lag" diese reiche Stadt. So erfuhren wir damals, von diesem am *Mare Nostrum* liegenden Ort, der oftmals von den römischen Caesaren als Sommersitz genutzt wurde. Dieser *Publius Rufus* erzählte uns nun seine Erlebnisse, da seine Familie aus dieser Ansiedlung stammte. Bevor er seinen Dienst als Nachrichten-/Meldereiter nach einem kurzen Heimataufenthalt wieder antreten wollte, war er

---

[33] Vicus vehiculorum = Post-/Nachrichtenstation des cursus publicum (öffentlicher, militärischer Transportdienst)

[34] Idus Novembres = Vollmond-Tag im Monat November

[35] Rufus = (militärischer Meldereiter)

[36] Pompeij = Ansiedlung am Mare Nostrum (heute Bucht von Neapel), bekannt durch den Vulkanausbruch am 20.August 79(4 Tage Erdbeben, Feuersbrunst Ascheregen), neuzeitliche Forschungen legen das Datum auf 17.Oktober 79 n.Chr.

auch bei der Familie seines Bruders in *Baiae*[37], einer unmittelbar vor *Pompeji* liegenden Ansiedlung an einer Meeresbucht liegend. Rufus hatte dort einige wenige Tage bei seinem Bruder verlebt, und wollte in 2-3 Tagen wieder nach Rom aufbrechen, um seinen Meldereiterdienst wieder anzutreten.

Es waren unruhige Zeiten der Region in den vorherigen Jahren. Nachdem vor 10 Jahren sich vorige Caesar *Nero* seinem ausschweifenden Leben ein Ende setzte, versuchten gleich drei Caesaren nacheinander (*Galba, Otello, Vitellius*) die Herrschaft des Imperiums sich zuzueignen, die jedoch kläglich scheiterten und in den Wirren umkamen, auch ermordet wurden. Erst der nachfolgende Caesar *Vespasian* befriedete durch seinen Regierungsantritt diese Unruhejahre während seiner 10-jährigen Regierungsherrschaft. Da dieser jedoch in den Kalenden des Junius aufgrund einer Krankheit in *Kampanien*[38] seiner Heimat weilte unmittelbar verstarb, folgte ihm auf seinen Thron sein Sohn *Titus*, der nun die Regierungsgeschäfte übernahm und seinen Stand festigte. Und damit auch alle Provinzen des römischen Imperiums die neue Befehlsstruktur und den entsprechenden Kommandanten, und Konsuln zukommen ließ. Imperator *Titus* war kein Unbekannter, hatte er doch schon in der Armee unter seinem Vater *Vespasian* erfolgreich gedient, und sich in der militärischen Rangfolge des Reiches während des jüdischen Feldzuges einen bedeutenden Namen gemacht.

[37] Baiae = antike Siedlung am Golf von Neapel liegend
[38] Kampanien = Region an der Westküste Italiens

In diesen Wochen nun nach der Übernahme der Regierungsgeschäfte durch *Titus* war *Publius Rufus* bei der Familie seines Bruders *Quintus* in *Baiae* auf Besuch. Unmittelbar bevor er seinen dienstlichen Melderitt nach Rom und Germanien in die Alpenprovinz Raetia nach Augusta Vindelica unternehmen sollte, hatte ihm sein Bruder offenbart, dass sie noch im in der Nähe liegenden Orte *Pompeji*, das neu restaurierte Kolosseum besuchen wollte, in dem die lokalen Gladiatorenschulen zum Höhepunkt einige Schaukämpfe abhalten wollten. Der Hochsommer war vorbei, die Kalenden des Quintilis[39] und Sextilis[40], Septem[41] mit der größten Hitze waren, neigten sich dem Ende zu. Der *Idus* (15.) des Octo[42] war bereits zwei Tage vorbei und der *XVII* war angebrochen. Trotzdem brannte die Sonne noch immer recht kräftig, der Tag versprach noch recht heiß zu werden. Die Ernte war größtenteils schon eingebracht, nur restliche Obst und Gemüsefelder wurden noch abgeerntet. Der Wein vor allem wuchs prall an den Rebstöcken – es versprach eine gute Ernte zu werden. Fischerboote berichteten von reichem Ertrag, prallgefüllten Netze mit den verschiedenen Meeresfrüchten, schilderten aber auch, dass sich manchmal die Seewellen aufbäumten, wenn der nahe *Vesuvius*[43] wieder einmal mit Grollen ankündigte, dass *Vulcanus*[44] der Gott der Schmiede eifrig in seiner unterirdischen Werkstatt rumhantierte. Dies war nichts Neues, waren doch schon Jahre zuvor ähnliche Phänomene beobachtet worden. Schäden die daraus entstanden wurden immer wieder ausgebessert, man hatte

[39] Quintilis = römischer Monat (Juli)
[40] Sixtilis = römischer Monat (August)
[41] Septem = römischer Monat (September)
[42] Octo = römischer Monat (Oktober)
[43] Vesuvius = Vulkanberg am Golf von Neapel liegend
[44] Vulcanus = röm. myth. Gott der Schmiede und des Feuers

sich arrangiert mit den Launen der vulkanischen Götterboten, schenkten sie einem doch reiche Ernte durch den vulkanischen Boden. Trotzdem war es eine eigenartige Stimmung, die an diesem Vormittag in der erwartungsvollen Menge der angekündigten Spiele herrschte. Wir, mein Bruder und ich wollten an unserem freien Tag die nahegelegene, im Nordosten der Bucht liegenden Siedlung *Pompeij* besuchen. Alles war in großer Erwartung da die angekündigten Spiele, ja schon einige Tage vorher begonnen hatten, und mit dem *Armilustrium*[45] am 19.des Octobris ihren Höhepunkt, mit einem großen Pferderennen enden sollten.

Die Menschenmenge strömte zum Teil aus dem knapp zwei Meilen (1,5km) entfernten Hafen vorbei an den Vorstadtthermen, die Porta Marina durchquerend. Hier hielten wir kurz inne am Tempel des *Vespasianus,* am Forum liegend ein kurzes Räucheropfer für einen erfolgreichen entspannten Tag zu vollziehen. Vorbei ging es dann weiter der Hauptstrasse folgend dem Ortsteil an den *Stabiaer* Thermen liegend, das Vergnügungsviertel mit dem *Lupanar*[46] nur einen Sprung dahinterliegend, bis zur West-/Ost-/Verbindung der *Via del Vesuvio.* Hier mengten sich weitere Besucherströme von Westen der *Porta Vesuvia* kommend, der Verlängerung in die *Via-Stabiana* zum gleichnamigen Tor der *Porta-Stabiana,* wo vom Osten her weitere Besucher sich in die Menschenmenge mischten. Der Hauptstrasse weiter folgend erstreckte sich danach zur rechten Hand das Handwerksviertel der Walkerei, das sich bis zur großen *Palaestra* an der *Porta-Nocera* liegend zog. Hier machten wir kurz Halt um uns an einer der zahlreichen, an den an

[45] Armilustrium = religiöse Feier des röm. Festkalenders zu Ehren des

[46] Lupanar = lat. Bezeichnung für Bordell

beiden Strassenseiten liegenden Garküchen kurz zu stärken. Dem Duft geräucherten Hühnchens, getaucht in den für uns Römer geliebten *Garum* - einer würzigen Fischsauce, konnte unserm knurrenden Magen nicht widerstehen. *Quintus* grinste zufrieden von einem zum anderen Ohr, die letzten Reste des Hühnchens samt Sauce am verschlingen. Nachdem wir uns ausgiebig gestärkt hatten, begaben wir uns auf das Gelände der *Palaestra*[47], im Norden des Stadtendes wo sich anschließend das Amphitheater befand. Alles fieberte in Erwartung auf die bevorstehenden Spiele, die sich in der Mittagssonne bis in die frühen Abendstunden hinziehen sollten. Wohlhabender Adel die *Nobiles*[48], gleichsam auch die Allgemeinbevölkerung, bestehend aus uns *Plebeyer*[49], gaben sich diesem vergnüglichen Zeitvertreib hin, brachte es für doch für viele einen vergnüglichen Zeitvertreib, neben den amtlichen, städtischen und bäuerlichen Pflichten, gleichwie dem Patriziern, die sich mit großer Leidenschaft diesem für viele ergötzenden Schauspielen hingaben. Galt es doch auch durch die abgehaltenen Wetten, sich auch sein eigenes Vermögen zu vermehren, wenn man auf das richtige Gladiatorenhaus und deren einzelnen Kämpfern setzte, und gewann. Dass dabei mancher Kämpfer sein Leben verlor, war zwar bedauernswert, für die Menge jedoch nicht mehr als ein Nervenkitzel, was ich selbst nicht immer gutheißen konnte. Dies bedeutete in dieser Gesellschaft im Allgemeinen wenig, solange dieses Leben nicht das eigene bedeutete.

Als das Amphitheater sich allmählich gefüllt hatte,

---

[47] *Palaestra* = mit Sand bedeckte Fläche zum Training von Ringkämpfen
[48] *Nobiles* = römische Adelsschicht (Patrizier)
[49] *Plebeyer* = römische Bürger-/Arbeiterschicht

wurden vorab einige Stücke aufgeführt, die aus der Geschichte des römischen Reiches nachgestellt wurden, auch Tierschaustücke wurden präsentiert. Exotische Raubtiere wie Löwen, aber auch Tiger, die von den Grenzprovinzen des Reiches importiert, wurden gegeneinander gehetzt, manchmal gesellte sich dazwischen auch ein unfreiwilliges menschliches Opfer, das durch die römische Gerichtsbarkeit zum Tode verurteilt wurde, nur um die Menge in sichtlichen Erregungszustand zu bringen, bis die eigentlichen Gladiatorenschaukämpfe begannen. Als Favorit galt natürlich *Celadus*, der in der Kampfart eines *Thraex*[50] mit Krummschwert und Schild agierte. Auf ihn hatten viele gesetzt, galt er ja nicht nur als exzellenter Kämpfer der seinem Gladiatorenhause von *Puteolis* aus der Nachbarstadt von Pompeij, große Siege mit entsprechendem Kapital einbrachte. Auch war er im allgemeinen bekannt als „Frauenliebling“, dessen Siege ihm nicht nur viele Sesterzen einbrachten, sondern auch viele Herzen der Damen zuflogen. Seine Siege verhalfen vor allem aber auch dem Ansehen des Sponsors der Spiele - *Paquius Proculus* – einem aussichtsreichen politischen Anwärter für das Amt des Stadtpräfekten, dessen Abbild auf vielen der Häuser als Wahlplakat dem Volke entgegenblickte. Seine Villa lag unmittelbar an der Hauptstrasse, die wir eben passiert hatten.

Manchmal war die Stimmung in der Arena so aufgeheizt, dass es auch zu tätlichen Auseinandersetzungen zwischen den Zuschauern kam, die sich für die eine oder anderen Partei erhitzten. Vor ca. 20 Jahren mußte sogar einer der vorherigen Caesaren *Nero* die Spiele in *Pompeij* für 10

[50] *Thraex* = Gladiatorenkämpfer mit Schild und Krummschwert (Herkunft Thrakien, heutiger Balkanraum)

Jahre aussetzen, da es zu massiven gewalttätigen Ausschreitungen zwischen rivalisierenden Besuchern kam.

Als wir inmitten der Zuschauer auf unseren zugewiesenen Plätzen sassen, und die Vorstellungen begannen, spürten wir kleine Bodenvibrationen, die jedoch keiner der Zuschauer relativ ernst nahm, da der im Norden der Stadt nahegelegenen *Vesuvius* immer mehr oder weniger in Bewegung war. Alles starrte gebannt auf die beiden Kämpfer – einem germanischen Gladiator – sowie seinem Gegner der als *Rhetiarius*[51] mit Speer und Netz ihn umkreiste, und seine Chance für einen erfolgreichen Vorstoß suchte. Erneut bewegte sich der Boden unter uns, einige der umstehenden Säulenkapitäle begannen gefährlich zu schwanken. Mein Bruder meinte scherzhaft, dass der Gott *Vulcanus* heute wieder seinen Arbeitstag unter der Erde zu beginnen beabsichtigte. Doch der Satz blieb ihm im Mund stecken, als ein nahes Grollen die Aufmerksamkeit der Zuschauer von den in der Arena kämpfenden Gladiatoren auf den *Mons Vesuvius* lenkte. Eine feuerrote Fontäne bildete sich am Schlot des Berges und begann, begleitet von ohrenbetäubender Geräuschkulisse und dunkelgrauen bis schwarzen Wolken umrandet, sich langsam in die Höhe zu schieben. Begleitet von weiteren gewaltigen Getöse, setzten sich die umliegenden Sitzreihen in Bewegung und begann sich aufzubäumen, was eine Panik der Zuschauer auslöste. Ringsum in der Kampfarena begannen die Zuschauer zu begreifen, dass es sich hier nicht wieder nur um geringfügige Störungen des *Vesuvius* handelte, sondern dass sich hier eine ernsthafte Gefahr anbahnte. Die

---

[51] *Rhetiarius* = Gladiatorenkämpfer (mit Netz und Dreizack)

Menschenmenge versuchte sich panikartig auf die Ausgänge zuzubewegen, aber da dies zuviele zur gleichen Zeit versuchten, bildeten sich an den Ausgängen Menschenknäuel. Begleitet von gellenden Protest- und Schreckensschreien, versuchte jeder den Ausgang zu passieren, aber nicht jedem mehr gelang, da sich Steinsäulen, Sitzfragmente, und Emporen durch die Wucht der Eruptionen mitten in die panische Menschenmenge stürzten und viele darunter begruben. Auch wir, mein Bruder *Quintus* und ich versuchten unser Heil in der Flucht: Es war ein Hauen und Stechen und Schreien, begleitet mit den donnernden Geräuschen der Ausbrücke des *Mons Vesuvius*, dem prasselnden Regen der *Lapilli*[52], und den tanzenden Flocken des Ascheregens, unter der die entsetzten panisch Flüchtenden versuchten ihre eigene Haut zu retten. Jeder war sich selbst der Nächste, egal ob man über Bimssteinbrocken oder auf gefallene Flüchtende trat, man versuchte nur möglichst schnell Abstand zu den lautstark niederprasselnden Eruptionsauswürfen zu gewinnen. Eine *Lapilli*-Kugel auf dem Rücken machte nur eine kleine Druckstelle, hunderte die auf Rücken und Haut trommeln schmerzhafte Stellen, tausende aber verhinderten des Weiterkommen in bereits knietiefen Niederschlägen, die sich mit einer zähen Masse bestehend aus Asche und Nässe um die Füsse schlossen und sich schnell verhärteten. Dabei waren die Flüchtenden noch gesegnet, die von direkten „*Bomben*"[53] Eruptionsbrocken wurden, andere wateten durch die engen Gassen und versuchten durch die inzwischen knietiefen *Lapili*-Niederschläge voranzukommen, begleitet von dem

[52] *Lapili* = (Plural) erbsen- bis nußgroße kleine Bimssteinkugeln, beim Auswurf von Vulkanen entstehend

[53] ***Bomben*** = vulkanische Gesteinsbrocken, abgekühlter durch die Luft fliegende Lavamasse

brennenden Gebäuden der niederstürzenden Häuser und Mauern, sowie ohrenbetäubenden Krachen der Häuserdächer, die die Last des Lapilliregens nicht mehr tragen konnten, und einstürzten und damit auch alle darunter sich befindlichen Menschen, die Schutz innerhalb der Hausmauern suchten, unter sich begruben. Nach einiger Zeit inmitten des Menschenknäuels, schafften wir es auf die offenen Gassen zu kommen, wo ein jeder panisch seinen Fluchtweg suchte. Begleitet vom donnernden Grollen des Berges, dessen Aschewolke der Eruptionen sich mehr und mehr in die Höhe schoss, und sich zu einem gigantischen Rauch und Aschepilz ausweitete, begann ein leiser flockiger Regen der mit auf die Stadt herniederfiel. Da natürlich auch die Gassen nicht unbedingt breit waren versuchten die Menschen sich auf das Osttor (*Stabiae*) als auch dem weiter entfernten Südtor (*Seetor*) wo die weiterführende Strasse sich bis zur Hafenbucht hinzog, hinzubewegen. Häuserfronten wankten, Balkone stürzten auf die Gassen, was vielen Flüchtenden Verletzungen und auch den Tod brachten, wenn sie unter die stürzenden Mauerfragmente gerieten. Mit Mühe und Not, sowie schlotternden Knien schafften wir es, zuguterletzt durch das südwestlich gelegene See-Tor zum naheliegenden Hafen zu gelangen. Da viele Flüchtenden dieselbe Idee hatten, war dieser bereits vollgefüllt. Viele kleine Boote versuchten von der Kaimauer abzulegen, um mit den darin befindlichen Passagieren, aus der Gefahrenzone der flüchtenden Menschenmenge zu gelangen. Viele der Flüchteten stürzten sich in die Fluten, nur um der Gefahr zu entrinnen, verursachten damit aber auch das Umkippen vieler Boote, da sich zu viele an die hilfebietenden Boote klammerten.

<*“Schnell weiter runter an der westlichen Mole“*>,

schrie mein Bruder Rufus, der sich an die Hoffnung klammerte, ein kleines Boot von einem seiner befreundeten Fischer zu erlangen. Nach einer Wegstrecke von 200 Ellen fanden wir dieses auch, glücklicherweise war diese Ecke des Hafens aufgrund der winkeligen Steinfragmente noch nicht so überlaufen, dass wir ohne größere Probleme ins Boot steigen konnten. Plötzlich hörten wir flehentliches Rufen aus einer Mauerecke, bei näherem Hinsehen sah ich eine Frau mittleren Alters, die ein kleines Kind in den Händen hielt, die verzweifelt darum bat, mit uns ins Boot zu kommen, was wir ihr auch, wenn mit bedenklicher Miene meines Bruders *Quintus* gewährten, da das kleine Boot durch die Last der Insassen, bedenklich hin und her schwankte. Nach einigen kräftigen Ruderschlägen entfernte sich das Hafenufer, wir sahen viele schwimmende Flüchtende, die versuchten sich unserem Boot zu nähern, nur die kräftigen Ruderstöße meines Bruders brachten hier einigen Abstand, sodaß wir gefahrlos weiter auf die offene Meeresbucht hinauskamen, begleitet von anderen Booten die die Flucht in derselben Richtung suchten. Ein Blick zurück ließ uns erschaudern. Die Kuppe des *Mons Vesuvius*, die sich in Blickrichtung über *Pompeij* erhob, war gespalten. Eine gewaltige Seite der Bergflanke existierte nicht mehr, flüssige Lava wälzte sich an seiner südwestlichen Seite in Richtung der naheliegenden Siedlungen von *Pompeij* und der etwas weiter westlich liegenden Siedlung *Herculaneum*. Eine riesige Aschewolke erhob sich über den Himmel, breitete sich beständig aus und begann begleitet von düsteren Rauchschwaden auch die Sonne zu verfinstern. Niederprasselnder *Lapilliregen*, begleitet von den in der Luft tanzenden Ascheflocken fand auch noch seinen Weg weit in die Meeresbucht, sodaß das Wasser bedeckt vom darauf tanzenden Schaum, der darauf sich wiegenden

Bimssteinkugeln, an die an vielen im Wasser befindlichen Boote mit stetigem Klopfen schlugen. Etwas weiter entfernt auf offenem Meer sahen wir auch einige *Biremen*[54] *und Triremen*[55], die in Richtung Hafen sich bewegten, um noch mehr Flüchtende aus deren verzweifelter Lage zu retten. Wir ruderten in die südwestliche Richtung der Bucht, um uns nach *Baiae* dem Heimatort von *Quintus* durchzuschlagen, was uns nach einigen Stunden gelang, es dämmerte bereits der Abend und der Himmel färbte sich neben dem nächtlichen Dunkel der hereinbrechenden Dämmerung in ein unnatürliches fahles Orangeockergelb durchzogen von den in der Luft schwebendem Staub und Ascheflocken. Quintus Frau *Priscilla* dankte allen lokalen Göttern, dass ihr Mann sicher aus diesem Katastrophenort, und heil mit mir, ihrem Schwager zurückgefunden hatte, was vielen der bedauernswürdigen Opfer dieser Katastrophe wahrscheinlich wohl nicht mehr gelungen war. Erst viel später erfuhr ich, dass nach amtlichen Schätzungen der darauffolgenden Wochen an die 2.000 Opfer ihr Leben in diesem Katastrophenfalle ließen. Schilderungen eines Philosophen – *Plinius d. Jüngeren*[56] zufolge, sein Onkel *Plinius d. Ältere*[57] kam bei dem Ausbruch ums Leben, dauerte dieser Ausbruch an die 3 Tage. Am schlimmsten jedoch war es als wir hörten, dass sich am 2.Tage des Ausbruchs eine gewaltige Glut- und Aschewolke vom Berghang löste und die beiden Städte *Pompeji* und *Herculaneum* unter mehr als zum Teil 100 Ellen (50-60m) hohen Lava- und Ascheregen, und Lapilligeröllmassen vernichtete, und damit auch noch sämtliches Leben an

---

[54] ***Bireme*** = Antike Kriegsschiffe, mit zwei- bzw.
[55] ***Trireme*** = drei Ruderbankebenen
[56] ***Plinius*** d. Jüngere = (*61 +113nChr) Philosoph u. Geschichtsschreiber
[57] ***Plinius*** d. Ältere = (*23 †79nChr) Gelehrter, Offizier und Verwaltungsbeamter (starb beim Vesuvausbruch)

Menschen, die sich darunter noch im Schutze ihrer Häuser wähnten.

Diese Katastrophe wird sich wohl noch in den zukünftigen Generationen, ja auch Jahrhunderten in die Erzählungen von Menschen unseres Reiches durch viele Schilderungen hinziehen. *Jupiter*[58] zum Dank, dass solches nicht alle Tage geschieht und die Menschen dadurch geplagt werden, obwohl ich hörte, dass trotz dem Untergang dieser beiden Stadtsiedlungen, bald wieder Menschen sich in der Nähe des Vulkans niederließen und neue Ansiedlungen errichteten. Aber so ist halt der Mensch – Katastrophen, wenn sie vergingen, verschwinden aus den Erinnerungen, was bleibt und entscheidend ist, welchen Nutzen kann der Mensch daraus ziehen, und dies scheint die Bevölkerung – zumindest so hörte ich – aufgrund der fruchtbar daraus neu entstehenden Erde für den Ackerbau, voll für sich in Anspruch genommen zu haben.

Den Göttern sei's gedankt – ich war dem Unheil entronnen, und konnte mich unmittelbar bald darauf in die Hauptstadt *Rom* zurückbewegen, wo ich meinen Meldedienst wieder antrat. Mit einer Sondermeldung, sowie wichtigen amtlichen kaiserlichen Befehlen, ritt ich bald darauf für unseren erhabenen Caesar *Titus* in Richtung Norden, in die ferne Alpenprovinz *Raetien* nach dessen Hauptstadt *Augusta Vindelica*, und nun sehet – heute wo ich Euch diese Schilderungen am abendlichen Feuer zu diesen späten Kalenden des Novembres erzähle, danket den Göttern dass es Euch hier in diesem kleinen Ort *Abodiacum* nicht zu solchem Unheil gereicht, was diese Menschen im fernen Süden unseres Reiches erfahren

[58] Jupiter = oberste Gottheit der röm. Mythologie

mussten.

Wir Kinder und Jugendlichen, die den Erzählungen des durchreisenden Meldereiters *Publius Rufus* atemlos gelauscht hatten, konnten uns nur schwerlich von diesen bildlich geschilderten Erlebnissen lösen. Auch wenn dies alles weit entfernt geschehen war – für mich entbrannte eine unheimliche Sehnsucht, mehr von diesem römischen Imperium zu erleben, als das, was ich bislang als jugendlicher mit 14 Lebensjahren in diesem kleinen Orte *Abodiacum* erlebt habe. Die Welt begann sich in meinen Vorstellungen zu öffnen, und ich wollte ein Teil davon sein und mich mit ihr meinen Erlebnishorizont ebenso erweitern. Aber davon mehr in meinen nächsten Lebenserzählungen……..

*Bild -04- Joseph Rebell –*
*Vesuvausbruch bei Nacht (Öl auf Leinwand 1822)*

## Kapitel II

**Auf ins Leben** (Augusta Vindelicorum)
Beginn meiner beruflichen Laufbahn

**Octobris, 838** - ab urbe condita **(85 n.Chr.)**
im 4. Regierungsjahr des Erhabenen Caesars Domitian

Denke ich zurück an den Beginn meiner beruflichen Laufbahn, dann taucht vor meinem geistigen Auge immer eine Stadt auf. *Augusta Vindelica* – die Stadt benannt nach dem Gründer unseres Reiches, dem Nachfolger von Caesar – *Augustus Imperatore* – oder wie er auch vor seinem Regierungsantritt hieß – *Octavian.* Sah ich doch in seiner Regierungszeit die Verwirklichung der *Pax Augusta Romanum*[59] einer Friedenszeit, nach all den Wirren der Aufstände, nach der Ermordung von *Julius Caesar* durch Senatsmitglieder, und den nachfolgenden Bürgerkriegsumständen den Auseinandersetzungen zwischen den Heeren des *Octavian* dem Großneffen von *Gajus Julius Caesar* - und *Marcus Antonius*.

Ihnen voraus ging ein 17jähriger Bürgerkrieg um die Vorherrschaft im Reich, die er im Jahre 726 ab urbe condita (27v.Chr.) abschloss. Obwohl nach außen hin eine intensive Expansionspolitik betrieben wurde, begründete er nach innen hin im Reich die Pax Augusta Romanum und schuf damit das Wachstum des Reiches im gesamten Bereich des *Mare Nostrum.*[60]

---

[59] Pax Augusta Romanum = Allgemeine Friedensperiode, begründet durch Kaiserdynastien (200-250Jahre).
[60] Mare Nostrum = (lateinisch) für Mittelmeer

In seinem 12.Regierungsjahr begann dann die Romanisierung des Alpenraumes, und damit verbunden auch die Assimilierung meiner Vorfahren, den Kelten, dem Volk meiner Mutter. Damals bezeichnete man dies unter der einheimischen Bevölkerung, Eroberungsfeldzüge, heute weiß ich, dass dies trotz all der kriegerischen Umstände, uns allen aber auch einen Bezug zu einer angenehmeren Lebenskultur brachte. Augusta Vindelicorum, das bald nach Gründung des römischen Heerlagers zur Hauptstadt der Region wurde, war nunmehr das Zentrum für jegliches römisches Leben in dieser Alpenprovinz. Wenn man etwas werden wollte, so war dies die Stadt in der alles begann. So auch für mich, der ich nun 20 Jahre alt war, und meinem Vater nachzueifern begann. Die Welt war für mich zu klein geworden in meinem Geburtsort, nach all den Erzählungen die ich von Durchreisenden nah und fern hörte, denen wir als Kinder immer ungläubig mit erstaunten Augen und Ohren gelauscht hatten. In mir herrschte bereits seit meiner Kindheit ein unbändiger Drang die Welt zu entdecken. Und dazu bot dieses römische Reich die Gelegenheit.

Hatte es doch mein Vater in seiner 25jährigen Dienstzeit nicht nur zu Ansehen und Akzeptanz gebracht, durch seine Verdienste wurde ihm auch der Familiennamen *Clemens* mit den Zunamen *Claudius* dem während seiner militärischen Dienstzeit herrschenden damaligen Imperator geehrt. Seine ehemaligen militärischen und späteren geschäftlichen Beziehungen, hatten ihm und seiner Familie nicht nur erheblichen Wohlstand in Form eines Vermögens, sondern seiner Familie und

Nachkommen auch das „*Jus civile*[61]" – gebracht. Für mich stand fest, ich wollte ihm nicht nur nacheifern, mich zog es weiter fort die Welt kennenzulernen, und dafür war diese Stadt *Augusta Vindelica*. Nur war mir noch nicht klar ob ich mich in den zivilen Verwaltungs- oder militärischen Dienst einreihen sollte, um in meiner beruflichen Laufbahn vorwärts zu kommen.

Schweren Herzens akzeptierten mein Vater und meine Mutter meine Entscheidung, obwohl sie es lieber gesehen hätten, dass ich als Ältester den Besitz und die Bewirtschaftung unseres heimischen Anwesens in Abodiacum übernommen hätte. Ich tröstete sie mit dem Bewußtsein, daß für diese Aufgabe auch mein um vier Jahre jüngerer Bruder *Aeilius* bestens geeignet sei, und dass ich ja sowieso nur in *Augusta Vindelica*, eine Tagesreise per Schiff *licca*-abwärts stationiert sein würde. Damals erinnerte ich mich an die Worte eines Bekannten von meinem Onkel als wir als Jugendliche zusammen mit meinen Cousins *Sicatus* und *Marcus*, unsere ersten „Reiterfahrungen" im Gestüt meines Onkels *Indutus Licatus* machten. Damals war auch *Lucius Proximus* anwesend, der in der Provinzhauptstadt bereits einen einflußreichen Posten als städtischer Verwalter tätig war. Mit seiner Hilfe und Unterstützung begann ich in Augusta Vindelica meine ersten beruflichen Schritte und lernte das römische Verwaltungssystem von Grund auf kennen. Normalerweise hatte man es als ursprünglicher „Nicht-Römischer-Bürger" nicht einfach eine senatorische Verwaltungslaufbahn ohne finanziellen Hintergrund zu beginnen. Verfügte ich doch Dank meines Vaters über

[61] *Jus civile* = römische Bürgerrecht, konnte direkt oder nach ehrenvoller Dienstzeit auch auf Nicht-Römer übertragen werden

beides, das römische Bürgerrecht, sowie ein ansehnliches kleines Vermögen, das meine Eltern zusammengespart hatten, um mir diesen Schritt zu ermöglichen.

Trotzdem war es ein mühevoller Einstieg, wenngleich auch ein sehr trockener Lehr-und Lernprozess durch die Rechtsprinzipien der römischen Verwaltung, die mit der Übernahme von sämtlichen Provinzen, die erst militärisch erobert, romanisiert und dem Reich politisch eingegliedert wurden. Denn nach dem römischen Recht war man recht flexibel in der Auslebung der regionalen Gegebenheiten. Sei es religiöser, kultureller oder politischer Ansicht. Solange man den römischen Kaiser als das Oberhaupt und göttlichen Ursprunges anerkannte, seinen steuerlichen Verpflichtungen nachkam, konnte man auch andersartigen Glaubens sein. Ob man wie meine eigenen Vorfahren – die Kelten, den einheimischen seit langher regionalen Göttern in den eroberten Gebieten opferte, oder seinen persönlichen Lebensstil verwirklichen wollte. Das römische Reich akzeptierte die verschiedenartigen Götterwelten, solange dies in dessen Rahmen passte, erklärte mitunter auch die verschiedenen Götter trotz anderer Namensbezeichnungen zwischen den verschiedenen Bevölkerungsschichten, als gleichwertig. Zum Beispiel *„Jupiter“* – oberster römischer Göttervater – Hauptfigur der römischen Staatsreligion, Herrscher des Himmels und des Donners – ihm gleichbedeutend dem keltischen – *„Taranis“* – mit ähnlichen Eigenschaften. Oder *„Mars“* – römischer Gott des Krieges – mit dem keltischen Pendant – *„Teutates“*, Gott aller Stämme, Kriegsgott und Erfinder aller Künste. Aber auch „Venus“ – der Göttin der Liebe, und Fruchtbarkeit, ihr gleichbedeutend im keltischen – *„Branwen“*. So zog sich dies durch den ganzen Götterhimmel, wieviel da auch unter oder über dem großen Sternenzelt wohnen mochten. Dass es da vielleicht nur einen geben mochte, kam mir damals nicht in den Sinn, mit solch ungewöhnlicher Auffassung sollte ich erst viel später in meiner Laufbahn konfrontiert werden. Vor allem die Liebe – sollte mich in jungen Jahren in Ihren Bann ziehen, nur hatte ich damals noch keine Vorstellung davon, was dies auch für Schwierigkeiten mit sich bringen konnte. Karriere und Liebe – war selten in einem zu vereinen, doch das sollte mir noch erst später zur Bedeutung werden.

Eines Tages, nachdem ich an die ersten drei Verwaltungsdienstjahre absolviert hatte, trat mein Gönner *Lucius Proximus* an mich heran und fragte mich ob ich ihn denn nicht zu seiner Familienverwandschaft begleiten wollte, die ca. 11 Meilen aufwärts an der Straßenverbindung der *Via Claudia* eine Guts-Villa bewohnten. Nun dieses Besuchsangebot schien mir ein wenig Abwechslung in den Alltag zu bringen, und so willigte ich ein, und 3 Tage später nahmen wir Platz in einem Pferdegespann und ab gings in Richtung Süden. Was ich zu diesem Zeitpunkt aber nicht wusste, war, daß mein Mentor *Lucius Proximus* anderes im Sinn hatte. Liebäugelte er doch schon lange damit, dass seine Großnichte *Flavia* in ihrer aufblühenden weiblichen Schönheit mit 20 Lenzen immer noch nicht verheiratet war. Da kam ihm die Gelegenheit sicherlich recht, seinen Schützling, der eine gute berufliche Position in der Provinzhauptstadt anstrebte, durch die Bande der „*Venus*" aktiver an seine verwandte Familie zu schmieden. Aber dies alles wusste ich zu diesem Zeitpunkt noch nicht. Vorbei gings an der ebenen Strasse durch diese wunderschöne Licca-Landschaft, und kurz bevor wir am Ziel des Gutshofes ankamen, sah ich eine Wegbiegung deren Meilenstein rechts abgehend ca, 12 Meilen weiter zu einer weiteren römischen Siedlung *Rapis*[62] genannt, hinwies. Die Siedlung war, wie ich von *Proximus* hörte, nicht unbedeutend, wurde dort doch auch eine bedeutende Werkstatt, in der das römische Porzellan, hergestellt aus dem dortigen Lössmaterial, der berühmten *„terra sigillata“,* das in jedem bedeutenderen römischen Haushalt gut und gerne seinen Absatz bei der Dame des Hauses fand.

Vor uns erstreckte sich jetzt am Reiseziel eine ansehnliche Villa - *Flaviana*[63] genannt, wie mir *Lucius* erklärte, Blumen, Gärten, sowie weiteren Hof und Wirtschaftsgebäuden umsäumt von brusthohen Mauern, die sich um das gesamte Areal zogen. Darum herum wogten in goldgelben Farben ergiebige Weizenfelder, die für die Versorgung des Gutshofes als auch der naheliegenden Provinzhauptstadt dienten. Diese Gutshöfe, so erklärte mich *Lucius Proximus*, wären die Grundversorgungsadern des römischen Straßennetzes, mit den umliegenden Siedlungen und militärischen Standorten, und bei guter Betreuung könne ein Besitzer einen erheblichen finanziellen Vorteil erwirtschaften, sofern er diesen sorgsam bewirtschaftete. Aufmerksam geworden aufgrund des abrupten Haltes des Kutschers von unserem Reisewagen, trat eine in mittlerem Alter, ca. an die 40 Jahre alte Dame aus dem an einer Treppe liegenden erhöhten Hauseingang und begrüßte *Lucius Proximus* überaus freundlich. Ihr zur Seite gesellte sich nach einigen Minuten anscheinend auch der Hausherr, sowie 2

---

[62] Rapis = römische Siedlung bekannt für wertvolle Terra Sigillata Manufaktur

[63] Villa Flaviana = Gutshof an der Via Claudia liegend (in etwa heutiger Siedlung Königsbrunn entsprechend)

Jugendliche im Alter von ca. 18 und 16 Jahren. Umso überraschter war ich, nachdem auch ich mich aus dem Reisewagen geschwungen hatte, als noch eine jüngere Dame, ca. an die 20 Jahre, aus dem Hauseingang trat. Ihr Haar leuchtete golden wie die Weizenähren, die ich auf den umliegenden Feldern am Wege hierhin schon bewundert hatte. Ihre Augen leuchteten in tiefstem Saphirblau, die mich jemals angeblickt hatten, und der Körper, der dieses liebreizende Haupt trug, das ich jemals gesehen hatte, bewegte sich anmutig die Stufen des Hauses herunter auf den Hof. Mir blieb der Atem stocken, ich war so beeindruckt, dass mir in den ersten Momenten der Atem fast stillstand. Ein seitlicher Blick von *Lucius Proximus* genügte, um die Situation zu erkennen, was sich hier abspielte, und sein gönnerhaftes Lächeln bewegte sich von mir, weiter zum Hausherrenehepaar, um dann mit weitgeöffneten Armen diese überschwänglich zu begrüßen, was sich nach seiner Vorstellung der Personen als seinen Neffen *Fulvius* und seiner Frau *Domitia* herausstellte, sowie deren Söhne *Linus* und *Decius*. Na, habe ich Euch zuviel versprochen, als ich euch meinen Zögling in den Verwaltungsdienst des kaiserlichen Legaten zum Besuch angekündigt habe? Erst da dämmerte es mir, dass dieser Besuch nicht nur so zufällig zustandekam, sondern anscheinend schon seit längerer Zeit geplant war. Aber das war mir gleich, solange ich nur in dieses lächelnde Angesicht sehen durfte, das sich mit Ihrem Namen als *Flavia Domitilla* vorstellte. <“*Kommt rein*”>, lud uns die Hausherrin freundlich auf ins Haus zu treten. <“*Unsere Gäste können sich dann ja kurz erfrischen, und bis wir etwa in 2 Stunden essen, kann ja Flavia unserem jungen Gast das gesamte Anwesen zeigen*”>, dem ich natürlich mit freudestrahlendem Gesicht bejahend und gerne zusagte. Diese wunderschöne

Venus hatte mir mein Gemüt vom ersten Augenblick an verzaubert, sodaß ich meinen Anblick nicht von ihr lösen konnte, während sie mir den Gutshof zeigte. An die Wohngebäude anliegend schmiegten sich weitere Gebäude, einige Wirtschaftsgebäude sowie Unterkünfte der Bediensteten, die hier am Gutshof tätig waren. Etwa 50 Schritte einem sanften ansteigenden Hügel folgend lag auch ein römisches Badegebäude[64] etwa mit einer Fläche von 80 Ellen im Quadrat. Darin liegend befanden sich mehrere Räumlichkeiten, mit inliegendem Kalt- und Warmwasserbecken, Ruhe- und Umkleideraum, was sowohl den Bewohnern dieser Anlage, aber auch den an der Via Claudia Durchreisenden zur Verfügung stand. Umso erstaunlicher beeindruckte es mich, da nicht viele Strassenstationen mit einem solch wohlhabenden Komfort, wie diesem Anwesen ausgestattet waren, und von enormer Bedeutung zeugten. In einiger Entfernung lag noch ein Gebäude, das, wie mir *Flavia Domitilla* erklärte, einer Darre entsprach, worin die abgeernteten Landwirtschaftsgüter zur längeren Haltbarkeit getrocknet wurden, bevor man sie selbst nutzte, oder zum Weitertransport in andere umliegende Siedlungen transportierte. Alles in allem war die Lage dieses Gutshofes wirklich ideal angelegt, auf einer Hochterrasse liegend in Richtung Osten sanft abfallend, wo sich der *Licca*-Fluß in ca. eineinhalb Meilen Entfernung durch die Auen zog.

---

[64] Röm. Badegebäude; Grabungen 2002-12, durch Archäolog. Arbeitskreis für Vor- u. Frühgeschichte auf dem Gelände des heutigen neuen kath. Friedhofes von Königsbrunn.entdeckt.

**Anmerkung d. Autors:** Diplomarbeit: Julia Polleres (1999) „Eine römische Ansiedlung mit Mithräum in Königsbrunn"

Ein sonderbares Gebäude zog meine Aufmerksamkeit auf sich – ein niedriges – vielleicht etwa 2-Mann hohes Steingebäude, in der Nähe etwa an die 100 Ellen[65] entfernt in südlicher Richtung liegend. 2 Seitenmauern umgrenzten mit einem flachen Runddach überdeckten das Gebäude, das wir auf meine Bitte hin betraten. Inmitten des Hauptraumes, etwa an die 50 Ellen im Quadrat, rechts und links umsäumt von steinernen Bänken erhob sich ein Altar, mit einem bunten Relief ausgestattet. Dieses zeigte einen Stier mit einem über ihm liegenden Mannes, dessen Haupt mit einer runden Haubenmütze bedeckt, und in der rechten Hand ein Messer haltend, das er dem Stier an seine Kehle hielt. Kerzenstummel umringten den Weihealtar, dazwischen blinkten einzelne Münzen, die Reisende hier wahrscheinlich geopfert hatten. Die Szene umsäumten noch zwei seiner Begleiter, mit Namen *Cautes* und *Cautopates*, wie mir Flavia erklärte, sowie ein Sternenhimmel. *Flavia Domitilla* erklärte mir, dass dies ein römisches Heiligtum sei, dessen Darstellung einen Stiertöter und Weltenherrscher symbolisierte, der von Sternbildern umrahmt war. Dieser römische Kult war von römischen Legionären, die im Osten das *Mare Nostrum* stationiert waren, hier in diesen Kulturbereich mit deren Versetzung an die Grenzbefestigung des Limes in der Alpenregion mitgebracht wurden. Der Kult war allerdings nur Männern vorbehalten. Nach sieben Weihestufen sollten die "Eingeweihten" die geistige "Unsterblichkeit" erhalten, Sowohl das "Heiligtum des *Mithras*[66]", wie

---

[65] Elle = römisches Längenmaß (100 Ellen entsprechen ca. 45 Meter)

[66] Mithras = ein im 1. Bis 4. Jh. n.Chr. religiöser Kult im röm. Reich, mit Ursprung in Vorderasien, Zeitreal einstufbar ab Ende 1.- Mitte 2.Jh. nChr. durch Legionstruppenverlegung in den germanisch/röm. Bereich importiert.

**Anmerkung d. Autors:** Beispiel Königsbrunn, auf ursprünglich. röm./kelt. Weihetempel, Nähe zu röm. Villa Rustica an einer Strassenstation errichtet.

*Flavia-Domitilla* es nannte, als auch das naheliegende Badegebäude, war ein Bestandteil des Anwesens, das unmittelbar an der Fernverkehrsverbindung der *Via Claudia* lag, und von jedem durchreisenden Händler, zivilen Reisenden, oder auch militärischen Centurien, genutzt werden konnte. Dies umso mehr, da dieser Halt an der letzten Station vor der Provinzhauptstadt *Augusta Vindelica* lag, und von Durchreisenden, die hier an diesem Orte hielten und übernachteten, gerne als Erholung von der beschwerlichen Reise auf der römischen Fernstraße genutzt werden konnte.

Mit solch ausführlichen Informationen ausgestattet, kehrten wir ins Hauptgebäude zurück, wo man das Abendessen durch die Dienerschaft vorbereitet im *Triclinium*[67] auf niedrigen Tischen zum Verzehr aufbereitet hatte. Die Hausherrin lud uns ein zuzugreifen, was uns alle nicht ein zweites mal gesagt werden mußte, da sich der Appetit an dem servierten Speisen orientierte. Laut der Hausherrin bestand das abendliche Hauptmahl aus drei Gängen. Als Vorspeise gab es Gemüse, Salat, gekochte Eier und Fisch, gefolgt vom Hauptgang mit gebratenem Geflügel, mit Gemüse und Hülsenfrüchten. Als Nachtisch wurde dann Obst und Gebäck serviert, da hätte selbst „*Licinius Lucullus*[68]" seines Zeichens bekannter Gourmet, zur Ehre gereicht. Solchermaßen gestärkt verbrachten wir den gemeinsamen Abend noch in gelöster Unterhaltung, so manchen Philosophen der

---

Grabungsfreilegung ca. 1976/77; auf dem Gelände des heutigen Friedhofes von Königsbrunn.

[67] Triclinium = römischer Wohn- und Speiseraum
[68] Licinius Lucullus = (* 117 v. Chr.; † 56 v. Chr.) römischer Senator u. Feldherr, bekannt durch Gourmet.Gastmahle

Antike erläuternd, bis dass uns die Müdigkeit an die späte Stunde mahnte, die so schnell ohne dass wir es gemerkt hatten, hereingebrochen war.

Den nächsten Tag verbrachten wir noch mit einigen gemeinsamen Gesprächen sowie Spaziergängen in der sommerlichen Idylle der Umgebung, bis dass uns *Lucius Proximus* zum Aufbruch zurück nach Augusta Vindelicorum gemahnte. Soviel sei gesagt, es blieb nicht bei diesem einmaligen Besuch bei den freundlichen Gastgebern. Man sah uns oft und gerne als liebe Besucher, insbesondere für mich der ich die Gesellschaft von *Flavia-Domitilla* sichtlich genoß, und die Besuche zur Knüpfung der zarten Bande des Herzens miteinander nutzte. Der Wunsch der Gastgeber mich als ihren zukünftigen Schwiegersohn noch öfter empfangen zu können, erfüllte sich zu meinem und deren Leidwesen jedoch nicht, kam es doch anders, als ich es selbst mir vorerst gewünscht hätte, aber davon mehr in meinen nächsten Erzählungen.

**Aprilis, 842** - ab urbe condita **(A.D. 89)**
im 9. Regierungsjahr des Erhabenen *Caesars Domitian*

Ja, es waren stürmische Zeiten, die in unserem Reich heranbrachen. Meine ursprüngliche Absicht weiterhin eine politische Laufbahn für mich in der Provinzhauptstadt *Augusta Vindelicorum* einzuschlagen, begann sich aufgrund der hereinbrechenden Ereignisse mehr und mehr zu ändern. Als ich vor 4 Jahren meine zivile amtliche Dienstlaufbahn einschlug, mehrten sich die Meldungen, dass im Osten des Reiches ziemlicher Aufruhr unter der dortigen Bevölkerung herrschte. Dieses Gebiet bevölkerte eine bunte Schar von Volksstämmen – darunter die *Jazygen, Costobocen, Quaden, Sarmaten, Roxolanen* – nur um einige von ihnen zu nennen. Insbesondere ein Volksstamm *Dake*r[69] genannt, aus dem Raume am *Pontus Euxinus*[70] liegend entstammend, fielen mit ihren Kriegerhorden in das Grenzgebiet unserer errichteten Provinzen von *Moesia-*[71] und Pannonia Inferior[72], in das neu besiedelte Gebiet ein. Raubend und mordend, gemäß den Berichten zufolge, brandschatzen sie Siedlungen und umliegenden Landschaften, sodass ein gefährlicher Brandherd in diesem Gebiet entstand. Dies veranlasste unseren erhabenen Caesar *Domitian* in das unruhige Grenzgebiet eine Strafexpedition zu entsenden, die Ruhe und Ordnung wiederherstellen sollte. Wider Erwarten jedoch, wurde der dortige römische Statthalter *Gaijus Oppius Sabinus*[73] in den Aufständen getötet, was

---

[69] Daker = Volksstamm, im Gebiet der Schwarzmeerküste (Bulgarien) lebend.
[70] Pontus Euxinus = Schwarzes Meer
[71] Moesia inferior = römische Provinz am Schwarzen Meer
[72] Pannonia inferior = röm. Provinz (heutiges Gebiet Ungarn)
[73] Gaijus Oppius Sabinus = Statthalter der Provinz Moesia

*Domitian* veranlasste sich persönlich mit seiner Anwesenheit seiner militärischen Truppen in diesem Gebiet stärker zu widmen. Die Kämpfe an denen er persönlich teilnahm, stockten vielfach, da der Gegner ziemlich hartnäckigen Widerstand leistete, und es dauerte über zwei Jahre einen einigermaßen „geordneten“ Zustand zu erreichen. Der dortige dakische König *Diupaneus*[74], befürchtete aber die Folgen des römischen Einmarsches, und trat zugunsten seines Neffen *Decebalus*[75] seinen Herrschaftsrückzug an.

Nun eben dieser neue König war nicht zu unterschätzen, da dieser eine militärisch hoch qualifizierte Person war, großes charismatisches Verhandlungsgeschick zeigte, und enorm zielstrebend zurückschlagen konnte. Dies bekam auch der neu eingesetzte Prätorianerpräfekt *Cornelius Fuscus*[76] zu spüren, der die von *Domitian* befohlene Strafexpedition übernommen hatte, jedoch dabei vom Gegner vernichtend geschlagen wurde. Auch seinem Nachfolger, dem Legaten *Tettius Julianus*[77], blieb der Erfolg verwehrt, als dieser von der Stadt Banat auf die gegnerische Siedlung *Sarmizegetusa*[78] vorstoßen wollte, jedoch scheiterte. Die hohen Verluste an Offizieren zwangen die Offensive diesen verlustreichen Feldzug abzubrechen. Weitere Versuche den dakischen König Decebalus in die Knie zu zwingen, blieben die nächsten beiden Jahrzehnten erfolglos, und sollten das römischen Reich unter den folgenden Caesaren noch weiterhin beschäftigen, was wie ich selbst damals aber noch nicht ahnen konnte, sollte es doch noch viel mit meinem eigenen

---

[74] Diupaneus = Dakischer König
[75] Decebalus = Dakischer König
[76] Cornelius Fuscus = römischer Feldherr
[77] Tettius Julianus = römischer Feldherr
[78] Sarmizegetusa = Hauptstadt des antiken Reiches der Daker.

Schicksal zu einem späteren Zeitpunkt noch ereignisreich zu tun haben.

Damit aber nicht genug, war vor wenigen Wochen im Monat *Januarius* in der naheliegenden Provinz *Germania Superior*[79] auch ein Legionsaufstand in *Mogontiacum*[80] losgebrochen. Ursprünglich hing dies mit dem Aufstand des germanischen Volksstammes, der Chatten[81] zusammen. Im Jahre meines Eintrittes in die zivile Verwaltungslaufbahn in *Augusta Vindelica*, fielen germanische Stämme in das Gebiet um *Mogontiacum* ein. Einem bedeutenden Geschichtsschreiber meiner Zeit, namens *Tacitus*[82] zufolge, war dieses Volk sehr ähnlich dem unsrigen. Offensichtlich war dieser germanische Stamm mehr als alle andere Stämme Bergbewohner, verfügten über kräftige Körper, sehnige Beweglichkeit und einem regen Geist. *Tacitus* schilderte mit seinen Worten, daß dieser Stammesverband sehr dem unseren, der Römer, glich. Disziplin, Organisationsgeschick, und wie unsere Legionäre führten sie ihr Marschgepäck mit sich, ordneten sich den Befehlen ihrer Heerführer unter, verschanzten sich in ihren Marschlagern über Nacht, und standen dem Feind am Tage in geordneter Schlachtreihe gegenüber. Auch hatten sie einen sonderbaren Initiationsritus[83]. Sie ließen, sobald sie das Erwachsenenalter und damit Ihrem Kriegerstatus erreichten, Haupt- und Barthaar wachsen und einer Gottheit weihen. Getöteten Feinden schnitten sie die Haartracht ab, und bezeichneten sich damit ihres Stammes

[79] Germania superior = Obergermanien
[80] Mogontiacum = Mainz
[81] Chatten = germanischer Stamm, der im heutigen Taunusgebiet siedelte
[82] ***Tacitus*** = röm. Senator + Historiker (* 58 n. Chr.; † um 120) im Werk Germania Kap. 30, 31
[83] Initiationsritus = Übertritt vom Jugendlichen zum Erwachsenen (Krieger)

und ihrer Eltern würdig, und damit hätten sie ihre Geburt bezahlt. Tapferkeit im Kampfe unterstrichen sie mit dem Tragen eines eisernen Ringes, und behielten auch die wildwachsende Haartracht ihr gesamtes Leben lang. Ebensowenig heirateten sie, ja ließen sich sogar von anderen Stammesangehörigen versorgen.

Dies alles schien mir zu damaligen Zeiten aufgrund der etwas übertrieben Schilderungen sehr fragwürdig, zumal dieser Mann hauptsächlich zivile Staatsämter bekleidete, sich aber nie an den diversen Kämpfen in den Provinzen engagiert hatte.
Zumal im selben Jahre 842a.u.c.[84] (89n.Chr.), ein Legionsaufstand wie bereits von mir erwähnt im nahen *Mogontiacum* ausbrach. Urheber war ein gewisser *Lucius Antonius Saturnius*[85], dessen Gründe nie so richtig eruiert werden konnten. Dieser wurde von seinen Truppen der *Legio XIII- Gemina*, und der *Legio XXI-Rapax* zum Herrscher ausgerufen. Angeblich, so sagt man, wurde *Saturnius* von unserem Herrscher *Domitian* des Verbrechens der Unzucht (*corpore infamis*[86]) bezichtigt, was diesen umgehend veranlasste sich gegen ihn zu erheben. Dieser Aufstand dauerte nur kurz, 42 Tage genügten, um diesen durch den Statthalter der Provinz *Germania inferior – Aulus Bucius Maximus*[87] niederzuschlagen, der *Domitian* damit zuvorkam, als dieser mit seinen Prätorianern aus Rom nach Norden anrücken wollte. Die dem Kaiser treu gebliebenen Legionstruppeneinheiten, erhielten den ehrenden Namenzusatz „*Pia fidelis*“. Jedoch verfügte *Domitian*, daß

[84] a.u.c. = ab urbe condita; von Roms Gründung (753 v.Chr.) aus gerechnet
[85] Lucius An. Saturnius = röm. Rebellionsanführer gegen Domitian
[86] Corpore infamis = Homosexualität (Knabenliebe)
[87] Aulus Bucius Lappius Maximus = röm. Feldherr, Politiker und Senator Ende 1.Jh. n.Chr.

keine zwei Legionen mehr in einem gemeinsamen Lager verbleiben sollten. Damit verbunden, beeinflußte dies auch die Entwicklung eines seit den Zeiten des Caesar *Tiberius*[88] gegründeten Legionslagers das am Flusse des Unteren Flußabschnitt des *Rhenus*, dem Legionslager *Ulpia Noviomagus Batavorum*[89] und späterem Standort der „*Legio X-Pia fidelis*" führte, was für meinen weiteren Lebensweg noch bedeutend werden sollte.

Der damit verbundene erneute Aufstand der Chatten, die *Saturnius* unterstützen wollten, wurde niedergeschlagen. Man begann danach in mehreren Zeitabschnitten zur Verkürzung des römischen Grenzverlaufes des Flusses *Rhenus*[90] und dem raetischen *Danuvius*[91], einen Grenzwall, genannt den *Obergermanisch-Raetischen-Limes*[92] gegen diese Volksstämme zu errichten, um die Provinz abzusichern, da diese über sehr fruchtbare Böden zum Anbau von Getreide verfügte. Dies war insbesonders wichtig, um die Versorgung der militärischen Stationen, sowie alle ansiedelnden Bürger mit dem wichtigsten Lebensmittel des Reiches, dem täglichen *Panem*[93] zu versorgen. Angeregt durch diese Schilderungen, überdachte ich meine Absicht, mich weiterhin in der Ausbildung ziviler Ämter weiterhin zu bewegen. Mein Geist strebte nach weiteren Zielen, die sich nicht nur in dieser Hauptstadt der Provinz *Vindelica* bewegen sollten. In mir gab es viele persönliche Umbrüche, hatte ich doch wie im vorigen Kapitel geschildert, der Liebesgöttin

---

[88] Tiberius = röm. Kaiser (* 42 v. Chr.; † 37 n. Chr.)

[89] Noviomagus Batavorum = röm. Kastell/Siedlung am unteren Rhein (b. Nymvegen/Niederlande)

[90] Rhenus = Rhein

[91] Danuvius = (auch Danubius) Donau

[92] Obergermanisch-Raetischer-Limes = Grenzwall zu Ende des 1.Jh.

[93] Panem = lat. Bezeichnung für Brot

Venus gewebtes Netz, meine ersten Erfahrungen in der Person von *Flavia-Domitilla* heimgesucht. So sehr mich diese gelegentlichen Besuche unweit von *Augusta Vindelica* in meinem Herzen beflügelten, so sehr brannte jedoch auch in mir die Flamme der Freiheit, des persönlichen Bewegungsdranges, den ich schon seit meiner Jugend kannte. Alle Bemühungen meines amtlichen Gönners *Lucinius Proximus* mich mit *Flavia-Domitilla* in der Ehe zu verbinden, und damit meine zivile amtliche Karriere in der Provinzhauptstadt zu festigen, schlugen fehl. Ja mehr noch, je stärker er darauf drängte, desto mehr gewann mein Herz Abstand von dieser Idee, die viele andere junge Männer aufgrund der herzensmäßigen Umstände, sowie Karrieremöglichkeiten einer gesicherten zivilen Amtslaufbahn, in meinem Alter sicher gerne angenommen hätten. So kam was kommen mußte – ich entschied mich für meinen weiteren Lebensweg, von der zivilen zu einer militärischen Ausbildungslaufbahn hin zu bewegen, auch auf Kosten, dass ich damit meine herzensmäßige Beziehung zu *Flavia-Domitilla* aufgeben mußte. Im Folgejahr dieser schicksalsschweren Überlegungen, hatte ich mich für die militärische Laufbahn in meinem weiteren Leben entschieden.

## Kapitel III

## Militiae

(Militärdienst/Gontia/Offiziersausbildung)

**Octobris, 843** - ab urbe condita **(A.D.90)**
im 10. Regierungsjahr des Erhabenen Caesars Domitian

***Sed in primis ad fontes ipsos properandum***
*Man muß vor allem zu den Quellen eilen*

Mit Beginn diesen Jahres hatte sich meine Laufbahn von der zivilen zu einer militärischen geändert. Aber wie das Sprichwort sagt „*es ist noch kein Meister vom Himmel gefallen*", so war auch mein Beginn nicht mit Erleichterungen gesegnet. Zwar hatte ich aufgrund meiner Herkunft den großen Vorteil in der militärischen Rangstufe nicht vom einfachen Legionärsrang zu beginnen, sondern konnte mit dem untersten Rang einer ritterlichen Laufbahn als Offiziersanwärter beginnen. Die „*tres militae equestres*[94]" begleiteten mich von nun an 24 Stunden am Tag, durch die nächsten zehn Jahre. Darin sollte ich mich als Alternative zum *cursus honorum*[95] mit dem Hintergrund meiner vorherigen Amtszeit für eine spätere militärisch/zivile Verwaltung vorbereiten. Zur besseren Orientierung dieser unterschiedlichen Dienstränge möge sich der/die Leser/in in die am Ende angefügten „Ergänzenden Erklärungen" begeben, sodaß ich im Flusse meiner Erzählungen nicht die Übersicht

---

[94] Tres militae equestres = („drei Militärposten) Reiterorden in der kaiserlich römischen Armee, bestehend aus dem Präfekt einer Kohorte (Praefectus cohortis), Militärtribun (Tribunus angusticlavius) und Präfekt einers Ala (Flügel)

[95] Cursus honorum = ziviler Senatsorden

verliere, und damit dem/der Leser/in nicht zuviel strapaziere.
Eine weitere Hilfestellung über den Aufbau einer Legion, sowie Auxiliartruppeneinheiten bieten nachstehende Tafeln, die den Lesern mehr Aufschluß zur militärischen Struktur geben mögen. Auch ich mußte mich nun die nächsten Jahre meiner Laufbahn mit all diesen Begriffen mehr und mehr vertraut machen, deshalb sei meinen Lesern verziehen, wenn auch diese mit all den Begriffen in der Folge sich auseinandersetzen sollten, um zu verstehen, was der militärische Alltag sowie Aufgabenstellung, und damit verbunden entsprechende Rangstruktur mit einer solchen Aufgabe einhergehen.

Nicht weit entfernt der raetischen Provinzhauptstadt in Richtung Westen in einer Entfernung von ca. 30 Meilen lag das Kastell, *Gontia*[96] genannt, und darum liegend eine kleinere Ansiedlung, das nun meine Heimat für den zukünftigen Lebensabschnitt werden sollte. Hier stationiert war die *Ala II Flavia*[97] eine Reitereinheit der Auxiliartruppen der römischen Armee. Zu besseren Unterscheidung für den Leser sei gesagt, dass sich die Römische Armee in 2 Bereiche aufteilte. Die Legion(en) zu je 4.800 - 6.000 Legionären, sowie ihr zur Seite gestellt die Auxiliar- (Hilfs-) Truppen genannt, die in der Regel aus verbündeten Völkern oder freien Bewohnern (ohne Bürgerrecht = *peregrini*) der Grenzprovinzen rekrutiert wurden. Bei ehrenhafter Entlassung erhielten die Soldaten nach dem Ende ihrer Dienstzeit zumeist das römische Bürgerrecht.

---

[96] Gontia = Günzburg, 77/78 als Castrum an Flussmündung von Günz a.d. Donau errichtet

[97] Ala II Flavia (Gemina) = milit. Auxiliartruppe, (Günzburg), ab 106/117 in Heidenheim, später 160 nach Aalen verlegt

Der Ort liegt an der Mündung der beiden Flussläufe *Gonza*, und *Nao* in den Fluß *Danuvia*. Das Kastell Gontia wurde ungefähr vor 15 Jahren zur Verteidigung der Grenzlinie am Danuvius begründet, worum sich in späteren Jahren eine kleine Ansiedlung ergänzte. Der Name – so habe ich mir sagen lassen, leitet sich ab aus dem lat. Begriff „*Gheu*“ im Sinne „*wasserreicher Fluß*“ bedeutend, aber nach der keltischen Flußgöttin „*Gôntia*“ benannt, deren Kult von den Römern übernommen wurde. Dies bezeugte auch ein errichteter Weihestein in einem keltischen Heiligtum mit dem Text *Gontiae sacr(um) – „der Gontia geweiht*“.

Ergänzend sei gesagt, dass an diesem ursprünglichen Grenzfluß des *Danuvius* sich die Kastelle in Abständen von ca. 20 Meilen[98] reihten, um entsprechende Flußübergänge ins germanische Grenzgebiet abzusichern. Erst in den letzten 20-30 Jahren wurde die Grenze allmählich 30-40 Meilen weiter in den Norden verschoben, man begann diese später den *obergermanisch-raetischen Limes* zu bezeichnen. Was römische Militärlager (castra) angeht, so unterscheidet man zwischen einem kurzlebigen Marsch- oder Belagerungscastra mit Zelten zur Zeit der Römischen Republik, sowie einem massiv ausgebauten römischen Standlager (*castra sativa*) bestehend aus Holz-, Fachwerk- oder Steinhäusern, wie es vergleichbar zur Verteidigung der riesigen Reichsgrenze (*Limes*) in der Kaiserzeit eingerichtet wurde.
Bevorzugte Orte waren leicht erhöhte übersichtlichen Gelände in der Nähe von Gewässern, Wäldern und Wiesen, die man zur Wasser-, Holz- und

[98] Roem. Meile = 0,675km

Grünfutterversorgung nutzen konnte. So auch dieses – *Gontia* – genannt, das hier an einer Flußmündung der *Gonza* in den *Danuvius* lag. Berichten zufolge wurde dieses Lager unter dem damaligen Herrscher *Vespasian* vor ca. 23 Jahren gegründet, um den Flußübergang des Danuvius in die nördlichen Bereiche der germanischen Stämme der Chatten abzusichern.

Bereits auf meinem Weg hierher von *Augusta Vindelica*, das in einer Entfernung von annähernd 38 Meilen entsprach, stellte ich fest wie gut ausgebaut eine römische Trasse sein konnte. Ausgehend von dem sanften Becken der *Licca*-Ebene, in dem die Hauptstadt der Provinz *Raetia* lag, ging die Strasse über sanfte Hügel und Täler in Richtung Nordwesten, mal eine Schwenkung nach links, später rechts je nach der Geländelage, vorbei an kleineren Weilern und Raststationen, bis sich nach ca. 8 Wegstunden mit unserem Reisewagen, der *rheda*[99] die Landschaft zu einer Ebene auslaufend zum Danuvius weitete. Die Reise war nicht ganz bequem, trotz der gut ausgebauten Strasse, jedoch besass das robuste vierrädrige Gefährt 2 Sitzbänke mit je 3 Personen belegt, und einer Plane überdeckt. Mit im Wagen war das Gepäck der Reiseteilnehmer, sowie etwas Fracht, das der Kutscher mit 2 Pferden transportierte, zu seinem Reiseziel transportieren sollte. Zusammen mit mir waren es 5 Personen, die nach Gontia wollten, einem Kaufmann mit seinem Diener, ein Beamter auf der Durchreise, sowie zwei angehende Rekruten, die mit mir an der Militärstation ihren Dienst antreten sollten. Um eine Vorstellung der Entfernungen und Wegstrecken zu bekommen, sei gesagt, daß wenn man von unserem Ziel

[99] Rheda = vierädriger Wagen, für Lasten und Personentransport

aus zur nächsten Provinzhauptstadt *Mogontiacum*[100] weiterfahren würde, so bedeutete dies eine zusätzliche Strecke von ca. 220 Meilen. Mit einem solchen Gefährt würde dies an die 5-6 Tage dauern, 1 Meldereiter für dieselbe Wegstrecke mit entsprechendem Pferdewechsel würde knapp 1-1/2 Tage benötigen, was natürlich eine ausgezeichnete Strassenverbindung und entsprechende Versorgungsstationen im Reiche erforderte. Aber es ist natürlich ein Unterschied, ob man selbst reitet, oder in einem solchen Reisegefährt als Passagier unterwegs ist, und jeden erhöhten Stein auf der Strasse über den der Wagen fährt, spürt. Solchermaßen durchgeschüttelt, müde und hungrig kamen wir natürlich an diesem Abend an unserem Ziel an.

Wir 3 Rekruten meldeten uns am Lagertor, und bekamen nach einigem Warten einen Bereich zugewiesen, wo wir übernachten konnten, mit dem Auftrag uns am Morgen umgehend beim Lagerkommandanten zu melden. Zufrieden verzehrten wir die Reste unser Essensration, die wir bei unserer Abreise mitbekommen hatten. Unser Gespräch richtete sich etwas ausführlicher auf das persönliche Kennenlernen, sowie was wir für Ziele in der Armee verfolgten. Einer der beiden stellte sich als *Titus Flavius Quintinus*[101] vor, der andere als *Victorinus Longinus*. Es waren junge wehrtaugliche Männer im Alter von 20-25 Jahren, denen der Dienst an der Waffe schmackhaft gemacht wurde, nach Beendigung der militärischen Laufbahn das verbriefte Bürgerrecht für sich, der Ehefrau und auch für die Kinder zu erhalten. Überdurchschnittlicher Sold, ein großzügiges

---

[100] Mogontiacum = Mainz, Hauptstadt der Provinz Germania superior

[101] ***Titus Flavius Quintinus*** = Mit-Rekrut von CPC im Kastell Gontia (historisch belegt – siehe Namensverzeichnis)

Entlassungsgeld, mit dem man danach eine zivile Existenz aufzubauen konnte, und später für die Armee als landwirtschaftlicher Versorgungsbetrieb fungierte, lockten viele, die in deren eigenen Familien nicht diese Chance hatten. Bewohner *Raetien's*, schätzten wie das Nachbarvolk die *Noriker,* bereits vor der römischen Alpeneroberung den Wohlstand des Mittelmeerraums, durch die importierten Konsum- und Gebrauchsgüter. Dies war auch mitunter der Grund für die schnelle und meist friedlich ausbreitende Romanisierung, was viele männliche Rekruten für die Armee brachte die damit auch die Vorteile der römischen Lebensweise schätzten. Dies vor allem belegt durch den minimalen Widerstand der urbanen Bevölkerung, während sich in anderen Regionen und eroberten Provinzen manchmal erheblicher Widerstand, und damit verbunden kriegerische Auseinandersetzungen, mitunter auch einen hohen Blutzoll forderte.

Besonders der erste – *Titus Flavius Quintinus* – sollte mir in späteren Jahren meines Dienstes ein guter Freund und Weggefährte werden, aber das konnte ich zu diesem Zeitpunkt noch nicht wissen. Nach diesem ersten Interessensaustausch nach der gemeinsamen Reise forderte der lange Tag seinen Tribut, und wir begaben uns alsbald zur Nachtruhe, in der wir bald danach in einen erholsamen Schlaf sanken.

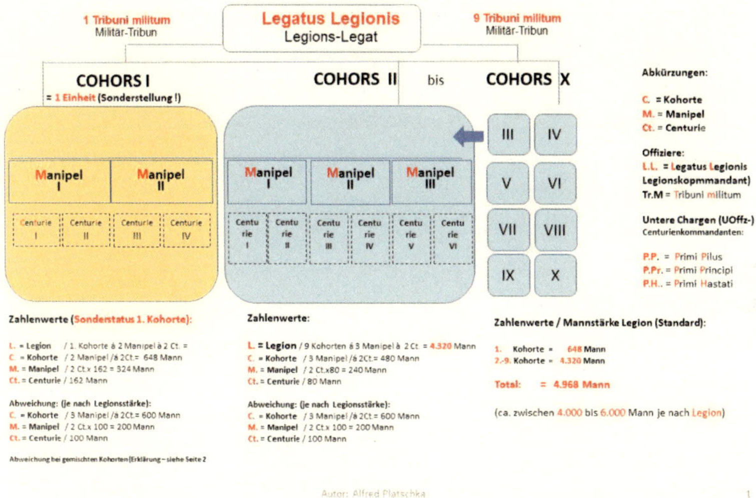


Bild -05- / Der Autor / Aufbau einer römischen Legion und deren Einheiten, sowie deren Mannschaftsstärken

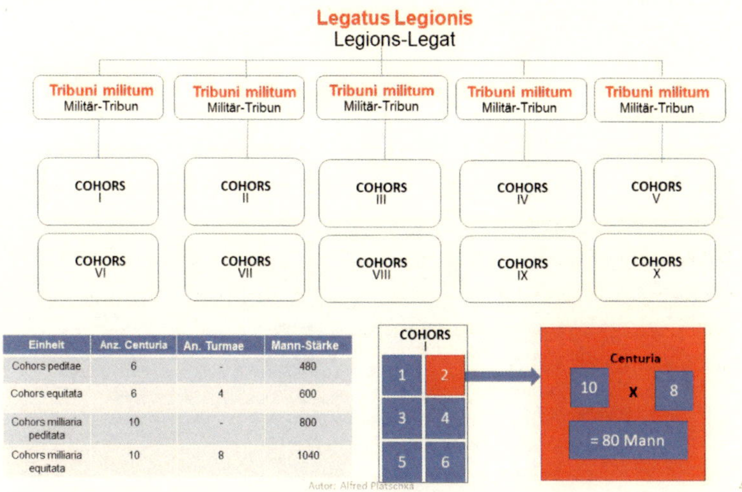


Bidl - 06- / Der Autor / Aufbau einer römischen Legion und deren Einheiten, sowie deren Mannschaftsstärken

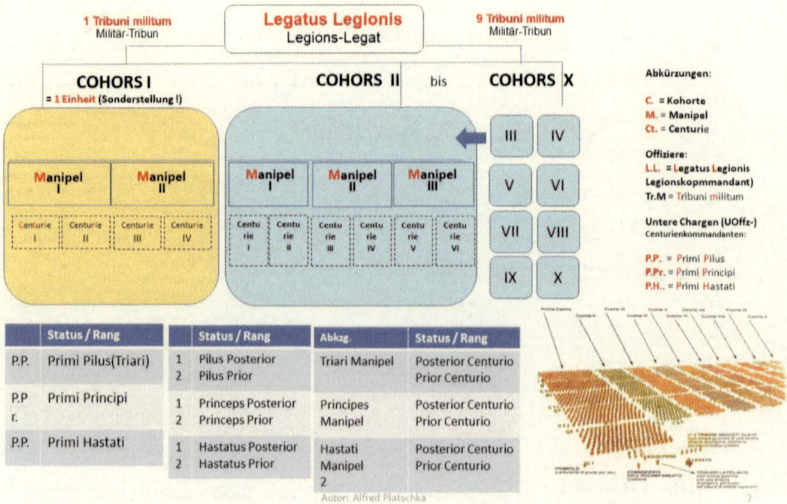


Bild -07- / Der Autor / Aufbau einer römischen Legion und deren Einheiten, sowie deren Mannschaftsstärken

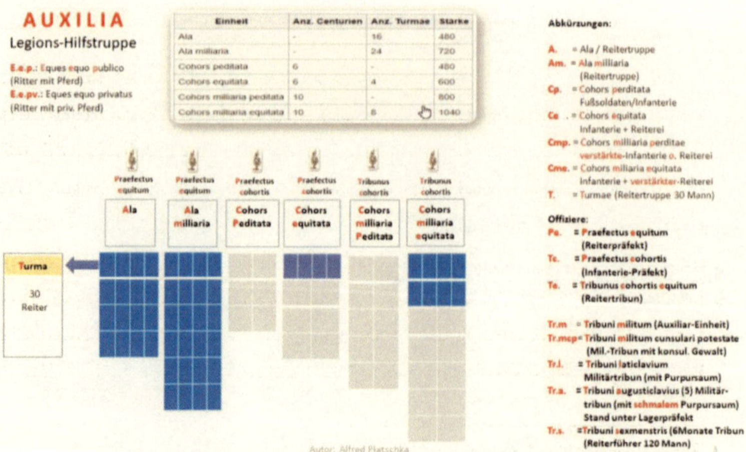


Bild -08- / Der Autor / Aufbau und Mannstärke einer römischen Auxiliar (Hilfstruppe)-Legion

**T ä ä ä t t t t e r e e t ä ä ä ä ä ä !** Frühmorgens riß uns der Weckruf des Lager-*Cornicen*[102] aus dem Schlafe, von dem wir glaubten erst vor kurzem eingeschlafen zu sein. Mit müden Knochen, verschlafen die Augen reibend, erhoben wir uns von dem uns gestern zugewiesenen Nachtlager. <*"Ihr Schlafmützen wollt ihr wohl Euch bewegen – wir sind ja hier nicht in einer zivilen Amtsstube"*> vernahmen wir eine anherrschende und laut befehlende Stimme eines *Signifers*[103], die uns augenblicklich in die Realität des Lebens zurückbrachte. <*"Die Herren wollen doch hier nicht weiter übernachten, wir befinden uns hier in einem Castrum mit entsprechenden Aufgaben. So wie ich Euch drei hier sehe, scheint ihr die Ankömmlinge aus Augusta Vindelica zu sein, die uns vor einigen Tagen vom dortigen Zivilkommandanten angekündigt wurden. Auf, auf, meldet Euch sofort in der hiesigen Kommandantenstube, damit Euch die entsprechenden Bereiche zugewiesen werden, in der ihr zukünftig Euren Dienst antretet"*>.

So begann unser erster Tag mit der militärischen Dienstordnung, an der auch andere Rekruten teilnahmen, die sich auch für die Ausbildung aus der umliegenden Provinzregion gemeldet hatten. Meldung an der Principia[104], sowie erste Untersuchung des Lager-*Medicus*[105], und nach bestandener ärztlicher Diensttauglichkeit ab in das Materiallager, wo wir unsere Dienstausrüstung, vom Gewand bis zur Waffe aushoben. Uns zugestellt wurde auch je ein Pferd, da das Castrum ja

[102] ***Cornicen*** = (Plural cornicines) Hornbläser im Römischen Heer und Teil der Militärmusiker
[103] ***Signifer*** = Feldzeichenträger, den Principales (Unteroffizieren/Feldwebel) zugeordnet
[104] ***Principia*** = Stabsgebäude, religiöses und verwaltungstechnisches Zentralgebäude
[105] ***Medicus*** = Arzt

eine Auxiliareinheit – *Ala*[106] – genannt war. Die Auxiliareinheit war Teil einer in der Provinz *Raetia* stationierten Truppe, wie wir danach erfuhren, dem kaiserlichen *Procurator*[107] - *Titus Flavius Norbanus*[108] – unterstellt war. Dieser hatte wie im vorigen Kapitel bereits erwähnt, die Einheit bereits von 2 Jahren als Unterstützung, siegreich gegen den Aufstand des *Saturnius*, in *Mogontiacum* geführt. Er war, wie ich später erfahren habe, im allgemeinen als „scharfer Hund" bekannt, ehrgeizig, streng und willensstark, was ihn in späteren Jahren leider zum Verhängnis wurde. Ein Geschichtsschreiber, *Cassius Dio*[109] bezichtigte ihn auch an einer der späteren Mitverschwörung gegen den regierenden Kaiser *Domitian*. Doch dazu später, liebe/r Leser-/in, will ich der Geschichte doch nicht vorgreifen, aber wie halt so in manchen Augenblicken, schweifen mir als Autor dieser Zeilen die Jahre die ich erlebt habe, in wenigen Sekunden an meinem geistigen Auge vorbei und wieder zurück, obwohl das reale Leben natürlich wesentlich länger dauert und seine Höhen und Tiefen mit sich bringt, ohne die das Leben seine Würze nicht hätte.

Da aufgrund meines Status als vorheriger politischer Amtsanwärter, dessen Dienst ich bereits für 5 Jahre verrichtet habe, und aufgrund meinem erworbenen Zivilstandes in den Stand eines „*Ritters*"[110] aufgenommen war, begann mein Dienst zwar nicht wie der aller anderen als einfacher Rekrut, sondern als „*ordo equester*"[111] dem

---

[106] ***Ala*** = Reitereinheit

[107] ***Procurator*** = miltär. Dienstgrad (Amtsbezeichnung)

[108] ***Titus Flavius Norbanus*** = Röm. Politiker im 1.Jh. n.Chr.; Gem. Militärdiplom 86/87 n.Chr. Stadthalter der Provinz Raetia

[109] ***Cassius Dio*** = (*2.Hälfte des 2.Jhd.) Senator, Konsul und Geschichtsschreiber

[110] ***Ritter*** = nicht nur von Equites (Reiter) sondern auch Legions-offiziers, meist auch verbunden mit entsprechendem finanziellen Voraussetzungen

[111] ***Ordo equester*** = einfacher (niederer) Adelsstand

Rang eines Offiziersanwärters entsprechend. Mit mir nahmen auch andere Anwärter an dieser Offiziersausbildung teil, die sich wie ich gemeldet hatten, um Teil dieser Ausbildungsarmee zu werden. Wie dem auch sei, auch mir blieb der alltägliche Drill einer viermonatigen Grundausbildung als *Probatur*[112] vorerst eines einfachen militärischen Soldaten nicht erspart. Meine Ausbildung begann neben den alltäglichen leiblichen Ertüchtigungsübungen, auch in strategischen Verhaltensmaßregeln, Kennenlernen von Angriffs- und Verteidigungstaktiken, aber vor allem in der Führung und Verantwortung für den einfachen Soldaten bis zum Unteroffizierschargen. Ich war zwar bereits 25 Jahre alt, hatte aber trotzdem auch mit einigen älteren Offiziersanwärtern einen nicht alltäglichen Stand aufgrund meines militärischen Wissens und meiner Erfahrung in den praktischen Erfahrungen eines soldatischen Lebens. Was die Reiterfahrung und deren Ausbildung anging, da hatte ich weniger Probleme, denke ich doch oftmals mit einem süffisanten Lächeln auf den Lippen an meine jugendlichen Erfahrungen bezüglich Reitübungen auf unserem elterlichen Hofe in *Abodiacum* zurück. Mein um drei Jahre älterer Cousin *Sicatus* zurück, hatte sich zum Zeitpunkt meiner ritterlich-militärischen Ausbildung in Gontia, bereits von den damaligen blauen Flecken und Abschürfungen seiner „Flugerfahrungen" im elterlichen Reitstall erholt, und führte wie ich bei meinen späteren Besuchen erfuhr, zu diesem Zeitpunkt bereits seinen elterlichen Hof. Trotzdem bedurfte es tagtäglicher Übung sich in voller Rüstung, auf einem Pferd bewegend gegen einen vermeintlichen Gegner anzustürmen. Entsprechende Waffenausbildung, von der Handhabung

112 ***Probatur*** = Grundausbildung i.d. Regel 4 Monate, danach Aufnahme zum Signatus (Soldatenstand)

der mitgeführten Waffentechnik war ein weiteres Teil der Ausbildung. Zum Beispiel die Wurftechnik der *jacula*[113] (oder *lancea*), die zusammen mit dem Handschild geführt wurden, oder in einem am Pferd befestigten mitgeführten Köcher transportiert wurden. Wucht und Reichweite wurde unterstützt durch Wurfschlaufen, die hinter dem Schwerpunkt der Waffe angebracht waren, und oftmals kamen dabei Würfe bis zu 140 *Ellen*[114] zustande. Im Nahkampf verwendete man das Kurzschwert der Reiterei der *Spatha*[115], das vom Reiter in einer Schwertscheide am Gürtel befestigt wurde. An vielen Abenden sanken wir nach absolviertem Training, z.T. übersät mit blauen Flecken in unseren zugewiesenen Quartieren, wo wir lebten, aßen, und schliefen, auf unsere strohgefüllten Matten, nicht ohne vorher entsprechend gesäuberte Waffen, und Ausrüstung, von unserem Ausbildungs-*Decurio*[116] mit kritischem Blicke kontrolliert worden zu sein.

Kurz und gut – nach langen und schweißtreibenden vier Monaten der Grundausbildung jedoch stand nach erfolgreicher Absolvierung der Akt des *sacramentum*[117] an, das vom jeweiligen Lagerpräfekten oder Legionscenturio abgenommen wurde. Dies war der Höhepunkt und Ausbildungsweihe zugleich, man wurde in den Stand als vollwertiges Mitglied der jeweiligen Kampftruppe aufgenommen. An diesem ereigniswürdigem Tag sah ich auch meine beiden Reisekameraden wieder, die mit mir vor einigen Monaten

---

[113] ***Jacula / Lancea*** = Wurfspeer des Reitersoldaten
[114] ***Elle*** = römisches Längenmaß (Elle/1 gradus = 0.444528 m)
[115] ***Spatha*** = römisches Kurzschwert der Reiterei
[116] Decurio = Zehntschaftsführer, Gruppenführer der kleinsten Wohn-/Kampf-Einheit
[117] ***Sacramentum*** = Abschluß einer Grundausbildung, ähnlich dem heutigen Fahneneid (Gelöbnis)

aus *Augusta Vindelica* kamen. Obwohl wir uns während unserer Ausbildungszeit in unterschiedlichen Einheiten öfters auf den Appellplatze oder während der Übungen im freien Feld oftmals (aus unterschiedlicher) Entfernung sahen, war es doch dieses mal ein anderes Wiedersehen, als ausgebildeter Reitersoldat oder wie in meinem Falle eines Offiziersanwärters.

Der große Tag hatte begonnen. Vor uns lag das Kastell in seiner heutigen Größe. Wie ich erfahren hatte, war dies nicht das ursprüngliche Kastell, das hier an diesem Platze stand. Bereits vor 50 Jahren, zu Zeiten unseres erhabenen Kaisers *Claudius*, die Götter mögen seiner Seele gnädig sein, war bereits an diesem Übergang des Danubius ein älteres einfaches Holzkastell errichtet worden. Nachdem die nun vor 1-2 Jahren ursprüngliche Reitereinheit der *Ala II flavia* (*gemina pia fidelis*) genannt, aufgrund der verstärkten Truppenbewegungen in den nördlichen Bereich des Danubius ausgeweitet wurde, war die ursprüngliche militärische Stärke einer „*ala*" von 360 auf eine „*ala milliaria*" 720 Mann/Reiter verstärkt worden. Zumal die ursprüngliche Reitereinheit von Obergermanien in dieses Gebiet am Danuvius verlegt wurde.

War das ursprüngliche Kastell mit einer kleineren Fläche ausgekommen, so waren nunmehr in unmittelbarer Nähe zum alten Kastell,- etwas weiter östlich versetzt, eine größere Fläche erforderlich geworden. Die Dimensionen erstreckten sich nunmehr auf einer Länge von 500 Ellen[118] an der Nord-Südachse, sowie 340 Ellen an der Ost-Westachse.

[118] Elle (gradus) = 1 röm. Elle (o,445m) Längenmaß - 500Ellen(220m) 340 Ellen (150m)

Umsäumt an den jeweiligen Flanken dieser Fläche befand sich vor der zinnenbewehrten Ummauerung ein ca. 3m tiefer Wall. An den jeweiligen vier Ecken, als auch mittig an den beiden Längsmauern, befand sich je ein zusätzlicher zweigeschossiger Wachturm, an dessen oberem Ende sich ein hölzerner Rundgang als Aussichtsplattform befand. An der Längsachse, der sogenannten *via decumana*[119] in Ausrichtung Nord-Süd befanden sich jeweils ein Tor – zur nördlichen (Feindseite) die *Porta Praetoria*[120], zur Südseite hin die *Porta Principalis*[121]. An der Ost-West-Achse lagen das linke Lagertor *Porta principalis sinistra*[122], das rechte Lagertor, die P*orta principalis dextra*[123], die die Verbindung zu den jeweiligen Zufahrtsstraßenverbindungen herstellten. Im südlichen Bereich rechts und links der via decumana lagen je vier Mannschaftsbarracken, einstöckige Gebäude - die in je zehn jeweilige *contubernen*[124], zu je 8 Insassen darin aufgeteilt waren.
Im nördlichen Bereich in Ausfallsrichtung des Castells, lagen rechts davon das *Horraeum*[125], sogenannte Getreide- und sonstige Vorratsspeicher, die von der Ausfallstraße nach *Augusta Vindelica* liegenden *Villa rusticae*[126], und sonstigen Produktionsstätten (Holz Ziegel, Baumaterial) beliefert wurden.

---

[119] Via decumana = Haupt/Längsachsenstrasse eines Kastells
[120] Porta Praetoria = Nord/Tor i.d. Regel Ausfalltor zur feindlichen Seite
[121] Porta Principalis = Gegenseite/ vom Feind abgewandte Seite
[122] Porta principalis sinistra = ist rechtes Lagertor
[123] Porta principalis dextra = linkes Lagertor
[124] Contuberna = Zelt-/Wohn-/Kampfeinheit, je nach Standort
[125] Horraeum = plural horrae / Vorrats- i.d. Regel Getreidespeicher
[126] Villa rustica = singular rustica, ländliches Versorgungsgut an Verkehrsverbindungen liegend

Am Schnittpunkt dieser Nord-Süd/Ost-West Achse stand das Zentrum des Kastells, die *Principia*[127], ein viereckiges gemauertes Gebäude mit Vorhof, mit rechteckiger Fläche, an derem Eingang sich ein ca. 3 Ellen hohes Tor erhob. Betrat man das Kastell durch das zweite Tor, so gelangte man durch einen erneuten Innenhof das Stabsgebäude, bestehend aus dem Wohnsitz des *Lagerpraefekten*[128], den Schreibstuben, Waffenkammern, sowie *Valetudinarium*[129] dem medizinischen Bereich, sowie danebenliegend den *vigiles*[130]. Ich beschreibe dies in dem ausführlichen Maße für den Leser dieser Zeilen, da sich diese militärisch/architektonische Struktur in einem jedem römischen Kastell wiederfindet. Ob hier am Limes, am Rhenus, oder jeder Provinz im römischen Reiche, all dies ist nach gleicher Struktur, militärischem Aufbau und Strategie unterworfen, das dieses Reich so groß gemacht hat, und das ich in meinem Leben noch in vielfältiger und staunender Weise kennenlernen sollte.

Kommen wir zurück zur sogenannten „*Fahnenweihe*" nach Beendigung unserer militärischen Grundausbildung. An diesem besagten Tage, standen wir „frischgebackene" Rekruten nunmehr vor der *Principalis* dem Stabsgebäude. Schätzungsweise an die 50 Mann Soldaten, als auch an die 10 Offiziersanwärter, die nun auf den römischen Adler vereidigt werden sollten. Es war ein warmer Herbsttag, der Wind strich über die umliegenden Felder des Castells, die Fahnen rechts und links des Stabsgebäudes bauschten sich mit leichtem Knattern. Wir alle standen nun in Reih und Glied aufgeteilt in den Ausbildungschargen. Um uns

[127] Principia = Haupt-/Stabsgebäude
[128] Lager-Präfect = Kommandant einer Castell-/Kampf-Einheit
[129] Valetudinarium = medizinisches Versorgungszentrum
[130] Vigiles = Feuerwache

herum standen ebenfalls die bereits bewährten ausgebildeten Soldaten, und warteten, daß wir alle nun in deren Reihen, in die militärische Einheit aufgenommen, und damit die Auxiliar-Einheit der *Ala II Flavia* und derem Beinamen *Gemina Pia fidelis*, eine neue Einheitenstärke zusammengeschweißt werden sollten. Man murmelte unter uns Soldaten, dass unser erhabener Kaiser *Domitian* Absichten hegte, den nördlichen Bereich des bisherigen Grenzflusses *Danuvius* nach Norden hin auszuweiten, und damit die darin befindliche urbane germanische Bevölkerung die *Hermunduren*[131], dem Reiche einverleibt werden sollten. Nach angehenden Schweigeminuten ertönte das Signal des *Signifer*, der die Feierlichkeiten ankündigen sollte. Vor uns auf einem etwas erhöhten Podest stand unser Lagerpraefekt *Tiberius Claudius Pollio*[132] – ein drahtiger Mann, etwa 4 Ellen groß, mit ledergegerbten, kantigen Gesichtszügen, im Alter von etwa 50 Jahren. Wie wir erfahren hatten, war dieser bereits in vielen römischen Provinzen eingesetzt, hatte er doch schon in einer Reitereinheit der *Ala flavia milliaria* in Syria, später als Tribun der *Legio III Gallica*, im selben Gebiet gedient, und nach seinem Einsatz in der Provinz *Africa*[133], vor 3-4 Jahren eben hier in dieses Grenzgebiet am Danuvius abkommandiert wurde.

<„*Legionäre! Kommandeure*!“> donnerte seine kräftige Stimme, <*“Ihr steht hier an diesem Tage nach Beendigung Eurer Grundausbildung“*> einige schweigende Sekunden folgten - <*“ihr habt die Technik der römischen Armee, insbesonders an diesem Orte als*

---

[131] Hermunduren = germanischer Volksstamm am Limes in Kooperation mit den Römern

[132] Tiberius Claudius Pollio = röm Lagerkommandant, ca. 87-92/93 der Ala II milliaria, späterer Politiker

[133] Africa Proconsularis = Provinz, als heutiges Gebiet Lybien, und der Cyrenaika (westl. Ägypten) bekannt

*kampfbereite Reitereinheit kennengelernt. Seid ihr bereit Euch dieser Einheit, die bereits vor 2 Jahren erfolgreich dem Kaiser die Treue durch ihren Einsatz bewies, und erfolgreich den Aufstand des ehemaligen Statthalters von Mogontiacum - Lucius Saturnius niederschlug, und dieser Einheit mit Stolz den Beinamen* ***„Milliaria Pia fidelis***[134]***“*** *gab zu dienen, und die Fahne sowie dem Adler des römischen Reiches in jedem Eurer Einsätze zu verteidigen?“*> Ein donnerndes, lautes und klares Echo mit dem <*„JA - wir sind bereit“*> der Anwesenden, bekräftige die euphorische Ansprache des Kommandanten, und nach den anschließenden Eidesformeln, begrüßte uns der Kommandant als neue Legionäre der Reitereinheit. Wir waren noch jung, ungestüm und nur allzu bereit, allem zu glauben und zu folgen, was den römischen Adler und dessen ausbreitenden Schwingen in umliegende Gebiete diente. Blicke ich heute mit vielschichtiger Erfahrung meiner Laufbahn meines weiter folgenden Lebens zurück, machte ich oft auch die leidvolle Erfahrung, dass wir alle, ob Kommandeure oder Legionäre, eben nur Menschen waren, mit unseren Fehlern und Stärken, und uns oft auch als die Herren der uns bekannten Welt fühlten und so benahmen, aber dies kam uns damals noch nicht so in den Sinn.

[134] Milliaria Pia fidelis = urspr. Einheit *Ala (*480 Mann) unter Domitian erweitert auf etwa doppelte Mannstärke, geehrt durch „loyal und treu" ergeben, an Einsätzen in Germania (82, als auch später 89 beim Saturnius-Aufstand;

Nun nach dem absolvierten Grundausbildungstraining und abschließender Aufnahme in die Legionseinheit wollten wir dies mit einigen Kameraden zusammen feiern. Als geeignet schien uns dazu einen Ausflug in die nähere Umgebung zu machen, um die urbane Bevölkerung, die sich im Laufe der Jahre um die Kastelle herum angesiedelt hatten, näher kennzulernen. Als geeignet schien uns dazu eine kleine Siedlung – *Phoebiana*[135] – genannt, die in nordöstlicher Richtung von ca. 15 Meilen entfernt lag. Longinus hatte mir davon erzählt, dass sich dort auch ein kleines römisches Tempelheiligtum zu Ehren des gallo-römischen *Apollo Grannus* befand. Ursprünglich war diese dem keltischen Heilgott *Grannus* geweiht, nach Übernahme des Ortes durch die römische Armee, das an dieser Stelle ein Kleinkastell zur Sicherung des Verkehrsweges zwischen der Hauptstadt der Provinz Raetia - von Augusta Vindelica nach Mogontiacum die Provinz *Germania-superior*, abzusichern., errichtet hatte. Um dieses Kastell herum siedelten nach und nach Anhöfe von Familien der Legionäre, Kaufleute, die sich z.T. mit der urbanen Bevölkerung mischten, bis sich daraus eine lokale Ansiedlung bildete, die sich für hiesige Verhältnisse zu einer erheblichen Größe herangewachsen war.

Es war ein wunderschöner sonniger Herbstmorgen an unserem freien Diensttag, dem Tag, der dem Gotte *Sol-elagabal (auch invictus)* geweiht war. Von unserem Standort aus war es ein knapper erholsamer Ritt von ca. 1 Stunde im gemächlichen Tempo. Wir – insgesamt 4 Personen - gaben nicht nur uns, sondern auch unseren Pferden einen erholsamen Ausflug zuerst in Richtung

---

[135] Phoebiana = Lauingen (Stadtteil:Faimingen)

Osten zum Erd-/Holzkastell *Islinga*[136] und dann über den *Danuvius* nach *Phoebiana.* Vor uns erstreckte sich eine weite Ebene in der Ferne im Norden grüßten einige höhere Hügelketten, ansonsten war dies eine typische Flußniederung an der Einmündung eines kleineren Flusslaufes in den Danuvius. Bald danach tauchten vor uns auch die ersten Gehöfte auf, wir hielten uns nahe am Ufer des Danuvius, da dort das *Apollo-Gran*nus Heiligtum liegen sollte. Nach all den Mühen und Strapazen der letzten Wochen, wollten wir hier mit einem kleinen Dankesopfer den Tag feiern und uns für die kommenden Aufgaben in unserer militärischen Einheit vorbereiten. Trotz des relativ frühen Morgens – bis zum Mittag fehlten uns noch 2 Stunden, schien die Sonne schon relativ stark, so daß sowohl wir, als auch unsere Pferde nach etwas Erfrischung dürsteten. Vor uns schälten sich aus dem Baumgehölz die Umrisse einer kleinen Tempelanlage. Vom Danuvius aufsteigend, oberhalb an einem kleinen Hügelplateau stand nun dieses Heiligtum in der vormittäglichen Sonne vor uns. Wir stiegen von unseren Pferden, begleitet vom Klingeln der metallenen Pferdetrensen und Sattelumsäumung ab und banden unsere Pferde am Rande dieses Areals an. Da wir uns hier auch nicht Feindesgebiet befanden, hatten wir auf unsere Rüstungen verzichtet und waren nur in leichte Leinentuniken gekleidet. Als Bewaffnung diente uns lediglich ein Gladus, den wir an einem ledernen Gürtel unserer Kleidung trugen.
Vor uns erhob sich eine etwa 400 *Ellen*[137] im Quadrat große Anlage. Ein knapp 3 Ellen hohes rechteckiges Gebäude, in leuchtenden rötlich-gelben Farben umgab den eigentlichen Tempel. Rechts und links, mit der offenen

[136] Islinga = Aislingen
[137] Roem. Elle = Maßeinheit (1roem Elle = 0,445m)

Seite in Richtung Süden ausgelegt, erhob sich vor uns, jeweils eine Säulenreihe, an der Nord-Südachse ausgelegt. Inmitten dieses Areals erhoben sich 12 flache Treppenstufen die zu einem blumengeschmückten Weihealtar führten. Darauf erblickten wir die in weiß gestaltete Skulptur – eine *Sirona*[138] genannt, eine junge mit einer *Palla*[139] bekleideten Frau, teilweise mit Traube und Ähre als Attribut ähnlich dem Vorbild der Hygeia mit Schlange in den Händen dargestellt. Darunter entzifferte ich die Inschrift - *„DEO APOLLINI ET SANCTE SIRONE“*. Umgeben von einigen Blumengirlanden fanden sich noch restliche Opfergaben die wir mit unserem mitgebrachten Wein- und Speiseopfer ergänzten, und damit auch die Gunst der Götter für ein langes, gesundes und erfolgreiches Leben erbaten. Nachdem wir unsere Opfergaben abgelegt hatten, drängten meine Kameraden zur naheliegenden Taverne der Ansiedlung, wo sie den Tag mit einem opulenten Mahl, als auch erquicklichem Trinkgenuß feiern wollten. Ich schlug vor, dass sie schon mal vorab dorthin reiten sollten, ich wollte noch eine Weile an diesem heiligen Orte verbleiben, um mich meinem Gemüt an diesem sonnigen Herbsttage hinzugeben, und danach zu ihnen in die Taverne zu stoßen. Unter lautem Gelächter und spaßhaften Bemerkungen, machten sich meine drei Kameraden auf zu den angebundenen Pferden, nicht ohne mich daran zu erinnern, dass ich ihnen baldigst nachfolgen sollte. Nur *Titus Flavius Quintinus* sah mich mit einem Blicke erstaunt an, den ich nie vergessen werde, gesellte sich aber dann zu den beiden anderen, um mit ihnen aufzubrechen. Wie ich so an

---

[138] Sirona = keltische weibliche Gottheit, findet sich häufig in Verbindung mit dem Heilgott Apollo Grannus, in den nördlichen Alpenregionen (ehemals keltischen Einflusses), und wird auch oftmals mit der römischen Heilgöttin Hygieia gleichgesetzt

[139] Palla = mehrfach gelegtes Stück Gewebe, meistens Leinen

diesem Orte saß und die Sonne genoß vernahm ich leises Singen aus einer Richtung, dessen Ursprung ich ergründen wollte. Nicht weit entfernt an einem kleinen Brunnen sah ich eine junge Maid – mit flachsblondem langem Haar, der Urheberin der sanften und lieblichen Stimme. Ich näherte mich mit vorsichtigen Schritten, zum einen um sie nicht zu erschrecken, zum anderen um ihren lieblichen Gesang nicht zu stören, der sich so betörend in mein Herz einbrannte. Ich beobachtete sie eine Weile, meine Gedanken schweiften in die Ferne zurück nach *Augusta Vindelica* zu *Flavia Domitilla*, die ich vor Jahren in einer kleinen Siedlung südlich davon kennen - und lieben gelernt hatte, aber deren Beziehung zu mir ich in meiner Sehnsucht nach der Ferne aber aufgegeben hatte. Nun dieses wunderschöne Geschöpf und deren Gesang brachte mich wieder zurück in die Gegenwart und ich begann auf sie zuzugehen. Sie blickte erstaunt auf, als sie mich bemerkte, und fragte mich, was ich denn an solch einem Tage an diesem Orte machte, schien mich vom Gesicht nach nicht zu einem der einheimischen Bevölkerung einzuordnen. Ich stellte mich höflich vor, erzählte ihr in wenigen Worten meine Geschichte, und daß ich mich mit meinen Kameraden in dem Orte noch treffen wollte. Wie ich von Ihr erfuhr, hieß sie Livinia-*Pryscilla*, und lebte in einem nahen Gehöft zu diesem Tempel, mit der Familie eines ansässigen Bewohners. Sie selbst stammte aber nicht aus dem hiesigen Gebiet, sondern aus einem etwas weiter nördlich siedelnden, germanischen Stamm der *Narisker*[140] (*Variscii*). Ihre Eltern waren bei einer kriegerischen Auseinandersetzung mit einem anderen germanischen Stamm der Chatten ums Leben gekommen, und so hatte sie bei dieser Familie eines weit entfernten Verwandten

---

[140] Narisker (Variscii) = germanischer Stamm der sich mit Rom verbündete, und gegen die Chatten kämpfte

eine neue Heimat gefunden. Wie wir uns so unterhielten, verstrich die Zeit, ohne dass es uns so richtig bewußt war, erkannten wir doch beide, dass wir uns einander so viel zu erzählen hatten, und erfreuten uns daran, dass wir uns auf Anhieb so gut verstanden, um uns unsere nähere Lebensgeschichte mitzuteilen. Sie sah liebreizend aus, hatte langes blondes Haar, hohe Wangenknochen – die ihr ein edles Aussehen gaben, einen vollen geschwungenen Mund, und einen hellbräunlichen Teint aus dem ihre blauen leuchtenden Augen wie Diamanten blitzen, kurz und gut, sie hatte mich mit ihrem Anblick sofort in ihren unwiderstehlichen Bann gezogen, sodaß mir mein Herz bis zum Halse schlug.

Sie erfuhr von mir, dass ich aus *Abodiacum* am Flusse des *Licca* stammte, und mein Großvater selbst dem keltischen Urvolk der *Vindeliker* entstammte, ich selbst jedoch aufgrund meiner Eltern, die römische Bürgerschaft besaß und im naheliegenden Castell *Gontia* stationiert war. So verging die Zeit, ohne dass es uns beiden bewußt war, bis wir erstaunt bemerkten, dass die Sonne bereits den mittäglichen Höhepunkt überschritten hatte. Erschrocken blickte sie auf, und erklärte mir, daß sie sich zurück auf den Weg zurück zu ihrer Wohnstatt müsse, nicht ohne dass wir beide einander versprachen uns baldmöglichst hier an diesem Orte zum gemeinsamen Treffpunkte wiederzusehen. Ich hatte, ohne dass ich es so richtig bemerkt hatte, mein Herz an dieses zauberhafte Geschöpf verloren, pries den Tag mit all seinen Göttern, die mich veranlasst hatten, noch länger als meine Kameraden, hier an diesem Orte zu verweilen. Auch wenn ich mich dann traurigen Herzens ebenso aufmachte, um zu meinen Kameraden in der naheliegenden Taverne zu stoßen, die mich mit fragenden und staunenden Blicken ansahen, warum ich erst so spät zu ihnen stieß. Mit freudigem Gejohle und in den Händen gewaltige Becher mit *cervisia*[141] schwenkend, begrüßten sie mich lautstark erläuternd, daß sie sich schon ernsthafte Sorgen um mich gemacht hatten, und *Flavius Quintinus* lossenden wollten, um nach mir zu suchen. Mein guter Freund sah in meine Augen, und erblickte dieses selige Lächeln, das er zuerst nicht so richtig deuten konnte, später aber umso besser verstand, als ich ihm den Grund meines verspäteten Kommens darlegte.

Nach einer ordentlichen Stärkung mit den regionalen Köstlichkeiten, machten wir uns wieder auf unseren Heimweg noch *Gontia*, nachdem sie Sonne sich schon dem Horizont zuneigte. Wie es auch kommen mußte, es blieb nicht bei diesem einzigen Besuch in *Phoebiana* – ihm folgten viele weitere – an meinen freien Stunden/Tagen, in dem ich meinem Herzen folgte und *Livinia* – meiner Herzensflamme – oft meine Aufwartung machte, und sich daraus, unsere beiden Herzen mehr und mehr verbanden, sodaß wir bald Pläne für eine gemeinsame Zukunft schmiedeten.

[141] Cervisia = römische Bezeichnung für Bier

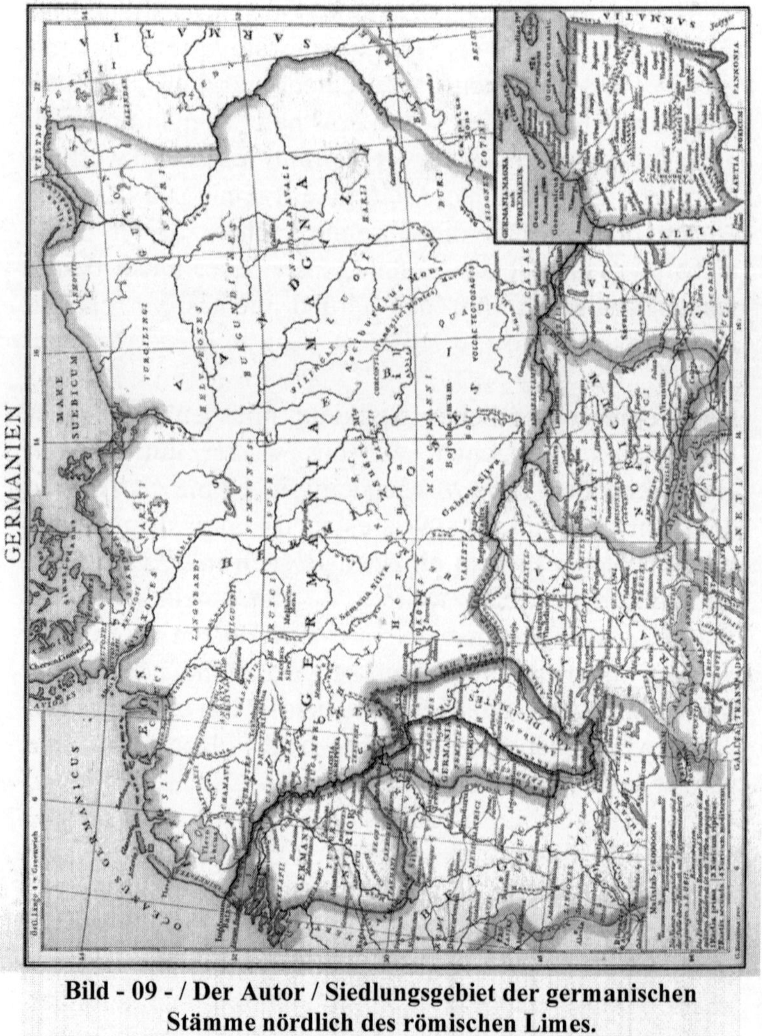


**Bild - 09 - / Der Autor / Siedlungsgebiet der germanischen Stämme nördlich des römischen Limes.**

Die 1. Ehefrau von Claudius Paternius Clementianus stammte aus dem Volk der *Narisker (Variscii)*. Diese siedelten im Süden der *Germania Magna*, östlich des Regnitzflusses zwischen Fichtelgebirge und Bayerischem Wald.
Bildquelle: historische Karte Germaniens zur Römerzeit aus dem Historischen Handatlas von Droysen (1886), entnommen aus Wikipedia, https://de.wikipedia.org/wiki/Narisker

**Octobris, 849** - ab urbe condita **(A.D. 96)**

im 16. Regierungsjahr des Erhabenen Caesars Domitian

***Amor vincit omnia***
*Liebe überwindet alles! (Vergil)*

6 Jahre waren es nun her, dass meine Offiziersausbildung abgeschlossen war. Inzwischen waren wieder einige Ereignisse ins Land gegangen. Wie ich schon erwähnte, hatten die Überlegungen unseres Kaisers *Domitian* mehr und mehr Form angenommen, um die Sicherung der Grenze zu den germanischen Barbaren vom Danuvius, um 1 Tagesmarsch weiter nördlich zu verlegen. Mit in diese Planungen wurden bei einem Besuch von *Domitian* in *Mogontiacum*, ein verdienter und angesehener Feldherr – *Marcus Ulpius Trajanus*[142] einbezogen. Bereits beim Aufstand des *Saturnius* vor sieben Jahren wurde dieser Feldherr in die Provinz *Germania Superior* abkommandiert, und bewährte sich in erfolgreicher Weise, wofür er nachträglich von Domitian ausgezeichnet wurde. *Gontia* wurde dabei auch zu einem wichtigen Knotenpunkt und Flußübergang des *Danuvius* für die römische Armee, vor allem um die Nachschubwege in den Norden in die neu gegründeten Grenzkastelle zu abzusichern.

Und auch bei mir hatten sich Veränderungen angekündigt. Amors Pfeil hatte mich getroffen! Die Ausflüge in meiner Freizeit nach *Phoebiana* mehrten sich, zumal ich mein Herz an *Livinia* verloren hatte. Zum erstenmal in meinem Leben begann ich ernsthaft darüber

[142] Marcus Ulpius Trajanus = *53; römischer Kaiser von 98-117

nachzudenken, ob denn mein Platz in der Armee wirklich das Erstrebenswerteste war, oder besser in einem liebenden Heim mit Frau und Kindern. Und so wurde *Livinia* vor vier Jahren meine Ehefrau, was vor allem meinem besten Freund *Titus Flavius Quintinus* freute, da er mich noch ansonsten immer als ernsthaften, selten fröhlichen Menschen, so glücklich und zufrieden gesehen hatte. Meinen Dienst in der Armee verrichtete ich weiterhin, und meine Ehefrau hatte eine kleine Wohnung in der vor dem Kastell wachsenden Ansiedlung gefunden, wo ich meist meine Freizeit mit ihr verbrachte. Ich war vor 4 Jahren Vater von einem Sohn – *Marcus* -, und vor kurzem von einem Mädchen – *Flavia-Aterissa* – geworden, was mir großes Glück bescherte. Wann immer es mir möglich war, verbrachte ich auch Zeit mit meiner Familie, da es uns als Armeeangehörigen nicht erlaubt war, unsere Familien innerhalb des Kastells zu beherbergen. So verging die Zeit mit dem Organisieren des Armeenachschubs, weiteren Ausbildung der neuen *Equitata*[143]-Rekruten, wie ich einer vor fünf Jahren war, sowie den Erkundungs- und Sicherungsausritten, der nördlich des Danuvius geschaffenen Verkehrswegen zu den stetig wachsenden neuen *obergermanisch-raetischen* Limes und deren errichteten Grenzkastellen. Ernsthafte Grenzverletzungen brauchte man zur Zeit nicht zu befürchten, da die hier örtlich siedelnden keltisch-germanischen Volksstämme der *Narisker*[144], *Turonen* und *Hermunduren* sich relativ friedlich verhielten, und viele wirtschaftliche Verbindungen mit den Vorzügen der römischen Kultur knüpften. Wie so oft entschieden sich manche Grenzkonflikte auch aus dem Verhalten der

---

[143] Equitata = berittene Legionäreinheit

[144] Narisker, Turonen, Hermunduren = keltisch/germanische Stämme im nördlichen Bereich des heutigen Bayern lebend

römischen Legionen und Wach-/Grenztruppen. Verhielt man sich menschlich, trotz Gebietseroberungen, war dementsprechend auch das Verhalten der urbanen germanischen Bevölkerung. Die Limesgrenze war ja auch nicht als undurchlässiger Grenzwall zu verstehen, sondern mehr als Kontrolllinie, obwohl diese Gebiete manchmal schnurgerade mit Holzpalisaden und ergänzt durch Grenz-Wachtürme durchzogen und zum Teil auch schon als Steinmauer-/und Türmen errichtet wurde. Vielmehr versuchte man durch diese Grenzlinien, den Warenaustausch und Bevölkerungsströme in geregelte Bahnen an den errichteten Straßenverbindungen zu lenken, und damit auch zu kontrollieren. Ergänzend muß man dazu sagen, viel Erfolg hätten räuberische, oder kriegerische Einfälle von germanischen Stämmen nicht gehabt. Durch die in regelmäßigen Abständen errichteten Wachtürme hätte man im Falle von kriegerischen Eindringen in diese Grenzregion, sofort durch entsprechende Licht-/Feuersignale in die naheliegenden kleinen Grenzkastelle die Auxiliar-Reitertruppen informiert, um mit deren sofortigem Eingreifen solche Situationen sofort unterbinden zu können. Viele Stammesfürsten zogen es jedoch vor, durch entsprechende Geschenke, die Vorzüge der römischen Kultur kennenzulernen, und damit auch den gesamten Stamm in das römische Kultur-Einflußgebiet zu ziehen. Vielfach wurden daraus aus mit den jungen heranwachsenden Männern, Personal für die römische Armee, als „Auxiliar-/Hilfstruppen" rekrutiert, und damit hatte man dann schon viel gewonnen, um die „*Pax-Romana*[145]" in eine weitere Region zu tragen.

---

[145] Pax romana = Bezeichnung für „römischer Frieden"

Trotz dieser relativ friedlichen Periode, durchstieß eine Sondermeldung eines Nachrichtenkuriers aus Rom diese Ruhe. Unser erhabener Herrscher *Domitian* war vor ca. 3 Wochen am 17. des September in seinem Palast in Rom ermordet worden. In den Wochen und Monaten voraus, gingen zu diesem Ereignis Befehle *Domitians* zu Hinrichtungen in seinem eigenen Verwandtenkreis, da dieser zunehmend eine Verschwörung gegen sich befürchtete. Man munkelte darüber, daß dieser von seinem engsten Beraterkreis, ja auch vielleicht im Auftrag von seiner Frau *Domitia-Longina*, von einigen Soldaten, Freigelassenen und Gladiatoren niedergestreckt wurde. Die Beteiligten wurden von den Wachen sofort getötet. Obwohl *Domitian* bei Volk und Armee eigentlich beliebt war, begann man mit Billigung des Senates, umgehend das Andenken des Kaisers mit der „*damnatio-memorae*[146]" zu belegen. Sein Nachfolger *Marcus Cocceius NERVA*[147] – entstammte ebenfalls der „*flavischen Dynastie*"[148], und war zum Zeitpunkt der Inthronisierung bereits ein älterer Mann von 66 Jahren, zudem auch kinderlos, und wurde vom Senat aus diesen Gründen auch vorzugsweise gewählt, da dieser verständlicherweise keine neue Dynastie mehr gründen würde. Man hoffte mit ihm einen Herrscher nach deren Vorstellungen formen zu können. Allerdings konnte man aus der heutigen Sicht absehen, dass dieser Kaiser aufgrund seines Alters nicht so lange

---

[146] Damnatio-memorae = Verfluchung und demonstrative Verdammung des Andenkens an eine Person durch die Nachwelt

[147] Marcus-Cocceus-NERVA = *8.Nov. 30; römischer Kaiser von 96-98 n.Chr.

[148] Flavische Dynastie = römische Dynastie, 69-96 n.Chr. (Vespasian, Titus, Domitian)

regieren würde, wie seine Vorgänger aus der flavischen Dynastie.

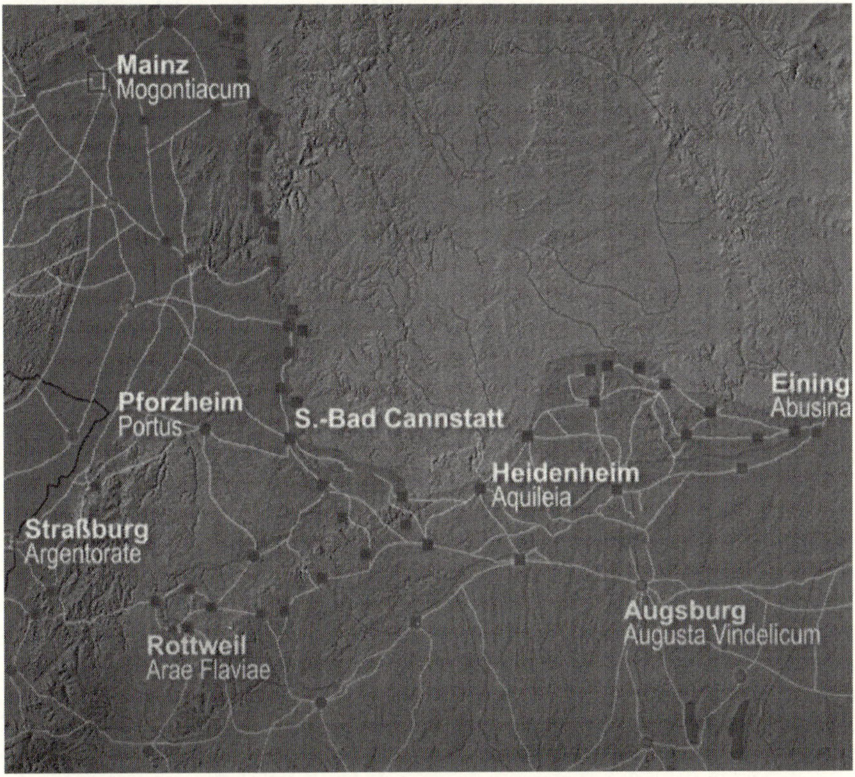


Bild -10- / Der Autor / Römischer Limes und Straßenverbindungen in Raetien & Obergermanien gegen Ende 1.Jh. n.Chr. zur Orientierung mit heutigen Ortsnamen.

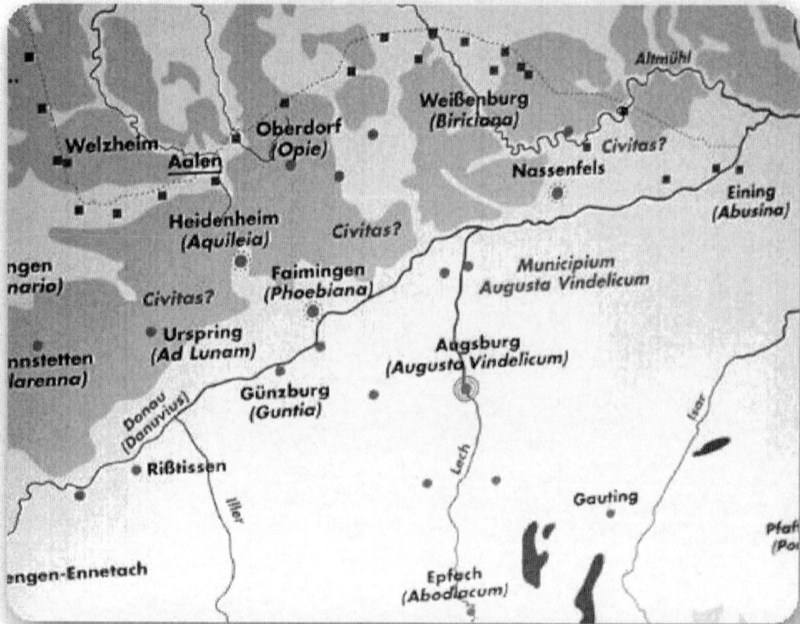


Bild -11- / Der Autor / Großraum des Bayerisch-schwäbischen Limes (gepunktete Linie)

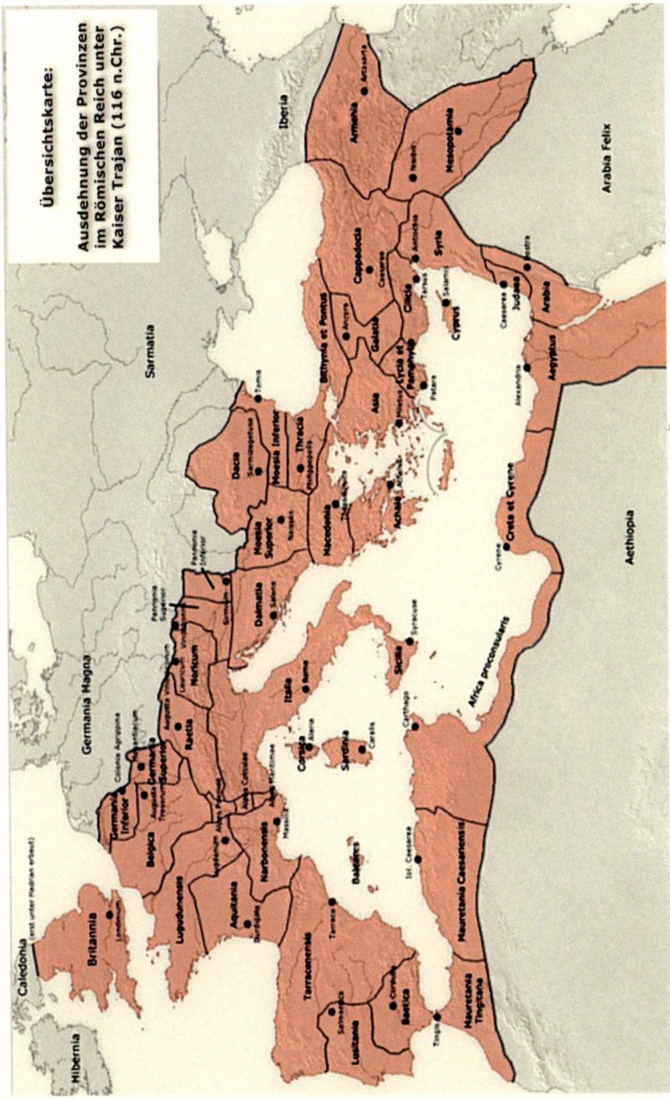


Bild -12- / Der Autor / Römisches Weltreich unter Kaiser Trajan (98-117)

## Novem, 851 - ab urbe condita (A.D. 98) im 1. Regierungsjahr des Erhabenen Trajan

***Acquam memente rebus in arduis, servare mentem!***
*Denke daran, in Schwierigkeiten Gleichmut zu bewahren*
(Horaz)

Was für stürmische Ereignisse! Wie vor zwei Jahren schon vorauszusehen, war der Machtübernahme durch *Marcus-Cocceus-NERVA* nur ein relativ kurzer Zeitraum beschert. Nachdem dieser Gefangene freiließ, die an der Verschwörung und Ermordung von Domitian mit Verantwortung trugen, ja selbst weitere Anklagen wegen Verrats verbot, und viele konfiszierte Eigentümer zurückgab, wurden die Senatoren der kaiserlichen Gerichtsbarkeit entzogen, und dem Senat direkt unterstellt. Die Unzufriedenheit im Heer, wo er selbst nie gedient hatte, sowie seine schwache Akzeptanz im Senat, verursachten viele Krisen während seiner Regierungszeit. Allerdings konnte er in diesem Zeitraum auch durch mildtätige und besonnene Regierung die zerrütteten Staatsfinanzen sanieren. An viele notleidende römische Bürger wurden während seiner Regentschaft Millionen Sesterzen verteilt, die auch zum Großteil seinem Vermögen entstammten. Vor einem Jahr jedoch meuterte die Prätorianergarde, die er nicht wie seine Vorgänger, mit üppigen Geldgeschenken bedachte. Um den möglicherweise daraus entstehenden Problemen entgegenzuwirken, adoptierte Nerva einen tüchtigen Armeekommandeur, der bei seinen Soldaten großes Ansehen genoß – *Marcus Ulpius Trajanus*[149] – der uns aus

[149] Marcus Ulpius Trajanus = Trajan; Feldherr (*47- ab 98 Kaiser, †136 n.Chr.);

vorigen Schilderungen schon etwas bekannt ist. Dann im Januar diesen Jahres erlitt *NERVA* bei einer Privataudienz einen Schlaganfall, an dessen Folgen er drei Wochen später in seiner Villa verstarb.

Sein Nachfolger wurde nun jener Imperator *Trajan*, der auch in meinem zukünftigen Leben noch eine große Rolle spielen sollte. Trajan selbst entstammte den Nachfahren einer Gruppe von Kolonisten, die sich vor über 300 Jahren von *Scipio Africanus* in Italica[150], in der Provinz Hispania (*Baetica*[151]). Seine militärische Laufbahn hatte er als *Militärtribun* unter seinem Vater in der Provinz *Syria*[152] begonnen, danach als Quästor[153] sein erstes senatorisches Amt, wiederum mit seinem Vater als Legat[154] in die Provinz *Asia*[155], Später Praetor[156], und dann als Legat[157] in der Provinz *Tarraconensis*[158], in der dort stationierten *Legio VII Gemina*[159] bis er vor 10 Jahren in die Provinz *Germania superior*[160] versetzt wurde, wo er bislang seinen Diensteinsatz absolvierte. Alles in allem war er ein verdienter und anerkannter militärischer Führer, der auch in der ersten Anfangszeit seiner Herrschaft, in der ihm unterstellten Provinz und deren Hauptstadt *Colonia Claudia Ara Agrippinensus*[161] seine Regierungsgeschäfte vollzog. Während dieser Zeit hatte ich ihn bei einer

---

[150] Italica = römische Stadt in Spanien, südlich von Sevilla
[151] Baetica = römische Provinz in Südspanien, heutiges Gebiet um Andalusien
[152] Syria = römische Provinz in Vorderasien (heute Libanon/Syrien)
[153] Quästur = niedrigsten Amtes in der römischen Ämterlaufbahn
[154] Legat = römischer Gesandter oder Befehlshaber
[155] Asia = römische Provinz (heute West-Türkei)
[156] Praetor = höhere Beamtenlaufbahn (meist nach Praetur, Aedilat)
[157] Legat = Gesandter / antiker Befehlshaber
[158] Tarraconensis = römische Provinz in Nordspanien
[159] Legio VII Gemina = Römische Armee-Einheit, 68 n.Chr. von Galba aufgestellt, stationiert in Spanien
[160] Germania superior = römische Provinz (Rheingebiet) von Straßburg bis Koblenz
[161] Colonia Claudia Ara Agrippinensus = römische Provinzhauptstadt (heute Köln)

Inspektionsreise, die ihn an den *Rhenus*[162], und insbesonders dann direkt am *Danuvius* im Kastell *Gontia*, kennen und schätzen gelernt. Mit Beginn seiner Regentschaft übergab er die Statthalterschaft von *Germania superior* an seinen langjährigen militärischen Berater - *Julius Ursus Servianus*[163], sowie für *Germania inferior* an *Lucius Licinius Sura*[164], beide sollten ihm in den Folgejahren eine wesentliche Stütze sein, um die Sicherung der Nordgrenze des Reiches, Aufbau der Infrastruktur des Hinterlandes und den Ausbau der Verteidigungsanlagen, zu gewährleisten. Auch der Ausbau des Straßennetzes von Mogontiacum über *Aquensis*[165] zum *Danuvius*, sowie nach Norden über *Colonia*, weiter nach *Vetera*[166] bis *Ulpia Noviomagus Batavorum*[167] wurden in dieser Phase fertiggestellt.

Neben all diesen Errungenschaften wurde aber mein persönliches Leben aufs Intensivste auf die Probe gestellt. Der erste Schicksalsschlag ereilte mich im Frühjahr diesen Jahres, als ich die Kunde vom Tode meines Vaters erhielt. Ich hatte während meiner Dienstzeit in *Gontia* oftmals nach Möglichkeit meinen Geburtsort in Abodiacum besucht, der nur einen Tagesritt von ca. 6-8 Stunden entfernt lag. Ich hatte jedoch niemals in Erwägung gezogen, daß mein Vater im Alter von knapp 65 Jahren sein Leben beenden sollte. Als mich diese Nachricht erreichte, reichte ich in meiner Dienststelle meinen Urlaubsaufenthalt ein, um umgehend nach Hause zu eilen, und an den rituellen Begräbnisfeierlichkeiten

[162] Rhenus = römische Bezeichnung für Rhein
[163] Julius Ursus Servianus = (*47-†136 n.Chr.); römischer Politiker und Senator
[164] Lucius Licinius Sura = (*40-†110/113 n.Chr,); römischer Politiker und Senator
[165] Aquensis = heutiges Baden-Baden
[166] Vetera = heutiges Xanten
[167] Noviomagus = heutiges Nijmvegen (NL)

teilzunehmen. Meiner Familie war es nicht möglich, zumal meine Frau mit einer Krankheit darnieder lag, und die Kinder im Alter von 6 und 4 Jahren auch noch versorgt sein mußten, was in dieser Zeit eine Frau in der Kastellsiedlung die meine Frau gut kannte, erledigen konnte. Als ich zuhause ankam, war meine elterliche Familie gerade dabei die Riten der feierlichen Bestattung herzurichten. Nach seiner Waschung und Salbung wurde er mit seiner schönsten Toga bekleidet, und aufgebahrt. Ihm zu Ehren wurden seine Verdienste währen der Militärzeit aufgeführt, sowie sein stetes Engagement in der heimatlichen Siedlung, wo er sich durch seinen wirtschaftlichen Erfolg und Einsatz in der Siedlung viele Verdienste erworben hatte. Da man im Allgemeinen nur eine ungefähre Vorstellung hatte, wohin die letzte Reise des Verstorbenen ging, hatte ihm zur Sicherheit eine Münze als Lohn für den Fährmann zur Überquerung des Styx[168], unter seine Zunge gelegt. Als ältester Sohn des Verstorbenen fiel mir die Aufgabe zu, in der vordersten Reihe des Trauerzuges durch die Siedlung, mit meinem Schwager *Indutus Licatus*, bis zu den Familiengrabstätten anzuführen. Die Trauergemeinde, sowie Musikanten von den professionellen Klageweibern begleitet, reihten sich dem Zug ein, bis man den Ortsrand und die letzte Ruhestätte erreicht hatte, wo der blumengeschmückte Scheiterhaufen bereits vorbereitet war. Man hatte darum seine Lieblingsgegenstände und Geschenke der Trauergemeinde abgelegt. Ein letztes Mal wurde sein Namen aufgerufen um den Verstorbenen zu ehren, bevor die Bahre entzündet wurde. Vom Klagen der Trauergemeinde begleitet, verabschiedeten sich alle Anwesenden von seinem irdischen Leib, der nach einer

[168] Styx = in griech. /röm. Mythologie, Grenzfluß zwischen dieser Welt und dem Jenseits

geraumen Zeit in der Glut der verbrannten Hölzer verschmolzen war. Mit Wasser und Wein löschte man die letzte verbleibende Glut, bevor man die Überreste des Leichenbrandes mit wertvollen Essenzen vermischt wurde, und diese in einer bereitgestellten Urne deponiert hatte, die anschließend in der kleinen Familiengruft ihre letzte Ruhestätte fand. Eine kleine tönerne Öllampe, sowie Speise und Trank für den Verstorbenen, wurde noch bereitgestellt, bevor die offizielle Zeremonie am Grabe für beendet erklärt wurde, und die Trauergemeinde zu einem Mahl mit den Hinterbliebenen eingeladen wurde, nicht ohne vorher die entsprechende Reinigungszeremonie mit Feuer und Wasser zu unterziehen. Im Hause der Hinterbliebenen wurden noch die restlichen Opferriten abgehalten, und mit Hinterlassung von Speise- und Trankopfern beendete man die offizielle neuntägige Trauerzeit.

Mit dem Ableben meines Vaters wurde mir zum erstenmal so richtig bewußt, wie zerbrechlich doch dieses Leben, und wie wichtig jeder Tag war, den man mit seinen Liebsten verbrachte, und daß jedes Leben irgendwann auch mal endet, ob in Ehre, in Frieden oder im Kampfe, oder im Kreise seiner umgebenden Mitmenschen. Nur das, was den Menschen ausmacht, verbleibt, ein Spruch der mich noch oftmals durch mein Leben begleiten sollte. Getreu der Aussage des weisen *Seneca*[169] – *„Amori finem tempus, non animus facit"* (Der Geist, und nicht die [Geld-]Kiste muss angefüllt werden!).

Die restlichen Tage verbrachte ich noch mit meiner elterlichen Familie, meiner Mutter die ich versuchte in

---

[169] Lucius Annaeus Seneca = (ca. *1 - †63n.Chr,) römischer Philosoph, Naturforscher, Gelehrter und Politiker

ihrer Trauer zu trösten, nachdem sie ihren geliebten Manne mit 18 Jahren geehelicht, und nun nach gemeinsam erlebter 38-jähriger Lebensspanne verloren hatte. Mit ihren nunmehr 51 Jahren, war sie zwar nicht mehr die Jüngste, aber dennoch für ihr Alter relativ rüstig. Mein Bruder *Aelius* war mit seinen 31 Jahren und seiner Ehefrau *Aurelia* und deren beiden Kindern *Janus* (10) und *Delia (8)*, sowie meine verheiratete Schwester *Lucia Clementina*, und ihr Mann *Marcus Balbinus* eine gute Unterstützung für meine Mutter, die nun gemeinsam die Villa Rustica, sowie die Strassenstation führten. Ihr zur Seite stand auch noch die Familie meines Schwagers *Indutus Licatus*, der zusätzlich noch sein Pferdegestüt mit seiner Ehefrau *Flavia Secunda* und deren erwachsenen Kindern, *Sicatus* und *Marcus*, die beide ebenfalls verheiratet waren, bewirtschafteten. So hatte ich zumindest das Gefühl sie nicht alleine und unversorgt zurücklassen zu müssen, wenn ich meinen Dienst bei der Armee in *Gontia* nach meinem Urlaubsende wieder antreten mußte. Wehmütig verabschiedeten wir uns voneinander, nicht wissend, daß wir uns bald wieder zu einem noch größeren Unglück wiedersehen sollten.

***Amori finem tempus, non animus facit!***
*Die Zeit setzt der Liebe ein Ende, nicht der Wille*
(Publilius Syrus)

Schwermütig hatte ich nach der Beerdigung meines Vaters im Frühjahr meinen Rückweg in meine Garnison in Gontia angetreten. Den ganzen Ritt bis zum heim meiner Familie hatte ich meinen Gedanken nachgehangen, und über die Zerbrechlichkeit des Lebens sinniert. Zuhause angekommen, schloß ich meine Kinder überglücklich in meine Arme, um Ihnen die Grüße meiner Mutter auszurichten. Dabei mußte ich von der Nachbarin erfahren, dass sich der Gesundheitszustand meiner Frau während meiner Abwesenheit nicht unbedingt gebessert hatte. Sie klagte oftmals über Unwohlsein, Müdigkeit und Beginn von leichten Leibschmerzen, was in mir mehr und mehr Besorgnis auslöste. So beschloß Ich bei meinem nächsten Besuch im römischen Heiligtum in *Phoebiana*, wo ich meine geliebte Frau kennengelernt hatte, ein Opfer zu Ehren der keltisch/römischen Gottheiten des *Apollo-Grannus* und der *Sirone*, für die Gesundung meiner Frau darzubringen. Die Wochen vergingen und es wurde nicht besser. Nun hatten wir als Armeeangehörige in dem Kastell das Glück über einen ausgezeichnet fähigen Medicus zu verfügen, der sich nicht nur den üblichen Blessuren und diversen Krankheiten der Legionäre annehmen konnte. Diesen bat ich sich bei nächster Gelegenheit, dem Gesundheitszustand meiner Frau zu widmen und sie zu untersuchen. Man muß dazu sagen, dass unsere Armee immer noch die beste medizinische Versorgung mit einem gelehrten Medicus anbieten konnte, dessen Vorteil sich nicht jeder Bürger des römischen Reiches leisten konnte. *Flavius-Aurel*, so hieß dieser, versprach am nächsten Tage nach unserem Gespräch im Heim meiner Frau vorbeizukommen, und ihren Krankenzustand zu prüfen. Nach eingehender Untersuchung, bat er mich zu einem persönlichen Gespräch unter vier Augen, was meine Sorge nur noch mehr hob. Mit ernstem Gesicht eröffnete mir der Medicus, daß er nach eingehender Prüfung meiner Frau zur Diagnose gelangen mußte, daß sie unter einer bösartigen und unheilbaren Krankheit des *canzer*[170] litt, der sich in Ihrem Körper mehr und mehr breit machte. Und so sehr er all sein ganzes medizinisches Können versuchte, vermochte er dieses nicht zu stoppen, ja er eröffnete mir, dass ich mich langsam von meiner Frau innerlich verabschieden sollte, da er keine Heilung aus dieser hoffnungslosen Krankheit eröffnen konnte. In mir brach eine komplette Welt zusammen, ich begann mit all den Göttern des römischen Himmels zu hadern, warum ausgerechnet unserer Familie dieses Schicksal einer frühen Trennung beschieden sein sollte, hatte ich mich doch schon bereits im Frühjahr mit dem Ableben meines Vaters abfinden müssen, und nun auch noch vor diesem erneuten Schicksalsschlag der unweigerlichen Lebens-Trennung von meiner geliebten Frau *Livinia*, die mir die letzten 8 Jahre soviel an Freude und Lebensenergie geschenkt hatte. Der Medicus versprach mir, das Leiden meiner Frau mit einigen Energiekräutern und Opiaten abzuschwächen, sodaß ihr in den letzten noch verbleibenden Lebenswochen, die diese grausame Krankheit verursachte, größere Schmerzen erspart bleiben sollten. So begannen für mich, meiner Frau, als auch den

[170] Canzer = lateinische Bezeichnung für Krebs.

Kindern für die letzten verbleibenden Wochen ein schmerzhafter Abschied, der in diesem Leben immerwährende Trennung werden sollte. Die Sorge für den weiteren Verbleib meiner beiden Kinder, begleitete mich die kommenden Wochen, als auch meine ferne elterliche Familie in Abodiacum, der ich diese bestürzend ernste Nachricht weiterleiten mußte. Die heißen Wochen des Sommers waren verstrichen, die Tage des September brachen an, als meine Frau von mir und den Kindern für immer tränenreich von uns allen begleitet ihren Abschied nahm, um ihre Reise in die nächste Welt der *Laren*[171] anzutreten. Nach all den 33 Jahren, die ich nun schon auf dieser Welt war, haderte ich mit allen Göttern diesen irdischen Daseins, und nur die Sorge für meine Kinder, sowie die Unterstützung von vielen meiner Legionskameraden, insbesonders meines langjährigen Freundes *Titus Flavius Quintinus*, hielten mich aufrecht an diesem irdischen Dasein. Als meine Mutter diese Nachricht vor Wochen erfuhr, hatte sie mir ausrichten lassen, daß sie und meine elterliche Familie, in *Abodiacum* sich gerne meiner Kinder angenommen hätte, da ich doch meiner Verpflichtung im Dienst weiter in der Armee nachkommen mußte. Und so begann für mich der schwerste Abschied von meinen beiden Kindern, die ich in die für sie großmütterliche Obhut meiner Mutter übergeben mußte, mit dem Versprechen, so oft es mir möglich war, sie immer zu besuchen. Das einzige was mich aufrecht hielt, war die Gewißheit, daß sie bei meiner Mutter und der Familie meiner Verwandten in einem gesicherten und beschützten Lebensraum, und zusammen mit gleichaltrigen Kindern in diesem Lebensumfeld aufwachsen konnten. Dank meiner finanziellen Grundlage

[171] Laren = nach römischer Mythologie Welt der Schutzgeister und Welt der Vorfahren im Jenseits

vermochte ich auch für sie einen privaten Hauslehrer zu bekommen, der ihnen für den weiteren Lebensweg auch die so notwendige geistige Erziehung nebst der körperlichen Ertüchtigung gewährleisten konnte. So endete für mich dieses irdische Jahr in größter Schwermut und Trauer, das seine narbigen Spuren in meinem weiteren Leben hinterließ. Mein Herz war zweigeteilt, zum einen an meine erste Familie, meine Gedanken an meine Kinder, für deren finanzielles Wohl ich verantwortlich war, und zum anderen meiner zweiten Familie – der Armee, der ich mich zum Dienst am römischen Imperium, mit meinem Eintritt in die Militärlaufbahn vor 8 Jahren verpflichtet hatte.

Bild -13- / Der Autor / Röm.Wagenlenker/Prozession

## KAPITEL IV

## UNTERWEGS AUF DEM RHENUS

**Februarius, 855** - ab urbe condita **(A.D. 102)**
im 5. Regierungsjahr des Erhabenen Trajan

***Sunt quidem cuncat sub unius arbitrio!***
*Es hängt doch alles vom Willen eines Einzelnen ab*
(Plinius *d. Jüngere*[172])

Blicke ich auf die letzten 3 Jahre zurück so wundere ich mich heute, daß ich diese Lebensumstände meistern konnte. Nach dem Ende der Tränen verblieb der Trost an die vergangenen schönen Jahre meiner Ehe mit *Livinia*, die ihr irdisches Leben verlassen, und mich mit meinen Kindern zurücklassen musste. Wie erwähnt, verblieb mir für die folgende Zeit nur die Möglichkeit, mich meiner Aufgabe als Stabsoffizier im Castell *Gontia* zu widmen. Die Karriereleiter der *Tres militae Equestres*[173] hatte ich erfolgreich abgeschlossen. Die Dienststufen eines *Präfekten* einer *Kohorten- quingenaria (Praefectus cohortis*), *Militärtribun* (Tribunus angusticlavius) und *Präfekt einer Reiter-Ala* (Flügel) hatte ich erfolgreich abgeleistet. Und wie schon erwähnt, hatte unser erhabener Imperator - *Traian* - außerordentlichen Wert darauf gelegt, daß vor allem auch Auxiliartruppen, insbesondere berittene Soldaten, durch Aufstiegschancen gefördert wurden. Diese Karrieremöglichkeit war als Alternative

---

[172] Plinius d. Jüngere = (* 61; † 113/115), Anwalt, Senator unter den Herrschern Domitian, Nerva und Trajan.

[173] Tres militae Equestres = „drei Militärposten" Militärlaufbahn (8-10Jahre in römischer Armee für Männer des Reiterordens

zum *Cursus honorum*[174] (nur möglich für Senatoren) gedacht, und bot die Möglichkeit sich durch Eignung für die Verwaltungslaufbahn als Ritter zusätzlich zu qualifizieren.

*Trajan* hatte in seinem ersten Regierungsjahr während einer Inspektionsreise am *Danuvius* auch *Gontia* besucht, und sich von den qualifizierten Militärpersonal eine persönlichen Eindruck verschaffen können, als er den stattfindenden militärischen Manöver-Übungen beiwohnte. Bei dieser Gelegenheit hatten wir ausgebildete Offiziere der Einheit auch die Gelegenheit ihn persönlich näher kennenzulernen. Es galt für ihn auch zukünftige Legionen auszuheben, die das Gebiet am unteren Abschnitt des *Rhenus*, verstärken sollten, ebenso rumorte es in der Region am unteren Abschnitt des *Danuvius,* wo sich in der Provinz *Dacia* wieder Unruhen ankündigten. Auch hierbei sollte vor allem das Flottenkommando der Armee eine aktive Rolle übernehmen. Die Voraussetzungen in *Gontia* durch einen bereits bestehenden militärischen Hafenstützpunkt am Zusammenfluß der *Gunza* mit dem *Danuvius*, hatte sich hierbei auch bei dem Limesausbau und dessen Nachschubsicherung bestens bewährt. Aufgrund meiner abgeschlossenen Ausbildungslaufbahn, hatte ich vor einem Jahr die Möglichkeit angeboten bekommen, das Kommando eines *Preafectus cohortis*[175] einer *Cohors nauticorum*[176] am niedergermanischen Limes zu übernehmen. Meinen Dienst begann ich im Frühjahr letzten Jahres im neu errichteten Castell *Fletio[ne]*[177] am

[174] Cursus honorum = militärisch/politischer Verwaltungs-/Ämterlaufbahn (hpts.für Senatoren)
[175] Prefectus cohortis = Kohortenpräfekt (Kommandant einer Legions-Unterabteilung)
[176] Cohors nauticorum = Seestreitkraft-Kohorte
[177] Fletio[ne] = Castell op de Hoge Woerd (Vleuten de Meern/NL nahe Utrecht)

unteren Abschnitt des Rhenus anzutreten, das als Auxiliarcastell des Legionsstützpunktes der *Cohors I Classica [Pia Fidelis Domitiana]* diente.

Unterdessen erhielten wir über die Nachrichtenkuriere daß wiederum ein erneuter Aufstand der Daker, unseren Imperator *Trajan* an die pannonisch/moesischen Front berief. *Trajan* hatte insgesamt 7 Legionen[178], sowie mehrere Auxiliar-[179] als auch Vexillationstruppen[180] (ca. an die 40-45.000 Mann) im besagten Gebiet zusammengezogen. Man begann den Truppenvormarsch über die Donau Stück für Stück abzusichern, weshalb ein rasches Vorrücken nicht möglich war. Kurz vor *Tapae*[181] kam es zur ersten Entscheidungsschlacht in der sich der thrakische König *Decebalus*[182] wegen einer absehbaren Niederlage zurückziehen musste. Gleichzeitig begann *Decebalus* mit diesem Feldzug auch die dakische Offensive im unteren Abschnitt des Danuvius mit den verbündeten Stämmen der Roxolanen[183], die jedoch ebenfalls scheiterte. Es war ihm also nicht gelungen, die römische Herrschaft in seinem Regierungsgebiet zurückzudrängen, und so feierte *Trajan* den römischen Sieg in den folgenden Herbstwochen. Im folgenden Frühjahr zog Trajan erneut mit seiner Streitmacht wieder über *Tapae* in Richtung *Sarmizegetusa*[184], während der zweite Heeresflügel mit dem unter-moesischen Heer in die

---

[178] Legion = militärische Kampftruppe (ca. 5.500Mann)

[179] Auxiliar-Truppe = Hilfstruppe zur Legion (500-1.000Mann)

[180] Vexillations-Truppe = flexible Einsattztruppe zu bestimmten Zwecken

[181] Tapae = Engpass des BistraTales (Eisernes Tor) Rumänien

[182] Decebalus = thrakischer König, Dakerkrieg 85/86 gegen Domitian, 101/102 1.Dakerkrieg, + 2.Dakerkrieg 105/105 gegen Trajan, Selbsttötung um Gefangenschaft zu entgegen, Darstellung Trajanssäule in Rom.

[183] Roxolanen = Sarmaten (heutiges Gebiet Ukraine), schwer gepanzerte berittene Bogenschützen

[184] Sarmizegetusa = Provinz *DACIA* ... Militärischer Stützpunkt und Hauptstadt des antiken Reiches der *Daker*. Wurde im 2.Dakerkrieg im Jahre 106 unter dem römischen Kaiser *Trajan* zerstört.

Südkarpaten eindrang. Es bedurfte drei erfolgreicher Feldschlachten, bis sich *Decebalus* endlich geschlagen gab, aufgrund geschickter Verhandlungen aber dennoch günstige Bedingungen aushandeln konnte. Vermutlich hatten sich auch die römischen Streitkräfte erschöpft, weshalb man auf dieses Abkommen gemeinsam hinzielte. Sämtliche Festungen in seinem Herrschaftsgebiet mußten von *Decebalus* geschleift werden, wodurch er für das dakische Hochland als Unterkönig der römischen Herrschaft akzeptiert wurde. Damit war der Dakerkrieg vorerst abgeschlossen, aber dennoch blieb die Unsicherheit dieses widerspenstigen Herrschers, der sich auch schon von den Kriegen vor 15 Jahren gegen den früheren Caesar *Domitian* immer wieder erhoben hatte.

Trotz all diese beunruhigenden Nachrichten, war mein Dienstantritt in dem Auxiliarkastell am Mündungsgebiet des Rhenus relativ ruhig. Hier im Einflußgebiet des germanischen Stammes der Bataver, hatte sich die Situation seit den vor über 30 Jahren aufgeflammten Aufstände beruhigt. Nachdem vor über 100 Jahren das erste Militärkastell in dieser Region entstand, während der Aufstände vor über 30 Jahren dann zerstört, aber in der Nähe neu aufgebaut wurde, hatte sich in der Folgezeit eine rege wirtschaftliche Entwicklung vollzogen, die sich auch in der zivilen Siedlungsgründung der *Ulpia Noviomagus Batavorum*[185] niedergeschlagen hatte. Insbesonders während die im Castell stationierten *Legio X Gemina*[186] *[pia fidelis]* auch *Equestris* („zehnte berittene Legion“) zur Sicherung in diese Region abkommandiert wurde, die nun einen Frontabschnitt von etwa 3.000 Meilen vom Fluß

[185] Ulpia Noviomagus Batavorum = Nijmegen-NL)
[186] Legion X Gemina = berittene Legion, stationiert am Niederrhein, die später am 2.Dakerkrieg Trajans teilnahm

Rhenus bis zur Maas absicherte, gesandt wurde. Der wirtschaftliche Aufschwung wurde begleitet von vielen Bauvorhaben, die ihr Material aus dem Gebiet nahe dem Rhenus liegenden *Tegulariae*[187] bezogen. Diese lieferten die begehrte Töpferware, sowohl für die Legionsbesatzungen, als auch deren darum entstehenden zivilen *civitas*[188] . Durch den aufkeimenden Wohlstand, hatten sich auch viele junge Männer aus diesem Stamm dem römischen Legionsdienst als Auxiliartruppe verpflichtet, nachdem die Legion mit drei weiteren vor über 13 Jahren erfolgreich den Aufstand des *Saturnius* in *Mogontiacum* niedergeschlagen hatten, und vom damaligen Caesar *Domitian* den Beinamen „*pia fidelis*" (*pflichtbewußt und treu*) erhielten. Diese wurde während dieser Zeit kräftig von der Die *Legio II Adiutrix* [189](„die Helferin") unterstützt, die im nahegelegenen Militärlager *Ulpia Noviomagus Batavorum* stationiert war.

Während eines Hilfseinsatzes bei einem urbanen Bauprojekt, zu dem ich ins naheliegende Noviomagus berufen wurde, lernte ich während diesem Zeitpunkt zwei Offiziere dieser Einheit kennen, mit denen mich meine weitere Zukunft noch mehr verbinden sollte, was mir zu diesem Zeitpunkt jedoch noch nicht so bewußt war. Der eine – *Publius Aelius Hadrianus*[190] war während meiner Ausbildungszeit in *Gontia* bereits Militärtribun der *Legio II Adiutrix*. Ein weiterer war der Centurio *Quintus Marcius Turbo*[191]. Wie auch immer – mag man es Schicksal – oder

[187] Tegulariae = plural für Ziegeleien

[188] Civitas = zivile Siedlungen

[189] Legio II Adiutrix („die Helferin") = Legion der römischen Armee, stationiert n Nijmvegen)

[190] Publius Aeilius Hadrianus = (* 76; † 138), Großneffe von Trajan, späterer Kaiser ab 117n.Chr.)

[191] Quintus Marcius Turbo = (* 76; † 138), persönlicher Freund von *P.A.Hadrian*

Fügung der Götter nennen, es war der Beginn einer Bekanntschaft, die mir noch viele gemeinsame Erlebnisse in der Zukunft bringen sollte. *Hadrian* war ein vielfach interessierter Mensch, vor allem begierig seine Talente in jeglicher Weise zu erproben. Politisches Geschick verbunden mit organisatorischem Talent, zeichnete ihn in vielen Entscheidungen aus. Zugleich war er auch vielfacher Bewunderer der griechischen Kultur, deren Bauwesen ihn immer wieder sehr begeisterte. Bereits früh hatte er diese Kultur kennengelernt, nachdem ihn sein Vater, der dort als Senator in und *Proconsul* der Provinz *Achaea*[192] tätig war, bis zu seinem 10.Lebensjahr erzog. Leider verstarb dieser sehr früh, und *Hadrian* kam damit unter die Vormundschaft *Trajans*, der ein Cousin seines Vaters war. Schon wurde er in die militärische Grundausbildung integriert, und sollte dann mit der Verwaltung seiner Familiengüter betraut werden, worauf er aber aufgrund seiner Jagdleidenschaft an den Kaiserhof beordert wurde. Nach dem Beginn einer Beamtenlaufbahn in einem Gerichtsgremium, sowie nach zwei weiteren Stationen, wurde er Militärtribun bei der *Legion II Adjutrix*. Mit 24 Jahren wurde er dann mit Trajan's Großnichte – *Vibia Sabina* – verheiratet, und rückte während des ersten Dakerkrieges in dem kaiserlichen Umfeld als nunmehr *quaestor augusti*[193] (Berater) auf. Seine Lebensgeschichte erfuhr ich bei einem gemütlichen Beisammensein, nach einer Lagebesprechung, wo er über die Entwicklung am unteren Grenzabschnitt des *Danuvius*, und des kürzlich abgeschlossenen Dakeraufstandes, und damit die weitere Planung und weiteren Vorkehrungen in dieser Region in der Provinz *Pannonia*- und *Moesia-inferior* für die nächsten Jahre, besprachen. Da man sich

---

[192] Achaea = römische Provinz in Griechenland

[193] Quaestor augusti = kaiserlicher Beraterstab

mit meiner bislang zweijährigen Tätigkeit, in der in *Fletione* stationierten Einheit als Kohorten-*Praefect*, zufrieden zeigte, wurde mir in diesem Gespräch, dann auch die Möglichkeit einer weiteren Beförderung mit einem möglichen Kommando in der Region angeboten. Mein bislang zweijähriger Diensteinsatz hatte sich an einem friedlichen Nebenkriegsschauplatz abgespielt, und da sich nun die dreijährige Einsatzzeit im nächsten Jahr dem Ende zuneigte, bekundete ich damit mein reges Interesse.

So verliefen die weiteren Monate in diesem Lebensabschnitt relativ ruhig, abgesehen von mehreren Kontrolleinsätzen am unteren Abschnitt des Rhenus, sowie anfallenden Reparationsarbeiten an den umliegenden Dämmen dieses Tieflandes und seiner weitverzweigten Kanäle, ohne dass sich gravierende Ereignisse im Legionseinsatz abspielten. Die Zeit verstrich und neigte sich mit einem neuen Jahr und dazwischenliegenden Monaten bereits wieder dem Ende zu, als ich aus dem Heeresstab von unserem erhabenen Kaiser Trajan den Befehl erhielt, mit Beginn des neuen Folgejahres nach der eintretenden Schneeschmelze, zu meinem neuen Kommando am unteren Abschnitt des Danuvius am Standort *Brigetio,* einzutreffen.

Da mir zu dieser neuen Aufgabe einige Wochen Urlaub zugestanden wurden, die ich im Laufe der vergangenen 3 Jahre wenig genutzt hatte, sah ich damit auch die Chance auf dem Weg zu meinem neuen Kommando, meiner Heimatstadt Abodiacum meine Familie zu besuchen. Nachdem ich meine bisherige Aufgabe dem neuen Legionskommandanten von *Fletio* übergeben und eingewiesen hatte, nahm ich Abschied von den

Kameraden, für die ich während meiner Zeit verantwortlich war und machte mich auf den langen Weg nach *Raetia*.

Stromaufwärts ging es an die 370 Meilen mit einem Lastenschiff den Rhenus bis zur *civitas Nemetae*[194], wo sich am Ufer des Rhenus eine Siedlung nach Abzug der *milites*[195] entwickelt hatte. Von hier aus nahm ich dann die kürzeste Strassenverbindung nach *Augusta vindelica* über die Siedlungen *cannstatts*[196]. Auch hier hatte sich nach der Grenzverschiebung des Limes nordwärts in den letzten Jahren eine kleine Ansiedlung um ein milites-castell entwickelt, das zur Absicherung der Strassenwege von der Provinz *Germania superior* zur Provinz *Raetia* diente. Etwa 80 Meilen führte die Wegstrecke nach *Gontia*[197], meinem ursprünglichen Ausbildungsort, wo ich in der dort stationierten Auxiliareinheit vor über 12 Jahren meinen militärischen Lebensweg begann. Diese Wegstrecke unternahm ich dann mit meinem Pferd, einem dreijährigen Hengst, den ich am Wegstreckenwechsel vom Schiff zum Landweg in *Nemetae* erstanden hatte. Das Tier war in prachtvollen Zustand, gut eingeritten, und gewöhnt, sich auf seinen Reiter auf in voller militärischer Rüstung einzustellen. Hinzu kam, dass ich das Tier auf Anhieb sympathisch fand, sein Fell glänzte schwarz, der Hals und Rücken kräftig, und das Reitverhalten ausdauernd, so dass

[194] Nemetae = Speyer
[195] milites = Militärische Truppeneinheit
[196] Canstatts = Cannstatt (Stuttgart)
[197] Gontia = Günzburg

ich es auf den Namen „Vitus[198]“ taufte. Diese Wegstrecke bis Gontia dauerte etwa zweieinhalb Tage, wo wir jeweils abends an einer Wegstrecke legenden Villa rustica nächtigten. Am dritten Tage passierten wir das Castell *Aquileia*[199] bis wir nach einer restlichen Strecke von 30 Meilen, den Fluß des *Danuvius* überquerten, und *Gontia* mit seiner darüberliegenden hügeligen Anhöhe vor uns endlich auftauchte. Mein Herz machte einen richtigen Sprung, meine Vergangenheit zog in vielen Bildern an meinem inneren Auge vorbei, verband mich doch so viel mit dieser Stadt, in der Glück und Leid für mich so nah beieinander lagen. Der Hauptgrund jedoch war, dass ich meinen langjährigen Freund *Titus Flavius Quintinus*, wiedersehen wollte, bevor ich weiter nach *Abodiacum* zu meiner Familie reisen wollte.

Natürlich hatte ich gemäß der militärischen Anordnung nach, zuerst beim jetzigen Legions- und Kastellkommandanten in Gontia - *Aulus Pomponius Paetus*[200] - als zukünftiger Praefect von *Brigetio* (im Garnisonsort Brigetio, auf der Durchreise zum zukünftigen Einsatzort vorgestellt. Nachdem wir uns kurz kennengelernt, und über die zukünftigen Pläne unseres erhabenen Imperators *Trajan* in der aufständischen Region der Provinz *Thracia* unterhalten hatten, erfuhr ich von ihm, dass er als nunmehr Mitvierziger als *tribunus militum* in der *Legio X fretensis* in der Provinz *Judaea*, als auch danach als Reiterpräfekt der *Cohors I milliaria* .in

---

198 Vitus = der Lebendige

199 Aquileia = Heidenheim

200 *Aulus Pomponius Paetus* = vollständig *Aulus Pomponius Gai filius Quirina Augurinus Titus Prifernius Paetus*, Angehöriger des römischen Ritterstandes, durch 2 Inschriften mit Stationsangaben seiner Karriere belegt. Nach Auszeichnung in den Dakerkriegen, wurde dieser später Prokurator der Provinz Achaea (Griechenland)

der Provinz Thracia, seinen Dienst absolviert hatte. Nach diesem Kennenlernen, ließ er nach seinem Alen-*Decurio*[201], *Titus Flavius Quintinus* – meinem ehemaligen Kameraden rufen. Seiner Meinung nach war dieser ein zuverlässiger Abteilungskommandeur, der es aufgrund seiner Auffassungsgabe, und Einsatz noch weit in seiner Karriere bringen würde. Nachdem dieser beim Eintritt in die Kommandantur seinen Vorgesetzten pflichtgemäß salutierend gegrüßt hatte, stürzte mein langjähriger Freund, mit einem lauten Freudenschrei in meine Arme. <*“Claudius – mein alter Freund, schön dich wiederzusehen“*>. Dies lauthals ausrufend drückte er mich, dass mir im ersten Moment fast die Luft wegblieb. Die Freude war ebenfalls meinerseits, hatten wir uns doch seit meiner Versetzung nach *Fletione* in die Provinz *Germania inferior* seit über 3 Jahren nicht mehr gesehen. <*“Bei allen Göttern, du hast Dich überhaupt nicht verändert, nur Dein Haaransatz hat etwas mehr an grauer Farbe gewonnen“*>. Man konnte ihm sichtlich die Freude des Wiedersehens nach langer Zeit ansehen. <*“Komm“*>, forderte mich *Titus* auf, <“*lass uns heute Abend ausgiebig feiern, uns über die „Guten alten Zeiten“ sinnieren“*>. Der Kommandeur entließ uns wohlwollend lächelnd, und bat mich abschließend, vor meiner Weitereise bei ihm nochmals abzumelden. An diesem Abend beschlossen wir unser Wiedersehen mit einem guten Wein in der lokalen Taverne, die im Zentrum der kleinen Siedlung vor dem Kastell lag, zu feiern. Hier stärkten wir uns auch mit einer kräftigen Mahlzeit, der Wirt hatte frischen Wildschweinbraten auf dem Speiseplan, zu dem er frisches Gemüse, und die nicht zu vergessende berühmte Fischsauce „*Garum*“ als Gaumenkitzel reichte. Der

[201] Decurio = gleichgesetzt einem Centurio, Führer einer Auxiliar-Turmae, im Rang eines primus pilus, ranghöchster Zenturio (Unteroffizier) einer Legion.

exportierte Wein aus den der Winzerhängen des *Rhenus* schmeckte prächtig zum gereichten Braten, und wir schwelgten in den Erinnerungen der Vergangenheit, als wir hier vor über 13 Jahren unseren Militärdienst in *Gontia* antraten. Gleichzeitig überlegten wir uns, was wir am nächsten Tag den *Titus* frei bekommen hatte planen sollten, als uns das naheliegende Grannus-Heiligtum *Phoebiana* in den Sinn kam, das wir damals erstmalig besuchten. So beschlossen wir uns zu einem Ausritt in das naheliegende Apollo-Grannus Heiligtum *Phoebiana*. Zuvor jedoch wollte mir *Titus Flavius* noch das neuste Bauprojekt von *Gontia* vorstellen, das im Frühjahr diesen Jahres durch das Militär gestartet wurde.

Seitdem vor 1 Jahr bereits wieder der Krieg in der Provinz Dacien mit der Urbevölkerung aufgeflammt war, hatte Trajan den Auftrag gegeben, sowohl den Raetischen Limes zum einen weiter nach Norden zu verlegen, zum anderen hatte *Gontia* die strategisch günstige Position als Versorgungslager, zur Verschiffung von militärischen Truppen und Gütern den Fluß Danuvius abwärts zu dienen. Dafür mußten Unmengen Material, Pferde, Kriegsgerät und Versorgungsgüter flussabwärts verschifft werden, das auf dem Landwege hierher transportiert wurde. Da dieses Gerät bis zur Verschiffung natürlich zwischen gelagert werden mußte, waren enorme Anstrengungen und Voraussetzungen notwendig, dieses Gerät zwischenzulagern. Aus diesem Grunde hatte man begonnen, ein ehrgeiziges Bauprojekt umzusetzen, das diesen Anforderungen gerecht werden sollte. Oberhalb des kleinen Zuflusses des *Danuvius*, der *Gunza*, an dem der Fährhafen des Castells angelegt war, hatte man begonnen, eine Fläche von unmittelbar nach dem Anstieg zum darüberliegenden Hügel, eine Fläche zu planieren, um darauf das Bauvorhaben umzusetzen, einer Seitenlänge von 140 x 80 *Gradus*[202]*, was einer Gesamtfläche von ca. 5.600 pedes*[203]*-quadratus*[204] entspricht. Darauf waren in der Umrahmung der Randseiten ca. 200 Baumstämme aus schwerem Eichenholz, aufgerichtet in nordsüdlicher Richtung mit 100 zu 55 *Gradus* in ostwestlicher Richtung mit einer Gesamthöhe von 35 in einer Tiefe von 7*pedes* in mannshohen Bohrlöchern versenkt, um eine korrekte Statik des Gebäudes zu gewährleisten. *(zum besseren Verständnis der Maß und Längeneinheiten möge/n der/die Leser/-in die beiliegende Tabelle -11- ersehen).*

Diese Pfosten hatten einen quadratischen Durchmesser von 1,8*pedes*, die aus 2*pedes* dicken ca. 200jährigen Eichenstämmen gefertigt wurden. Diese waren von den naheliegenden Eichenwäldern am *Danuvius* geschlagen, und mit Ochsenkarren zu dieser Baustelle transportiert worden. Diese Eichenpfosten mußten zum Teil in dem feuchten Gerölluntergrund mit mächtigen Holzbohlen als Unterlage gestützt werden, um die Stabilität auf dem teilweise molassigen Lehmuntergrund zu gewährleisten. Man kann sich also vorstellen, mit welchen Dimensionen und Gewichten, die erforderlichen Bauarbeiten hier bewerkstelligt werden mußten, die nur an einem solchen wichtigen Siedlungsplatz am Flußübergang des *Danuvius* möglich waren. Riesige hölzerne Drehkräne, in deren Laufrädern Menschen traten, hatten diese Stämme, und Dachkonstruktionen aufgerichtet und in ihre endgültigen Positionen bewegt. Dank dem naheliegenden ca. 1.000

---

[202] 100 Gradus = 1 Einzelschritt entspricht 0,74m (Doppelschrittfuß =2,5 pedes/Fuß) ca. 5.600 pedes-quadratus entsprachen ca. 100x60m = Fläche eines heutigen Fußballfeldes

[203] 1 pes (plural pedes), = entspricht 0,296mm

[204] Quadratus = lat. Bezeichnung für „Quadrat“

Gradus entfernten Armeekastell, konnten die Bauarbeiter die z.T. aus dem Armeepersonal rekrutiert, und aus den umliegend wohnenden zivilen Bauarbeitern verpflichtet wurden, diese gewaltigen Bauarbeiten geschafft werden. Dem Bauwerk angegliedert, war auch ein Pferdestall, in dem bis zu 1.000 Reittiere untergebracht wurden, deren Trinkwasserversorgung mit einer Kapazität von 10.000 Liter Frischwasser, über den naheliegenden Hügel über eine eigens eingerichtete Wasserleitung gewährleistet werden konnte. Die jetzt fertiggestellte Halle nutzte zum einen für die herangebrachten Rüstungsmaterialen, die über den *Danuvius* später in die flussabwärtsliegenden Provinzen von *Pannonien* und *Dakien* verschifft werden sollten. Dies war von besonderer Wichtigkeit für die derzeitigen militärischen Konfliktsituationen in diesen Provinzen, insbesonders den Dakerkriegen, die seit zwei Jahren wieder aufgeflammt waren.

Sie konnte andererseits aber auch als Versammlungsstelle genutzt werden, in dem der zuständige Kastellkommandant als auch der römische Statthalter der Provinz *Raetia* aus dem nahen *Augusta Vindelica* kommend, die umliegende Bevölkerung zusammentrommeln, und entsprechende Gesetzesversordnungen, und römische Lebensprinzipien und kulturelle Lebensweise anordnen konnte. Über solche Baufertigkeit konnte man nur staunen, war es doch nur aufgrund der Lebensweise und kulturellen Errungenschaften und technischen Möglichkeiten dieses riesigen Imperiums möglich, dem wir als Teil der Armee angehörten. Mögen zukünftige Generationen darüber urteilen, wie schaffens- und segensreich sich unser Kulturkreis in dieser Welt ausbreiten konnte.

Nachdem Titus Flavius mir stolz diese bauliche Monumentalleistung vorgestellt hatte, die meiner Bewunderung größte Hochachtung der architektonischen Leistung abverlangte, machten wir uns auf den Weg, das beim gestrigen Tavernenbesuch ins Auge gefasste, Ausflugsziel zu besuchen. Unsere Pferde waren frisch ausgeruht, besonders mein Hengst „*Vitus*" wieherte freudig, sich an diesem Tage wieder ausgiebig zu bewegen. Der Morgen hatte bereits die 5.Tagesstunde erreicht, und die Sonne näherte sich bereits dem horizontalen Höhepunkt der mittäglichen Stunde, nachdem wir das ausführlich besuchte Areal der Lagerhalle verließen, um in unser Ausflugsziel nach *Phoebiana* aufzubrechen. Zum einen freute ich mich unser nicht weit entfernten keltisch-römischen Heiligtums wieder zu sehen, dies umso mehr, da wir an diesem Orte vor 13 Jahren unsere ersten freundschaftlichen Bande nach unserer Grundausbildung in der Armee knüpften. Hier hatte ich ja auch meine damalige spätere Frau *Livinia* kennengelernt, mögen ihr die Götter gnädig sein, nachdem sie so früh von mir in das Land der Ahnen gerufen wurde. Auch meine damaligen Opfergaben am Altar des *Apollo-Grannus*, hatten nichts mehr genutzt, um ihren Gesundheitszustand zu bessern. *Titus* bemerkte auch meine auf dem Wege dahin sinnierende Stimmung, auch während unseres des Aufenthaltes dort. Er munterte mich auf, mit den Worten, daß das Leben immer in den gewünschten Bahnen der Götter verlief, und der Mensch nichts dazu machen konnte, ich hörte ihn, konnte aber nicht so recht daran glauben, da ich nach dem damaligen Schicksalsschlag mein Vertrauen in die helfende Wirkung des Götterhimmels anzuzweifeln begonnen hatte.

**Römische Längenmaße** pedes

| | | | | | | | |
|---|---|---|---|---|---|---|---|
| **pes (Mz. pedes)** | Fuß | = 1 | pes | ≈ 296,0 | mm | 1 |
| **cubitus** | Elle | ≈ 1 ½ | pes | ≈ 444,0 | mm | 1 ½ |
| **gradus** | Einzelschritt | = 2 ½ | pes | ≈ 740,0 | mm | 2 ½ |
| **passus** | Doppelschritt | = 2 | gradus | ≈ 1,480 | m | 5 |
| **pertica** | Rute | = 2 | passus | ≈ 2,96 | m | 10 |
| **actus** | Arpent | = 12 | perticae | ≈ 35,52 | m | 120 |
| **stadium** | Stadion | = ⅛ | mille passus | ≈ 185,0 | m | 625 |
| **mille passus** | Meile | = 1000 | passus | ≈ 1,48 | km | 5000 |
| **leuga** | Leuge | = 1 ½ | milia passuum | ≈ 2,22 | km | 7500 |

**Römische Flächenmaße:**

**Römische Flächenmaße** actus

| | | | | | | |
|---|---|---|---|---|---|---|
| pes quadratus | Quadratfuß | = 1 | pes qu. | ≈ 876,16 | cm² | 1/14400 |
| **scripulum** | Quadratrute | = 100 | pedes qu. | ≈ 8,7616 | m² | 1/144 |
| **acnua** | | = 120 | pedes qu. | ≈ 10,51 | m² | 1/120 |
| **actus minimus** | Ulne Furchen* | = 1/30 | actus | ≈ 42,06 | m² | 1/30 |
| **clima** | Stückchen | = ¼ | actus | ≈ 3,1542 | a | ¼ |
| **actus quadratus** | Acker | = 1 | Quadratarpent | ≈ 12,62 | a | 1 |
| **iugerum** | Joch | = 2 | actus | ≈ 0,2523 | ha | 2 |
| **heredium** | Morgen | = 2 | iugera | ≈ 0,5047 | ha | 4 |
| **centuria** | Großhufe | = 100 | heredia | ≈ 50,47 | ha | 400 |
| **saltus** | Quadruplex | = 4 | centuriae | ≈ 2,019 | km² | 1600 |

* 1 actus minimus ist ein Rechteck von 4 mal 120 Fuß.

*Die in der Tabelle angegebenen metrischen Maße sind Orientierungswerte und beruhen rechnerisch auf einem Fuß zu 296 mm.*
*Der actus (Acker) ist das Quadratarpent (1 Arpent = 12 Zehn-Fuß-Ruten). Das entspricht 14 400 pedes quadrati oder 144 scripula, also etwa einem Achtel Hektar*

Bild 14 / Der Autor / Römische Flächen- & Längenmaße

Umsomehr aber freute es mich, als er mir freudestrahlend anvertraut hatte, dass er selbst beabsichtigte eine Familie zu gründen. Gemäß seinen Worten hatte es lange gedauert, bis er diesen Entschluß in die Tat umzusetzen gedachte, hatte doch *Amor*[205] ihn lange mit seinen Pfeilen verfolgen müssen, bis der Blitz bei ihm im Herzen eingeschlagen war. Ein Mann ist nur ein halber Mensch, erklärte er mir. Was soll die Nachwelt einmal von mir berichten, wenn ich nicht mehr bin, wer wird sich meiner erinnern, wenn nicht meine Frau und meine Kinder und Kindeskinder? Bei einer Einladung vor einem halben Jahr zu einem Familienfest im Bekanntenkreise, war er den Augen einer glutäugigen schwarzhaarigen Schönheit begegnet, von derem Blick er sich nicht mehr lösen konnte. Sie war nicht mehr so jung, zählte an die 30 Lenze, war selbst Witwe hatte aber keine Kinder. Und so kam halt das eine zum andern, gestand er mir. Ich freute mich aus ganzem Herzen für ihn, und beglückwünschte ihn, bedauerte aber gleichzeitig, dass ich nicht an seiner geplanten Hochzeit im nächsten Frühjahr teilnehmen konnte, da ich meinen Dienst ja zu dieser Zeit im Garnisonsort *Carnunto*[206] bzw. *Brigetio*[207] der Provinz *Pannonia superior* antreten sollte. Das wichtigste – gestand er mir, ist und bleibt, dass wir unsere Freundschaft pflegen, und wann immer es uns möglich ist, sollten wir uns wiedersehen, ganz gleich wo im römischen Reich wir uns befinden. Seine Worte im Hinterkopf behaltend, versprach ich, dass wir immer, so oft es uns möglich sein sollte, diese Beziehung pflegen sollten.

Ich erzählte ihm davon, dass ich nach am nächsten Morgen nach meinem Besuch in Gontia, weiter in meinen Heimatort *Abodiacum* reiten wollte, um meine Kinder und Verwandten in die Arme zu schließen, bevor ich weiter in

---

[205] Amor = römischer Gott der Liebe

[206] Carnunto = Carnuntum (Hainburg, Niederösterreich), Standlager der Legio XIV Gemina, Pannonia superior

[207] Brigetio = Ungarn (Komorn) a.d. Donau, zwischen Wien (Vindobona) und Budapest (Aquincum) an der Donau liegend

meinen neuen Einsatzort dem Danuvius abwärts in *Bregeti*o mich einfinden wollte. Mit diesem gegenseitigen Versprechen für die nächsten Jahrzehnte unseres Lebens im Herzen, genossen wir die herrliche Natur unseres Ausrittes und kehrten am Abend, nach Gontia zurück, wo wir noch ein gemeinsames üppiges Mahl in der Garnisonstaverna genossen, bevor wir uns für unseren nächsten Lebensabschnitt verabschiedeten.

Am nächsten Morgen meldet ich mich wie ursprünglich vereinbart beim Lagerkommandanten von *Gontia* ab, um meinen Weg nach *Abodiacum* fortzusetzen. Zuvor gab mir dieser noch einen *cursus publicus*[208] für *Quintus Martius Turbo*[209] mit, den ich bereits während meiner Zeit in Fletione kennengelernt hatte. Dieser war der amtierende Hauptlegions-Kommandant von *Aquincum*[210], dessen Stammsitz die *Legio II Adjutrix*[211] war. Abkommandiert war ich eigentlich als Tribun zur *Legio XIV [(Martia-victrix)[VI pia fidelis VI]*[212], die zu dieser Zeit in Carnunto[213] stationiert war. Mit diesem Kommando sollte

[208] Cursus publicus = Depesche; militärische Nachricht

[209] Quintus Martius Turbo = Kommandant v. Aquincum (Budapest) der Legion IIO Adjutrix und persönlicher Bekannter von Publius Hadrianus (späterer Kaiser 117-138)

[210] Aquincum = Budapest, römisches Hauptlegionslager der Provinz Pannonia, Hauptlager der –

[211] Legio II Adjutrix = Stammsitz in Aquincum (Budapest)

[212] Legio XIV Gemina = Stammsitz Carnuntum (Österreich)

[213] Carnunto = Carnuntum (Legionslager und Auxiliarcastell und Lagerstadt, sowie Verw.-Mittelpunkt der Provinz *Pannonia superior* zum Schutz des oberpannonischen Limes

ich ja im Frühjahr das Lager das ca. 80 Meilen entfernte neu errichteten Auxiliar-Lagers *Brigetio*[214] beziehen, um die Sicherung des Grenzabschnittes dem Pannonischen Limes bis zum weiter 60 Meilen entfernten Aquincum abzusichern. Mit entsprechender Nachricht, sowie etwas zusätzlichem Reiseproviant und einer persönlichen Donatio[215] ausgestattet, setzte ich meinen Weg über die Auen und Hügel zu meiner ursprünglichen Geburtsstadt *Abodiacum* fort. Nach einem knapp 5-stündigen Ritt im lockeren Trab, sah ich dann die heimatlichen Hügel vor meinem Auge erscheinen. Der herbstliche Blätterwald hatte die Landschaft in bunte Farben gehüllt. Vor mir erstreckte sich die Tiefebene des *Licca,* dessen Flussschleife den heimatlichen Ort umzogen. In der Ferne hörte man das Brüllen einer Viehherde, die Sonne hatte, nachdem ich ziemlich früh losgeritten war, die dritte Stunde des Nachmittages erreicht, der morgendliche Bodennebel des Monats *Octobris* hatte sich um die Mittagsstunden gelegt, und war den wärmenden Sonnenstrahlen der herbstlichen Sonne gewichen. Und ich freute mich auf meine Lieben, Verwandten, vor allem aber meine zwei Kinder nach langem wieder in die Arme schließen zu können. Von dem Gehöft, das noch in einer Entfernung von ca. einer Meile vor mir lag, löste sich eine Gestalt, die mich als nahenden Reiter bereits ins Auge gefasst hatte. Beim Näherkommen, beschleunigten sich ihre Schritte, nachdem sie erkannte, wer sich dem Anwesen näherte. Mit einem Freudenschrei, und eiligem Tempo stürzte sie mit einem lauten, freudigen Ausruf auf mich zu. <*"Pater, Pater-familias*[216]*, endlich bist du*

---

[214] Brigetio = Szoeni/Komarom (Ungarn)

[215] Donatio = Gabe (finanz.) Ehrengeschenk

[216] Pater-familias = lat. Bezeichnung für Hausvater, i.d. Regel der Älteste des Hausstandes

*wieder auf Besuch gekommen!"*> Ihre Stimme klang mit überschwenglicher Freude - es war meine Tochter *Flavia Iterissa*, die mich überglücklich in Ihre Arme schloss, und durch ihre lauen Ausrufe die übrigen Bewohner des Anwesens über den ankommenden Besuch informierte. *Flavia* mit ihrem flachsblonden Haar, das sie von ihrer Mutter geerbt hatte, nunmehr an die 9 Jahre alt, wollte unbedingt mit mir auf dem Sattel meines Pferdes sitzen, was ich ihr freudestrahlend gewährte. Vermisste sie mich als Vater in Ihrem Leben doch wahrscheinlich so sehr, den sie nur in größeren Zeitabständen sah, wenn ich meine berufliche Aufgabe/Laufbahn änderte, und die Zeiten zu einem heimatlichen Besuch nutzen konnte.

Einer nach dem anderen gesellte sich nun zum Kreise derer, die mich herzlich begrüßten, als ich von *Vitus* meinem Reithengst abstieg. Vor allem meine Mutter schien überglücklich mich wieder zu sehen. Man sah es ihr an, dass die letzten Jahre nach dem Tode meines Vaters sichtlich an ihr gezehrt hatten. Als sie aus dem Hause trat, bemerkte ich als erstes ihre vollen silber-weißen Haarsträhnen, sie schien mit Ihrem Alter von 56 Jahren noch immer rüstig, und ihre markanten Gesichtszüge, die energischen Mundfalten, ihr Gesicht mit dem broncenen Teint der urbanen keltischen Bevölkerung. Doch ihre Augen waren nach wie vor aktiv und interessiert, an allen Geschehnissen um sie herum. Überglücklich schloss sie mich in ihre Arme. Ihr stummer und doch freudiger Ausdruck sprach mehr als Worte, als ob wir uns erst gestern verabschiedet hätten. < *"Komm herein mein Junge und stärke Dich nach Deiner langen Reise, Dein Sohn Marcus ist mit seinem Onkel Sicatus und seinem Großonkel Indutus noch auf der Reitkoppel beim Zureiten der Pferde, und wird zum Abendessen zu uns stoßen, da er nicht so schnell mit Deiner Ankunft gerechnet hatte“*>. Bei der Nennung des Namens von meinem Cousin *Sicatus*, schossen mir wieder die Bilder aus meiner Jugendzeit mit 14 Jahren und dem Erlebnis des ereignisreichen Pferderennens in den Kopf, als er damals seine unerfreuliche Landung im Gebüsch des nahen Wäldchens erlebte. „Mir scheint, dass *Sicatus* große Fortschritte gemacht hatte“, bemerkte ich. Ja er hat vor kurzem die Pferdezucht seines Vaters übernommen, der seinen Ruhestand mehr geniessen wollte. <*“Und Dein Sohn Marcus scheint ein gelehriger Schüler zu sein, er ist ständig, wann immer ihm, möglich mit ihm auf der Koppel beim Zureiten der Jungpferde“*>. *Marcus* war im Sommer zwölf Jahre alt geworden überlegte ich, und fragte meine Mutter, ob er denn schon Äußerungen zu seiner zukünftigen beruflichen Richtung gemacht hätte. <*“Dein Junge ist ein Wildfang, wie Du einer in der Jugend warst, aber er scheint mir sehr bodenständig zu sein, jemand der sehr mit dem Boden seines Anwesens verbunden ist, ein Weltenwanderer wie Du einer zu sein scheinst, ist er nicht“*>. Jedem das seine, wer weiß dachte ich, und freute mich, dass meine Kinder sich unter der Fürsorge ihrer Großmutter und Onkelfamilie prächtig entwickelt hatten. Wie lange hast Du frei bekommen, fragte mich meine Mutter interessiert. Nun wir haben jetzt Ende Octobris, mit Beginn des kommenden Neuen Jahres[217] im Monat *Martius*[218] sollte ich mich bei meinem neuen Kommando im Legionslager *Carnunto* einfinden. Die enorme Strecke von 770Meilen[219] ab *Augusta Vindelica* den *Danuvius* abwärts, war zu dieser Zeit erst nach der eintretenden

---

[217] Neujahr = nach urspr. römischer Zeitrechnung begann das Jahr mit dem 1. März, wurde jedoch durch den Julianischen Kalender im Jahre 45.v. Chr. Auf den Monat Januar abgeändert. Kalender auf Januar abgeändert.

[218] Martius = März, nach dem römischen Kriegsgott „Mars“ genannt

[219] 1 Meile = 0,675 (Entferndung Augsburg – Carnuntum/Österr.; also an die 520km)

Eisschmelze hauptsächlich mit dem Schiff zu erreichen. Das heißt, dass ich bis zu diesem Zeitpunkt im Urlaub bin, nachdem ich mir die letzten Dienstjahre meinen zustehenden Urlaub immer aufgespart hatte. < *“Das ist ja wundervoll“*>, entgegnete meine Mutter, < *“dann hast Du ja richtig Zeit viel mit Deinen Kindern zu erleben“*>, wofür ich selbst richtig dankbar war diese Zeit zu nutzen.

Zur 12.Stunde des Tages, fand sich die komplette Familie ein, und es gab ein großes Begrüßungszeremoniell, mit all denen, die ich schon lange nicht mehr gesehen hatte. Mein Sohn *Marcus* schloss mich überglücklich in die Arme, und jubelte hell, als er hörte, wie lange ich die Zeit bis zu meinem nächsten Kommando mit der Familie verbringen konnte. Dann können wir ja richtig gemeinsam am *Licca* fischen gehen, rief er, ich kenne da eine besonders gute Stelle, wo man fette Forellen fangen kann. Mein Bruder *Aelius*, seine Frau *Aurelia Lavinia*, und deren beiden Kinder gesellten sich zur Runde, und wir genossen das gemeinsame *Cena*[220], das uns meine Mutter vorbereitet hatte. Als Vorspeise gab es Pilze aus den heimatlichen Wäldern, serviert mit Brot und der leckeren römischen Speisensauce – dem *Garum*, oder auch *liquamen* genannt. Zum Hauptgang gab es dann gebratenes Schwein – genauer gesagt - Wildschwein, das mein Schwager *Marcus Balbinus* eigens selbst erlegt hatte. Dieser war ein sehr geschickter Jäger in der Ortschaft, und versorgte mehrere Tavernen in der hiesigen Gegend. Der Nachtisch folgte mit Trauben aus der Region, sowie saisonalen Nüssen. Alles in allem war es ein opulentes Wiedersehensmahl, das bestimmt nicht alle

[220] Cena = Abendmahl, Hauptmahlzeit der römischen Esskultur

Tage gereicht wurde, aber speziell für mich zum Wiedersehen vorbereitet wurde. Dank den guten Geschäften meines verstorbenen Vaters, sowie den wirtschaftlichen Versorgungsgut der 2 örtlichen Tavernen meines Bruders und dem Pferdegestüt meines Cousins, erfreute sich unsere Familie eines gehobenen Lebensstandes, der sicherlich nicht auf die gesamte urbane Gesellschaft übertragen werden konnte. Dankbar und wohlig gefüllt vom guten Abendmahl planten wir für den morgigen Tag einen Ausritt mit meinen zwei Kindern in die nähere Umgebung, um meine alte Heimat wieder in Augenschein zu nehmen.
Der Morgen eines neuen Tages war angebrochen, und wie versprochen bereiteten meine beiden Kinder und ich, den Ausritt in die nahe Umgehung vor. Unsere Pferde bekamen eine Extraration Heu, und wir hatten ein ausgiebiges Frühstück, zu dem wir dann noch etwas Reiseproviant für den Tag einpackten. Als Reiseziel hatten wir uns eine *Villa Rustica* vorgenommen, die entlang des *Licca* flussaufwärts in einer Entfernung von ca. 35Meilen lag. Hier war vor kurzem ein Landgut zur Versorgung der westlich über dem *Licca* liegenden Strassenverbindung der *Via Claudia* errichtet worden. Diese diente als wirtschaftliche Versorgung für die Strassenstationen vom südlichen Mutterland nach *Augusta Vindelicorum*. Wie ich von meinem Sohn *Marcus Clemens* erfuhr, war hier ein guter Freund von ihm mit seinen Eltern zur Bewirtschaftung des Landgutes eingesetzt worden, und hatte dieses schon mit seinem Onkel *Sicatus* und Großonkel *Indutus*, an einem seiner Ausritte besucht, da der Besitzer des Gutshofes ein guter Bekannter meines Onkels war. Unser Ausritt bei gemächlichem Rittempo von *Abodiacum* den *Licca* aufwärts dauerte etwas über 2 Stunden. Die Gegend war auf dieser Seite des *Licca* relativ

eben, der Fluss zog seine Schleifen durch diese Ebene. Auf der anderen Seite des Flusses ragten etwas größere Anhöhen empor, umsäumt von Waldflächen, die zu dieser Zeit im buntesten Blätterwerk sich wiegten, der Herbst hatte seine Mitte bereits überschritten, und nachdem sich der Morgennebel der Fußniederung verzogen hatte, wärmte uns die Sonne bei dem Ritt durch die Ebene des Flußtales. Während dieser Zeit unterhielten wir uns über die vergangenen Jahre, was meine Kinder alles erlebt hatten, über die Fortschritte in Ihrem Unterricht, sei es das Latinum, oder der Mathematik, oder Naturphänomene. Dank der finanziellen Ressourcen, konnte ich es ihnen ermöglichen den Unterricht bei meinem ehemaligen Lehrmeister *Balbus* zu erhalten, der bereits uns als Kinder in meinem elterlichen Gutshof unterrichtet hatte. Von ihm wusste ich, dass er zwar ein etwas strengerer, jedoch sehr fähiger *litterator*[221] des Wissens war, was meine Kinder befähigen sollte, einmal ihren festen Platz in der römischen Gesellschaft zu finden. Denn nur menschliche Bildung schaffte die Möglichkeit sich zu einem fähigen und gerechten Menschen in der Gesellschaft zu entwickeln. Er hatte uns auch beigebracht, dass nicht nur der Verstand, sondern auch das Herz in unserem Leben die Richtung unserer Entwicklung bestimmt. Hinzu kam dann die Fähigkeit des einzelnen Individuums und die Liebe zu den Dingen, die dann die Richtung im Leben steuert. Meine Vorliebe galt in meiner Jugend meist der Literatur, und die Schilderungen von fernen Ländern, die sicherlich Anteil an meinem jetzigen Lebenswege hatten. Mein Sohn *Marcus Claudius* tendierte in seinen Interessen mehr zur Fähigkeit einer militärischen Laufbahn, anstatt zur Mathematik und Latein, sowie politischer Verwaltung,

[221] Litterator = Lehrmeister; Hauslehrer

während *Flavia Aterissa* sich mehr an den schönen Dingen des Lebens der Kunstrichtung und Sprachen interessierte. Mit ihrem jugendlichen Fähigkeiten ließe sich diese Fähigkeit sicherlich noch weiterhin gut ausbauen, und ich hoffte durch diese Erziehung, die ich zwar nicht selbst verrichten konnte, ihr einen guten Start in ihr eigenes Leben zu verschaffen.

Neben diesem Austausch, war es natürlich für meine Kinder interessant zu hören, was ich alles in dieser Zeit in den fernen Provinzen erlebt hatte, und den vielen großen Flüssen wie *Danuvius*, und *Rhenus* zu hören, die ich in meinem Beruf als Angehörigen der römischen Auxiliar-Flotten erlebt hatte. Begierig sogen sie meine Erzählungen auf, aber auch meine Schilderungen des Respekts der verschiedenen Volksstämme der Germanen, die mir während meiner Aufgabe begegneten. Obwohl viele nicht über die technischen uns zivilisatorischen Errungenschaften wie wir Römer verfügten, so waren doch viele sehr aufgeschlossen und begegnungsfreudig, sofern nicht gerade kriegerischen Auseinandersetzungen die Beziehungen störten. Wie bei uns, gab es aber auch unter den vielen germanischen Volksstämmen Individuen, in denen der Hass gegen das Fremde stärker war, als die Verbindung zu einer friedlichen Völkerverständigung und Austausch der kulturellen Errungenschaften.
Glücklicherweise hatte ich noch keine kriegerischen Konflikte persönlich erlebt, konnte dadurch auch nur vom Hörensagen einiges an meine Kinder weitergeben. Aber wie es im Leben so ist, auch dies sollte sich auf meinem

weiteren Lebensweg später ereignen, aber ich möchte mit meinen Erzählungen ja nicht vorgreifen.

Nach diesen geschilderten Erlebnissen, und dem zweiständigen Ritt näherten wir uns unserem Ziel, einer Furt am *Licca*, wo wir nach dessen Überquerung nach Osten hin eine weitere Viertelstunde brauchten, um zu unserm Ausflugsziel zu gelangen. Schon von der Ferne sahen wir nach einer Überquerung eines gemächlichen Hügels ein schmuckes Landgut vor unseren Augen auftauchen. Wie mir mein Sohn erklärte, war diese *Villa Rustica*[222] vor zwei Jahren von *Rufus*, einem Bekannten meines Onkels hier errichtet worden. Seine Familie – *Regina*, seine Ehefrau, *Quintus* deren Sohn, der ungefähr im gleichen Alter meines Sohnes war, sowie dessen jüngere Schwester *Gemella*, hatten dieses Gut an der Verkehrsverbinndung zur westlich über dem *Licca*fluss gelegenen *Via Claudia*, errichtet. Der stattliche Bau des Anwesens war eines der seltenen Atrium-[223] Gebäude mit seitlichen Apsiden[224], einem rundum liegenden, überdachten rechteckigen Wohn- und Aufenthaltsgebäudes, als auch Wirtschaftsräumen, einem wunderschönen Innenhof mit Garten. In unmittelbarer Nähe befand sich auch eine beheizte Badeanlage, eine Hypocaustheizung und verschiede Räumen, für Kalt- und Warmwasser, was für diese Gegend von der Größe recht einmalig war. Um diese Anlage gruppierten sich dann noch einige Gebäude, zur Bewirtschaftung des Anwesens, sowie Wohnräume der Bediensteten. Alles in allem maß dieses Landgut mit einer umgebenden Mauerbegrenzung

---

[222] Villa Rustica = meist ländliches Wirtschaftsgut zur Versorgung der umliegenden Gebiete

[223] Atrium = Rechteckiges Wohnhaus mit Innenhof – gehörend zu einer *Villa Rustica*

[224] Apsis = (plural Apsiden) halbkreisförmiger oder polygonaler, selten rechteckiger oder quadratischer Raumteil, der an einen Hauptraum anschließt

eine Fläche von rund 280.000 pes quadratus[225]. Ein riesiges Areal für hiesige Verhältnisse, was sicherlich für großflächige Versorgung der Umgebung diente.

Nach einer herzlichen Begrüßung, lud man uns ein im behaglichen Atrium, mit vorliegendem Garten Platz zu nehmen, und man servierte uns Erfrischungen, nach dem vergangenen, Ritt und tauschte Informationen aus, insbesonders da ich ja auch selten zu Hause war, war natürlich auch viel Gesprächsstoff zur augenblicklichen politischen Lage, wo man Gerüchte hörte, dass in der Provinz *Pannonien* u. *Thrakien* wieder Unruhe herrschte. Die Kinder hatten sich gleich zu mit denen des Hausherrn gesellt, um sich mit ihresgleichen zu unterhalten. Nicht entgangen war mir jedoch der Blick meines Sohnes zur Tochter des Hauses - *Gemella*. Mit seinen über zwölf Jahren befand er sich zu Beginn seiner pubertären Phase, und das Interesse für das weibliche Geschlecht war sicherlich Neuland für ihn, aber sicherlich interessant und erregend. *Gemella*, dem seine Blicke folgten, war ein

---

[225] pes quadratus = Quadratfuß, röm. Feldmaß; 1.000 = 880,000cm²/8,8m² / = 25.000m² / 2.5Ha (ca.3 heutige Fußballfelder)

**Anmerkung des Autors**:Das Anwesen dieser in der Erzählung beschriebenen Villa Rustica, liegt am Rande der heutigen Siedlung Peiting, am Lechfluß, und wurde Mitte des 20.Jhdt. von Archäologen ausgegraben. Auf dem Gelände des festgestellten Anwesens, das heute als eines der größten im süddeutschen Raum zählt, befand sich auch eine aufgefundene Badanlage. Diese wurde in den Jahren 2000-2004 tw. vom Förderverein Villa-Rustica-Peiting restauriert, und ist unter einem Glasschutzbau ganzjährig zu besichtigen. Hier kann sich der einheimische als auch ausländische Besucher, die ehemalige Struktur der verschiedenen Funktionsräume durch freigelegte Flächen, als auch via Schautafeln mit Textbeschreibung, (auch englisch/französisch/italienisch) ein plastisches Bild der damaligen räumlichen Funktionsweise verschaffen. Ergänzt wird dies durch in Glasvitrinen zur Schau gestellten Fundstücke, Baufragmenten, Wandmalereien, sowie Werkzeugen, Tongeschirr und Alltagsgegenständen. Besonders sticht hier ein aufgefundenes Objekt hervor, 2 Bleitafeln – auf denen ein „Liebeszauber“ eines römischen Bürgers namens „Clemens“ zugunsten einer Frau „Gemella“ eingraviert wurde.

hübsches Mädchen von aufblühenden 13 Jahren, mit fein strukturiertem Gesicht, einer zierlichen Gestalt mit erblühender weiblicher Schönheit, wobei sicherlich nicht nur ihr Gesicht den Blickpunkt meines Sohnes einfing. Nun dämmerte mir auch der Vorschlag, gerade diese Villa Rustica am heutigen Tagesausflug zu besuchen, wobei sich die Jugendlichen ja bereits von vorigen Besuchen her kannten. Meine Gedanken bewegten sich während dem Gespräch mit dem Hausherrn in meine Jugendzeit an meine damalige Herzensflamme *Flavia Domitilla*, als ich damals noch in *Augusta Vindelica* meine berufliche Laufbahn begann und sie ebenfalls in einer ländlichen Villa Rustica am *Licca* flussabwärts kennengelernt hatte. Nur war ich damals aber schon 22 als Gott Amor mich damals in seine verführerischen Netze verstrickte. Nun ja, Jugend ist ein Vorteil der Unwissenden, aber die Leidenschaft begann sich auch damals in mir als männlichen Jugendlichen zum weiblichen Geschlecht heftig zu entwickeln. Ich begriff, dass mein Sohn nicht länger nur mein Kind, sondern er sich langsam zum Jugendlichen Erwachsenen zu entwickeln begann. Wie für alle Mütter und Väter ähnlich, denkt man daß dieses Band der Beziehung zueinander für immer währt, und doch früher oder später sich vom Elternteil beginnt loszulösen, um seine Identität zu entdecken und durch Erlebnisse zu erfahren.

Nach einer ausführlichen Besichtigung des Landgutes, einem ergiebigen und erfrischenden Erfahrungsaustausch über mehrere Stunden, hieß es wieder Abschied nehmen, um uns wieder auf unseren Heimweg zu begeben, da der Tag sich bereits seiner 10.Stunde näherte. Dieser Besuch, sollte, wie ich viel später in meinem Alter erfahren habe, sicherlich nicht der letzte meiner Kinder bei diesem

Anwesen sein, aber dazu später, sonst würde ich der Geschichte vorgreifen, was sicherlich nicht im Interesse der Leser wäre.

Auf dem Heimwege erfuhr ich dann von meiner Tochter *Flavia Aterissa*, unter der vorgehaltenen Hand, dass ihr Bruder sich in die Tochter des Hausherrn „verguckt" hätte, was sowohl sie als auch ich mit einem geheimnisvollen Lächeln quittierte, und ich mußte ihr bei allen Hausgöttern versprechen, bloß nichts darüber gegenüber ihrem Bruder verlauten zu lassen. *Flavia* war zwar über 2 Jahre jünger, aber wie alle Mädchen ihres Alters, in ihren Verständnissen den Jungs gegenüber, etwas pfiffiger und verschmitzter. Zur zwölften Stunde des Tages erreichten wir dann wieder unseren heimatlichen Ort und unsere Familie, sichtlich erfreut uns wohlbehalten wieder zu sehen, begrüßten. So zogen sich die Tage hin, und wir hatten viel Gelegenheit uns miteinander ausführlich zu verschiedenen Themen zu unterhalten. *Marcus-Clemens* gegenüber mußte ich versprechen, oftmals zu schreiben und mir von meinen zukünftigen Abenteuern zu erzählen. Sodaß er sich eine konkrete Vorstellung meines Berufsstandes in der Praxis machen konnte. In seinem Kopf war noch vieles ein „Abenteuer" was für mich ein reales tägliches Erleben war, aber das geht wohl jedem Vater so. *Flavia* wollte vieles wissen, über die Menschen mit denen ich tagtäglich konfrontiert wurde, die fernen Lander und Völker, die ich im Lauf meines Berufsstandes kennenlernte, welche Sprachen sie verwendeten, und wie sich fremde Völker kleideten – insbesondere Frauen, da unterscheid sie sich nicht von anderen Mädchen.

Der Herbst wich dem Winter, der in diesen Wochen Einkehr hielt, die Wiesen und Wälder wandelten sich in weiße Flächen und Konturen, die Blätter waren verschwunden, nur die vielen Nadelhölzer hatten ihr frisches Grün nicht verloren, auch wenn diese mit einem dicken Schneemantel verdeckt wurden. Auch der Winter hatte seine Vorzüge, die umliegenden Hügel boten vielfache Möglichkeiten die Hänge mit Holzkufen zum runterrutschen, aber auch die Jagd nach den umliegenden wäldlichen Bewohnern, sei es *sus scrofa*[226] und *cervinus*[227] bot genug Abwechslung zu dieser Jahreszeit. Denke ich an diese Zeit zurück, so war sie doch – so finde ich – die schönste Zeit zusammen mit meiner Familie. Das Jahr neigte sich dem Ende zu, die Witterung wurde strenger und kälter, und so vergingen weitere Wochen, bis im neuen Jahre der Schnee begann, sich in der wärmeren Sonne zu tauen. Der *Januarius* neigte sich dem Ende zu, und der Februarius hielt Einzug, und ich begann mich langsam wieder an den Gedanken des Abschieds zu gewöhnen. Die Eisschollen, die den *Licca*fluß während der letzten Wochen und Monate fest gefangen hielten, begannen mit Knacken und Brausen aufzubrechen, und ich rüstete mich für meine Reise stromabwärts, zur Provinzhauptstadt und weiter an den *Danuvius*, wo ich meine Fahrt auf dem Schiff weiter fortsetzen sollte. Nach den vergangenen Wochen der Ruhe und Erholung bei meiner Familie, begannen meine Gedanken sich wieder in Bewegung zu setzen, was wohl das Leben mir in weitere Zukunft bringen sollte. Mein Kommando sollte ich in zwei Wochen als Kommandant der *Legio XI Claudia* [pia fidelis] in *Carnunto*[228] der Provinz *Pannonia* beginnen und so begann ich mich seelisch auf die neue Aufgabe

[226] Sus scrofa = lat. Bezeichnung für Wildschwein
[227] Cervinus = lat. Bezeichnung für Hirsch/Reh
[228] Carnunto = Carnuntum, an der unteren Donau (Hainburg/Petronell; heutiges Niederösterreich)

vorzubereiten. Meine Familie gegenüber mußte ich versprechen, mich öfter brieflich zu melden, so daß sie nachvollziehen konnten, wie es mir ging und wo ich überall unterwegs war.

Der Abschied von meinen beiden Kindern fiel mir sichtlich schwer nach all den erlebten vorausgegangenen Wochen, und ich mußte mich sichtlich im Inneren davon losreißen. Ich hatte doch eine berufliche Aufgabe, der ich pflichtgemäß nachzukommen hatte, und damit auch das wirtschaftliche Leben meiner Familie hier im heimatlichen *Abodiacum* abzusichern hatte. Als ich meinen Hengst *Vitus* sattelte, und mein Packpferd mit einigen Versorgungsgütern beladen hatte, hieß es Abschied nehmen von meiner Mutter mit dem Versprechen für meine beiden Kinder gut zu sorgen. Die Familie meines Bruders, als auch meines Onkels versorgte mich zum Abschied mit guten Wiedersehenswünschen. Als ich dann meinen Sohn *Marcus-Clemens* verabschieden mußte, gab ich ihm als Geschenk einen faustgroßen hölzernen Adler, mit dem Versprechen, dass dieser ihn immer an mich während meiner Abwesenheit erinnern und beschützen sollte, bis wir uns einander wieder in die Arme schließen würden. Meiner Tochter *Flavia Aterissa* gab ich ein kleines metallenes Medaillion, das ich in der dörflichen Schmiede anfertigen hatte lassen, mit dem Hinweis, dass dieses sie immer an ihre Mutter und mich erinnern sollte, mit den besten Wünschen in ihrem Leben, immer ihrem Herzen und Gefühlen zu folgen. Solchermassen verabschiedend, schwang ich mich auf meinen Hengst *Vitus*, der freudig erwartend wieherte, und endlich wieder auch die Gelegenheit zu ausführlicher Bewegung witterte. Lange auf den Vicus *Abodiacum* zurückblickend, entschwand dann auch der heimatliche

Hof meinen Blicken, als ich mich zielstrebig auf meine Reise *licca*-abwärts zum Zielort an der Flußmündung in den *Danuvius* begab, um mich dort für meine Reise nach *Pannonia* einzuschiffen.

# KAPITEL V

## AN DEN UFERN DES DANUVIUS
## (Carnunto/Brigetio/Tribunis militis)

**Octobris, 858 - ab urbe condita (A.D. 105)**
*im 7. Regierungsjahr des Erhabenen Trajan*

***Alea iacta est!***
*Die Entscheidung (der Würfel) ist gefallen!*
*(Julius Caesar 49 v.Chr.)*

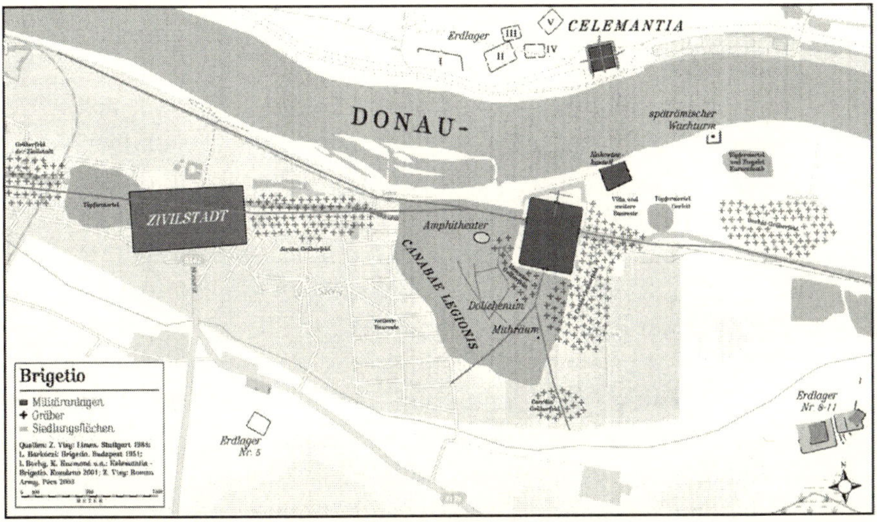


*Bild: -15- / WIKIPEDIA / Flottenstützpunkt Legionslager Brigetio a.d. Donau (Quelle: L. Barkóczi: Brigetio.1951)*

Nun bin ich schon wieder über eineinhalb Jahre in dieser neuen Garnison in *Carnunto*. Der Abschied von meiner Familie in der fernen Heimat fiel mir anfänglich sichtlich schwer, nur die tägliche Routine meines Dienstes half mir über diese ersten Monate nach meiner Ankunft, über diese Gemütslage hinweg. Viel Zeit dieser inneren Muse verblieb mir nicht, dann es gab viel vorzubereiten. Mein Kommando als Tribun in der *Legio XI*, deren Unterkommando als Marinesoldat der Donauflottille ich inne hatte, kostete ziemliche Vielschichtigkeit und Anforderungen. Bei meiner Ankunft in *Carnunto* im letzten Frühjahr, konnte ich nur staunen, welche Größe dieses Lager innehatte. Wie ich erfuhr, entwickelte sich dieses Militärlager seit seiner Gründung von 60 Jahren unter dem erhabenen Imperator *Claudius* anfänglich aus einem befestigten Holz-/Erdelager, zu einem vor einigen Jahren befestigten Legionslager, mit Steinmauern, einem weiteren Auxiliarkastell dem ich anfänglich zugeordnet wurde, und im Umkreis einer gallischen „leuga“[229] liegenden urbane Siedlung, bestehend aus Angehörigen u. Familien der Legionäre, Veteranen, sowie Kaufleuten. Die Siedlung war ein verkehrsgünstiger Knotenpunkt. Die Siedlung mit Lagern zählte zu diesem Zeitpunkt bereits an die 30.000 Menschen und versprach sich in den Folgejahren noch weiter auszudehnen. Diese Menschenansammlung entstand aufgrund einer außerordentlich günstigen Verkehrslage. Zum einen führte die sogenannte „*Bernsteinstrasse*“[230] aus dem fernen Norden hier entlang und weiter in den Süden an das *Mare Nostrum*[231], und kreuzte sich an diesem Orte auch mit der

[229] Gallische Leuga = ca. 2.2km Fläche
[230] Bernsteinstrasse = Handelsweg, von der Ostsee aus nach Süden führend ans Mittelmeer.
[231] Mare nostrum = Mittelmehr

Handels- und Militärstrasse der *Via Danuvia* entlang des *Donau-Limes*, der weiter den Fluß entlang sich bis zum *pontus euxinus*[232] erstreckte. An diesem Grenzverlauf säumten sich die einzelnen Grenzkastelle wie Perlen an einer Schnur, nach Norden hin zu den Quaden, Markomannen und Sarmaten, gegen Osten und Süden hin gegen das Gebiet der *Jazygen*, *Costoboken*, sowie weiter im Osten der *Roxolanen* und *Daker*. Immer wieder gärte es hier unter dieser Bevölkerung, und entwickelten sich zu Aufständen gegen das römische Reich. Zwar waren einzelne Stämme bereits, während des vorigen Dakerkrieges von vier Jahren besiegt und befriedet worden, andere jedoch, wie die Daker, hatten immer wieder gegen die römische Gebietsbeeinflussung aufbegehrt. Insbesondere ein Stammesfürst der damals als König sich erhob - *Decebalus*[233] - zuerst mit den Römern nach dessen Niederlage verbündet, schaffte er es immer wieder Unruhe unter die verschiedenen Stämme zu bringen.

Vor kurzem erhielten wir Meldungen, dass die mit den Römern verbündeten Stämme – der *Jazygen* von *Decebalus* Kriegerhorden angegriffen wurden. Auch einige kleine römische Auxiliarkastelle waren erstürmt worden, nur ein größeres etwas weiter östlich des Danuvius in *Sarmizegetusa*[234] ein Wirtschafts- und religiöses Zentrum in der Region Dakien war zwar stark beschädigt worden, hatte aber den Anstürmen der dakischen Truppen tapfer Stand gehalten. So waren in den letzten Monaten mehrere Legionen, sowie Auxiliar

---

[232] Pontus euxinus = heutiges Schwarzes Meer

[233] Decebalus = dakischer König nach Ende des 1.Dakerkrieges

[234] Sarmizegetusa = altes Handelszentrum auf dem Gebiet Rumäniens gelegen, 106 zerstört und später etwas weiter südlich neu errichtet als Veteranenkolonie *Colonia Ulpia Traiana Augusta Dacica Sarmizegetusa*

Einheiten der pannonischen Provinzarmee (*exercitus Pannoniae*) in Carnunto und Umgebung zusammengezogen worden. Zusammen mit der fest stationierten *Legio XIIII Gemina*, waren auch die *Legio X Gemina pia-fidelis, als auch der Legio Adjutrix I+II* im nahen *Aquincum*[235], *Legio XXII Primigenia*, *Cohors I Alpinum*, *Legio XV Apollinae*, *Legio I Adjutrix*, sowie wie berittenen Einheiten wie der *Ala tertia augusta Thracum Sagittaria*, anwesend. Insgesamt 15 Legionen wurden in der Region zusammengezogen. All diese waren zwar nicht unmittelbar in Carnunto quartiert, sondern z.T. in den umliegenden befestigten Kastellen, dennoch gab es ein stetes Kommen und Gehen der Befehlseinheiten. Wie wir inzwischen erfahren hatten, hatte unserer Imperator *Trajanus* angesichts der bedrohenden Situation, sich entschlossen, zu einem Kriegszug gegen *Decebalus* und seinen thrakischen Verbänden zu rüsten.

Meine Einheit bekam den Auftrag u.a. das 80 Meilen nahe *Brigetio*[236] zu erneuern, um es als neuen Stützpunkt zu beziehen. Nachdem die vorher darin stationierte *Legio I Adjutrix* aktiv in den ersten Dakerkrieg *Trajan*'s vor vier Jahren eingriff, mussten wir vor der endgültigen Stationierung darin, die verlassene Befestigung kriegstechnisch ausbessern und optimaler befestigen. Einzelne Vexillationen unserer Legion waren auch im noch weiter entfernten *Aquincum* eingesetzt, u.a. auch dort die stationierte *Legio II Adjutrix*. So vergingen die Wochen mit den Vorbereitungen, bis die Meldung einlangte, dass *Decebalus* zu einem Grossangriff auf die

---

[235] Aquincum = heutiges Budapest a.d. Donau liegend
[236] Brigetio = Heutiges Szöny (Ungarn) – ca. 60km donauabwärts von Carnuntum/Petronell liegend

römischen Befestigungen am Grenzverlauf des Donaulimes angesetzt hatte. Meine befehligte Einheit, wurde in diesen Wochen danach auch zur Sicherung der Grenze und deren umliegenden Siedlungen und Kastellen eingesetzt, während Meldungen weiter aus dem Süden der Provinz beunruhigende Nachrichten über Kampfhandlungen an uns herangetragen wurden. Vor allem machte aber die Runde, dass in den dortigen Kämpfen, der Statthalter ein Kommandeur einer römischen Einheit *Gnaeus Pompejus Longinus*, während einem fingierten Kapitulationsangebot von *Decebalus*, in Gefangenschaft geriet.

Nachdem sich Trajan aufgrund dieses Druckes der Erpressung des Dakerkönigs dagegen wehrte *Pompeius Longinus* auszulösen, hatte sich der Kommandeur freiwillig das Leben genommen, um nicht Gegenstand der Erpressung zu werden. Über dessen Freitod geriet *Trajan* dermaßen in Rage auf den Dakerkönig, was wiederum weitere kriegerische Auseinandersetzungen mit sich brachte. So zogen sich diese Kämpfe bis Anfang Winter diesen Jahres hin, mal trug die eine Seite, mal die andere einen Sieg davon, bis die Witterung den Kampfhandlungen Einhalt gebot, und die gegnerischen Parteien sich zur Winterruhe in ihre sicheren Festungen zurückzogen, nicht jedoch ohne Pläne für das neue Jahr und dessen Kampfziele zu schmieden.

Bild -16- / Der Autor / Trajan's Dakerfeldzüge

Der ausgehandelte Friedensvertrag, veranlasste *Trajan* jedoch für Vorbereitungen eines erneuten Kriegszuges, da sich *Decebalus* nicht an die vereinbarten Bedingungen des Friedensvertrages hielt, sondern die geschleiften Festungen der Hochplateauregion des *Orastie*-Gebirges wieder befestigte, mehr noch – die benachbarten Volksstämme versuchte, für eine antirömische Koalition zu gewinnen.

*Trajan* hatte bereits im ersten Dakerkrieg seinen Hauptstoß von *Viminiacium* und Drobeta aus den Danuvius überschreitend in nördöstlicher Richtung durch das Banat auf die dakische Hauptstadt *Sarmizegethusa* geführt, und in der Schlacht von *Tapae* den Feldzug trotz der Gegenoffensive des Decebalus in *Moesia Inferior*, siegreich beendet.

Das neue Jahr war angebrochen und die durch den Winter erzwungene Kampfpause ging ihrem Ende entgegen. Sobald die hügelig/bergige Gegend schneefreier wurde, setzten sich die einzelnen Kommandoeinheiten unter der persönlichen Anführung von *Trajan* in Richtung dakisches Hoheitsgebiet in Bewegung. Nach meiner Ernennung zum Legionskommandanten der Auxiliareinheit der *Legio XI Claudia*, hatte ich zum erstenmal die Gelegenheit, aktiv an dem Kriegszug in der Provinz Dakien teilzunehmen, nachdem die Einheit vorher hauptsächlich für logistische, und bautechnische Einsätze in der Umgebung von *Brigetio* und *Aquincum* eingesetzt wurde, hatte *Trajan* nunmehr mit einer militärischen Übermacht, insgesamt 14 Legionen, mit div. Auxiliartruppen, an die ca. 60.000 Mann aus dem gesamten Provinzraum zusammengezogen. Diesmal ging der Stoßangriff wieder von *Drobeta* aus in Richtung *Sarmizegetusa*, nachdem Decebalus wieder einige Garnisonskastelle überfallen hatte.

An diesem Feldzug nun im 2.Kriegsjahr war meine Einheit zusammen mit der *Legio I Minerva* unter dem Kommando des späteren Imperators *Hadrian*, sowie der *Legion II Adjutrix* und dessen Kommandeur *Quintus Martius Turbo* in Richtung der dakischen Hauptstadt unterwegs. Beide Kommandeure waren mir gut bekannt, hatte ich doch die erstmalige Bekanntschaft mit den beiden während meines Einsatzes in der Provinz *Germania Inferior* in *Fletione* bei einem Strategiegespräch in Kommando in *Noviomagus* kennengelernt. Während Hadrian's Legion sich durch die Bergtäler hindurchbewegte, wurde meine Einheit *Legio Claudia XI [Pia fidelis]* als Flankensicherung für die oftmals aus dem bergigen Gelände angreifenden

Dakerverbände, abgestellt. An diesem Tage, man zählte die vierte Stunde des Tages, hatte ein leichter Nieselregen eingesetzt. Waldige Bergflanken zogen sich links und rechts des Marschweges, der militärische Tross zog sich wie ein Bandwurm durch diese Bergtäler. Die Marschgeräusche der Militärkolonne wurden unterbrochen durch die metallischen Scheuergeräusche der Brustpanzer, und Wehrgehänge der Legionäre, und den Klappgeräuschen der Schilder, und dem Murmelnden Lauten deren Träger, die sich zu diesem Feldzug unterhielten. Trotz des einsetzenden Regens, war die Lufttemperatur nicht kalt, der nahende Sommer des Monats *Junius* unterstützte mit seiner Tagestemperatur das Marschklima für die Armeen, das nur durch den einsetzenden Nieselregen eine relativ feuchte Beeinträchtigung mit sich führte. Unsere Auxiliareinheit, die die *Legio I Minerva* flankierend begleitete, hatte zumindest den Vorzug eine berittene Einheit zu sein, und die mitgeführte Waffenausrüstung war eher leichte Armierung, im Vergleich zur marschierenden Fußtruppe der *Legio I Minerva* von *Trajan.* Während ein berittenes Vorauskommando eine *Equites-Ala-Turmae* als Vorauskommando die eingeschlagene Marschrichtung absicherte, war unsere Flankeneinheit stets darum bemüht, nie offenes freies Gelände wie die Marschkolonne des Legionskommandos zu überqueren. Als der Marschtrupp sich in Richtung eines Hügelkammes bewegte, der sich zu Wäldern links und rechts verengte, kamen plötzlich Kampfgeräusche am Kolonnenbeginn auf, der von einer dakischen Einheit herrührte, die den Hügelkamm mit einem Überraschungsangriff auf die Armeekolonne zu nutzen beabsichtigte. Sofort gab der Kommandant *Quintus Martius Turbo* den Formationsbefehl zur „*Testudo-*

Formation“[237]. Der Legions-*Cornicen*[238] blies das entsprechende Kommando in sein Horn. Die bisherige Marschformation, weitete sich in Sekundenschnelle aus auf eine defensive Form, um die vorrückenden Legionäre vor feindlichem Beschuss zu schützen, die einzelnen Zenturien gruppierten sich umgehend zur kleineren Verteidigungseinheiten. Die Spannung der ersten Momente hielt an, bis der Angriffsschrei der heranstürmenden Feinde erschall. In der zweiten Linie der langsam marschierenden römischen Reiheneinheiten, hatten unsere Bogenschützen Aufstellung genommen, um dem Feind eine Pfeilwolke einem Hornissenschwarm gleichend, in die Angriffswelle zu senden. Hinter der ersten geschützten Legionsreihe, streckten sich die Speerwerfer um ihre Kampfwaffe das pilum[239] den anstürmenden Dakern entgegenzuwerfen. Als sich diese krachend in die Schilde der Angreifer bohrten, hatte deren Gewicht in dem gegnerischen Schutz, die Bewegungsfreiheit der Angriffswelle verlangsamt, so dass deren Schutzschilde ihre Wirkung verloren, und der Gegner solchermaßen seines größten Schutzes entblößt, den Verteidigern keine entscheidende Gegenwehr mehr darstellte. Mit der *Testudoformation* hatten sich die Legionäre den Angreifern gegenüber sofort wie ein Igel geschützt, sodass die Angreifer ohne Ihre Schildabwehr wenig Schutz im Nahkampf gegen die römische Waffe dem *Gladus*[240] hatten.

Dem Aufprall der Angreifer auf die Legionsformation, folgte ein dumpfes Krachen und Splittern inmitten der

---

[237] Testudo-Formation = Schildkrötenformation der röm. Centurieneinheiten
[238] Cornicen = Hornbläser im Römischen Heer
[239] Pila = singular pilum (röm. Wurflanze)
[240] Gladus = Kurze Stichwaffe des Legionärs

gegnerischen Parteien, der Lärm war ohrenbetäubend. Das Angriffsgeschrei, die Getroffenen die niedersanken und die Sterbenden die mit stöhnender Begleitung zu Boden gingen. Eine Welle nach der anderen warf sich der Legionseinheit entgegen, und nun kam unser Befehl zum Flankenangriff gegen die Daker. Mit dem Signal des Legions-*Cornicen*, wurde nunmehr unsere berittene Auxiliar-Einheit in das heiße Kampfgeschehen gerufen, um dem Gegner seitwärts und in den Rücken zu fallen, und ihm auf diese Weise in seinem Vorstoß zu schwächen und zurückzutreiben. Im donnernden Galopp ging unsere Einheit vor, wir hatten zudem den Vorteil von einer etwas erhöhten Hügelflanke an die Daker zu stürmen, die sich im Nahkampf mit den Fußtruppen der „*Minerva*"-Legion befanden. Unsere *Spatha*[241] schwingend, und das brachiale Rittempo der Pferde ausnutzend, dem sich schwerlich jemand der Gegner entgegenstemmen konnte, warfen wir uns in das Kampfgetümmel. Mitten in dem Kampfpulk sah ich auch den Legionskommandanten *Quintus Martius Turbo,* der sich einigen Angreifern entgegenstemmte, um sich sein Umfeld freizukämpfen. Zwei, drei Gegner hatte dieser bereits niedergestreckt, bevor er plötzlich strauchelnd sein Gleichgewicht verlor und vor einem Angreifer in die Knie brach. Bevor dieser jedoch mit seiner Kampfwaffe zum entscheidenden Axthieb ausholen konnte, war mein Pferd *Vitus* mit mir in dieses entscheidende Kampfgeschehen eingebrochen, mit einer ausholenden Armbewegung meiner Spatha, konnte ich diesen Angreifer mit einem schnellen Schwerthieb, die Axthand des Angreifers vor dem entscheidenden tödlichen Schlag von seinem übrigen Körper trennen. Mit einem dumpfem Schrei fiel der Gegner zu Boden vor *Quintus*

[241] Spatha = Kampfschwert der berittenen Auxiliartruppe, etwas länger als der Gladus der Legionäre

*Martius Turbo,* der erleichtert aufblickend seinen Kopf hob, um mir mit einem anerkennenden Salut für seine knappe Rettung zu danken. Der ohrenbetäubende Lärm des Kampfgetümmels lag immer noch über dem Kampfgebiet, der Geruch von Blut und Schweiß zog sich durch die Talebene. Trotz energischer wütender Kampfformation, war es dem Gegner mit der Masse seiner Angreifer nicht gelungen, eine entscheidende Schneise in die Legionsformation zu schlagen. Auf diese Weise gelang es uns, dem dakischen Gegner nicht nur einen entschiedenen Widerstand zu leisten, sondern vielmehr noch, ihn in seiner Kampfmoral durch das Aufbrechen seiner Kampfeinheit langsam, aber entscheidend zurückzudrängen. Dank unserer Kampfweise einer berittenen *Auxiliar-Einheit* [242], und der standhaften Wehrkraft unserer Legionseinheit, entwickelte sich dies endgültig aber doch zu unserem Vorteil. Über und über durch die Menschenmassen kämpfend, durchbrachen wir den Angriffskeil und konnten den Gegner mehr und mehr in die Defensive drängen, so dass der Kampf sich nach etwa eineinhalb Stunden allmählich dem Ende zuneigte. Die übrig verbliebenen Kampfgegner zogen sich allmählich flüchtend aus dem Kampfgeschehen zurück, als sie den verlorenen Kampf erkannten. Der Lärm ebbte schließlich langsam ab und wir konnten endlich unsere Truppeneinheiten sammeln.

Die Kampflage überblickend gingen wir daran unsere Verwundeten zu versorgen, die Sterbenden und gefallenen Kameraden zu sammeln. Trotzdem wir als Soldaten daran gewöhnt waren, dem Tod ins Auge zu blicken, war es für viele nicht einfach nach dem vorherigen Kampfgeschehen,

[242] Auxiliar = (meist) berittene Hilfseinheit der Legionseinheit

ins normale entspannte Bewußtsein zurückzufinden. Der Adrenalinspiegel, der während des Kampfgeschehens in die Höhe geschossen war, fand allmählich auf sein normales Niveau zurück, jeder versorgte auch seine Verwundungen, die er erlitten hatte, und dennoch betrauerten wir unsere gefallenen Kameraden, die tapfer an unserer Seite dem Gegner standgehalten hatten. In solchen Momenten habe ich mir als Armeeangehöriger, trotz Abhärtung oftmals die Frage gestellt, wofür in unserem Leben für Mensch und Volk solche Konflikte eigentlich notwendig sind. Den hohen Zielen der Politiker und strategischen Planungen der Staatsräson mehr Einfluß in einer neuen Provinz zu gewinnen, und das römische Reich zu vergrößern, die kulturellen Errungenschaften weiteren Völkern den gegründeten Provinzen mit der sogenannten „*pax-romana*[243]“ weiterzugeben, oder aber auch den angreifenden Widerstand mit Waffen, die Freiheitsbestrebungen eines/mehrerer Stämme zu bekämpfen. Dies alles sind Gründe, aber ob dies immer zur Rechtfertigung der Ziele nützt, daran habe ich oftmals gedacht. Wir als Überlebende können uns dies immer noch fragen, diejenigen aber, die nicht mehr unter uns weilen, können dies nicht mehr, höchstens – wenn man den Göttern zufolge konform ist, Ruhm und Ehre mit denen zu teilen, die die Jahrhunderte zuvor dasselbe Schicksal erlitten. Hinter jedem dieser Gefallenen stehen Eltern, insbesondere Mütter, die den Tod ihrer Söhne betrauern, egal ob römischer Bürger, barbarischer Krieger, oder einfacher Bauer. Und dennoch kommen wir nicht umhin in dieser Welt, uns zu rüsten, oder wehrhaft und bereit zum Kampf zu sein. Diesen und anderen Gedanken nachhängend, der eine, freudig siegestaumelnd, der andere

[243] Pax-romana = Bezeichnung „römischer-Frieden“, 200-250 jährige Periode des inneren Friedens trotz regionaler Aufstände

vom Kampfgrauen gezeichnet, oder wiederum andere auch nur müde durch die vorherigen erschöpfenden Kampfhandungen, sammelten wir uns langsam wieder, und viele gaben sich einer weinselig berauschenden Siegesstimmung hin. Wir hatten gesiegt, mußten aber auch erkennen, dass dies nicht ohne erhebliche Opfer geschehen war. Dennoch hatte der römische Adler wieder einmal siegreich die Oberhand behalten! Unser erhabener Herrscher *Trajan* konnte stolz auf seine Armee sein.

Wie wir nach diesem Kampfeinsatz später erfuhren, hatten sich diese Kampfhandlungen, die sich an mehreren Schauplätzen in der dakischen Region mit den verschieden eingesetzten Legionseinheiten, wiederholend zugetragen. *Decebalus* mußte langsam erkennen, dass die Übermacht des römischen Reiches doch zu groß war. Aufgrund der überwältigen römischen Militärpräsenz, erlahmte der regionale Widerstand vielerorts, sodaß aufgrund dessen, mehrere dakische Stammeseinheiten zum römischen Reich überliefen. In den letzten Wochen des Herbstes rückte die römische Armee auf *Sarmizegetusa* vor und belagerte diese Bastion des dakischen Widerstandes. Im nördlichen Bereich der dakischen Provinz hatte *Trajan* vorsorglich ein befestigtes Legionslager bei *Apulum*[244] errichtet, das den verbleibenden feindlichen Rückzug zum Ausgang der dakischen Hochebene absicherte. Solchermaßen eingekesselt versuchte *Decebalus* nochmals ein Friedensabkommen zu erreichen, da mehr

---

[244] Apulum = röm. Legionslager (heute Alba Lulia/Karlsburg) in Rumänien

***Lit. Anmerkung:*** *(Daniela Hendel/Kaiser Trajan und die Dakerkriege)*
*Nach diesem Sieg Trajan's wurde die Organisation und der weitere Ausbau zu einer römischen Provinz eingeleitet. Dacia umfasste nunmehr die römischen Gebiete des Banats, Zentralsiebenbürgen und Nordwesttoltenien. Die Walachischen Ebenen, Zentralsüd- und Südostsiebenbürgen und die römisch besetzen Teile der mittleren und unteren Moldau wurden an die Provinz Moesia Inferior angegliedert.*

und mehr ursprünglich mit ihm verbündete Stämme nun ins Lager der Römer überschwenkten. Der römischen Forderung nach bedingungsloser Übergabe ging dieser jedoch nicht ein, sodaß die Armee zum offenen Angriff auf die Festung *Sarmizegetusa* überging und diese vollständig eroberte. *Decebalus* versuchte noch mit wenigen Überbliebenen einen letzten Widerstand zu organisieren, es blieb ihm jedoch trotz allem nur mehr die Flucht nach Norden übrig. Unter der Führung der *Auxiliar*-Reitereinheit, der *Ala II Pannonium*, und dessem Centurio *Tiberius Claudius Maximus,* wurde er jedoch eingeholt und gestellt. Um der Gefangennahme zu entgehen, wählte *Decebalus* den Freitod, indem er sich in seiner ausweglosen Lage die Kehle durchschnitt. Damit endete der dakische Widerstand in der Region, der zweite Dakerkrieg endete mit einer vollständigen Niederlage.

# KAPITEL VI

## Tribunis militum „Ala Siliana“ (Alta Ripa/Pannonia Inferior)

**Septem, 862** - ab urbe condita **(A.D. 108)**
im 11. Regierungsjahr des Erhabenen Trajan

***In fidem!*** **“Für die Treue“**
(Beglaubigungsformel bei Abschriften)

Ereignisreiche Zeiten brachen heran - nachdem der 2. Dakeraufstand mit dem Tode von *Decebalus* im vorigen Jahre ein Ende gefunden hatte, keimte die Hoffnung auf, dass nunmehr Ruhe in der Provinzregion einkehrte. Unser siegreicher Befehlshaber und erhabener Herrscher *Trajan*, hatte sich, nachdem er sich die Jahre zuvor meistens in den Provinzen aufgehalten hatte, entschlossen nunmehr nach Rom zurückzukehren. Zuvor wurde die Provinz Pannonia in zwei neue Gebiete aufgeteilt: der ehemaligen *Pannonia superior*[245] und in die neue - *Pannonia inferior*[246]. In der neu gegründeten Provinz wurden aufgrund seiner Verdienste, der militärische Befehlshaber *Hadrian* als Kommandant der *Legio I Minerva* nunmehr als neuer Statthalter eingesetzt. Ebenso wurde er für seine militärischen Leistungen während des Dakeraufstandes von Trajan mit einem Diamanten ausgezeichnet, den dieser von seinem kaiserlichen Vorgänger erhalten hatte. *Quintus Marcius Turbo* wurde von *Trajan* nach Rom beordert, wo er das Amt eines Tribuns in der kaiserlichen Prätorianergarde übernehmen sollte. Trajan selbst hatte

[245] Pannnonia superior = Ober-Pannonien (tw. nördliches Ungarn u. Serbien)
[246] Pannonia inferior = Nieder-Pannnonien (Südliches Ungarn tw. Rumänien)

nach Jahren, wo er ausschließlich von den Provinzen aus das kaiserliche Amt ausübte, beschlossen seine Amtsgeschäfte nun von Rom aus zu führen. Er entwickelte einen intensiven Schaffensdrang, Verschönerung von Bauten in Rom, Optimierung der Trinkwasserversorgung mit dem Bau der Wasserleitung *„Aqua-Trajana“*, den Trajans-Thermen nahe dem Colosseum. zur Trinkwasserversorgung. Auch die intensivierte *Alimentarinstitution*[247] verschaffte Trajan große Sympathien unter der Bevölkerung.

Sein endgültiger militärischer Sieg in Dakien führte zur Neuordnung der Provinz *Dacia*, mit der Neugründung der römischen Hauptstadt *Ulpia Trajana Sarmizegethusa*[248], die ca. 26 Meilen südöstlich, nahe der geschleiften dakischen alten Königsstadt errichtet wurde. Überall im Reich entstanden städtische Neugründungen, auch in Germanien – unter anderem die *Colonia-Ulpia-Trajana*[249], sowie *Ulpia Noviomagus Batavorum*[250]. Er verstärkte die Grenzanlagen des raetischen Limes, gab den Bau von *Aquae Mattiacorum*[251] *in Auftrag*, verstärkte die Grenzanlagen des *Danuvius*[252] abwärts in Pannonien, sowie weitere Städtegründungen in den Provinzen des *Mare Nostrum*[253]. Zur Festigung seiner Macht im römischen Reich stellte er auch zwei neue Legionen auf,

---

[247] Alimentarinstitution = kostenlose Getreideverteilung an 5.000 Kinder
[248] Ulpia Trajan Sarmizegethusa = Hauptstadt der römischen Provinz Dacia
[249] Colonia Ulpia Trajana = heutiges Xanten am Niederrhein
[250] Ulpia Noviomagus Batavorum = heutiges Nijmegen (NL)
[251] Aquae Mattacorum = heutiges Wiesbaden am Rhein
[252] Danuvius = Donau
[253] Mare Nostrum = Mittelmeer

*Legio II Trajana*[254], als auch die *Legio XXX Ulpia*[255].

Sein größtes Bauprojekt verwirklichte er aber mit der Schaffung des *Forum-Trajani*[256], sowie der Errichtung des Siegeszeichens der *Trajan-Säule*[257] nahe dem *Colosseum*[258] in Rom, in der er penibel Situationsberichte des ersten und zweiten Dakerkrieges in Stein gemeiselt darstellen ließ. Freilich damit verbunden war auch die Verschleppung eines Großteils der jüngeren männlichen und weiblichen Bevölkerung der besiegten Provinz. An die 50.000 Kriegsgefangene wurden in die Versklavung geführt, viele wurden auch in den anschließenden Schaukämpfen im *Colosseum* als *Gladiatoren*[259] ausgebildet, das zu jenen Zeiten sich großer Beliebtheit unter der römischen Bevölkerung erfreute. Ich für meinen Teile konnte diesen blutigen Spielen keine große Begeisterung abgewinnen. Es schien jedoch, daß das allgemeine Volk, des durch den jeweiligen Kaiser angestoßenen Volkssport, mit dem Motto „*Brot und Spiele*" nicht ohne auskommen konnte. Ich zog lieber den nötigen Kampf im Feldzug vor, wenngleich nach Beendigung die Besiegten mit brutaler Härte auch versklavt wurden, was in der verbliebenen restlichen Bevölkerung nicht unbedingt einen Friedensstatus garantierte, sondern immer wieder in bestimmten Provinzen Revolten ausbrechen ließ, was oftmals zu späteren Zeiten sich immer wieder zeigen sollte.

---

[254] Legio II Trajan = Neugründung zu Trans Zeiten, späterer Einsatz in Ägypten

[255] Legio XXX Ulpia = (ebenso) späterer Einsatz in Germania inferior (am Niederrhein)

[256] Forum Trajani = kaiserliches Geschäftsviertel nahe dem Colosseum

[257] Trajansäule = steinerne Siegessäule Trajans über die Daker

[258] Colosseum = antike römische Schaukampfarena, errichtet unter Vespasian ca. 75 n.Chr.

[259] Gladiatoren = ausgebildete Schaukämpfer (zumeist Sklaven)

Ich erhielt nach meiner Dienstzeit als ritterlicher Tribun der *Legion XI Claudia* nach den Kampfeinsätzen in *Dakien* im vorigen Jahr eine neue Aufgabe zugeteilt. Das Kommando als *Praefectus ala equitum*[260] über eine Reitereinheit, der *Ala Siliana*[261] mit dem Hauptstützpunkt *Alta Ripa*[262] in der neugegründeten Provinz *Pannonia inferior*. Diese neue Aufgabe war im Vergleich zur vorigen relativ friedlich, und bestand neben provinzialen Erkundungsaufgaben, sowie Überwachung der örtlichen Verwaltung. Resultierend aus der Versklavung der Kriegsgefangenen, nach Beendigung des Krieges, war ich eines Tages auch in dem Kastell vorliegenden zivilen Siedlungsmarkt unterwegs, um einige Kontrollen, mit dem Verwalter der jeweiligen Transportwege, als auch für Rekrutierungsmaßnahmen von Jungmännern aus der örtlichen Bevölkerung zur Ausbildung in der römischen Armee durchzuführen. Da sich die *Colonia*[263] unmittelbar vor dem militärischen Kastell befand, beschloß ich nicht zu Pferd, sondern zu Fuß, nur von einem Legionär begleitet, den kurzen Weg zu beschreiten. Der vor uns liegende zivile Markt der Siedlung war völlig überfüllt, emsige Geschäftigkeit erfüllte alle Besucher, sämtliche verschiedenen Kaufleute boten jeweils halsschreierisch ihre Waren den Kunden an. Einer der auch anwesenden Sklavenhändler trat auch an mich heran und versuchte mit theatralischen Gesten mich davon zu überzeugen, dass seine Ware bestimmt für mich interessant wäre. <*"Mein Herr, 200 Sesterzen*[264] *für diese hervorragenden Daker,*

---

260 Praefectus als equitum = Kommandant/Präfekt einer berittenen Einheit

261 Ala Siliana = römische Auxiliareinheit, durch Militärdiplome und Inschriften belegt

262 Alta Ripa = heutiges Tolna (südliches Ungarn)

263 Colonia = urbane zivile Siedlung

264 Sesterz = röm. Silbermünze (100Sesterzen = 25Denare; / ca. Wochenlohn eines Centurios; 1 Denar = 10Asse),

*durch seinen starken Körperbau, und guten Zähnen bestimmt ideal für einen Dienst in meinem Haushalt“*>, hörte ich ihn seine Dienste mir anzubieten. Ich wollte mich schon unwillig von ihm abwenden, als mein Blick diesen Gefangenen streifte, der da inmitten der anderen angebotenen Sklaven zerlumpt, und schweißüberströmt durch die sengende Mittagshitze, stand. Üblicherweise waren diese armen Gestalten nach dem Verlust ihrer Freiheit, nur mehr Abbilder ihrer selbst, in sorgenvoller Erwartung ihrer Zukunft, unter dem Joch des Siegers, der sie nunmehr überallhin sandte. Was mir aber auffiel, war das Blitzen seiner Augen, die dem Betrachter nichts über eine Angst verrieten, sondern mehr über einen versteckten Stolz, trotz verlorener Freiheit immer noch ein menschliches Wesen zu sein. Solcherart angetan, trat ich vor diesen und fragte diesen, ob der der lateinischen Sprache mächtig wäre. Zu meiner Überraschung antwortete dieser mit „Ja“. Auf meine weitere Nachfrage hin weshalb, antwortete er in knappen Worten, daß er einen griechischen Lehrer hatte, der ihn in seinem früheren Haushalt, bei einem wohlhabenden adeligen Regionsfürsten aufgewachsen, und erzogen worden war. Auf meine Frage hin nach seinem Namen, antwortete dieser „*Mamertus*“. Überraschenderweise war der Name nicht der eines illyrischen Dakers, sondern eher römisch, „Mamertus“ (Sohn des Mars). Solcherart angetan, fragte ich ihn auch nach seinen Kenntnissen. Nachdem ich erfuhr, dass er auch des Schreibens und Rechnens kundig war, was ich von einem Menschen dieser Region nicht unbedingt vermutet hätte, dachte ich über einen Einsatz in meinem Stand als Legionskommandeur nach. Der Mann interessierte mich, sein Wesen, seine Haltung, und doch diese unmenschliche Behandlung, die ihm als Gefangener/Sklave in anderen Händen vielleicht passieren würde, ließ mich überlegen, ob er mir für meine Arbeiten hilfreich von Verwaltungsaufgaben zur Hand gehen könnte. Kurz und gut, nach einiger Überlegung und reiflicher, sowie lauter Verhandlungstaktik mit dem Händler, wechselte *Mamertus* in meinen Besitz über. Ich übergab ihn meinem Begleiter *Septimius*, einen Legionär meiner militärischen Einheit, mit dem Auftrag diesen Mann zu unserem Standort im Castell zu bringen, und ihn sicher in meinem Hausstand abzuliefern, wo ich mich nach der Rückkehr um ihn kümmern wollte. <*„Und vergiß nicht, ihn in der Zwischenzeit in ein ordentliches Bad zu stecken“*>, rief ich *Septimius* noch zu, <*„sodaß ich diesen ihn einigermaßen ordentlichen Zustand danach sprechen kann“!*> Meine Art, einen Sklaven, wie in unserer Kultur üblicherweise, nicht als Eigentum zu betrachten, rührte schon von meiner Kindheit her. Hatte ich doch bereits auf dem elterlichen Gutshofe die Bekanntschaft eines im Hause ansässigen Haussklaven gemacht, der mich vieles in seiner geduldigen und menschlichen Art lehrte, sodaß ich mich mit der allgemeinen Auffassung, Menschen als zweiter Klasse zu betrachten, niemals identifizieren konnte. Vieles rührte bestimmt auch von meiner Mutter her, die selbst als Angehörige eines keltischen Stammes, nach der römischen Besetzung in Raetien, trotz allem mit der Ehelichung meines Vaters als ehemaligen römischen Legionsveteranen, niemals einen Klassenunterschied zwischen den vermischenden Kulturen empfand.

Nach diesem ereignisreichen Zwischenspiel, wendet ich mich wieder meinem Ziele des Verwaltungssitz des örtlichen *Aedil's*[265] zu, um mich dem eigentlichen Ziel meines Tagesauftrages zu widmen. Die Neuverwaltung

[265] Aedil = röm. niederer Verwaltungsbeamter einer (colonia civicum) Siedlung/Stadt

des eroberten Gebietes der neuen Provinz Dacia, gestaltete sich relativ zügig. Da die ursprüngliche dakische Bevölkerung erheblich dezimiert war, wurden nunmehr Siedler aus allen Reichsteilen, als auch Legionsveteranen angesiedelt. Da alle Siedler auch der lateinischen Sprache mächtig waren, wurde die neugegründete römische Provinz relativ schnell romanisiert. Um diese Entwicklung voranzutreiben, sollte dieses Gebiet gegen den Volksstamm der *Jazygen*[266], die im östlichen und nördlichen Raum des Danuvius siedelten, abgesichert werden. Obwohl mit Rom verbündet, wo sie uns im Feldzug gegen den ehemaligen Dakerkönig Decebalus unterstützt hatten, gärte es immer wieder unter der Bevölkerung. Die *Jazygen* hatten sich durch die Unterstützung Roms gegen *Decebalus* wahrscheinlich erhofft, ihre ehemaligen Siedlungsgebiete, die sie gegen die *Daker* verloren hatten, zurückzuerhalten, was jedoch auf strikte Ablehnung von *Trajan* stieß, der kein erobertes Gebiet wieder an die regionalen Stämme abgeben wollte. Im selben Jahr hatten sich dann auch eine verbündete Einheit des Volksstammes der *Kataphrakten*[267] zusammen mit den *Jazygen* erhoben, die versuchten, die von Rom eroberten Gebiete anzugreifen, was jedoch relativ bald niedergeschlagen wurde. Die Situation der kriegerischen Erhebung schien sich nach einigen kleineren vergeblichen Aufständen, und deren Niederschlagung, mit der Zeit wieder zu beruhigen, was sich jedoch, die sich erst einige Jahre danach später herausstellte, erneut in größerem Rahmen wieder aufflammten. Doch lieber Leser, ich will

---

[266] Jazygen = ansässiges Reitervolk östlich/nördlich der Donau (heutiges Gebiet Rumänien) tw. verbündete/manchmal Gegner

[267] Kataphrakten = antike (orientalische) schwer gepanzerte Reiter verbündet mit den Jazygen,

hier nicht vorgreifen, sondern mich wieder den aktuellen Geschehnissen zuwenden.

Nach meinem ausführlichen Kontrollbesuch beim Aedil der *Colonia Alta Ripa* kehrte ich am späten Nachmittag in das Castell zurück, um mich um das neue Mitglied meines Hausstandes – *Mamertus* – zu kümmern. Nachdem dieser nach seiner erfolgten Badeprozessur vor mir stand, versuchte ich ihm klarzumachen, daß ich ihn mit einem verläßlichen passenden Aufgabenbereich beauftragen wollte, und bat ihn eine kurze Probe seiner schriftlichen Kenntnisse abzugeben. Sichtlich vom Erfolg des Versuches überzeugt, erörterte ich ihm die neue Aufgabe der täglichen Kontrolle meiner ausgegeben militärischen Tagesbefehle für meine Reitereinheit, nachdem ich mich auch von seinen menschlichen Qualitäten und entsprechender Aufgabeneinstellung überzeugt hatte. Im Laufe der darauffolgenden Wochen, konnte ich mich sehr über seine Arbeitsqualität überzeugen, und erfreute mich sehr seiner verwalterischen Fortschritte in meiner Dienststelle. Mit der Zeit entwickelte sich daraus auch eine zufriedene, ja in späteren Jahren auch eine regelrechte freundschaftliche Beziehung wie sich noch herausstellen sollte. Mit Zufriedenheit erfüllte es mich, dass ich in ihm einen zuverlässigen Gehilfen, als auch Vertrauten in vielen Verwaltungsfragen gefunden hatte, was meine Entscheidung, ihn dem Schicksal eines Kriegssklaven zu ersparen, noch um ein Vielfaches bestärkte.

An einem frühen Sommertag des Folgejahres, nach Beendigung des dakischen Aufstandes erreichte mich nun eine Nachricht, mich zusammen mit dem mir bekannten nunmehrigen Statthalter der Provinz *Pannonia inferior*, *Publius Aelius Hadrian*, im Auftrag des Kaisers *Trajan* unverzüglich in Rom einzufinden. Wie wir unter der Hand erfahren hatten, standen in diesem Jahr wieder einige Ehrungen an, in denen *Trajan* Verdienste seiner militärischen Einheiten während der Dakerkriege ehren wollte. Nachdem ich von meinem guten Bekannten Hadrian aus *Aquincum*[268] eine Nachricht erhielt, dass dieser mit mir gemeinsam nach Rom wollte, wartete ich seine Ankunft mit einem militärischen Transportschiff ab, bis dieser im Hafen am *Danuvius* bei *Alta Ripa* ankam. Den Abend nach seiner Ankunft nutzen wir noch zu einem gemeinsamen Abendmahl, sowie einen guten Umtrunk eines Falerner-Weines, der in den Kellern des Castrums lagerte, nutzten die Zeit zu einem gemeinsamen Austausch der letzten politischen Geschehnisse, bevor wir uns am nächsten Morgen an den Aufbruch machten. Zusammen mit *Hadrian*'s Begleittruppe von 10 Legionären, und 2 Bediensteten, sowie meinem Hausstand mit Mamertus, brachen wir die ca. 400 Meilen[269] weite Reise in südlicher Richtung nach *Salonae*[270] auf, die wir mit einem relativ zügigen Ritt von fünf Tagen[271] schafften. Dort am Stadttor, der *Porta Caesarea* angekommen, das an beiden Seiten durch achteckige Türme flankiert wurde, führte in der Mitte die Straße für Pferde und Wagen, links und rechts die Durchgänge für die Fußgänger. Bei Durchquerung der Siedlung erblickten wir im südöstlichen

---

[268] Aquincum = heutiges Budapest (Ungarn)

[269] 1 Roem. Meile = 0,62km

[270] Salonae = ehem. Metropole röm. Provinz Illyrien (nahe heutiger Stadt Split

[271] 1 Tagesritt = eiliges Pferdetempo; ca. 90 Meilen/60km pro Tag

Teil ein Forum mit dem Capitol als Mittelpunkt des öffentlichen, politischen und religiösen Lebens. Nicht gänzlich fertiggestellt war nahe dem Forum ein Theater, das wie wir später erfuhren, Platz für 3500 Zuschauer bieten sollte. Der Hafen lag am Ende der südlichen Wegstrecke durch die Stadt, wo wir eine rege Bautätigkeit bestaunen konnten, die *Trajan* überall im Reich angestoßen hatte. Wir fanden für die Übernachtung eine Taverne, wo wir uns auch umgehend nach einem Schiff für die Überfahrt erkundigten, das uns über das *mare Adreaticum*[272] bis zum Hafen von *Aternum*[273] bringen sollte. Wir hatten Glück, dass uns am darauffolgenden Tage der Kapitän eines griechischen Frachtschiffes unsere Reisegruppe von 15 Mann zur Überfahrt nach *Aternum* an Bord aufnehmen konnte. Die Überfahrt dauerte eineinhalb Tage, nach deren Ankunft wir dann noch weitere vier Tage die restliche Wegstrecke von 300 Meilen über die *Via Tiburtina* bis nach Rom schafften.

„*Omnes viae Romam ducunt*“ [274] - diesen Spruch hörte ich zum erstenmal, konnte dies aber verständlicher und besser nachvollziehen, als wir die vergangene Wegstrecke seit unserer Abreise nochmal vor unseren geistigen Augen nachvollzogen. Was für eine Leistung – innerhalb 12 Tagen – hatten wir es geschafft, diese Reise zu bewältigen. Was für ein Fortschritt, diese Straßenverbindungen, die das gesamte Römische Reich in all seinen Provinzen durchzogen, hier verstand ich einen der Gründe, der dieses gewaltige Reich so omnipotent auf der uns bekannten Welt machte. Weitere sollten hier in den nächsten Jahren noch folgen, aber ich will ja dem Leser nicht vorgreifen …

---

[272] Mare adreaticum = Adriatisches Meer
[273] Aternum = heutiges Gelände der Stadt Pescara
[274] Omnes via Romam ducunt = Alle Wege führen nach Rom

Schon an der Stadtgrenze konnte ich nachvollziehen was für eine geschäftige Stadt dies doch war, Warenlieferungen, Ochsenkarren, Pferdefuhrwerke, Kurierreiter, Wanderer, man hatte den Eindruck als alle wollten ins Zentrum, oder kamen daraus. So etwas hatte ich in meinen kühnsten Träumen nicht vorstellen können, obwohl ich in meiner soldatischen Laufbahn schon einiges die Jahre zuvor erlebt hatte. Wie mir mein Reisebegleiter *Hadrian* erzählte, war diese Stadt vor über 800 Jahren. auf sieben Hügeln ursprünglich erbaut worden. Vor uns erstreckte sich ein Meer von Häusern, Gebäuden, Tempeln, Thermen, Viadukten[275] Straßenverbindungen, im gleißenden Sonnenlicht. Trotzdem, daß wir gegen Ende des Monat Junus[276] unsere Abreise starteten, war hier in Rom die Temperatur bereits wesentlich wärmer als in der Provinz, sodaß wir in unserer Reisekleidung relativ schnell zum Schwitzen kamen. Bevor wir die Stadtmauer im Nordwesten passierten, erhob sich etwas weiter nördlich die gewaltigen Mauern der *Porta Praetoriana*[277], einem Gebäude, das als Militärstützpunkt diente, wie ich von Hadrian erfuhr. Dank seiner kundigen Führung, da er Rom bereits mehrmals besucht hatte, folgten wir der *Via Tiburtina*, die direkt auf den *Mons Esquilinus*[278] zuführte. Die Gegend war von reichen prächtigen Villen der höheren Schicht des römischen Adels bewohnt. Nordwestlich davon erhob sich der *Viminal*[279], dem Blick weiter nach Südwesten folgend ragte über einer Talsenke der *Palatin*[280] empor. Südöstlich davon vor dem *Palatin*

[275] Viadukt = antike roem. Wasserleitung
[276] Junus = Monatsname für Juni
[277] Porta Praetoriana = Prätorianisches Tor mit Castel Praetoria, dem antiken Militärstützpunkt
[278] Mons Esquilinus = einer der 7 Hügel Roms
[279] Viminal = ein weiterer der 7 Hügel
[280] Palatin = ein weiterer der z Hügel

konnte man das imposante und mächtige Gebäude des *Colosseums*[281] erblicken. Etwas weiter davor erblickte man die *Trajan-Thermen*[282], auf dessen Mauern sich die gleißende Nachmittagssonne senkten. Staunend streiften unsere Blicke über diese Hügel, hatten doch die meisten von uns solchen architektonischen Weitblick noch nie gesehen, und wir folgten den wissenden Erklärungen *Hadrian*'s der sich stolzen Hauptes als kundiger Reiseführer herausstellte. Etwas weiter westlich davon, erstreckten sich die Monumente des kaiserlichen Palastes. Wir hielten uns jedoch etwas mehr östlich davon, nahe der Thermen des *Titus*, in Richtung zu einem befestigten Lagerkomplex, dem Standort der *praetorianischen* Garde zu, wo wir uns beim Kommandanten melden wollten.

Als wir dort ankamen, meldeten wir uns an der Torwache beim zuständigen Wachsoldaten. <*„Statthalter Publius Aeilius Hadrianus, sowie Legionstribun Claudius Paternus Clementianus, bitten aufgrund einer Vorladung des Imperators Trajanus, uns schnellstmöglich mit dem Tribun Quintus Martius Turbo*[283]*, dem Vorstand der „Equites singulares“*[284]*, in Verbindung zu setzen“*>. Diensteifrig versprach dieser uns sofort zu melden, und gab seinem Mitbegleiter den Befehl uns sofort beim Kommandanten im Praetoriat *des Castra priora equitum singularium*[285] anzumelden. Mittlerweile rief er einen weiteren Wachsoldaten, der uns und unsere Mitbegleiter in unsere Unterkünfte einweisen, und den Pferden und Gepäck die erforderliche Versorgung zukommen lassen

[281] Colosseum = antike römische Kampfarena
[282] Thermae trajani = Trajan's Thermen
[283] Quintus Martius Turbo = während 106-110 u.a. Vorstand der Prätorianergarde
[284] Equites singulares = berittene kaiserliche Garde, Schutztruppe des Kaisers
[285] Castra priora equitum singularium = ursprüngliches Kommandanturgebäude der kaiserlichen Garde, auf dem Caeilius Hügel nahe der heutigen Via Tasso.

sollte.

Knapp eine halbe Stunde später erreichte uns die Meldung, dass wir in der *Praetorianer* Kommandantur bei *Quintus Martius Turbo* melden sollten. Es war ein freudiges Wiedersehen, waren *Hadrian* und *Quintus* doch gemeinsame Kampfgefährten, und den ich erstmals vor 5 Jahren in *Noviomagus*[286] kennengelernt, und später im Kampfeinsatz während der Dakerkriege zufällig das Leben gerettet hatte. <*“Salve! – Wie bin ich froh Euch beide nach langer Zeit mal wiederzusehen“*>. Alle drei lagen wir uns in den Armen, hatte uns doch so vieles gemeinsam zusammen verbunden, und einander in unseren unterschiedlichen Aufgaben, den persönlichen Austausch sehr vermisst. <*“Schön, dass ihr gut angekommen seid, sind Eure Reisebegleiter während Eurer Wartezeit bereits in ihre Quartiere eingewiesen worden?“*> Wir vermeldeten, dass dies wahrscheinlich zwischenzeitig schon geschehen sein müßte, und schritten durch die Vorhalle des Gebäudes in Quintus Kommandanturbüro. Ein eifriger Diener bot uns eine Schüssel mit frischem Quellwasser, wo wir unser Gesicht und Hände von der staubigen Reise reinigen konnten, bevor uns ein köstlicher *„Falerner“*[287]-Wein zur Erfrischung serviert wurde. Nachdem er erfahren hatte, dass wir aufgrund der Einladung von Trajan, vom Ausgangsort unserer zwölftägigen Wegstrecke eben erst angekommen waren, schlug dieser uns vor, dass wir uns am nächsten Tage gemeinsam in den öffentlichen Thermen, von der Reise erholen, und uns auf die Audienz am übermorgigen Tage vorbereiten konnten. Wie wir von

[286] Noviomagus = heutiges Nijmegen (NL), ehem. Provinz Germania inferIor
[287] Falerner = antiker beliebter römischer (auch Falernum), Anbaugebiet im Norden Kampaniens.

*Quintus* erfuhren, standen am 5.Tage des Monates Julius, die Feierlichkeiten der *Poplifugia*[288] zu Ehren der Gottheit *Jupiter*[289] an, an denen der Kaiser öfters große Feierlichkeiten und Ehrungen von verdienten Mitgliedern seines Reiches durchführte. Unmittelbar darauf vom 6.-13. des Monats, folgten dann die *Ludi Apollinares*[290]. Wie wir auch erfuhren, fand vor wenigen Wochen die Eröffnung der neu errichteten Thermen *Trajans* statt, die sich in der Bevölkerung Roms großer Beliebtheit erfreuten. Nachdem vor fünf Jahren die *Domus Aurea*[291] bei einem Brand zerstört, und die Fläche teilweise zugeschüttet wurde, um dem Areal der neuerrichteten *Trajans*-Thermen Platz zu machen, war natürlich ganz Rom in seiner Freizeit in der neu errichteten Therme, die mit ihrer Größe, nur unweit entfernt der des *Titus*[292], durch ihre enormen Ausmaße der Zeit, alles in den Schatten stellten. Gesagt getan, nach unserer ersten Unterredung mit *Quintus*, begaben wir uns in unser zugewiesenes Quartier, besprachen uns zur weiteren Tagesplanung mit unseren Reisebegleitern, und gaben Ihnen für den nächsten Tag frei, wo sich jeder für den Tag danach wieder bei unserer Audienz beim Kaiser einfinden sollte.

---

[288] Poplifugia = antiker röm. Feiertag – in Erinnerung an die Rettung Roms (Schlacht von Allia)

[289] Jupiter = oberste Gottheit der römischen Mythologie

[290] Ludi Apollinares = jährliche (*ludi*) feierliche Spiele zu Ehren des Gottes *Apollo*

[291] Domus Aurea = durch Kaiser Nero errichtet, fiel 104 n.Chr. einer Brandkatastrophe zum Opfer.

[292] Titus = röm. Kaiser 79-81 n.Chr.

Roma antica (Beginn 2.Jh.n.Chr.)

Stadtmauer um 100 n.Chr., Kaiserforum, Forum Romanum)

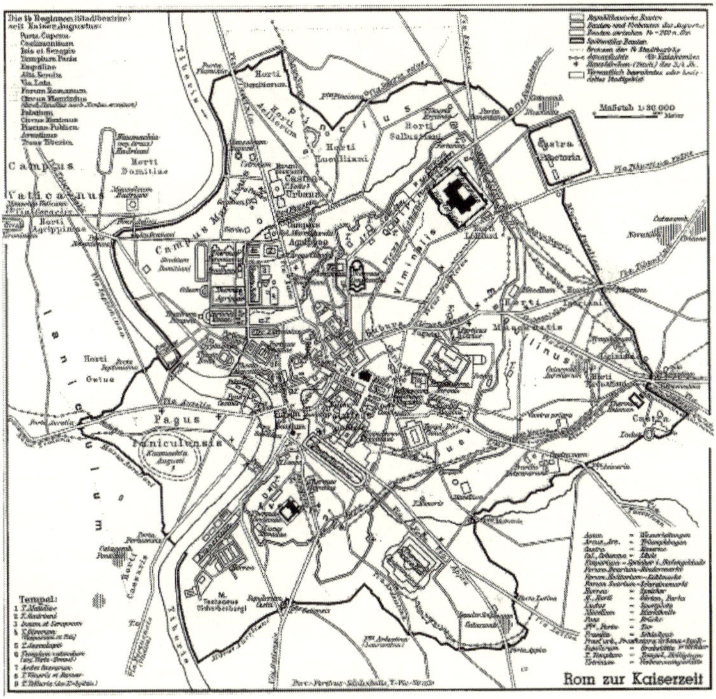


Bild -17-: Roma antica (zur Kaiserzeit) Quelle: Hist.Atlas 1965
(Völker, Staaten, Kulturen)

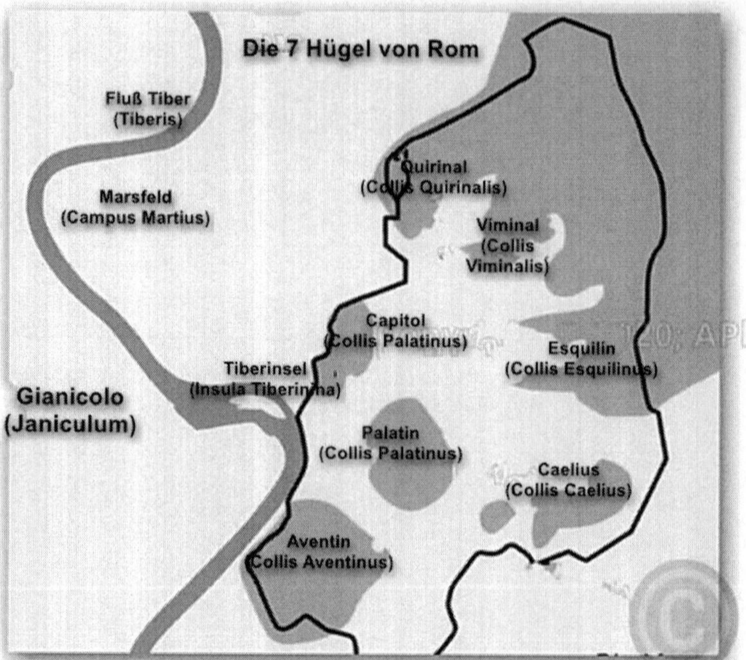


Bild -18- / Der Autor / Die sieben Hügel von Rom

Bild-19- / Der Autor / Forum Romanum, im Hintergrund links oben
– Kapitolinischer Tempel

Am Folgetag holte *Quintus* uns ab, uns begleiteten lediglich der Leibdiener von *Hadrian*, sowie mein Bediensteter – *Mamertus*, um uns gemeinsam zur Therme zu begeben und den Tag entspannt anzugehen. Das neu errichtete Areal umgab ein wunderschöner Park mit vielen exotischen Pflanzen und Bäumen, die die umlaufenden Wege umsäumten. Springbrunnen plätscherten murmelnd ihr Wasserspiel, nur begleitet von den vielen Gesang der Vögel, die sich wie die Menschen, an den wunderschönen grünen Rasen- und Blumenflächen dieses wunderschönes Parkes erfreuten. Die eigentlichen Thermen waren von einer riesigen Umfassungsmauer umgeben. Eine quadratische Mauergrundfläche mit zusätzlich halbkreisförmigen *Exedren*[293], jeweils zwei an der Nord- sowie einer rechts und links an der Ost- und Westseite, bildeten die äußere Form, hinter der sich die eigentlichen verschiedenen Bereiche erstreckten. Eine Besonderheit der Therme war, wie wir erfuhren, die Ausrichtung dieser Anlage im Gegensatz zur davorliegenden *Titus*-Therme. Der Architekt der Therme *Apollodor von Damaskus*[294] hatte geschickt, die Ausnutzung der einfallenden Sonnenstrahlung aus süd- bis südwestlicher Ausrichtung eingeplant, sodaß diese optimal den verschiedenen Badethermen, neben der darunterliegenden lokalen Beheizungsanlage, zugute kamen.

Den Eingang zu den Thermen an der Nordseite, bildete ein Torbau, der im Innern den Blick auf einen offenen Innenhof freigab. Dieser umschloss zwei Gebäudeteile die

---

[293] Exedra = (plural Exedren) halbkreisförmige nischenartige Raumausbuchtung (mit oder ohne Säulen), die sich auf einen Hof, Platz oder Halle weitet.

[294] Apollodor von Damaskus = (* um 65 in Damaskus; † um 130) bedeutender syrisch-griechischer Architekt, (Büste in der Glyptothek/München), der viele Bauprojekte für Trajan errichtete.

spiegelbildlich angelegt, mit verschiedenen Ruheräumen ausgestattet waren. Diese waren mit den verschiedenen Räumen, dem eigentlichen *Caldarium*[295], *Tepidarium*[296] und einer *Basilika*[297] ausgestattet. Nach Süden hin lag ein offenes *Natatio*[298], das sich an die beiden Gebäudeteile anschmiegte, und einen offenen Blick auf die im Süden stehende Sonne freigab. Nachdem wir an den Umkleideräumen unsere Togen abgelegt, und uns vorab mit Warmwasser gereinigt hatten, stiegen wir in unsere Bademäntel und begaben uns in die Wärmeräume. Hier traf sich von der urbanen Bevölkerung ob arm oder reich, jedermann, wo man Neuigkeiten und Nachrichten austauschen konnte. Beim eigentlichen Vorgang des Schwitzens in den Heißräumen, erfuhr ich in einem persönlichen Gespräch, dass *Quintus*, im Anschluß an den abgeschlossenen Dakerkriegen, zusammen nach der Rückkehr der langjährigen Abwesenheit von *Trajan* nach Rom beordert wurde. Trajan hatte sich umgehend für den Fortschritt weiterer Bauvorhaben, ob Gebäude, Strassen, Viadukten (*Aqua Trajana*), Ausbau einer neuen Hafenanlage nahe von Ostia (*Portus Trajani*[299]), oder sonstigen monumentalen Baukomplexen, sowie neuen Münzprägungen eingesetzt. In seinem Auftrag wurde hoher Wert auf die Verschönerung Roms, der Sanierung der Infrastruktur von Städten im Reiche, dem Nutzen der Bevölkerung, und natürlich auch zum Ausbau seines Ruhmes Wert gelegt. Als *Quintus* nach Rom beordert wurde, erhielt er zuerst den Tribunsposten bei den

---

[295] Caldarium = Heißraum mit 40 bis 50 °C Wärme und fast 100%iger Luftfeuchtigkeit.

[296] Tepidarium = Wärmeraum mit Bänken und Liegen Temperatur ca. 30-40°C

[297] Basilika = hohem kuppelförmiger Saal

[298] Natatio = meist im Freien gelegenes offenes Schwimmbecken

[299] Portus Trajani = Neubau eines Hafens zur besseren Getreideversorgung Roms

*Vigiles*[300], bevor er die Aufsicht über die kaiserliche Garde erhielt. Trotz all der außerordentlichen Verantwortung und Aufgaben durch *Trajan*, aber sehnte er sich zurück, für Aufgaben und Verantwortung in den kaiserlichen Provinzen, und bat die Götter inständig darum, seinen heimlichen Wunsch doch zu erfüllen. Wie ich später erfuhr, sollte dieser Wunsch auch in Erfüllung gehen, davon aber noch später lieber Leser.

Mit dem Austausch der Verschiedenen Erlebnisse, und Neuigkeiten verstrichen die angenehmen Stunden, beim abwechselnden Genuss der Heiß-, Kalt- und Schwitzbäder und erfrischendem Aufenthalt des im Freien befindlichen Schwimmbeckens, sodaß wir uns zum Schluss noch in den Genuss einer vorzüglichen entspannenden Körpermassage begaben, die den Aufenthalt dieses Tages in der Therme abrundete, bevor wir uns wieder zurück in unser Quartier begaben. Gemäß *Quintus* Information, sollten wir uns zur *hora quinta*[301] am morgigen Tage in den Palasträumen zum Empfang beim Kaiser einfinden, um die weiteren Anordnungen zu erfahren.

Ein neuer Tag war angebrochen. Nachdem wir ein kurzes Frühstück eingenommen hatten, bereiteten wir uns für die Audienz beim Kaiser vor. *Mamertus* gab mir in meiner Kleiderauswahl Vorschläge, die ich dann auch in die Tat umsetzte. Ich wählte angepasst an die klimatischen

---

[300] Vigiles = Städtische Feuerwehr

[301] Hora quinta = gem. röm. Tageszeit zur 5.Stunde des Tages (heute 11:00 Uhr)

Umstände, und den geplanten Anlaß der Audienz, eine *Toga praetexta*[302]. *Mamertus* half mir mit dem Umlegen des Kleidungsstückes, das zuerst über den linken Arm gelegt, und dann mehrmals um den Corpus[303] geschlungen wurde. Das blendende Weiß wurde nur durch einen langen Streifen mit violetter Farbe unterbrochen, und der Kleidung einen gewissen „Pfiff" gab. Damit die Falten auch richtig geschwungen sich fügten, waren am unteren Rand Metallkugeln eingenäht, was der Kleidung eine verstärkte Schwere vermittelte, und sich schwingend dem Schritttempo des Trägers besser anpasste. Mamertus hatte sich seit seinem Beginn in meinem Hause als zuverlässiger Bediensteter, Verwalter meiner bürokratischen Verpflichtungen, als auch persönlicher Berater entwickelt. Auch seine Kenntnisse, was Kleidungsstil und modische Beratung am Hofe für Empfänge anging, waren nicht minder, was er wie ich erfahren hatte, auch in seinem vorigen Haushalt eines adeligen Dakers gelernt hatte. Aufgrund seiner Bildung durch einen griechischen Lehrer, verfügte er auch über Kenntnisse diverser Philosophen und Geschichtsschreiber, was mir in meiner wenigen Freizeit, die mir verblieb, oftmals bei Diskussionen innerlich sehr viel Vergnügen verschaffte, wenn es darum ging diverse philosophische Spitzfindigkeiten abzuhandeln. Kurz und gut, in dieser wenigen Zeit, seit wir uns kannten, war er mir zu einem treuen und zuverlässigen Begleiter geworden, den ich nicht mehr missen wollte.

Als es an der Türe klopfte, und *Mamertus* öffnete, stand *Hadrian* davor um mich und die weiteren Reisebegleiter zur Audienz abzuholen. Von unserer Unterkunft bis zum

---

302 Toga praetexta = (Symbol des Freien Bürgers) römischer Bekleidungsumhang, ca. 6m lang, mehrmals um Körper gewickelt

303 Corpus = Körper, Leib

Kaiserpalast am sogenannten Forum Romanum dauerte es zu Fuß eine knappe halbe Stunde schlendernden entspannten Schrittes. Dank dem Klima dieser Region war es im Vergleich zum Klima in den Provinzen von Germania nicht vergleichbar, und so genossen wir das wunderschöne „römische“ warme und trockene Kaiserwetter. Vorbei am imposanten Colosseum, passierten wir den *Templum Veneris et Romae*[304] und kamen direkt auf den Triumphbogen des *Titus* zu, und passierten das Haus der *Vestalinnen*[305], bis zum *Templum Divi Juli*[306] um dann den Bereich des Forums zu betreten. Bereits hier gab es schon eine riesige Volksansammlung, die sich das Schauspiel der kaiserlichen Präsenz am herangebrochenen Festtag der *Poplifugia*, und der anschließenden Tage der *Ludi Apollinaris* die Feierlichkeiten nicht entgehen lassen wollten. Hunderte von den geladenen Gästen säumten bereits den im Sonnenlicht gleißenden Platz des Forums, während sich das Volk im Anschluß der abgetrennten Bereiche drängte, um der Dinge zu harren, die da kommen sollten. Am zentralen Platz angekommen, wurden wir durch die Prätorianergarde zum Kommandanten *Quintus*, der uns bereits von weitem zuwinkte, geleitet, um uns zu den vorgesehenen Ehrenplätzen zu geleiten. Mit bewundernden Blicken gab ich mein Erstaunen über die uns umgebenden architektonischen marmornen Prachtgebäuden, und Tempeln zum Ausdruck. Ich hatte während meiner verschiedenen Einsätze schon vieles gesehen, aber was sich mir hier darstellte, überschritt bei weitem meine Vorstellungskraft. Vor unserer linken Seite

---

[304] Templum Veneris et Romae = Tempel der Venus und der Roma

[305] Vestalinnen = Wohnsitz der Priesterinnen der Vesta, befand sich in direkter Nachbarschaft zum Tempel der Vesta.

[306] Templum Divi Juli = Tempel des vergöttlichten J. Caesar

erhob sich die *Basilica Julia*[307], eine riesige antike Halle deren zwei Stockwerke von Säulenbögen gestützt wurden. Auf der gegenüberliegenden Seite des Platzes erhob sich die *Basilica Aemilia*[308] , nordwestlich davon gruppierten sich die Gebäude der *Foren Vespasiani*[309], *Nervae*[310] und *Augusti*[311]. Anschließend erhoben sich die ersten Fragmente eines imposanten Neubaues, das *Forum Trajani*[312], das der aktuelle Herrscher nunmehr als seinen Regierungssitz errichten ließ. Und in westlicher Richtung überragten, die von jeweiligen Herrschern errichteten Tempel, der Hügel des *Capitolium*[313] mit seinen beiden auf den Kuppeln befindlichen Tempel des *Jupiter-Optimus-Maximus*[314], sowie Tempel der *Juonis Moneta*[315]. In der Senke zwischen beiden Hügelkuppen, befand sich das *Tabularium*[316] das sich sanft vor die Tempelgruppe der *Concordia*[317]*,* des *Titus/Vespasiani*[318], dem *Dei Consentium*[319] und dem *Saturni*[320] gruppierte. All diese Bauwerke waren den jeweiligen Herrschern vor dem jetzigen Imperator *Trajan* geweiht, wie ich von Hadrian staunend erfuhr. An den Tribüne vor den Tempeln waren

---

307 Basilica Julia = riesiges Verwaltungsgebäude

308 Basilica Fulvia-Aemilia = Geschäftsgebäude, Münzprägestätte etc.

309 Forum Vespasiani = Vespasian; (röm. Kaiser 69-79)

310 Forum Nervae = Nerva; (röm. Kaiser 96-98)

311 Forum Augusti = Augustus (Octavian, rm. Kaiser 27v.-14 n.Chr.)

312 Forum Trajani = Trajan; röm. Kaiser 98-117)

313 Mons Caitolium = kapitolinischer Hügel (einer der 7Hügel Roms)

314 Jupiter Optimus maximus = oberste Gottheit der antiken röm. Mythologie; abgekürzt: I.O.M.)

315 Juonis Moneta = röm. Göttin Juno (Beschützerin der Stadt)

316 Tabularium = Staatsarchiv des antiken römischen Reiches (heute Standort des Senatorenpalastes/Rathaus)

317 Concordia = Tempel der Eintracht, Symbol des Friedens zwischen Stand der Standeskämpfe zw. Patrizier und Plebeyer

318 Titus/Vespasiani = Tempel des Titus (röm. Kaiser 79-81) und Vespasian (röm. Kaiser. 69-79)

319 Tempel Dei Consentium, = Tempel der einigen Götter (insgesamt 12 der röm. Mythologie)

320 Tempel Saturni = Tempel des Saturn (2.ältester im antiken Rom)

Feuerschalen aufgestellt, an denen die *Sacerdot[es]*[321], begleitet von einer Schar *Vestalinnen*, ihre Brandopfer abhalten sollten um die Götter für den Feiertag und die anschließenden Spiele der nächsten Tage gnädig zu stimmen. Ein Raunen ging durch die Menge, als Kaiser *Trajan* die Treppen abwärts zur Tribüne schritt, begleitet von schallenden *Tuba*[322]-Klängen, begleitet von rhythmischen Trommelschlägen, die den Beginn der Rituale einleiteten sollten. Auf das Handzeichen *Trajans* erhob sich auf dem gesamten Platze ein Jubelklang der Teilnehmer, die den Kaiser frenetisch und freudvoll grüßten, war dieser doch in der Bevölkerung allgemein beliebt und vielgerühmt. Ein weiteres *Tuba*-Signal beendete das Jubeln, und die *Sacerdotes* gaben den Priestern nebenstehenden *Auguren*[323] den Befehl die bereitgestellten Opfertiere, für diesen Zweck meistens Vögel, zu schlachten, um die kultischen Riten zu vollziehen. Nach der kultischen Schauprozedur, die von den Auguren als gnädig von den Göttern angenommen bewerteten, wurden die Eingeweide in die dafür vorbereiteten Brandschalen geworfen, wobei der Rauch sich qualmend in den Himmel kräuselte.

Auf ein Zeichen hin, zogen die Priester sich in den Hintergrund zurück, und *Trajan* erhob sich zu einer Festtagsansprache. <*“Volk von Rom“*> ertönte sein mächtiger Ruf, der an den Gebäudewänden des Forums widerhallte, <*“wie ihr seht wurde das Opfer von den Göttern gnädig angenommen! Es ist Schicksal, dass Rom*

[321] Sacerdos = plural Sacerdotes; *publicus populi Romani Quiritium* („öffentliche[r] Priester des römischen Volkes der Quiriten“)
[322] Tuba = römisches Musikinstrument (Fanfare)
[323] Augur[es] = Priesterpersonen, die aus Eingeweiden der Opfertiere die Zustimmung oder Ablehnung der Götter deuteten

*über die Welt herrscht, denn es wurde von unseren Göttern gesegnet mit Wohlstand und Frieden. Die Kriege an den Grenzen des Imperiums wurden seit zwei Jahren beendet, Jupiter stand uns im Konflikt gegen die Daker bei, die geschlagen, und nunmehr unserem Reich untergeordnet wurden. Neue Besiedlungsflächen wurden geschaffen, neue Städte gegründet, Viadukte gebaut, und das errichtete Straßennetz verbindet alle darin lebenden Völker. Viele unserer Legionsveteranen, haben nach erfolgreichem Abschluß ihrer Dienstzeit, eine neue Heimat, Grund und Boden zur Bewirtschaftung gefunden. Wir wollen aber auch all derer gedenken, auf dem Schlachtfelde im Elysium*[324] *verblieben sind, und uns diese Periode des Friedens und der Freiheit damit gesichert haben. Jene neuen Provinzen im Osten des Reiches schaffen neuen Lebensraum, und wachsen mit unserer Kultur nun in eine neue Zukunft. Wir bieten all jenen, die den Frieden und Wohlstand mit uns teilen wollen, unsere Hand, sodaß sie an der Zivilisation unseres erfolgreichen Reiches, der Pax Romana*[325] *teilhaben können."*

*Wir haben aber auch Männer unter uns, die durch ihren treuen Dienst in der Armee unsere Grenzen gesichert haben. Durch Ihren Einsatz in den jeweiligen Legionen, in jenen fernen Ländern, durch ihren Mut und Ihrem täglichem Einsatz, verdanken wir ihnen auch diesen unseren Fortschritt. Deshalb stehen wir auch heute an diesem Festtag gemeinsam hier auf diesem Platze und wollen einige dieser herausragenden Männer, die im Dienste unseres Reiches ihren Einsatz, durch Ihren Mut im Kampf und der Ausdauer in schwierigen Verhältnissen*

[324] Elysium = das „Jenseits" (Totenwelt) in der röm. Mythologie

[325] Pax Romana = (Römischer Frieden") eine ca. 200–250 Jahre währende Periode des Römischen Reiches, trotz Unterbrechungen durch einzelne Aufstände und Bürgerkriege.

*bewiesen haben, Ihnen besonders danken. Wir vollziehen heute wieder einige Ehrungen, um unsere Hochachtung und Anerkennung damit vor unserem versammelten Volk auszudrücken. Ihr alle kennt Publius Aelius Hadrianus*[326]*, der mit meiner Familie – der Enkelin meiner Schwester Ulpia Marciana*[327] *verwandtschaftlich verbunden ist. Durch seinen treuen Dienst am Reiche als Legionsbefehlshaber der Legio I Minerva, sowie seiner Statthalterschaft in Pannonia inferior, das er gegen die Einfälle der Jazygen sicherte, sowie seine erfolgreichen Einsätze im Kriege gegen die Daker, verleihe ich ihm im Namen des Senates und des Volkes, die Würde als Suffektkonsul*[328]*, und die damit verbundenen Rechte und Pflichten“.>*
Auf ein Zeichen *Trajans* ertönten die gewaltigen Tuba-Töne und das Volk jubelte lauthals als Zeichen der Anerkennung und Verehrung. Als der Applaus langsam verstummte, wandte sich Trajan erneut an die Menge.

<“*Volk von Rom – damit nicht genug, möchte ich heute auch noch jemand ehren, der sich im Einsatz für das Reich, durch seine Tapferkeit während des Dakerkrieges bewährt hat. Unter uns befindet sich heute auch ein Mann, der aus der Provinz Raetia stammt, sich in seinem Einsatz während mehrerer Kommandos in verschiedenen Provinzen verdient bewährt hat. Vor allem, da er während des Kampfes gegen die Daker, damals unserem jetzigen Prätorianerkommandanten Quintus Marcius Turbo, im heldenhaften Kampfeinsatz das Leben rettete. Claudius*

---

[326] Publius Aeilius Hadrianus = (*76 - †138 n.Chr.) röm. Kaiser (117-138)
[327] Ulpia Marciana = ältere Schwester (* ca. 50; † 112) von Kaiser Trajan
[328] Suffektkonsul = Konsul, der erst im späteren Verlauf eines Jahres gewählt wurde und daher nur einige Monate im Amt war.

*Paternus Clementianus*[329]*, Reiterpräfekt der Ala I Siliana*[330] *Civium Romanorum, als Zeichen der Dankbarkeit, und Tapferkeit im Kampfeinsatz verleihe ich Euch als Auszeichnung die Goldene Torquata*[331] *mit Halsreif“.*>

Als ich vortrat um die Ehrung entgegenzunehmen, entbrannte wiederum Jubel, den ich mit Dankbarkeit vom Kaiser entgegennahm. Mir, einem ursprünglichen Nachfahren keltischer Ahnen, wurde diese Ehrung durch den römischen Kaiser verliehen, was meist für viele Träger dieser Auszeichnung auch, die römische Bürgerwürde und Rechte mit sich brachte. Dankbarkeit erfüllte mich aber auch meinem eigenen Vater gegenüber, der dieses Fundament, durch seine Verdienste in der Armee, sowie meiner Erziehung und Basis als römischer Bürger, und seiner finanziellen Lebensgrundlage bereits in die Wiege gelegt wurde.

<*“Nun Claudius“*>- hörte ich wie hinter einem Nebel die Stimme von *Trajan*, <*„wie ich von Hadrian erfahren habe, seid ihr schon länger in militärischen Positionen erfolgreich tätig, unser Reich benötigt auch tüchtige Männer in der Verwaltung der verschiedenen Provinzen. Ich denke, dass Ihr gut dafür eignen würdet, denn wie ich erfahren habe, soll im nächsten Jahr ein Personenwechsel in der Aufgabe eines Stadthalters der Finanzverwaltung in*

329 Cl. Paternus Clementianus = Reiterpräfekt der ala I Siliana, Ehrung belegt durch CIL 3, 5775 +76

330 Ala I Siliana = berittene Auxiliareinheit um 100 stationiert in Pannonia inferior (vermutlich in Tolna/Alta Ripa)

331 Torquata = offener (meist goldener) Halsreif (mit gedrehten Metallsträngen) lat. Torquere (drehen/winden) mit auslaufenden Stempelenden als Tierkopf oder Kugel. Ehrenvolle Auszeichnung mit Bronceurkunde für besondere Verdienste. Wurde der Einfachheit halber auch oft am Schulterpanzer getragen.

*der Provinz Judaea anstehen. Bereitet Euch darauf vor, denn wir benötigen solch fähige Männer wie Euch. Die Aufgabe ist sicherlich nicht einfach, scheinen doch dort immer wieder Unruhe unter der lokalen Bevölkerung aufzuflammen. Hier wäre bestimmt ein gutes Betätigungsfeld für Euch in nächster Zeit, da ihr nicht nur über militärische Kenntnisse, sondern wir ich hörte in früheren Jahren vor dem Dienst in der Legion, auch bereits Verwaltungsaufgaben in der fernen raetischen Provinzhauptstadt Augusta Vindelica*[332] *kennengelernt habt*“.>

Ich konnte es nicht fassen, bekam ich doch nun eine zivile Verwaltungsaufgabe in jener fernen Provinz, im Ostern des römischen Reiches zugeteilt, einer neuen Herausforderung, die ich dankbar entgegennahm. Gleichzeitig bedeutete es aber auch, dass ich meine Familie im fernen Abodiacum für längere Zeit nicht mehr sehen würde. *Trajan* nahm *Hadrian*’s sowie meinen Arm – hielt diese vor der jubelnden Menschenmenge in die Höhe, die lauthals und frenetisch dem Kaiser Beifall zollte, während zum Abschluß der Feier ein bunter Blumenblätterregen auf die Menschenmenge fiel, begleitet durch Musik und lauten Trommeln, die dem Schauspiel einen feierlichen Abschluß gaben. Beiläufig erwähnte er noch uns beiden, daß wir, bevor wir wieder in unsere Provinzen zurückkehren sollten, noch unbedingt die zu eröffnenden Spiele im *Circus Maximus*[333] am nächsten Tagen beiwohnen sollten, ehe diese dann weiter ihre Fortsetzung mit Schaukämpfen im Colosseum stattfanden. Trotz all der Ehrungen war ich dankbar, dass wir nur der Eröffnung der Spiele im Circus beiwohnen sollten. Mir waren tosende und staubige Pferderennen

---

[332] Augusta Vindelica = Augsburg (heutiges Bayern)
[333] Circus Maximus = römische Pferderennbahn unweit des Forum Romanum

lieber als die grausamen Schaukämpfe in der Arena des Colosseums. Als Krieger und Legionär war man den Tod im Schlachtfeld gewohnt, wenn ich aber an die vielen Besiegten und Opfer der Dakerkriege dachte, die dieses Schicksal als Gladiatoren in der Arena teilten, war mir nicht unbedingt wohle zumute. Obwohl hier viele der römischen Gesellschaft diese blutigen Spiele aufgrund der frenetischen Begeisterung zu lieben schienen, lag mir diese Neigung nicht unbedingt auf dem Herzen. Einen Feind im offenen Kampfe zu besiegen war eines, vor einer tobenden Menschenmenge gegen wilde Tiere antreten zu lassen, oder als Kämpfer im Zweikampf gegeneinanderzuhetzen, darin empfand ich in meinen Gedanken nichts menschenwürdiges. Solcherart in meinem Herzen und Gedanken beschäftigt, konnte ich dies jedoch nicht offen vor anderen ausdrücken. <“*Ob sich dies in Zukunft der Menschheit, die uns nachfolgen wird mal ändern wird?*“> Diese Frage fand in meinem Inneren keine Antwort. Nachdem der offizielle feierliche Anlass zu Ende war, lud uns *Trajan* noch zu einem abendlichen Gastmahle in seinem Palastgebäude ein, bevor wir uns morgen beim Wagenrennen im Circus Maximus als Ehrengäste treffen sollten.

Am nächsten Morgen weckte mich *Mamertus* zur *hora*[334] *quarta*[335]. Mein Kopf fühlte sich an wie ein Bienenkorb. Am gestrigen Abend während dem Festgelage zu dem wir eingeladen waren, hatte ich wohl etwas zu viel von dem

334 Hora = lat. Stunde
335 Quarta = Bezeichnung für „Vierte“ Tagesstunde (heute 10:00 Uhr)

dargereichten Wein gekostet. Ich erinnerte mich noch daran wie ich mitbekommen habe, wie Trajan die verschiedenen geladenen Gäste vorgestellt wurden, später die Musik einsetzte als der Abend in den gemütlichen Teil mündete, köstliche Speisen von der Dienerschaft des Palastes kredenzt wurden, und natürlich auch der dazugehörige Wein nicht fehlen durfte. Eigentlich war ich kein Freund von großen Gesellschaften, erkannte aber, wer Rang und Namen im Römischen Reiche hatte, mußte dies auch zur Schau stellen. Der Vorteil war, man könnte bei diesen Gelegenheiten gute Kontakte und Beziehungen knüpfen, der Nachteil, man konnte aber auch sich manchmal der ermüdenden Gespräche mit verschiedenen kontaktierten Gesprächspartnern nicht erwehren. So zog sich der Abend hin und ich versuchte mich, so bald es ging in mein Domizil zurückzuziehen, konnte es aber nicht verhindern, dass der kredenzte Wein doch etwas zu gut meinem Gaumen schmeckte. Jedenfalls konnte ich mich nicht mehr daran erinnern, wie ich nach Hause kam. *Mamertus* frischte mein Gedächtnis auf meine Frage hin auf, dass er für mich am Vorabend zur *Hora quinta* eine Sänfte geordert hatte, in der er mich dann verfrachtete, nachdem ich des Gehens nicht mehr mächtig war. Was würde ich wohl ohne ihn tun. Die Zeit, der er nun in meinem Hause diente, war er mir ein treuer und fürsorgender Begleiter geworden.

Nachdem ich mich einer ausführlichen Morgentoilette unterzogen hatte, ein kurzes Frühstück zu mir genommen, und danach wieder über einen klaren Kopf verfügte, fühlte ich mich stark genug, dem heutigen geplanten Tagesprogramm entgegenzusehen. Mein Reisebegleiter *Hadrian*, sein Diener und ein Gardesoldat unserer

Reisegruppe holte mich zur *hora octa*[336] ab, um uns dann zum *Circus Maximus*[337] zu begeben. Was mich an Rom so begeisterte, war die Tatsache, dass die verschiedenen Kulturstätten, so nahe am Zentrum beieinanderlagen, so dass man sie bequem zu Fuß erreichen konnte. Dies gab mir, sowie auch unseren Begleitern die Möglichkeit, die verschiedenen Bauwerke, ihre Beschaffenheit, ihre Farbenpracht, die verschiedenen Gärten, und Pflanzen auf unserem Weg zu bewundern. Zu dieser Nachmittagsstunde waren bereits eine Menge Passanten unterwegs, Kaufleute, die ihre Waren feilboten, Tempeldiener die beflissen die Öllampen für die Opferungen bedienten, Tragesänften, in denen die wohlhabenden Römer von einem zum anderen Orte befördert wurden, dazwischen Armeesoldaten, die an manchen Stätten Wache standen, und vor allem die römischen Damen, die ihre Moden auch farbenprächtig zur Schau stellen konnten. Überhaupt hatte wie ich beobachten konnte, der Status der Frau hier an diesem Orte einen anderen Stellenwert, als mancher in der Provinz. Hielten sie sich in den verschiedenen provinzialen Siedlungen eher mehr im Hintergrund vor den Männern, so war es hier sehr konträr dazu – nach der Devise – wer hier was galt, der konnte auch hier repräsentieren. Selbstbewusst sah man die Damen in Ihren kostbaren seidenen und leinenen Gewändern durch die gleißenden Strassen flanieren, oder auch an verschiedenen Orten miteinander kommunizieren ja ganz offen auch ihren sozialen und reichen Status darzustellen. Ich kam aus dem Staunen nicht mehr heraus und genoß die Wegstrecke zum *Circus Maximus*, für die wir die geschätzte Entfernung

336 Hora octa = zur 8.Tagesstunde (14:00 Uhr)
337 Circus Maximus = Römische Pferderennbahn, Ausmaße ca. 600 x 225m

von etwa eineinhalb römischen Meilen[338], im Spazierschritt zirka eine dreiviertel Stunde benötigten.

Wie wir bereits aus der Ferne erkennen konnten, hatte sich vor unserem Eintreffen am Forum die *Pompa circensis*[339], der Festzug vom Capitolhügel aus der *Via Sacra*[340] folgend zum Circus Maximus in Bewegung gesetzt. Angeführt wurde der Festzug durch Musikanten, die ein längliches Holzblasinstrument, die *Aloi*[341], sowie eine Art *Lyra*[342] bedienten, gefolgt von verkleideten *Satyrn*[343] und in bunten Tuniken gekleidete, mit Girlanden und Blumen geschmückten Tänzer. Den Abschluß bildeten Männer, die goldene Schalen und Parfums, sowie Götterstatuen die separat in speziellen Wagen transportierten.
Wir folgten dem Festzug, der an der *Basilica Julia* rechts Richtung Süden in den *vicus Tuscus*[344] abbog, passierten den *domus Caligula*[345] in einer kleinen Senke zwischen dem *Hügel des Palatin* und der Erhöhung des mons caelius[346] liegend, bis sich vor uns die Front des Circus Maximus erstreckte. Diese riesige Arena in länglicher geometrisch ovaler Form, erstreckte sich in nordwestlich-südöstlicher Richtung, ca. eine römische Meile lang, und eine drittel Meile breit. Die ehemaligen hölzernen Sitzflächen, erst kürzlich von Trajan angeregt in Ausführung nun aus Stein, stuften sich mehrreihig zur Rennstrecke hin ab. Dies bot Platz für insgesamt 250.000

[338] Römische Meile = ca. 0,675km
[339] Pompa circensis = feierliche Zirkusprozession
[340] Via sacra = Heilige Strasse, Hauptsrasse am Forum Romanum
[341] Aloy = Holzblasinstrument, einer zweireihigen Flöte ähnelnd
[342] Lyra = Leier/Zupf-Musikinstrument
[343] Satyrn = Mischwesen der römischen Mythologie
[344] Vicus Tuscus = Etruskische Strasse, die zum Circus Maximus führte
[345] Domus Caligula = Villa des ehem. Kaiser Caligula (37-41 n.Chr.)
[346] Mons Caelius = Caelius-Hügel, einer der sieben Hügel Roms

Zuschauer, einer gewaltigen Menschenmenge, die sich hier an den Wagenrennen sich mit tobenden Geschrei ergötzen konnten. Die Wagenrennen waren nicht umsonst neben den Gladiatorenkämpfen im Colosseum das beliebteste Sportevent, das von vielen wohlhabenden Bürgern gesponsert wurden, und damit Brot- und Spiele absicherte.

Mittlerweile hatte sich die Arena fast vollständig anhand der Sitzplätze gefüllt, und strahlte große angespannte Geschäftigkeit aus. An den jeweiligen Sitztribünen, fanden sich am obersten Ende, sowie in den darunterliegenden Etagen unzählige kleine Geschäfte, Stände, Garküchen, Freiluftkneipen, ja sogar Verkaufsbuden, an denen gestikulierende Händler Miniaturfiguren der Wagenlenker und andere Artikel lautstark feilboten. An nichts der lukullischen Genüsse, ja sogar an – man munkelte unter der Hand – Räumlichkeiten für *Lupanare*[347] fehlten nicht zum Zeitvertreib der Zuschauer, die in fiebernder Hektik gespannt auf die heutigen beginnenden Festlichkeiten warteten. Besonders Wettgeschäfte blühten an diesem Orte, vom einfachen Bürger bis hin zum wohlhabenden Adeligen, wechselten Unmengen an Denaren und Sesterzen an diesem Tage ihre Besitzer in Erwartung auf die Sieger, und dessen Pferdegespann. Über dem Ort lag eine gespannte fiebernde Athmosphäre der Erwartung. Durch die Mitte der Arena verlief eine *Spina*[348] ca. 150 *passus*[349] lang, durch die diese in zwei Bahnen geteilt wurde. Um diese herum mußte die Wagenlenker ihre Rösser lenken.

---

[347] Lupanar = plural(-e) röm. Bezeichnung für Bordell

[348] Spina = aufgeschüttete Mittellinie der Arena

[349] Passus = röm. Längenmaß, 1 Doppelschritt (á 1,48m) = Spina/Gesamt länge ca. 220m

Umrahmt an beiden Enden standen drei Kegelsäulen aus vergoldeter Bronce als Markierung. An der Nordkurve waren an dem Ende der Spina. der Mittelachse der Arena an einer hohen Steinmauer sieben große Kupferdelphine angebracht, die die jeweiligen absolvierten Runden der Rennwägen über den Status der Auskunft geben sollten. Dort am Beginn und jeweiligen Ende der Rennbahn an der Zuschauertribüne befand sich auch die Kaiserloge, umrahmt von bunten purpurnen und blauen Fahnen, mit einem großen Sonnenschutz überdacht, und prunkvollen Sitzgelegenheiten für die Familie des Kaisers und seiner Ehrengäste, und der dahinterstehenden Leibgarde. Wir bewegten uns zu einem der jeweiligen Eingangstore, betraten die oberste Publikumsreihe und begaben uns in Richtung nordwärts zur Kaiserloge, wo uns der Prätorianerkommandant *Quintus Marcius Turbo* gestikulierend zuwinkte, in die uns der Imperator Trajan am Vortage angekündigt als Ehrengäste eingeladen hatte. An *Trajan*'s Seite saß bereits seine Ehefrau – Domina *Pompeja Plotina*[350] , die uns huldvoll zur Begrüßung zunickte. Die beiden waren bislang kinderlos geblieben, weshalb die zugeteilten Ehrenplätze in der Loge sich deshalb auf den innersten Kreis der Führungselite und eingeladener Ehrengäste verteilte. Dankbar nahmen wir nach unserer kaiserlichen Ehrenbezeugung unseren angewiesenen Platz ein. *Trajan* nickte uns freundlich zu, als wir uns setzten, während sich die Arena nunmehr fast vollends mit Zuschauern gefüllt hatte. Von unseren Plätzen aus hatten wir einen großartigen Überblick, Schräg rechts unter uns waren die Eingangstore aus denen die Streitwägen mit den Pferden starten sollten, vor uns lag die langgestreckte Sandarena, und links schräg vor uns die

[350] Pompeja Plotina = *ca. 70 – † 123 n.Chr.) Ehefrau von Kaiser Trajan

Ziellinie, nach der Umrundung der langgestreckten Arena. Mittlerweile hatte der Festzug die Zirkustore durchschritten, und die Arena einmal umrundet, sodaß jeder der Besucher, die den Festzug nicht direkt vom Capitolhügel aus begleitet hatten, nochmals die pompöse Eröffnung miterleben konnten. Als Abschluß wurde eine kurzer feierlicher religiöser Weiheritus abgehalten. Ein rundes Becken wurde in die Sandarena getragen, in der sich eine Anzahl Holzkugeln befanden. Im Jubel der Zuschauermenge, wurden diese nacheinander in die enthusiastische Zuschauermenge geworfen. Darin enthalten waren kleine Geschenke, sei es ein Vogel, sei es eine Münze, es konnten aber auch größere zugesicherte Geschenke darin enthalten sein, ein Schwein, Ziege oder Nutztiere, im besten Falle aber auch eine Zusicherung für ein Haus oder anderer wertvoller Geschenke, durch den Kaiser legitimiert, der sich dadurch auch das Wohlwollenen und Unterstützung seiner Untertanen als volksnaher Herrscher damit absicherte.

Nunmehr konnte man schon das Stampfen von Pferdehufen, und Wiehern der Pferdegespanne hören, die nervös tänzelnd vor dem Eintrittstor zur Zirkusarena warteten. Wie ich von *Hadrian* erfuhr, hatten sich für das heutige Rennen sieben Wagenlenker angemeldet, darunter auch ein beim Publikum sehr beliebter Favorit, was ich mit aufmerksamer Spannung vernahm. Man bot uns Wein und Früchte zur Erfrischung an, während alle Zuschauer gespannt auf den Beginn der Veranstaltung warteten. Auf ein Zeichen des Kaisers hin, begann mit schallenden Posaunenstößen die Ankündigung zur Aufstellung der jeweiligen Wagenlenker. Der *Domus majoris*[351] erhob

[351] Domus Majoris = Zeremonienmeister, Master of MC, Spielankünder

seine kraftvolle Stimme für die einleitenden Worte:

<“*Publikum von Rom, die Ihr Euch hier an diesem Orte versammelt habt, unser erhabener Imperator eröffnet mit diesen Spielen die Festtage des Ludi Apollinaris*[352] *zu Ehren des Gottes Apollo. Möge sein Schutz und Segen über dieser Stätte liegen und am heutigen Tage die bereitstehenden Wagenlenker zum Siege und zur Ehre Roms und ihrer Götter lenken. Laßt mich nun die einzelnen Lenker vorstellen*“>. Ein Posaunenstoß kündigte das erste Gespann an – <“Aus der fernen Provinz *Ägyptus* – begrüßt „J*ogenius* aus *Alexandria*“. Rauschender Beifall erhob sich, gefolgt von den weiteren Worten des *major Domus* – „weiters aus dem fernen Lande der Provinz Syria – begrüßt *Quintus-Arrius* aus *Palmyra*“.> ich erblickte einen in bräunlichen Ton gekleideten Mann mit einer Lederhaube, der sein Pferdegespann – insgesamt vier, je zwei links und rechts der Deichsel eingespannte, braune Rösser anführte, die einen Streitwagen mit dem Wagenlenker durch die Eingangstore zu Startlinie dirigierte. Der nächste Teilnehmer wurde angekündigt – „*Vergilo* aus der Provinz *Achaia* von Athen“, ihm folgend wurde angekündigt ein „*Pontius-Dio*“ aus der Provinz *Tarraconensis* von *Toletum*“, weiterhin ein „*Gajus-Apuleus* von *Salamantica* der Provinz *Lusitania*“, dann „*Scorpus-Decimus* aus der Provinz *Noricum* von *Virunum*“ und zuguterletzt – „*Agrippinensus*-Rex aus *Colonia Agrippina* der Provinz *Germania Superior*“.>

Nachdem sämtliche Wagenlenker mit Ihren Gespannen, sowie der zugehörigen Rennställe vorgestellt wurden, galt es sich in einer Reihe vor den geschlossenen Fallgittern

[352] Ludi Apollinaris = Spiele zu Ehren des Gottes Apollo (im Juli)

Aufstellung zu nehmen, und auf das Zeichen des Rennbeginnes zu warten. Alles wartete in gespannter Erwartung auf das Zeichen des Major domus – schier unerträglich schien die Wartezeit bis sein ausgestreckter Arm das weiße Tuch als Startzeichen fallenließ. In den erlösenden Aufschrei der Menschenmenge, mischten sich die rasenden Hufschläge der startenden Pferdegespanne, und nach kurzer Zeit hatten sich zwischen den Gespannen einige Gruppen kristallisiert, die die Gerade der Rennbahn entlang rasten. Den Kopf vorne hatte das Gespann des *Pontius-Dio* mit seinen weißschwarz gescheckten Pferden die die Nüstern blähende reckt, gefolgt von *Quintus-Arrius*, und *Scorpus-Decimus* gleichauf. Ein halbe Gespannlänge dahinter gefolgt von *Agrippinensus-Rex*, sowie *Vergilo* und *Jogenius*. Schon bog das Führungsgespann in die erste Linkskurve am Ende der Rennbahn, der das Tempo herunterdrosselte um die Kurve zu meistern, nach ihm ebenso seine beiden Verfolger. Der Staub wirbelte durch das Tempo auf nachdem sich die Gespanne die erste Kurve meisternd wieder in die Gerade einbogen. Was war das!? *Pontius-Dio* verlor etwas an Tempo und langsam zog *Quintus-Arrius* in den Vordergrund, angespornt durch die tobende Menschenmenge. Unerträgliche Momente später näherte sich das Gespann dem Ende der ersten Runde, wiederum die Linkskurve nehmend. Am Ende der Spina senkte sich als Zeichen der ersten Runde der der Kopf des Signaldelphins. Unmittelbar vor unseren Blicken vollendeten sämtliche Wagenlenker ihre erste Runde wieder in die Gerade einbiegend. Der Lärm der begleitenden Zuschaueranfeuerungen war ohrenbetäubend. Die Gespanne rasten weiterhin die Gerade, wobei der Wagen des *Agrippinensus* sich etwas zu weit an die linke Seite der Spina bewegte und plötzlich an der Umfassungsmauer zu schleifen begann. Begleitet durch das Kreischen der Radnarben am Stein konnte dieser dem Druck nicht mehr widerstehen, plötzlich gab die Achse nach und brach längseits, sodaß der Wagen nunmehr nach links kippte und im Sand der Arena schleifte. Durch den jähen Ruck des zusammenbrechenden Gefährtes verlor der Lenker den Halt und rutschte mit einem Aufschrei in den Arenasand, und wurde von den nachfolgenden Wagen überrannt. Die Zugleinen zu den Pferden rissen mit einem peitschenden Knall und der Wagen überschlug sich mit rumpelnden Gepolter. Gellend schrie die Menge auf, begleitet vom Donnern der vorbeiziehenden Pferdegespanne. In aller Eile versuchten die bereitstehenden Hilfspersonen die zerstörten Überreste des Wagens zu beseitigen, während andere den blutüberströmten Körper des Wagenlenkers bargen und zur Seite der Zuschauertribünen transportierten. Mittlerweile hatten die restlichen Pferdegespanne das Ende der zweiten Runde erreicht, was durch Senken des zweiten Delphinkopfes signalisiert wurde. Wieder preschte der gesamte Pulk an der Kaiserloge vorbei in die nächste Runde. Einer der Wagenlenker - *Pontius-Dio* - schlug mit seiner Reitpeitsche, um den an seiner rechten Seite vorbeiziehenden Wagenlenker *Jogenius* daran zu hindern, worauf dieser ihn so zur Seite drängte, dass er zähneknirschend das Tempo verringern mußte, um nicht dasselbe Schicksal wie *Agrippinensus* in der Vorrunde zu erleiden. Wiederum bog der Wagenpulk staubbegleitet erneut in die Kurve zur Geraden der dritten Runde ein. Nunmehr wagte *Gajus-Apuleus* fluchend seinen Wagen mithilfe seiner Peitsche sein Pferdegespann anzutreiben, um den Anschluß an das Führungsduo nicht zu verlieren. Aus unserer Sicht von der Kaiserloge aus näherte sich nunmehr dichtauf *Pontius-Dio*, gefolgt von *Quintus-Arrius* und *Scorpus-Decimus*, dahinter *Vergilo* und *Gajus-Apuleus*. Wiederum senkte sich ein weiterer, der vierte Delphinkopf an der Signalstange, und der Staub wirbelte so stark auf, dass die untersten Zuschauerreihe der Endkurve voll den aufwirbelnden Sandstaub abbekam, und hustend und spuckend nach Luft ringen mussten. Die fünfte Runde begann mit einem Ausbruchversuch von *Quintus-Arrius,* der versuchte an *Pontius-Dio* vorbeizuziehen, konnte aber nicht verhindern, dass ihm *Scorpus-Decimus* dichtauf folgte. Dahinter folgend konnte *Gajus-Apuleus* nicht verhindern, dass Vergilo und Jogenius ihn nunmehr versuchten nach rechts in der Kurve auszubremsen, worauf er nunmehr den Rennstaub seiner Vorgänger voll ins Gesicht bekam. Desgleichen in seiner Sichtweise behindert, kam er zu sehr rechts an den Zuschauerrand, sodaß er dort einen Wachsoldaten versehentlich mit dem Wagen tuschierte, sodaß dieser im hohen Bogen in den Sand der Arena geschleudert wurde. Wiederum versuchten das Hilfspersonal sofort den Verunglückten zu bergen, bevor die Wagen erneut die Arena umrundet hatten. Das Ende der fünften Runde näherte sich, als der Wagenpulk erneut die Kurve an der Kaiserloge vorbeipreschten, um in die Wegstrecke der sechsten Runde einzubiegen. Die Zuschauerseite des Pferdegestüts von *Quintus-Arrius* versuchte ihren Favoriten mit tosendem Gebrüll anzufeuern, da dieser nunmehr die Führung zu übernehmen schien. Doch *Scorpus-Decimus* ließ sich davon nicht beirren. Unermüdlich trieb er sein Gespann mit wilden Peitschenhieben an, und *Quintus-Arrius* schaffte es nicht, seine Führungsrolle allein für sich zu beanspruchen. Jede absolvierte Runde steigerte nunmehr die Stimmung in der Arena in fast unerträglicher Weise. Mit dem Beginn der sechsten Runde, erhoben sich nunmehr die Zuschauer, die *Scorpus-Decimus* und seinem Rennstall der „*Alba*[353]" beistanden und ihrem Favoritenliebling durch anfeuerndes Geschrei anspornten, um ihn in seinem Versuch seinen Renngegner anzugreifen, zum Erfolg zu führen. *Gajus-Apuleus, Pontius-Dio* und *Vergilo* kämpften immer noch darum nicht den Anschluß zu verlieren, während *Jogenius* mehr und mehr an Boden verlor, da die Pferde anscheinend mit dem rasenden Tempo nicht mehr mithalten konnten. Da!! - *Pontius-Dio* glückte mit seinem Wagen in der nächsten Kurve eine gute Parade, worauf *Gajus-Apuleus*, abgedrängt wurde, sodaß sich nunmehr ein Duell zwischen den beiden ersten, und den beiden Nachfolgespannen entwickelte, *Pontius-Dio* gelang es sich vor seinem Gegner *Vergilo* um eine Pferdehalslänge voranzusetzen, als sein Wagen plötzlich auf einen nicht vollständig aufgeräumten kleinen, spitzen eisernen Wrackteil eines Radbeschlages, des zwei Runden zuvor verunglückten Wagens von Agrippinensus traf. Ein kleiner Teil, aber mit enormer Wirkung, der den Wagen begleitet von einem metallisch klingenden Geräusch, mit einem Sprung in die Höhe schnellen ließ, sodaß *Pontius-Dio* den sicheren Halt auf seinem Wagen verlor, und zwischen seine Pferde und dem Wagengeschirr stürzte. Dieser wurde circa 50 Doppelschritte mitgeschleift, und blieb dann danach blutüberströmt liegen, bis ihn dann die Hilfskräfte versuchten so schnell als möglich von der Sandbahn zu transportieren. Abermals Schreckensgeschrei, man konnte es nicht genau definieren, begleite den neuen Unfall der damit die Spannung auf ein Höchstniveau trieb. *Vergilo* und *Jogenius* schafften es gerade noch dem Verunglückten

---

[353] Alba = Rennstall (der Weissen) den Winter symbolisierend.

auszuweichen, verloren aber durch dieses Manöver noch mehr den Anschluß die beiden Führungsgespanne. Eben die sechste Runde abschließend, senkte sich ein weiterer Signaldelphin, und unterdessen trieb *Scorpus-Decimus* sein Gespann zu Höchstleistungen aus der Arenakurve in die nunmehr letzte Runde. Beide Kontrahenten versuchten den letzten Rest aus ihrem Pferdegespann herauszuholen, teils mit anfeuerndem Geschrei, teils mit wütenden Peitschenschlägen. Das schneeweiße Pferdegespann von *Scorpus-Decimus* schob sich mehr und mehr vor den schwarzen Rössern von *Quintus-Arrius* und baute seinen Vorsprung um eine halbe Pferdelänge weiter aus. Die Rennwagenlenker bogen nunmehr in die letzte Kurve vor der Zielgeraden ein, als sich das anfeuernde Zuschauerpublikum, aus ihren Sitzplätzen erhob, um keine Blick-Sekunde dieses Rennens zu verpassen. Die Arena hatte sich in einen Hexenkessel verwandelt, das Publikum war nicht mehr zu halten, sogar mein Freund und Begleiter – der neuernannte Suffektkonsul *Hadrian*, war von seinem Sitz gesprungen, da anscheinend das Temperament in seinem Gemüt durchschlug. Donnernd näherten sich nun die schweißüberströmten Führungskontrahenten in ihren Wagen der Zielgeraden, während *Scorpus-Decimus* mehr und mehr an Vorsprung gewann. Die Zuschauer tobten, schrien, gestikulierten wild und sprangen auf ihren Sitzplätzen, während die beiden Wagenlenker das Letzte aus ihrem Gespann herausholten. Der Signalgeber hielt das Zugseil des letzten der Signaldelphine in seiner fiebernden Hand, um es für den herandonnernden *Scorpus-Decimus* endgültig zu senken. Dieser schaffte es, als erster mit einer dreiviertel Pferdelänge über die Ziellinie zu preschen, dicht gefolgt von *Quintus-Arrius*, danach mit zwei Pferdelängen Abstand *Vergilo*, gefolgt von Gajus-Apuleus und etwas weiter abgeschlagen von Jogenius, dem sichtlich die Verzweiflung als letzter ins Ziel kommend, ins Gesicht geschrieben stand. Paukenschläge und Fanfarenstöße begleiteten nun mehr *Scorpus-Decimus*, der es wieder einmal geschafft hatte, und seinem Ruhm durch einen weiteren Sieg für seinen Rennstall festigte. Nichts konnte die jubelnde Menschenmenge mehr halten, viele sprangen von der untersten Tribünenstufe in die Arena und jubelten dem Sieger zu, sicherlich auch begleitet von dem Gefühl mit Ihren Wetten richtig gelegen zu haben, während andere betroffen standen und es nicht fassen konnten, dass ihr Favorit nicht ihre Erwartungen erfüllen konnte. Unter dem johlenden Triumphgeschrei der Zuschauermenge für den Sieger, genoß es *Scorpio-Decimus* seine Ehrenrunde durch die Sandarena zu absolvieren, um dann endgültig vor der Kaiserloge zu halten, und dem Imperator *Trajan* seine Ehrengruß auszudrücken. Dieser erhob sich von seinem Platz und gebot der Menschenmenge durch seine ausgestreckten Arme zur Ruhe. Das Stimmen erstummten und der Kaiser rief mit lautstarker Stimme: *<“Höret Volk von Rom - Scorpus-Decimus – hat mit seinem heutigen Sieg wieder seinem Namen Ehre gebracht, aber auch dem römischen Volke. Die Götter scheinen ihn in Ihren Armen zu wiegen – kraft meines Amtes kröne ich Dich zu Ehren als Sieger dieses Rennens mit dem Palmenzweig und dem Lorbeerkranz! Mögest Du ihn mit Stolz und erhobenen Hauptes tragen“>*. Mit diesen Worten übergab er dem Sieger die begehrte Trophäe, der sich anschließend der Menge zuwandte um den donnernden Siegerapplaus der Zuschauermenge entgegenzunehmen.

So endete dieses ereignisreiche Rennen, wobei die Zuschauermenge sich teilweise noch die restlichen

Stunden auf dem Areal vergnügten, bis sich dieser Tag langsam dem Ende hinneigte. Für uns war es ein willkommener Anlass, während unserem Heimweg noch die vielen Schönheiten dieser Stadt, die herrlichen Bauten Denkmäler und Paläste der vorangegangenen Imperatoren aus Marmor, die liebevoll gepflegten und vielfältigen Gärten, die Tempel und Verwaltungsgebäude zu bewundern. All diese vielen Eindrücke versuchte ich in meinem Geiste zu sammeln, da der Tag unserer Abreise in unsere Verwaltungsprovinzen langsam näherrückte. Diese Erlebnisse sollten mich auf immer in meinem Leben begleiten, drückte es doch diese Allmacht und Erhabenheit der römischen Kultur aus, deren Bestreben es war, solches für all seine Bewohner in die für uns bekannte Welt zu tragen. Wie ich heute - wo ich dieses Buch schreibe - auch beurteilen kann, ist dieses Kulturstreben nur ein Baustein des Lebens, ein anderer sicherlich auch wie wir als Menschen uns in diesem Bestreben verhalten, die Menschlichkeit, die Güte, aber auch die Zielstrebigkeit in unserem Leben, in der wir als einzelne Individuen jeder unsere Verantwortung tragen. Meine Gedanken galten damals vordergründig auch für die mir von Imperator *Trajan* auferlegten neue Aufgabe, meinem Einsatz in einer neuen Provinz, fernab im Osten an der Grenze des römischen Reiches, wo ich vernommen hatte, daß es nicht immer ruhig zuging, sondern oftmals unter der Bevölkerung der eroberten Provinz Unruhen gab. Doch dies ist eine andere Geschichte – die ich Dir lieber Leser – hier an dieser Stelle noch nicht vorgreifen möchte, „Rom wurde ja auch nicht an einem Tage erbaut“!

Abschließend möchte ich hier nur vermerken, dass wir zwei Tage später nochmals zu einer Abschiedsaudienz bei *Trajan* eintrafen, der uns einige Nachrichten für unsere jeweiligen Einsatzeinheiten übergab. Am Folgetag feierten wir – *Hadrian*, *Quintus Marcius Turbo* und ich, unseren Abschied bei einem opulenten Abendessen in einer naheliegenden Taverne, und genossen den herrlich köstlichen Gaumenkitzel der herrlichen römischen Rebsorten – „*Bacchus zum Danke*[354]. *Quintus* brachte bei dieser Gelegenheit nochmals seinen sehnlichen Wunsche zum Ausdruck, baldigst wieder mit einem Amt in einer der Provinzen betraut zu werden. So trennten sich wieder unsere Wege auf unbestimmte Zeit, aber unsere Freundschaft blieb lebenslang erhalten. Auf dem Rückweg nahm unsere Reisegruppe wieder dieselbe Wegstrecke zurück, wie bei unserer Hinreise nach Rom, wo wir ohne Zwischenfälle nach vierzehn Tagen wieder im Castell *Alta Ripa* am *Danuvius* ankamen. Hadrian nahm dann das nächste Schiff flussaufwärts in seinen Einsatzort nach *Aquincum*[355].

[354] Bacchus = Gott des Weines, als (Liber pater), bei Römern Gott des Weines und der Fruchtbarkeit gebräuchlich

[355] Aquincum = heutiger Ort Budapest (Ungarn)

# KAPITEL VII

## Proconsul(is) JUDAE

**Octobris 868** - ab urbe condita **(A.D. 115)**
Im 18. Regierungsjahr des erhabenen ***Trajan***

***arbarus hic ergo sum, quia non intellegor ulli***
*Ein Barbar bin ich hier, da ich von keinem verstanden werde.*
(Ovid)

Bild -20- Landkarte Judaea

Nach Abschluß meiner militärischen Laufbahn vor zwei Jahren als Legionstribun der Auxiliareinheit der *Ala Siliana* in der Provinz *Pannonia inferior* hieß es Abschied nehmen von meiner Truppe im Garnisonsort *Alta Ripa*. Nachdem ich bei meinem Besuch mit *Hadrian* in Rom vor 3 Jahren meine neue Dienstaufgabe in der Provinz *Judaea* übertragen bekommen hatte, galt es mich auf diese neue Aufgabe auch vorzubereiten. Bei meiner Ankunft im neuen Aufgabenort wurde ich in dieses Amt durch meinen Vorgänger - *Quintus Pompejus Falco*[356] eingewiesen. *Falco* stammte, wie ich von ihm vernahm, aus vornehmer Familie aus *Sicilia*[357], wo seine Eltern große Ländereien besaßen. Dieser hatte als Volkstribun Ende des vorigen Jahrhunderts den gelehrten *Plinius*[358] *(d.Jüngeren)* kennengelernt, und stand im regen Briefwechsel mit ihm. Als Legat Kaiser *Trajan*'s im ersten Dakerkrieg befehligte er die *Legio V Macedonia*, und war danach bereits Statthalter von *Lycia & Pamphilia*[359], bevor er zum Statthalter von J*udaea*, und Kommandant der *Legio X fretensis* abkommandiert wurde. Von ihm erfuhr ich die notwendigen Details meines neuen Einsatzortes, sowohl in politischer, als auch militärischer Hinsicht, als auch wertvolle Tips für meinen neuen zivilen Aufgabenbereich.

Mein neuer Aufenthaltsort war nunmehr die Hafenstadt Colonia *Caesarea maritima*[360]. Die Siedlung wurde vor über 120 Jahren von dem ehemaligen Klientelkönig

[356] Quintus Pompejus Falco = römischer Militär, Politiker und Senator zur Zeit der Kaiser Domitian, Nerva, Trajan und Hadrian durch archäolog. Fund (Militärdiplom) belegt, als Suffektkonsul mit einem Marcus Licius Lustricus Bruttianus

[357] Sicilia = Insel Sizilien

[358] Plinius = (*62, † 113 n.Chr.) bedeutender Gelehrter, und Bekannter Trajan's

[359] Lycia & Pamphilia = heutige Südtürkei

[360] Caesarea maritima = ab 70 n.Chr. Hauptstadt der röm. Provinz Judaea am Mittelmehr gelegen

*Herodes*[361] *(d.Große)* zu Ehren unseres ersten Imperators *Augustus*[362], (*Imperator Caesar Augustus*) anstelle einer ehemaligen kleinen Hafensiedlung - Turris Stratonis[363] - ausgebaut. Die Stadt lag günstig direkt an der Küste, an einer Landzunge gelegen, was ein hervorragendes mildes Meeresklima begünstigte. Neben den vielen zivilen Bauten, entstanden an kulturellen Bauwerken, ein Theater, ein Hippodrom auch Amphitheater. Auch eine hervorragende Wasserversorgung wurde durch ein über 4 Meilen langes Äquadukt gewährleistet, von dem Frischwasser aus dem ca. 7 Meilen entfernten Karmel-Gebirges geleitet wurde. Die Palastanlage, in der nun der Sitz meiner Verwaltungsbehörde war, lag in unmittelbarer Nähe des Amphitheaters, am Ende der Landzunge, die ein hervorragendes Panorama auf das westwärts gelegene *mare nostrum*[364] ermöglichte. Durch seine hervorragende Lage, bot dieser Ort aufgrund seiner in der Ebene an der Nord-Südachse gelegene Küstenstrasse die, die im Norden gelegene Provinz *Syria* verband, als auch der Querverbindung zum Tal des *Jordanes* nach Osten hin, in die Nachbarprovinz *Arabia* im Osten gelegen, einen idealen geopolitischen Stützpunkt.

Meine jetzige Aufgabe als kaiserlicher Statthalter und persönlicher Beauftragter von *Trajan* – im Range eines *Procuratores centenari*[365] bestand unter anderem darin

---

[361] Herodes = (d.Große; * 73 - †4 v.Chr.), jüdischer Vasallenkönig Roms

[362] Augustus = geb. Gajius Octavius; Großneffe Caesars; (*63 v.Chr., ab 33 röm. Kaiser - † 14 n.Chr.)

[363] Turris Stratonis = Turm des Straton

[364] Mare nostrum = Mittelmeer

[365] Procuratores centenarii = röm. Verwaltungs-/Finanzbeamter/Statthalter (Jahresgehalt 100.000 Sesterzen)

[365] Fiscus judaicus = lat. Bezeichnung für jüdische Steuer

[365] Augusta Vindelica = Augsburg

den *fiscus judaicus*[366] zu verwalten. Zugute kam mir dabei, daß ich bereits einiges an Erfahrung auf diesem Gebiet während meiner anfänglichen Stationierung in Augusta Vindelica[367] zurückblicken konnte. Vor fast 30 Jahren, als ich von meinem Elternhaus auszog, hatte ich damals unter der Assistenz meines alten Mentors *Lucius Proximus* erste Erfahrungen mit zivilen Verwaltungsaufgaben bekommen, die mir nun in meiner neuen Aufgabe sehr hilfreich waren. Trotz allem galt es nun diese Distanz an Jahren, in denen sich die römischen Verwaltungsvorgaben auch in dieser entfernten Provinz weiterentwickelt hatten, einiges dazuzulernen.

Nachdem der jüdische Aufstand vor über 44 Jahren durch unsere Truppen niedergeschlagen wurde, und die ehemalige Hauptstadt *Jerusalem* dem Erdboden gleichgemacht worden war, galt es die neu errichtete Provinz verwaltungstechnisch neu zu ordnen. Die Steuern die nunmehr durch das römische Reich von der jüdischen Bevölkerung erhoben wurden, gingen durch die lokale Steuereinzugsstelle danach direkt an den *Jupiter-Optimus-Maximus-Tempel* in Rom. Neben der Finanzverwaltung, sowie repräsentativen Aufgaben für Besucher und regionale politische Würdenträger, galt es vor allem auch das römische Recht in der Gerichtsbarkeit der Provinz auszuführen. Die in der Provinz hauptsächlich stationierte „*Legio X fretensis*[368]“, hatte ihr Hauptlager auf der westlichen Hügelerhebung der ehemaligen jüdischen Siedlung *Jerusalem*. Anstelle der zerstörten jüdischen

[366] Fiscus judaicus = lat. Bezeichnung für jüdische Steuer
[367] Augusta Vindelica = Augsburg
[368] Legio X fretensis = röm. Legionsarmee, 41/40 v. Chr. von Octavian, (Augustus) aufgestellt. Bestand bis ins frühe 5. Jhdt.

Stadt, hatte sich in den letzten Jahrzehnten eine kleine römische Ansiedlung – *Aeilia Capitolina*[369] entwickelt. Legionsveteranen, deren Familien, Kaufleute, siedelten sich in diesem unbefestigten Gebiet, zwischen den zerstörten ehemaligen Siedlungsresten an. Kleine Tempelanlagen, Triumphbögen, öffentliche Gebäude, und Badeanlagen, sowie Äquadukte zur regionalen Wasserversorgung, vor allem eine ausgezeichnetes läuteten eine neue römische Siedlungsperiode ein, nachdem der ehem. restlichen jüdischen Bevölkerung der Zutritt zur Siedlung verwehrt war.

Weitere *Vexillationen*[370] verteilten sich dann östlich von Jericho nahe vom *mare nostrum*[371] nordwärts längs dem *Jordanes*[372], bis nach *Samaria* und *Galiläa.* Ansiedlungen wie *Flavia Neapolis*[373], *Sebeste*[374] und *Scythopolis*[375], um nur einige zu nennen, waren bedeutende Stützpunkte, die sich aus älteren Ansiedlungen der jüdischen Geschichte entwickelt hatten. Von *Skythopolis* aus erstreckte sich dann bis zur Küste des *mare nostrum* im Westen und dem Hafen *Caesarea* eine fruchtbare Ebene, die zu beiden Seiten von mächtigen Gebirgen flankiert wurden. Durch die Expansion Roms in den östlichen asiatischen Raum in Richtung zum parthischen Reich, bedingten sich hier in den Provinzen *Judaea* und *Syria* zahlreiche militärische Stützpunkte, die zur Absicherung der Reichsgrenzen

---

[369] Aeilia Capitolina = ehem. Militärlager, spätere Siedlung, ab 130 n.Chr. Durch Kaiser Hadrian zur „colonia“ (Stadt) erhoben

[370] Vexillationen = Unterabteilungen

[371] Mare nortuum = Totes Meer

[372] Jordanes = Jordan-Fluß-/Tal

[373] Neapolis = Colonia Flavia Neapolis, (biblisches Sichem, hebräisch: Shekem) heutiges Nablus

[374] Sebeste = (Samaria) antike Stadt (polit. abeglöst durch Flavia Neapolis), nahe Nablus

[375] Skythopolis = heutiges Beth-Shean, 1970 aufgefundenes röm. Castell bei Tel-Shalem

durch weitere Legionen verstärkt wurden. So war eine Vielzahl meines Aufenthaltes in dieser Provinz, durch ständige Reisen in das Provinzgebiet *Galiläa*, *Samaria, Judäa und Idumea* erforderlich, um die militärischen Stützpunkte zu besuchen. Es galt sich mit den lokalen Legionskommandanten, sowie zivilen Siedlungsoberhäuptern auszutauschen, um die politische Lage der Bevölkerung zu inspizieren, kurz und gut beständig das römische Recht und die Durchführung dessen notwendiger Aufgaben zu überwachen. Diese Aufgabe war nicht immer einfach, herrschte jedoch seit der Niederschlagung des damaligen jüdischen Aufstandes immer eine beständige Angespanntheit unter der zivilen Bevölkerung. Das Volk, vor allem aber auch dessen Klerus, sowie fanatische Gruppierungen, der sogenannten Zeloten[376] und sonstige religiöse Splittergruppen, zeigten sich der römischen Zivilbarkeit, als auch seiner kulturellen Errungenschaften, immer wieder als widerspenstig. Hatte doch damals vor über 80 Jahren schon der ehemalige römische Statthalter *Pontius Pilatus*[377] in Caesarea mit großen *Demonstrationen*[378] und später auch unter *Gessius Florus*[379] mit dem Widerstand der Bevölkerung zu tun, das dann endgültig zur Zerschlagung des Aufstandes in Jerusalem und dessen Zerstörung vor 50 Jahren führte, und das Leben von über 20.000 Juden kostete. Leider war dieser Umstand auch auf die Grausamkeit von *Gessius Florus* zurückzuführen, der wie in den Schriften des jüdischen Historikers und späteren römischen

---

[376] Zeloten = jüdische Widerstandskämpfer

[377] Pontius Pilatus = 26-36 n. Chr. Präfekt/Statthalter röm. Kaiser Tiberius

[378] Caesarea-Demonstration = gem. röm. Historiker/Geschichtsschreiber *Flavius Josephus*, (1961 archäologisch belegt) durch Auffindung der *Pontius-Pilatus-Inschrift* von Caesarea.

[379] Gessius Florus = 64-66 n.Chr. Beginn des großen jüd. Aufstandes (66-70), der zur Zerstörung Jerusalems führte

Geschichtsschreibers *Flavius Josephus*[380] erwähnt, sich folgendermaßen ausdrückte: *„Kein Mitleid, in seiner Ruchlosigkeit keine Scham, und nie hat einer so die Wahrheit in Lüge verkehrt oder schlauere Mittel ersonnen, um verbrecherische Absichten zu erreichen"*.

Um wie vieles mehr und besser würde die Geschichte verlaufen, wenn alle Parteien mehr die Kommunikation und Vernunft, sowie Respektierung der vorherrschenden Ordnung pflegen würden. Wie ich feststellen mußte, hängt es oft an der eigenen Person und den persönlichen Handlungsentscheidungen. In meiner bisherigen militärischen Laufbahn habe ich oft feststellen müssen, daß der Fortschritt nicht aufgehalten werden kann. Entscheidend war aber auch die Vorstellung wie man diesen Fortschritt in die urbane Zivilisation und Volksgemeinschaften trug, dies gilt auch für die militärische Besetzung der verschiedenen Gebiete und später daraus entstehenden Provinzen. Ich denke dabei oftmals an meine Heimat – *Raetien* – die vor über 100 Jahren von den Römern besetzt, sich später dann aber in friedlicher Vermischung mit der keltischen Urbevölkerung verschiedener Stammesgruppierungen wie *Raeter*, *Vindeliker*, *Norike*r u.a. assimilierten. Solche Gedanken konnte ich jedoch völlig offen nur mit meinem Verwaltungsgehilfen *Mamertus* in meiner freien Zeit diskutieren, hatte er doch selbst am eigenen Leib diese Erfahrungen gemacht, als er am Hofe eines dakischen Adeligen aufwuchs, und später im Dakerkrieg gefangengenommen wurde, bis ich ihn auf einem

[380] Flavius-Josephus = jüd.-hellen. Historiker (*37 -- †100 in Rom) erhielt als Kriegsgefangener, nach Freilassung durch Kaiser Vespasian röm. Bürgerrecht, lebte von kaiserlicher Pension und seinen Landgütern in Judäa. Verfasste in seiner Freizeit Abfassung mehrerer Werke in griechischer Sprache.

Sklavenmarkt in *Alta-Ripa* entdeckt und freigekauft hatte. Seitdem war er über sechs Jahre bislang treu in meinen Diensten, und hatte sich hervorragend zur Hilfestellung in meine Verwaltungsaufgaben eingearbeitet.

Unser dienstliches Verhältnis entsprach nicht mehr dem eines Herrn und eines Dieners, sondern hatte sich mehr und mehr zu einer persönlichen Freundschaft entwickelt, und jeder empfand aufrichtigen Respekt vor der menschlichen Leistung des anderen, und oftmals philosophierten wir gemeinsam über die Glaubensvorstellungen dieses Volkes der Juden im Unterschied zur römischen Mythologie. Insofern ich mehr über die religiöse Mythologie dieses jüdischen Volkes erfuhr, schien mir diese nicht weltfremder, oder schlechter als die Werte der römischen Kultur. Nach deren Vorstellungen wurde dem Menschen, oder besser gesagt dem jüdischen Volke, von Ihrem Gott sogenannte *„10 Gebote*" gegeben, die sich, wenn man sie genauer betrachtete, nicht im mindesten unterschiedlicher zu den römischen Werten – Tugendhaftigkeit, Tapferkeit, Besonnenheit und Gerechtigkeit, waren. Neu war vor allem deren Idee, dass es nur einen Gott geben sollte, und vor diesem alle Menschen gleichen Wertes waren. Meinem Ermessen nach hielt ich dies für höchst merkwürdig, hielt sich jedoch seit Urzeiten immer wieder die Vorstellung eines mythischen Götterhimmels, früher der griechische, und später von den Römern übernommene Götterkult, mit seinen verschiedenen Personen. Die Geschichte bislang hatte seit jeher immer Herrscher und Untertanen gehabt, ja sogar deren vorherigen Könige, auch wenn sie Vasallenkönige Roms waren, standen immer höher als das allgemeine Volk.

Als persönlicher Beauftragter des Kaisers, konnte ich mir solcherlei Gedanken manchmal offen und ehrlich ausgedrückt auch leisten, was nicht immer meine römischen Gesprächspartner, sei es Legionskommandanten oder politische. Würdenträger teilten. Im Gegensatz zu meiner früheren militärischen Aufgabe Befehle meiner Vorgesetzten loyal zu befolgen, stand ich jetzt in der Situation selbst Befehle und Anweisungen zu erteilen, aber auch dessen Verantwortung unmittelbar an den Auswirkungen zu spüren. Manche Vorstellungen behielt ich deshalb aber lieber für mich, wenn ich spürte, dass dies offenen Widerstand hervorgerufen hätten. Oftmals hörte ich als Argument, dass Widerstand und Gewaltbereitschaft der regionalen Bevölkerung, gleicherseits durch uns als römische Besatzung mit Gewalt niedergeschlagen werden sollte, denn nur diese Sprache würde man in den Provinzen verstehen. Solcherarts Bemerkungen schienen durch die Geschichte immer wieder wie am Beispiel des jüdischen Widerstandes bestätigt zu werden. Ich für meinen Teil war jedoch überzeugt, nicht immer war Gewalt und Durchsetzung der eigenen Interessen von Erfolg gekrönt.

Was mir besonders auffiel, und ich in Schilderungen von Reisenden immer wieder hörte, war das Gedankengut einer besonderen religiösen Splittergruppe, - der Anhänger des Nazareners „*Jesus*“, der damals unter *Pontius Pilatus*[381] zum Tode am Kreuz verurteilt wurde. Man munkelte so vieles von diesen Erlebnissen und Wundern, die hier in diesem Lande passieren sollten. Trotz des unrühmlichen Todes dieses Anführers am Kreuz, und der rigorosen Verfolgung seiner Anhänger, erfreute sich diese

[381] Pontius Pilatus = röm. Statthalter (26 bis 36 n. Chr.), bekannt durch die Passion (Kreuzigung Christi)

Gruppe wachsender Anhängerschaft, obwohl deren Ziele niemals militärisch proklamiert, sondern nur vom Kommen eines himmlischen Königreiches sprachen. Dessen Anhänger proklamierten eine zukünftige Herrschaft des Himmels und Wiederkunft ihres Königs, waren dabei doch immer in ihren praktischen Handlungen eigentlich sanftmütige Menschen, trotz immenser Verfolgung, ja sogar wenn ihnen der Tod in der Arena drohte, was ich damals durch die Verfolgung des irren Kaisers und Imperators *Nero*[382] , wie später während meines Besuches in Rom, in der Arena des Colosseums mitbekam. Was mich daran beunruhigte, war die Tatsache, dass sich in solchen und ähnlichen Dunstkreisen insbesonders den berüchtigten „*Zeloten*" Aufrührer fanden, ebenso der *Sicarier*[383], die immer wieder kleinere Scharmützel in den verschiedenen Provinzgebieten verursachten, die unter der römischen Besatzung jedesmal viele blutige Opfer kosteten. Solcherarts fanatische religiöse Vorstellungen und Zwischenfälle wurde von diesen „Aufrührern" gerne genutzt, um ihre Überfälle und blutigen Aufstände zu rechtfertigen, und oftmals noch in Unterstützung ihrer Priester, den sogenannten *Pharisäern.*

Oftmals hatte ich mit *Mamertus* über diese Ideen gesprochen, sie jedoch immer wieder zur Seite gelegt, wenn der Alltag der Verwaltung, einer solch weit von Rom entfernten Provinz, meine volle Aufmerksamkeit kostete. Nicht verhindern konnte ich jedoch meine beständigen Gedanken an meine heimatliche Familie im fernen *Raetien*, meinem Geburtsort *Abodiacum* meine beiden Kinder – *Marcus-Clemens*, sowie *Flavia-Iterissa*, die mit

---

[382] Nero = römischer Kaiser (54-68 n.Chr.)

[383] Sicario = (plural Sicarier) von Organisiationen u. Gruppierungen bezahlte Auftragsmörder

meiner verwandtschaftlichen Familie lebten. Beide waren inzwischen bereits 22 und 19 Jahre alt und hatten sich zu prächtigen jungen Menschen entwickelt. Bevor ich meine Aufgabe in *Judäa* vom Kaiser übertragen bekommen hatte, konnte ich die Gelegenheit noch nutzen, diese für kurze Zeit zu besuchen, bevor ich mich auf meine Reise von Hafen *Aquileija*[384] aus nach *Judäa* einschiffen mußte. Mein Sohn hatte mir gegenüber zum Ausdruck gebracht, daß er wie ich eine militärische Laufbahn beginnen wollte. Wie er mir in seinen brieflichen Mitteilungen schrieb, hatte er aufgrund meines Empfehlungsschreibens an meinen ehemaligen Militärkollegen *Titus-Flavius-Quintinu*s, der mit mir damals in Gontia seinen Dienst begonnen hatte, Kontakt aufgenommen. Dort hatte er seine Ausbildung in der hiesigen Garnison der *Ala II Flavia Pia Fidelis milliaria* im Castell *Alae*[385], das unter dem Kommando des Statthalter *Tiberius Iulius Aquilinus*[386] in *Augusta Vindelicum* stand, seinen Dienst begonnen.

Von *Flavia Iterissa* hörte ich über meine Mutter, dass sie zu einer bildhübschen jungen Dame herangewachsen war, sodaß sich ihre Verehrer aus der urbanen Umgebung gegenseitig die Türklinke in die Hand gaben. Sie wäre jedoch noch nicht reif für eine verbindliche Beziehung, war meistens ihr Kommentar – da dachte ich mir oft, daß einiges aus meinem Gemüt auf ihr Temperament als Tochter übergegangen war. Bedauerlicherweise konnte ich beiden gegenüber, aufgrund meiner beruflichen Aufgabe, oftmals kein direkter Vater sein, obwohl ich mich manchmal danach sehr sehnte.

---

[384] Aquileija = antike Hafenstadt am adriatischen Meer

[385] Castell Alae = Ahlen (Baden-Württemberg)

[386] Tiberius Iulius Aquilinus = (ab 107-?) Statthalter der Provinz Raetia (in Augsburg)

Inmitten solch einer Stimmung platzte die unvorgesehene Meldung eines Kurierreiters, dass in der Provinz Armenia durch den Partherkönig *Chosroes I.*[387] ein Aufstand nach längeren erfolglosen, diplomatischen Verhandlungen mit Rom losgebrochen war. Daß *Osroes* in Armenia einen Vasallenkönig *Parthamsiris*[388] einsetzte, und damit gegen die die Interessen Roms handelte, war *Trajan* zu viel. Man munkelte aber auch, dass Rom nach den Dakerkriegen vor über sieben Jahren insgeheim seinen Machtbereich sowieso nach Osten hin ausweiten wollte. Welche Gründe auch immer dazu führten, weiß man nicht, waren aber wohl begründet durch wirtschaftliche und politische Kontrolle der Handelswege aus dem fernen *Asia* ins römische Reich. *Trajan* eilte trotz seines Alters, er hatte die 60 bereits überschritten, unverzüglich aus dem fernen Rom Anfang des Jahres nach *Syria (Antiochia)* und *Mesopotamia*, und eroberte zwar *Armenia*, jedoch blieb das Gebiet weiterhin „kaltes Kriegsgebiet". Ihm zur Seite stand auch mein langjähriger Freund *Hadrian*, der im Armeestab von *Trajan* den Feldzug gegen die Parther mit assistierte. Nachdem die Grenzsicherung zum Partherreich im Südosten abgeschlossen schien, starb *Parthamsiris* unter ungeklärten Umständen, nachdem dieser erfolglos mit *Trajan* verhandelt hatte, ihn doch als Vasallenkönig einzusetzen. Die Eingliederung und Stabilisierung von *Armenia* und *Mesopotamia* als neue Provinzen ins Herrschaftsgebiet des Römischen Reiches brachte *Trajan* zahlreiche Ehrungen durch den Senat sowie den Ehrentitel „*Optimus*". Nachdem er aufgrund des erlahmenden militärischen Widerstandes der Parther, aber auch aufgrund eigener gesundheitlicher Einschränkungen plante, wieder nach Rom zurück zu kehren, hatte er

---

[387] Chosroes = Parthischer Herrscher

[388] Parthamsiris = 113 n.Chr. eingesetzter Vasallenkönig durch Parther († 114 n.Chr.)

*Hadrian* den Posten als Statthalter in Syrien übertragen. Damit verbunden hatte dieser somit auch die Führung des Heeres im Osten inne, die seine Machtposition stärkten, ein möglicher Nachfolger des Imperators zu werden. Der aktive Widerstand des Partherreiches erlosch vorerst, sicherlich auch aufgrund innerer politischer Wirren, und wurde, wie sich später herausstellte, nach weiteren zwei Jahren von Rom vollständig niedergeschlagen. *Trajan* brachte dies dann den zusätzlichen Titel „*Parthicus*“ ein, hatte aber seit diesen Ereignissen nicht mehr die beste gesundheitliche Verfassung.

Das Aufgabengebiet und die Position als Statthalter wurde gemäß römischem Recht alle zwei bis drei Jahre gewechselt. Dies geschah schon deshalb, dass sich kein sogenannter „Beamter im Staatsdienst“ zu lange auf einer wichtigen politischen Position befinden sollte, um nicht dem manchmal allzu „menschlichen“ Aspekt der Machtveruntreuung bis hin zur Korruptheit, anheim zu fallen. Meine Dienstzeit näherte sich hier in dieser fern von Rom liegenden Provinz dem Ende entgegen, obwohl ich die Zeit meines Aufenthaltes in dieser mediterranen Provinz trotz der erwähnten Zwischenfälle sichtlich genossen hatte, wurde mir nunmehr der Auftrag übertragen, meine Statthalterfunktion zukünftig auf der Insel *Sardinia*[389] im *Mare Nostrum* auszuführen. Mittlerweile war ich auch nicht mehr der Jüngste, näherte ich mich doch schon einem reifen Alter von 50 Jahren, und konnte wie ich auf mein Leben zurückblickte schon viele wertvolle Erfahrungen in allen meinen Lebensabschnitten machen. Ob dies der Wille der „sogenannten Götter“ oder der des „einen Gottes“ war, wie die *Nazarener* in Judäa

[389] Sardinia = Insel Sardinien im Tyrrhenischen Meer

dies behaupteten, lassen wir mal dahingestellt. Meinem Gefühl nach, ist einzig allein die Tatsache entscheidend, was lernen wir aus diesen Erfahrungen, und wie setzen wir dies in unserem Leben in unserer Umgebung mit den Mitmenschen um. Möge die Zukunft darüber entscheiden, was oder welcher „*Götterhimmel*“ hier näher an der Wahrheit liegt. Was ich abschließend zu diesem Kapitel meines Lebensabschnittes sagen möchte, wie anfänglich dieses Kapitels mit den Worten des bekannten römischen Dichters „*Publius Ovidius Naso (kurz gesagt* ***Ovid***) gesagt - „*Barbarus hic ergo sum, quia non intellegor ulli - Ein Barbar bin ich hier, da ich von keinem verstanden werde*“. Als solcher habe ich mich hier in dieser entfernten Provinz oftmals in meinen philosophischen Überlegungen, auch im Gespräch mit *Mamertus* meinem Verwalter gefühlt. Nicht die geistesmäßige und kulturelle Überlegenheit ist entscheidend, sondern das herzensmäßige und mitfühlende Verständnis – gepaart mit klugem Entscheidungswillen seine Umgebung nicht nur zu seinem Eigennutz, sondern auch im Verbund zum Wohle ebenso anderer, gemeinsam zu verändern!

Mit diesen Gedanken und Ratschlägen für meinen Nachfolger als Statthalter in *Caesarea* – einem gewissen *Tiberianus*[390], übergab ich ihm meine Dienststelle, verbunden mit den besten Glück- und Segenswünschen für seine zukünftige Aufgabe, und nahm Abschied von diesem Stück Erde, das ich in meinem Leben kennengelernt habe.

[390] Tiberianus = Statthalter Judä’s ab 114 bis ?

# KAPITEL VIII

## LEGATUS AUGUSTI PRO PRAETORE (SARDINAE)

**Octobris 869** - ab urbe condita **(A.D. 117)**
**im 1. Regierungsjahr des Erhabenen Hadrian**

***"India ebore, argento Sardinia, Attica melle"***
("Ebenholz aus Indien, Silber aus Sardinien, Honig aus Attika").

***Amor est parens multarum voluptatum.***
*Die Liebe ist die Mutter vieler Freuden. (unbekannter Verfasser)*

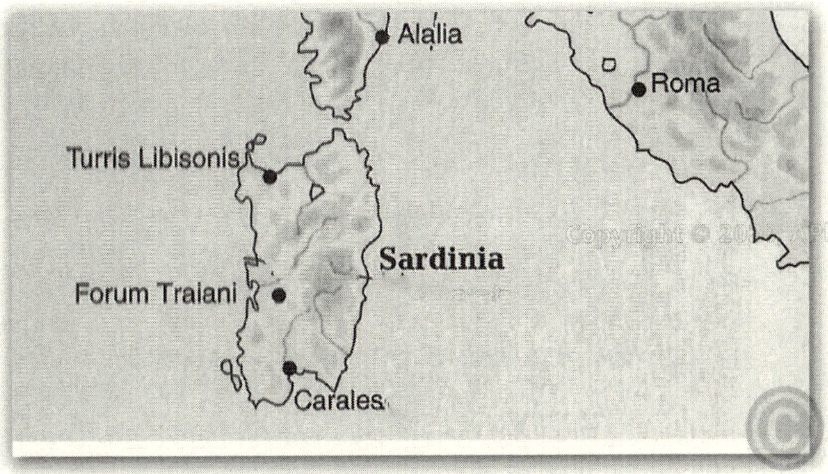


Bild -21- / Der Autor / Provinz Sardiniae

Als ich mich von meinem Statthalterposten in Judäa verabschiedete, um mich per Schiff nach *Sardinia*, meinem nächsten Aufgabeziel zu begeben, erhielt ich kurz darauf die Nachricht, dass sich das jüdische Volk erneut gegen die römische Staatsmacht in einer Revolte erhoben hatte. Diese war meinen Informationen zufolge aber nicht in *Judäa*, sondern in einigen anderen Provinzen aufgeflammt. Die Kämpfe die sich an verschiedenen Orten zutrugen, schienen sich zwar nicht im jüdischen Kernland zu konzentrieren, hatten jedoch während der zweijährigen Dauer eine verheerende Auswirkung auf die gesamte jüdische Bevölkerung in der östlichen Region Roms. Ausgehend von *Cyrene*[391] in der nach ihr benannten Provinz *Cyreneika*, wo ein gewisser *Andreas*[392] *(*oder *Lukas)*, der sich zu einem messianischen Anführer erhob, zog sich der Aufstand bis nach *Alexandria*[393] in *Ägyptus*. Die griechische Bevölkerung flüchtete nach *Alexandria*, und brachte die dort lebende jüdische Bevölkerung um. Auf der Insel *Cyprus*[394], wo ebenfalls eine große jüdische Gemeinde existierte, erhob sich dann ein gewisser *Artemion*[395], und verursachte dort ein Blutbad in *Salamis*[396] unter der regionalen hellenischen Bevölkerung. Man sprach von über 200.000 Opfern, was mir wohl ein wenig übertrieben scheint, aber einen schrecklichen Eindruck hinterließ. Der dortige stationierte römische Präfekt *Markus Rutilius Lupus*[397], mußte sich zurückziehen, und die anrückenden Juden zerstörten und

---

391 Cyrene = antike griechische Stadt im heutigen Lybien

392 Andreas/Lukas = messianischer Rädelsführer des 2. Jüd. Aufstandes (115-117 n.Chr.)

393 Alexandria = ägyptische Hafenstadt, benannt nach Alexander dem Großen (*356 - †323 v.Chr.)

394 Cyprus = Insel Zypern

395 Artemion = Aufständischer der jüd. Revolte auf Cypern (117 n.Chr.)

396 Salamis = Hafenstadt auf der Insel Cypern

397 Markus Rutilius Lupus = Präfekt (113-117) von Alexandria

brannten die Stadt nieder, dem auch das Grabmal des *Pompeijus*[398] zum Opfer fiel. Wie ich ebenfalls hörte, hatte *Trajan* meinem langjährigen Bekannten *Quintus Martius Turbo*[399] dem langgehegten Wunsch entsprochen und sandte ihm mit der römischen Militärmacht in die Provinz *Africanus* und die Ordnung wiederherzustellen, was dieser auch dann in blutiger Weise vollzog. Ebenso beordert wurde die *Legio VII Claudia,* die bereits im Dakerkrieg eingesetzt war, nach *Cyprus*, deren Einsatz tausende Juden dieser Revolte zum Opfer fielen. Unabhängig ob beteiligt oder nicht, die Rache und Zerstörungssucht der Truppen und griech. Bevölkerung richtet sich nunmehr gegen sie. Der jüdischen Bevölkerung wurde nunmehr für alle Zeiten der Zutritt auf Zypern verboten, was nun einer vollständigen *Diaspora*[400] gleichkam.

Aber auch für Rom hatten diese Aufstände folgenschwere Auswirkungen. Die immer noch schwelenden Auseinandersetzungen mit dem Partherreich, zwangen *Trajan* sämtliche weitere Eroberungen abzubrechen. Dieser hatte sich im Winter vor zwei Jahren nach *Antiochia* zurückgezogen, nachdem die aufständische jüdische Bevölkerung in *Mesopotamia*, sich mit den parthischen Truppen verbündete. Zwar konnten die römischen Truppen endgültig die Oberhand gegen die *Parther* gewinnen, nachdem *Parthamaspates*[401] ein

---

[398] Pompejus = (* 106 - † 48 v.Chr.; fiel bei Pelusium im Kampf gegen *Gajus Julius Caesar*

[399] Quintus Martius Turbo = Politiker, Militär und Prätorianerpräfekt zur Zeit der Kaiser Trajan und Hadrian, der die jüd. Revolte in Nordafrika und Syria (116/117) niederschlug, ,

[400] Diaspora = Vertreibung (gem. historischen Annalen des röm. Geschichtsschreibers *Cassius Dio* (163-235 n.Chr.)

[401] Parthamaspates = parthischer Heerführer und Sohn des Partherkönigs Osroes

parthischer Heerführer und Sohn des Königs die Seite wechselte, und somit den römischen Sieg besiegelte. Dieser erhielt dann von *Trajan* die Königswürde, womit dieses Gebiet den Status als Provinz Roms durch die Einsetzung des Vasallenkönigs verlor. Der Gesundheitszustand von *Trajan* verschlechterte sich aber auf dem Feldzug jedoch zusehends, sodaß dieser das Kommando an seinen Stabsoffizier *Hadrian* übergab, und ihn zum Statthalter von *Syria* ernannte, wo die römischen Truppen für den Partherkrieg zusammengezogen wurden. Einem weiteren römischen Feldherrn *Lucius Quietus* wurde aufgrund seiner militärischen Erfolge die Statthalterschaft von Judäa übertragen. Aufgrund dieser schweren Erkrankung hatte *Trajan* noch auf dem Sterbebett seinen Neffen *Hadrian* adoptiert, und ihm damit die kaiserliche Würde bestätigt, bevor er dann am 8.Tage des Monates *Augustus* in der Provinzstadt *Selinus*[402] der Provinz *Cilicia*[403] verstarb. *Trajans* Leichnam hatte man dann auf *Hadrians* Anordnung verbrannt und seine Asche wurde später in dem Sockel der Trajansäule in Rom beigesetzt. Mit diesem Akt der Geschichte änderte sich die Expansionspolitik Roms, man schloss einen Kompromissfrieden in den östlichen Provinzen mit dem Parthischen Reiche. Hatte sein Vorgänger *Trajan*, mehr die Stärkung des römischen Zentralreiches gepflegt, so konzentrierte sich *Hadrian* nunmehr verstärkt auf die jeweiligen Provinzen. Seine eifrige Reisetätigkeit war geprägt durch seinen Wunsch nach mehr Kenntnis der regionalen und überregionalen Probleme seines Reiches, was ihm gegenüber, oftmals die

---

[402] Selinus = (auch Traianopolis) antike Küstenstadt nahe heutigem Gazipasa (Südtürkei)

[403] Kilikien = röm. Provinz im heutigen Kleinasien

Kritik des Senates und führender Militärstrategen einbrachte.

Dies alles erfuhr ich während meiner Zeit in meinem neuen Aufgabengebiet als Statthalter auf der Insel *Sardinia*. Meine Einstufung als *procuratores ducenarii*[404] verschaffte mir einen guten sozialen und finanziellen Status, wobei ich darauf achtete, einen Teil meines Verdienstes meiner entfernten Familie in Raetia zukommen zu lassen.

Im Gegensatz zu meiner Aufgabe in *Judäa*, war dies damit verglichen, eine entspanntere Zeit. Obwohl das in dieser Region nicht immer so war. Die Insel wurde vor 350 Jahren[405] während des *1.Punischen Krieges*[406] dem römischen Reich eingegliedert, nachdem die *Punier* (Karthager) diese Auseinandersetzung verloren. Aus der Sicht der einheimischen Bevölkerung geschah die Einrichtung der Provinz *Sardinia et Corsica*, gegen deren ausdrücklichen Willen. Aufstände und Rebellionen der urbanen Bevölkerung, die auf ihre Eigenständigkeit gegen ihre Besatzer, sei es Griechen, oder Karthager pochten, setzten sich auch gegen uns Römer fort. Bei drohender Gefahr zogen sich die Rebellen ins bergige Hinterland zurück um sich dort in ihren „Höhlen“[407], unterirdischen

[404] Procuratores ducenarii = Statthalter mit eine Jahressalär von 200.000 Sesterzen

[405] 258 v.Chr. Verlust von Karthago an Rom

[406] 1.Punischer Krieg = (262-241 v.Chr) vorrangig Seekrieg zwischen Karthago und Rom

[407] Gemäß Strabon = (*63 v. --† 23 n.Ch.) griechischer Geschichtsschreiber und Geograph

Wohnungen gleich in steinernen Rundbauten, sogenannten *Nuraghen*[408] zu verschanzen. Dies dauerte weitere 150 Jahre fort bis schließlich vor 250 Jahren die Insel endgültig als römische Provinz einigermaßen befriedet[409] wurde. Von da an gab es nur mehr kleinere lokale Erhebungen[410] gegen Rom auch manchmal verursacht durch nicht gerechte Verwaltung und Habgier auch einiger römischer Beamter. Wie gesagt – „Hitzköpfe" gab es immer auf beiden Seiten. Das Klima war während des Sommers sehr heiß und ungesund, die erwirtschafteten Produkte trotz zahlreicher Bodenschätze, damals nicht wertvoll genug, sodaß die Insel mehr als Verbannungsort genutzt wurde. Davon konnte auch *Lucius Annaeus Seneca*[411], der spätere Erzieher von Kaiser *Nero*, ein Lied davon singen, hatte er selbst doch acht Jahre auf der Insel verbracht. Es hielt sich jedoch hartnäckig der Spruch von *Marcus Tullius Cicero*[412] *„Sarden sind käuflich, einer nichtsnutziger als der andere"*, wohingegen die Sarden aus ihrer Sicht ein altes Sprichwort hatten: *„Wer über's Meer kommt, stiehlt"*.

Die Insel selbst hatte eine Größe von ca. 16.000[413] Quadratmeilen, besaß zum heutigen Zeitpunkt gute Verbindungsstraßen an der Westküste die *„Tibulas Sulcis"* von *Tyrris-Libonis*[414] bis zur südlichen Provinzverwaltungsstadt *Corales*[415], sowie an der

[408] Nuraghen = steinerne Rundbauten der einheimischen Bevölkerungen
[409] 111 v.Chr. = letzter Aufstand
[410] 55 v.Chr. Aufstand, gegen röm. Statthalter Marco Aemilius Scaura, der eine korrupte Verwaltungspolitik betrieb
[411] L.A.Seneca = (*1-† 65) Philosoph, Naturforscher und späterer Erzieher von Nero
[412] M.T.Cicero = (*106-† 64v.Chr.) röm. Politiker, Schriftsteller, Anwalt & Philosoph
[413] Fläche Sardiniens = ca. 24.000km²
[414] Tyrris-Libonis = heute Porto Torres
[415] Coralis = heute Cagliari

nördlichen östlichen Küste bis *Olbia*[416] und an der Ostküste wiederum bis *Coralis*, mittig verlief noch die „*Tibulas Coralis*“ die durch *Luguidonis Castra*[417] über die Siedlung „F*orum Trajani*“ führte und sich später mit der westlichen Route nach *Carales* vereinigte. Eine weitere östlich verlaufende, genannt „*aliud iter ab Ulbia Caralis*“ führte von *Luguidonis Castra* über *Caput Tyrsi*[418], dann weiter südwärts durch die hügelige Berglandschaft „*Barbaria*“ direkt nach *Coralis*. Während sich an den Küsten die römischen Siedlungen und Städte mehr und mehr durchsetzten, die sich mit den Besiedlungswellen der Römer vermischten, verblieben die verschiedenen urbanen Stämme im Landesinneren meist für sich abgeschlossen, lebten im bergigen Hinterland und ernährten sich hauptsächlich von der Viehwirtschaft, Schaf- und Ziegenzucht, und lebten zum Teil als Nomaden. Bis zur endgültigen Befriedung starteten solche Volksstämme größtenteils vom nördlichen Teil der Insel zum Teil auch Überfälle und Plünderungen, eigens mit Schiffen, die zum Teil zum römischen Festland bis Pisae[419] reichten. Aus diesem Grunde galt in der römischen Kolonisationszeit der Insel *Sardinia & Corsica* die oberste Priorität die Küsten zu sichern, sowie die errichteten und ausgebauten Strassen ins Landesinnere durch sogenannte *mansiones*[420] abzusichern. Über die beiden Inseln waren zum Teil 1-2 Legionen verteilt, die in der Regel durch eine doppelt so hohe Anzahl von *Auxiliartruppen*[421], die sich mit der Zeit zu Beginn des

---

[416] Olbia = heute gleichnamig
[417] Luguidonis Castra = antike Stadt, heute Santa Luci di Siniscola
[418] Caput Tyrsi = römische Straßenstation, heute Buduso
[419] Pisae = antiker Name für Pisa (Italien)
[420] Mansiones = Strassenstationen
[421] Auxiliartruppen = milit. Hilfstruppen, meist rekrutiert aus angesiedelten Bürgern und Imigranten aus anderen Kolonien

römischen Kaiserimperiums ab *Augustus* (Octavian) jedoch drastisch verringerte. Von der ursprünglichen Legionsstärke[422], verblieben die letzten 100 Jahre nur mehr ca. 8 Kohorten, die mehr und mehr bis zu 5 Kohorten zusammenschmolzen. Aus diesem Grunde wurden später die Offiziere, die ursprünglich aus der adeligen Schicht stammten, zum Großteil auch aus dem „Ritterstand" rekrutiert, die dann anstatt zwei für drei Jahre hier stationiert waren. Mit der Zeit wurde in der *Iglesiente*[423] auch der Bergbau intensiviert, weshalb die Minen (Silber, Blei, Zink, Eisen, Kohle), sowie Steinbrüche und Ziegelproduktionen militärisch abgesichert werden mussten, während sich der Getreideanbau mehr in den Ebenen u.a. im Süden der Insel konzentrierte. Ein *misenischer*[424] *Flottenstützpunkt* befand sich an der Nordostküste bei *Olbia*, sowie als auch an der südlichen Küste in *Coralis*, in der sich auch der kaiserliche Regierungssitz befand. Dem jeweiligen Statthalter stand neben einer Ehrengarde rekrutiert aus der "*cohors I gemina sardorum et Corsarum*[425]", auch eine Polizeitruppe zur Verfügung, die die Einhaltung der römischen Justiz gewährleistete. Die Verwaltung der Provinz unterstützten in den Regionen sogenannte „*amicus consiliarius*[426]", sowie *proc. Metallorum et praediorum*[427]. Durch meine Reisetätigkeit auf der Insel, um die verschiedenen Regionen zu besuchen, und

[422] Legion = ca. 4.800 Mann, (bestehend aus 10 Kohorten, zu je 3 Manipel)

[423] Iglesiente = eine der ca. 20 Ebenen (Bodenschätze) sowie agrarwirtschaftlichen Anbaugebiete

[424] Classis misenensis = Misenische Flotte, kaiserliche Marine

[425] Coh.I Gem.sard.et Cors = eine von 3 Auxiliareinheit auf Sardinien (ca. 80-130/171 n.Chr.) stationiert, durch Diplome belegt Rekrutiert aus Sarden, Corsen, und Liguren (*Cohors I Corsorum*, der *Cohors Ligurum* und der *Cohors I Sardorum*

[426] amicus consiliarius = Funktion eines Staatsanwaltes f. Recht & Justiz

[427] Proc.Met. et Praed. = Sektionsverwalter, z.B. Bergbau, Agrarwirtschaft, (oft Freigelassene), in Funktion eines Verwalters

wirtschaftliche, soziale, und finanzielle Abgaben zu kontrollieren, konnte ich mir in den letzten beiden Jahren einen recht guten Überblick über die Insel verschaffen. Oftmals blieb ich gerne länger in *Aquae Hypsitanae*[428], eine während *Trajan's* Regierungszeit baulich geförderte Siedlung, die nach dem Tod des ehemaligen Imperators ihm zu Ehren in *Forum Trajani* umbenannt wurde. Diese Stadt hatte eine wichtige militärische Bedeutung, lag sie doch zum einen an der Nord-Südachsen-Strassenverbindung von *Turris Libisonis*[429] nach *Coralis*, sowie der Nordost-/Südwestachse von *Olbia* nach *Tharos*[430] und *Sulci*[431]. Darüber hinaus jedoch besaß sie eine berühmte Heilquelle mit Marktzentrum, die Trajan durch wichtige monumentale Bauten förderte. Die Heilquelle besaß ein 54° heißes, sprudelndes Salz-Heilwasser, das zur Behandlung für rheumatische und Gelenkserkrankungen sehr hilfreich war, das ich während meiner Aufenthalte dort sichtlich genoss, und wofür mir mein Körper mit meinen nunmehr 52 Jahren sichtlich dankte. Der gesamte Badekomplex, den Trajan damals errichten ließ, bestand aus mehreren Räumlichkeiten, die von mehreren Tonnengewölben an der Galerie der Thermen umschlossen wurden. In den Räumen waren mehrere Heiß- und Kaltwasserbecken, deren Zuleitung von den regionalen Wasserreservoiren gespeist wurden. Unterhalb dieses Bauwerkes verliefen starke Mauern bestehend aus großen *opus quadratum*[432], die zum einen als Schutz in Hochwasserzeiten vor dem nebenan

---

428 Aquae Hypsitanae = umbenannt in Forum Trajani (heute Fordongianus)
429 Libisonis = heute Hafenstadt Porto Torres an der Nordwestküste
430 Tharros = antike Siedlung, ca. 20km westlich von Oristano an der Westküste
431 Sulci = bedeutende antike Sdlg. auf Halbinsel, a.d. Südwestküste heute San Gianno Giovanni di Sinis
432 Opus quadratum = quadratische Steinblöcke; wurden von 1899-1902, sowie 1969 in mehreren Grabungen freigelegt

fließenden *Tirso*, dem regionalen Hauptfluss in Richtung der Bucht von *Aristanis*[433] zur Westküste, die zum anderen aber auch der Kanalisierung der Thermalabwässer dienten.

Bei einem solchen Aufenthalt in der Siedlung, begab es sich an einem Nachmittag, als ich in der mir verfügbaren Freizeit die Vorzüge eines heißen Bades genehmigte, daß ich die Bekanntschaft einer etwas älteren Dame machte, die im Vorgarten der Thermalanlage sich mit zwei weiteren Besuchern unterhielt. Mein administrativer Begleiter *Mamertus* stellte mich ihr als den röm. Gouverneur der Provinz *Sardinia* vor, was die Dame sichtlich interessiert und freundlich zur Kenntnis nahm. Sie stellte sich mir ebenfalls vor, so erfuhr ich, dass sie *Pamphilia-Gratia* hieß, und Witwe eines ansässigen *Asklepios*[434] in diesem Orte war. In ihrer Eigenschaft, als Kräuterheilkundige stattete sie oftmals der Thermalquelle einen Besuch ab, um sich mit den hiesigen Ärzten auszutauschen, oder auch diese mit verschiedenen Heilkräutern zu versorgen. Wie ich dem interessanten Gespräch erfuhr, stammte ihre Familie ursprünglich aus *Epirus*[435], die im Laufe der ursprünglich hellenischen Kolonisierung der Insel vor über 600 Jahren auf der Insel *Sardinia* ansässig waren. Etwas an Ihrem Blick faszinierte mich, sodaß ich eigentlich länger als sonst üblich in ein interessantes Gespräch verwickelt wurde. Wir unterhielten uns über die augenblickliche politische Lage, schwenkten um auf die landschaftliche Beschaffenheit und so verging die Zeit wie im Fluge. Auf meine Bitte hin, ob wir das interessante Gespräch gerne zu einem weiteren Zeitpunkt fortsetzen könnten, nickte sie freundlich und lud mich für

[433] Aristanis = heutiges Oristano – nahe zu Tharros gelegen
[434] Asklepius = Berufsbezeichnung eines griech. Wunde- und Heilarztes
[435] Epirus = griech./hellenische Region

den nächsten Tag zu einem abendlichen Treffpunkt ein, wo sie verschiedene Gäste zu einem kleinen Bankett erwartete. Solcherart angesprochen, bedankte ich mich für die Einladung, da mir solch ein Treffen im Kreise mehrerer Menschen in diesem Orte sichtlich zurechtkam, war ich doch immer daran interessiert an einem gesellschaftlichen Austausch mit der regionalen Bevölkerung. Darüber hinaus, ließ mich dieses erste Treffen innerlich nicht mehr los, verspürte ich schon seit langem nicht mehr das Gefühl, daß ich an einem Menschen mehr, als nur an einem persönlichen gesellschaftlichen Austausch, interessiert war. Woran konnte ich zum Zeitpunkt nicht sagen, aber etwas an ihrem Wesen hatte mich innerlich angesprochen, und dieses Gefühl ließ mich nicht mehr in Ruhe.

Der folgende Tag verstrich mit den alltäglichen Aufgaben eines kaiserlichen Verwalters, und ich war in Gedanken bereits mehr an der Einladung zum abendlichen eingeladenen Bankett, als bei meinen eigentlichen Tagesaufgaben. *Mamertus* bat ich meine festliche Gewandung für den Abend herzurichten, da ich tagsüber gerne mehr in der einfachen Leinenkleidung meine Aufgaben verrichtete, es sei denn ich hatte an repräsentativen Gesprächen und Verhandlungen teilzunehmen. *Mamertus* ließ seinen Blick, bei der Äußerung meines Wunsches sichtlich länger als sonst üblich, und mit etwas Verwunderung an mir hängen, was mir aber nicht so bewußt auffiel. Vielmehr aber war ihm etwas an meiner Stimme, mehr als sonst aufgefallen, was er mir aber erst zu einem späteren Zeitpunkt offenbarte. Zur *hora secunda/prima vigilia*[436], der zwölften Stunde

[436] Hora secunda/prima vigilia = entspricht heutigem 18:00 Uhr, man zählte die Tagesstunden nicht fortlaufend, sondern gemäß des Tagesabschnittes

Tages, kleidete ich mich nach Erledigung meiner Aufgaben in eine leichte weiße Toga, mit der violetten Schärpe, und machte mich frohgemut auf den Weg zur angegebenen Adresse, Das kleine Gehöft lag an einer kleinen Anhöhe am Rande der Siedlung, besaß einen schmucken Vorgarten mit vielen Pflanzen und Blumen, aber auch umrandet von vielen heilkundigen Gewächsen, wie ich bewundernd feststellen konnte. Der heißen Luft des sardischen Tagesklimas entronnen, war eine angenehme wohlige und abendliche Stimmung angebrochen, die von einer sanften Brise aus den nahen Hügeln begleitet wurde. An der Pforte wurde ich von einem Bediensteten empfangen, der mich in die Räumlichkeiten brachte, wo sich bereits einige Gäste des Abends befanden, mit der sich *Pamphilia* angeregt unterhielt. Als ich den Raum betrat und sie mich bemerkte, winkte sie mir mit einem Lächeln und bewegte sich in meine Richtung. War mir bei unserem gestrigen Treffen, die Einfachheit und Schlichtheit ihrer Persönlichkeit aufgefallen, so stand dies mit ihrer heutigen Erscheinung nicht im Gegensatz, sondern wurde nur verstärkt durch Ihren gepflegten Teint, ihrer eleganten Kleidung, sowie ihrer anmutigen Bewegung, mit der sie sich zwischen den anwesenden Gästen bewegte. Auf ein Zeichen ihrer klatschenden Hände hin, wies sie in meine Richtung und stellte mich als kaiserlicher Statthalter der Region ihren Gästen vor, die ihre Gespräche momentan unterbrachen, um mich ebenfalls wohlwollend und interessiert zu begrüßen. Als ich in die Runde blickte, ich schätze es waren etwa an die bis zu 30 Gäste, sah ich einige bekannte Gesichter in der Runde, die mir im Laufe meiner Zeit in der Provinz *Sardinia* bekannt wurden. Von militärischer

(vormittag/nachmittag/abends/nachts) und teilte diese der Anzahl danach ein.

Seite, sah ich zwei drei Angehörige mir bekannter Kommandoeinheiten, denen ich freundlich zunickte, sowie Verwalter von Erzgruben und einigen Personen, die ich als Kaufleute einschätzte. Manche befanden sich wie ich bemerken konnte, auch in Begleitung ihrer Ehefrauen, die sich sichtlich der illustren Runde erfreuten, und interessiert an den laufenden Gesprächen teilnahmen. <*„Mein lieber Claudius“*> vernahm ich ihrer freundlichen Stimme <*„es freut mich, dass Sie meiner Einladung gefolgt sind, und uns mit Ihrer Anwesenheit hier beehren“.*> *Pamphilia* stellte mich dem einen oder anderen, die ich nicht persönlich kannte vor, und erwies sich als hervorragende Entertainerin im sogenannten „Interessengespräch“ mit den unterschiedlichen Thematiken. Auf ein Zeichen von Ihr, bat sie uns sich an den bereitstehenden Essen und Getränken zu bedienen, während im Hintergrund leise Musik einsetzte, und die Stimmung begleitend untermalte. Trotz der Schlichtheit der Räumlichkeiten, strahlten die darin befindlichen Möbel, Utensilien und Wandmalereien eine warme Athmosphäre aus, wie ich sie an vielen Banketts, zu denen ich in den verschiedenen Provinzstädten eingeladen war, nicht kennengelernt hatte. Auf mein Kompliment hin, dass sich ihre Ausstrahlung wunderbar, an die Athmosphäre ihrer Umgebung einfügte, sah ich ein heimliches Aufblitzen in Ihren Augen, das mit einem freundlichen Lächeln und dankenden Worten wohlwollend begleitet wurde.

So verstrich der Abend mit vielen neuen Bekanntschaften, und Gesprächen, bis sich der Großteil ihrer Gäste zu späterer Stunde verabschiedete. *Pamphilia* bat mich darum, mehr von mir zu erzählen, woher ich stammte, wo ich bereits im Einsatz war, und was ich an meiner Aufgabe so interessant liebte, warum ich dann auch alle 2-3 Jahre meinen Einsatzort im Römischen Reich wechseln wollte. Erstaunt, dass mir ein Mensch mit solchen Fragen sein Interesse bekundete, begann ich mit meiner Schilderung vom Leben im fernen *Noricum* am *Licca*-Fluß, meiner dortigen Familie, meinem ersten Einsatzort in *Augusta Vindelica*, meinem Beginn des militärischen Werdeganges und den verschiedenen Einsatzorten in den Provinzen im Römischen Reiche, meiner letzten Station im fernen *Judäa*, sowie meinen bisherigen Erfahrungen in der Provinz Sardinia. Meine Gesprächspartnerin hörte mir interessiert zu, und musterte mich mit ihrem liebevollen, durchdringenden Blick, der mir schon bei unserer ersten Begegnung aufgefallen war. <*„Und all das, bestrebt dein Leben, deinen fortwährenden Wechsel der Lebensstationen“?*> fragte sie mich, <*„gibt es da nichts und niemanden, der Ihr Leben gerne begleitet hätte?“.*> Über mein Lächeln fiel ein Schatten der Gefühle, als ich ihr vom traurigen Schicksal meiner ersten Frau in *Noricum* und den hinterbliebenen beiden schon erwachsenen Kindern erzählte. Warum mir dies plötzlich einfiel, konnte ich im Augenblick nicht sagen, hatte ich doch über solche Gefühle mit anderen niemals so ausführlich gesprochen, und in der Armee und Politik zählte vordergründig nicht das Gefühl, sondern die Aufgabe, Zielstellung und die begleitende Pflicht zur Umsetzung der gesetzten Ziele. Bei den Schilderungen meiner Worte, verspürte ich plötzlich und seit langem wieder einmal, den betörenden Duft einer anwesenden Frau, was mich einerseits verwirrte, andererseits aber doch wiederum anzog. Nicht daß ich in meinem Leben keine netten weiblichen Wesen kennengelernt hätte, aber das unstete Leben in der Armee, bot dafür auch keine gute

Gelegenheit, es war auch keine darunter gewesen, bei der ich das Gefühl gehabt hätte, mich auf eine längere Beziehung, oder auf Dauer für mein Leben, zu realisieren. Auf meine Bitte hin, mir doch mehr von Ihrem Leben zu erzählen, vernahm ich ihre erstaunliche Lebensgeschichte, die ebenso nicht immer einfach gewesen war. Sie entstammte einer *hellenischen* Familie, die als Einwanderer vor über 500 Jahren über das Meer kamen, und auf dieser Insel ihr Dasein neu gegründet hatten. Durch den Wechsel der verschiedenen politischen Vorherrschaft in der Region, den späteren *Karthagern*, und den Beginn der römischen Übernahme der Insel, waren ihre Vorfahren meist als sogenannte Ureinwohner der Insel, den Besatzern zu Diensten, was sich nur dadurch änderte, dass sie durch ihre gewissenhafte Lebens- und Aufgabenstellung mehr und mehr Einfluß gewannen. Ihr Großvater, sowie Vater waren ansässige Großgrundbesitzer in der Region, und so wurde sie jung mit *Sempronius* einem *Asklepios und Medicus* der ansässigen römischen Gesellschaft verheiratet. Ihrer Beziehung entsprang nur eine Tochter. Diese aber war früh an einer Krankheit gestorben, weshalb sie in Ihrer Ehe mit dem einige Jahre älteren Ehemann, sich früh mit der Heilkunst, und vor allem den Heilkräutern befasste. So konnte sie sich, nach dem Tode ihres 15 Jahre älteren Ehemannes *Sempronius* vor einigen Jahren, trotz ihrem alleinstehenden Haushalt im Leben, diese beruflichen Aufgabe leisten. In solcher Angelegenheit war sie am Vortag unterwegs, als ich sie an der Therme kennenlernte, um ihre Heilprodukte, dem medizinischen Personal zu liefern. All diese Schilderungen ließen meine Bewunderung für sie nur noch mehr steigern, sich als Frau in dieser männlichen römischen Gesellschaft so behaupten zu können. Wie ich mit wachsender Freude bemerkte, war

ich ihr nicht unsympathisch, und fragte sie ob sie denn mich in drei Tagen gerne an einem Besuch in der hiesigen Region begleiten wurde, wo die steuerlichen Abgaben von landwirtschaftlichen Erträgen des hiesigen Großgrundvillen prüfen wollte. So könnte sie mir auch einige Sehenswürdigkeiten zeigen, die ich als „Nicht-Einheimischer“ ansonsten niemals kennenlernen konnte. Zu meinem größten Vergnügen, bejahte sie mit einem schelmischen Lächeln meine Frage, sodaß mein Herz höher zu schlagen begann. Zur Beendigung des abendlichen Besuches trat sie zum Abschied nochmals an mich heran, und küsste mich plötzlich zum Abschied auf meine Lippen, die sich bebend und voller Verlangen öffneten, und mich in einen Tornado der Gefühle stürzten, der mich mit intensivem Herzklopfen begleitete. <„*Also mein lieber Claudius – sofern ich Dich so nennen darf, dann sehen wir uns in 3 Tagen zu unserem regionalen Ausflug!*“>
Betört und voller glückseligem Gefühl verabschiedete ich mich danach, und verliess beschwingt das gastliche Haus, in der hoffnungsvollen Erwartung sie bald wiederzusehen. Ich hatte zum erstenmal nach langer Zeit wieder das Gefühl, dass mich ein Mensch nicht nur wegen meiner Aufgabe respektierte, sondern mein herzensmäßiges Gefühl erwiderte. Etwas in mir schien aufzubrechen, was ich schon lange in meinem Herzen begraben hatte.

Bei meiner Heimkehr traf ich noch *Mamertus* an, der zu später Stunde noch über einem Schriftstück saß, das für den morgigen Tag erledigt werden mußte. Als er mich sah, lächelte er mich verschmitzt an, und wünschte mir eine Gute Nacht, wohl wissend, dass mich irgendetwas innerlich bewegte, was er mir dann einige Tage später in einem persönlicheren Gespräch auch offenbarte. Ich konnte in dieser Nacht nur schwerlich ein Auge schließen, zu sehr wirkte in mir noch das erlebte Gefühl, das ich mit nach Hause gebracht hatte. Erst zu später Nachtstunde versank ich dann endlich in einen unruhigen Schlaf, aus dem mich *Mamertus* zur Erledigung der täglichen Pflichten eines Statthalters am nächsten Morgen weckte, nachdem einige Besuche am Vormittag von den regionalen Würdenträgern anstanden. So vergingen die nächsten beiden Tage mit den öffentlichen Aufgaben, und der *dies saturni*[437] der Inspektion in einem nahegelegenen wirtschaftlichen Anwesen, zu dem ich *Pamphilia* eingeladen hatte, war herangerückt. Mit *Mamertus* als begleitender Verwalter, sowie einer Leibgarde von 3 Mann, holte ich sie an ihrer Villa ab, und wir ritten zu unserem Tagesziel, das etwa eine Stunde entspannten Rittes in Richtung Nordosten entfernt an einer hügeligen Erhebung lag. Am Anwesen angekommen begrüßte uns der verantwortliche *adiutor praediorum rusticorum*[438] des kaiserlichen Anwesens, mit dem wir uns über die steuerliche Abgabenhöhe des kommenden Jahres in Abhängigkeit der wirtschaftlich erwarteten Erträge unterhalten wollten. Ich stellte *Pamphilia* als begleitende Person vor, die Erkundigungen über die medizinisch-ärztliche Versorgung der regionalen Bevölkerung einholen sollte. Die Erledigung zog sich über mehrere Stunden des Tages hin, sodaß man uns zur späten Tagesstunde einlud, im Gästehaus des Anwesens doch mit einer Übernachtung vorlieb zu nehmen. Ich gab *Mamertus*, und meiner begleitenden Gardesoldaten den Auftrag, am darauffolgenden frühen Morgen mit den

[437] Dies saturni = röm. Bezeichnung für Samstag, gegen Ende des 1. Jhdt. n.Chr. setzte sich der 7 Tage Wochenrhytmus durch

[438] adiutor praediorum rusticorum = Hilfsverwalter, eines wirtschaftlichen kaiserlichen Landgutes

ausgehandelten Ergebnissen der Besprechung, wieder nach *Forum Trajani* zurückzukehren, die froh waren den freien Tag nicht unterwegs zu verbringen müssen, und sich unverzüglich auf den Rückweg begaben.

Meinen privaten freien Tag – dem *dies solis*[439] – beabsichtigte ich mit meiner Begleiterin *Pamphilia* mit einem ausführlichen Ausflug in der Umgebung zu verbringen. Nach einem ausreichenden Frühstück sattelten wir unsere Pferde, nachdem wir vom Verwalter noch mit etwas Reiseproviant ausgestattet wurden und erkundeten die nähere Umgebung. Da *Pamphilia* die urbane Gegend ausgiebig kannte, zeigte sie mir die umgebende hügelige Landschaft, die davorliegenden weiten Getreidefelder, und kamen auch zu einer etwas höher liegenden Anhöhe. Ein murmelnder Bach in einer kleinen Senke, sowie der ausgiebige Baumbestand lud uns zu einer Mittagsrast ein, und wir stärkten uns an dem mitgegebenen Proviant. Auch eine kleine Amphore mit Wein erfrischte uns, und so setzen wir unser Gespräch weiter fort. Ich kam nicht umhin, ihr mein Kompliment auszudrücken, wie gut sie ihre Rolle einer so hübschen Begleitung meinen gestrigen Gesprächspartnern gegenüber ausgefüllt hatte. Ich gestand ihr meinen erlebten Gemütszustand nach dem Besuch vor drei Tagen, und sie offenbarte mir, daß sie ähnliches erlebt hatte, und so war es nur natürlich, daß wir uns in der nachmittäglichen Sonne aneinanderschmiegten, und unsere Lippen sich zu einem innigen leidenschaftlichen Kuss trafen. Das berauschende Feuer der gegenseitigen Anziehung durchfuhr unsere Körper, und unser begleitender Atem wurde heftiger, als wir einander inniger berührten. Meine Hände durchwühlten ihr wunderschönes

[439] Dies solis = röm. Bezeichnung für Sonntag

schwarzes langes Haar, liebkosten ihre Halsbeuge, woraufhin sie sich innig in meine, sie umfassenden Arme begab. Nichts konnte uns mehr halten, so sehr begehrten wir einander, nachdem wir beide schon länger nicht mehr die Köstlichkeit der Liebe erlebt hatten. Mit einem Seufzen bot sie mir ihre knospende Brust dar, die ich liebevoll berührte und mit Küssen überdeckte. Unsere Hingabebereitschaft steigerte sich so ehr, dass wir ineineinder sanken, unsere Leiber aneinanderpressten, und das lodernde Feuer unseres gegenseitigen Begehrens über uns zusammenschlug, und uns in einer Leidenschaft miteinander verband, die ich so schon lange nicht mehr erlebt hatte. Mit hingebungsvollen Bewegungen verbanden sich in Harmonie unsere beiden Körper, unbändigend wie Ertrinkende aneinander klammernd, unserem sinnlichen Höhepunkt entgegenstrebend, bis wir erschöpft zusammensanken, und mit ermattendem Seufzen endlich wieder miteinander zur Ruhe kamen. Ich flüsterte ihr meine Empfindungen der Liebe ins Ohr, und dass ich solch ein Gefühl schon so lange nicht mehr erlebt hatte, was sie mir ebenso offen erwiderte und ihre leuchtenden Augen eine Glückseligkeit ausstrahlten, die mich so sehr in Ihren Bann zog. In inniger Umarmung versunken, vergaßen wir unsere Umgebung, ob es Augenblicke, endlose Minuten oder auch Stunden waren, wir konnten es nicht ermessen, so sehr waren wir von dem Erlebnis unserer gegenseitigen Liebeserfahrung gefesselt. Unendlich gefühlte lange Momente lagen wir ineinander verschlungen auf unserer Decke, über uns die Bäume mit ihren mächtigen Kronen schwankend. Wir lauschten dem Gesang der auf den Ästen sitzenden Vögel, ebenso dem Murmeln des kleinen vorbeifließenden Baches. Die zwischen den Ästen hereinfallenden Sonnenstrahlen berührten unser Gesicht und Körper, sodaß sich bewegende Muster auf unseren ermatteten Leibern abzeichneten. In diesen Momenten schienen mir meine Aufgabe, und mein bisheriges Leben so unbedeutend, nur ihre berauschende Gegenwart erfüllte meine Seele, sodaß ich sie zärtlich fragte, ob sie sich denn mit mir ein gemeinsames Leben vorstellen könnte. Mit ihrem wunderschönen Lächeln, antwortete sie mir, dass sie sich dies ebenfalls vorstellen könnte, obwohl unsere beiden Lebenswege bisher so unterschiedlich verlaufen waren.

So verbrachten wir die Zeit miteinander im zärtlichen Gespräch, wo wir vorsichtig unser zukünftiges beider Lebensziel miteinander abzustecken versuchten. Da ich ja im 80 Meilen entfernten *Corales* an der Südostküste meinen Amtssitz hatte, würde dies für ein gemeinsames Leben sicherlich eine Umstellung sein, was sie zwar bestätigte, aber wir planten, dass ich in der Zwischenzeit oftmals meine Rundreisen durch die sardische Provinz, und Zwischenstation bei ihr machen würde, bis sie alle wirtschaftlichen Anforderungen, zum Verkauf Ihres Besitztums regeln konnte. Diese Zeit wollten wir auf alle Fälle nutzen, um uns noch intensiver kennenzulernen, bevor wir unseren gemeinsamen Hausstand in *Corales* nutzen konnten. Mit diesen glückseligen ersten Planungen in unseren Gedanken, packten wir unsere mitgebrachten Habseligkeiten auf unsere Pferde und machten uns auf den einstündigen Heimritt nach *Forum Trajani.* Nachdem ich sie bis zu Ihrem Wohnsitz gebracht hatte, verabschiedeten wir uns mit einer innigen Umarmung im Gedenken an die glückseligen Momente, die wir an diesem Ausflug miteinander geteilt hatten. Bis zu meiner Weiterreise in 2 Wochen, verabredeten wir uns aber noch für unsere nächsten Treffen, bevor ich mich auf den Heimweg zu meiner momentanen stationären Unterkunft der Siedlung machte.

Dort angekommen empfing mich *Mamertus* mit einem rätselhaften Lächeln, der aufgrund meines Gemütsumstandes natürlich sofort den Grund erriet, hatte er mich doch seit seiner Zeit in meinen Diensten noch nie so erlebt wie jetzt, wofür er sich für mich von ganzem Herzen freute. Die verbleibende Zeit an diesem Orte verbrachte ich meiner freien Zeit nach meinen dienstlichen Aufgaben, in der Villa von *Pamphilia*, bevor ich mich an die Weiterreise zur Westküste der Insel nach *Tharros* machte, nicht ohne ihr noch mein ganzes Herz zu widmen, und wie ich mich glücklich schätzen konnte, dies mit ihr zu teilen. So verabschiedeten wir uns beide vorübergehend schweren Herzens, bis zu unserem baldigen Wiedersehen.

Was soll ich sagen, mein Leben nach diesem Zeitpunkt war nicht mehr dasselbe, wie vorher, zwar erfüllte ich meine beruflichen Aufgaben mit derselben Sorgfalt wie vorher auch, aber meine Gedanken, waren in meiner freien Zeit immer bei ihr und ich sehnte mich nach der Zeit, wo wir gemeinsam unser Leben zusammen verbringen konnten. So vergingen die nächsten Wochen und Monate, das Jahr neigte sich dem Ende zu. Nachdem sich die römische Kalenderzählung vom ursprünglichen Jahresbeginn *Martius*, zum nunmehrigen *Januarius* geändert hatte. *Pamphilia-Gratia* und ich kannten uns nun schon seit 5 Monaten, in der Zwischenzeit hatten wir uns mehrmals besucht, und unsere gemeinsame Zeit wollten wir nun zu Beginn des Neuen Jahres mit unserer Eheschließung besiegeln. Nachdem *Pamphilia* alles Notwendige mit dem Verkauf ihres Besitzes in Forum Trajani regeln konnte, hatte sie vor wenigen Wochen ihre Reise mit all ihrem Besitztum zu mir nach *Coralis* angetreten, wo sie sichtlich das Küstenklima der Hafenstadt genoss. In den statthalterlichen Regierungsunterkunft, hatten wir einen gemeinsamen Wohntrakt bezogen, so dass wir, wann immer es mir die beruflichen Repräsentationen zuließen, unsere freie Zeit gemeinsam geniessen konnten.

Unsere Eheschließung, obwohl zwischen mir einem römischen Bürger, und *Pamphilia,* die in erster Ehe verwitwet war, beendete unsere *Konkubinat's*[440]-Beziehung, und wurde damit rechtsgültig. Die Trauung fand im kleinen zivilen Rahmen statt, nachdem die *tabulae nuptiales*[441] vor Zeugen verlesen wurde. *Pamphilia* war gekleidet in einer wunderschönen weißen *Tunica*, mit darüber gezogener gelb-roten *Palla galbeata*[442] und gelbem Schleier. Nachdem der *Sacerdos*[443] unsere beiden Hände mit einem weißen langen Leinentuch umschlungen, und *Pamphilia-Gratia* die Eheformel *„Ubi-Tu-Gaius, Ego-Gaia*[444]*"* gesprochen hatte, die erforderlichen Weihegaben und Opfer für die Gottheiten *Tellus, Ceres, Picumnus* und *Juno,* erfolgt waren, wurde sie durch die Räumlichkeiten ihres Ehemannes geführt. Ihr folgten das Dienstpersonal des Hauses, die die symbolische Spindel

---

[440] Konkubinat = monogame Beziehung zweier unabhängiger Personen und/oder römischen Bürger oder Beamten einer römischen Provinz und urbaner Nicht-römischer Frau oder Witwe. Anders als die Ehefrau war die Konkubine ihrem Mann nicht zu ehelicher Treue verpflichtet, konnte ihn jederzeit verlassen. Auxiliar-Armeeangehörige erhielten normalerweise das römische Bürgerrecht erst nach 25 Jahren, und konnten ihre eheähnliche Beziehung in eine erbrechtliche Ehe überführen, aus der erbberechtigte Kinder (Mädchen wie Jungen) das römische Bürgerrecht erhielten, was sich erst nach 140 unter Antoninus Pius zugunsten der Nachfahren änderte.

[441] Tabulae nuptiales = Ehevertrag

[442] Palla galbeata = einem mantelähnlichen Überwurf

[443] Sacerdos = Prieser

[444] Ubi tu ga **Gaius, ibi ego Gaia** = Hochtzeitsgelübde der Ehefrau „Da wo Du bist Gaius, werde auch ich, Gaia, sein." Dabei werden die Namen „Gaius" und **„Gaia"** als allgemeingültige Stellvertreter benutzt.

und den Spinnrocken, als weiblicher Haushaltsvorstand, hinter ihr hertrugen. Als Abschluß der Zeremonie mußte ich die zukünftige Herrin des Hauses über die Türschwelle der gemeinsamen Wohnung tragen, wo sie im Atrium des Hauses mit Feuer und Wasser als neue Hüterin des Hauses begrüßt wurde. Zum Glück stolperte ich nicht an der etwas erhöhten Türschwelle, was ansonsten, den Göttern sei Dank, kein gutes Vorzeichen für eine glückliche Ehe gewesen wäre. Ein anschließendes Festessen, zu dem einige Personen des näheren Bekanntenkreises geladen waren rundeten diesen ereignisreichen und glücklichen Tag in unserem neuen Leben ab.

So begann unser neues gemeinsames Leben, das wir in nunmehr in *Corales* gemeinsam führten, *Pamphilia* hatte sich hervorragend an ihre neue Rolle an meiner Seite als kaiserlicher Repräsentant in der Provinz *Sardinia* eingelebt, was mir ihr gegenüber, immer wieder größte Bewunderung entlockte. Unterstützend begleitete sie mich auf meinen Reisen in der Provinz, und beriet mich oft bei schwierigen Fragen und Lösungen, die von der Bevölkerung, den städtischen Beamten und Verwaltern der verschiedenen wirtschaftlichen Bereiche an mich zur Entscheidung herangetragen wurden. Hatten wir einen entsprechenden Empfang an dem entsprechende Honoratoren und ggf. ausländische Gäste geladen waren, so war sie stets an meiner Seite als aufmerksame Gastgeberin, was ihr viel Anerkennung und Bewunderung entgegenbrachte. So verging das laufende Jahr, das sich mit meinem angebrochenen vierten (verlängerten dritten) Dienstjahr, nachdem bislang kein geeigneter Nachfolger gefunden werden konnte, in dieser Provinz dem Ende näherte. Mein Kaiser der nunmehr erhabene *Hadrian*, hatte mich für eine neue Aufgabe an einen neuen

Einsatzort berufen – für die ich mich in den nächsten Wochen rüsten sollte, nachdem endlich ein geeigneter Kandidat für meine Nachfolge gefunden worden war. Diesmal nicht weit entfernt von *Sardinien* – über das *Mare nostrum* an die Küste der südlichen in die 170 Meilen entfernte Provinz *Africa Proconsularis*[445] !

---

[445] Africa Pronsularis = Küste Nordafrikas (heutiges Tunesien)

# KAPITEL IX

## Proconsular(is) africae
## *COLONIA IULIA CONCORDIA CARTHAGO*

**Octobris 872** - ab urbe condita **(A.D. 119)**

Im 3. Regierungsjahr des erhabenen Hadrian

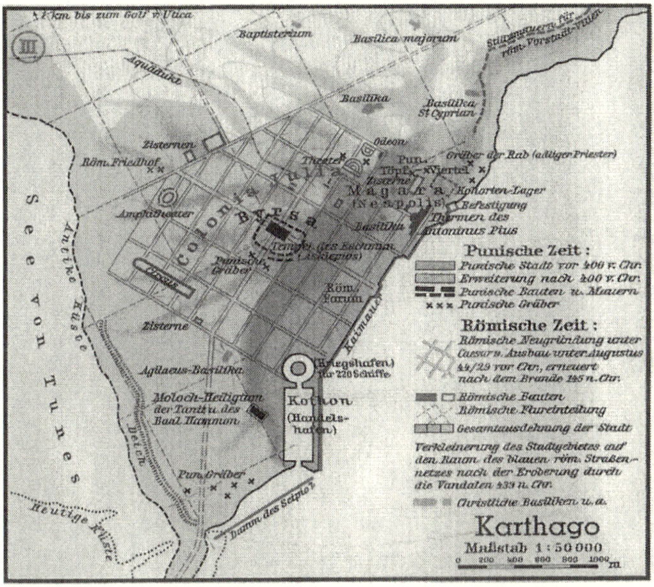


Colonia Julia Concordia Carthago (Atlas 1965 Völker-Staaten Kulturen)

Bild – 23/24- Proconsulis Africae (Karthago) u. Römische Siedlungen

Ein neues Kapitel meiner Lebensgeschichte hatte sich nunmehr aufgetan. Der Sprung von *Sardinien* nach *Carthago*, war zwar nicht weit, was die Entfernung betrifft, aber dennoch ein weiterer Schritt in meiner zivilen Laufbahn. War ich von Sardinien her gewohnt, dass das Klima dort sehr heiß und feucht war, so war dieses hier nur in den Küstenregionen ähnlich mediterran, je weiter man jedoch ins Landesinnere kam, umsomehr wandelte sich dieses in ein kontinentales Wüstenklima. Erschwerend kam hinzu daß manchmal die Windrichtung wechselte, und vom Kontinent her zusätzlich der heiße Wüstenwind *Shirroc*[446] wehte. Man hatte das Gefühl man würde heiße Luft atmen, und so war jede Minute des Tages entscheidend wie man seinen Tagesablauf gestaltete, und das notwendige Programm oder Aufgabenziel durchführte. Die besten Stunden waren morgens, bis zum frühen Mittag, und danach später wieder ab dem späten Nachmittag. Trotzdem vom *mare nostrum* immer eine frischere Brise bei Nordostwind wehte, gestalteten sich viele Aufgaben in dem heißen Landklima, als nicht immer leicht. Nun war ich schon einiges aus der Provinz *Judae*a, oder *Sardinia* gewohnt, aber dies war eine Erfahrung, die für mich in dieser Form und meinem Alter angemessen erneut eine Herausforderung bedeutete. Was mir jedoch in vielerlei Weise half, war der Umstand, daß ich an meinen späten Tagen die Liebe meines Lebens auf der Insel *Sardinia* gefunden hatte. *Pamphilia-Gratia* war mit dem gemeinsamen Haushalt drei Monate nach meinem Beginn in *Carthago*, mit einem Schiff nachgefolgt, nachdem ich meine ersten Wochen nach Dienstantritt damit verbrachte die politische, wirtschaftliche und persönliche Situation den neuen Lebensumständen anzupassen.

---

[446] Shirroc = Schirokko, heißer Wüstenwind

Von meinem Amtsvorgänger *Maecius Celer*[447] erhielt ich wertvolle Hinweise zur Verwaltung der Provinz *Africa Proconsularis*[448], die dieser in den letzten Jahren während seiner Statthalterschaft mit Sitz in *Carthago*, wie dieser neue Einsatzort nunmehr hieß, gemacht hatte. Die Siedlung *Colonia Concordia-Julia-Carthago* hatte bereits eine längere historische Periode hinter sich. Ursprünglich von *karthagischen*[449] Seefahrern, ca. 60 Jahre vor der Reichsgründung *Rom's*[450] entstanden, später jedoch während im *3.Punischen Kriege*[451] von Rom vollständig zerstört, wurde diese in den Jahren danach von den Römern neu errichtet und entwickelte sich zu einer blühenden Metropole, neben der Stadt Rom die zweitgrößte Stadt, zu einer wohlhabenden Provinz. Neben *Aegyptus* war diese Region eine weitere wichtige Kornkammer im Römischen Reich, zur Versorgung von Getreidelieferungen an Rom. Da die Küstenregionen sich hervorragend für den Getreideanbau eigneten, mußten diese Regionen auch entsprechend zum Landesinneren abgesichert werden.

---

[447] Maecius Celer = († nach 130 n.Chr), Lucius Roscius Aelianus Maecius Celer römischer Suffektkonsul, Tribun, spät. Senator belegt durch Inschriften, Prokonsul 117/118 (nach W.Eck) in Provinz Africa Proconsularis.

[448] Africa Proconsularis = heutiges Gebiet Tunesien/Lybien

[449] Karthago Gründung = ca. 814 v.Chr.

[450] Rom-Gründung = 753 v.Chr.

[451] Punische Kriege = 1.(264-241 v.Chr. Seestreitkräfte/Sizilien), 2.(218-202/Hannibal-Alpenüberquerung) und 3.(149-146/endgültige Zerstörung).

So zog sich vom Osten der *Cyreneica*[452] der *Limes Tripolitanus*[453] über *Leptis Magna*[454] nahe zur Küste weiter nach *Tacapae*[455], von dort bis *Turrris Tamalleni*[456] am *Lacus Tritonum*[457] und nach Nordwesten verlaufend in die Provinz *Mauretania Caesarensis*[458]. Dieses Gebiet schließt zum Teil eine Hochebene ein, die sich nach Süden hin leicht abfallend als Halbwüste in die eigentliche Wüstenregion (Sahara) hin erstreckt. Im nordwestlichen inneren Landesteil erstreckt sich noch Ausläufer des sogenannten Hochgebirges – dem „*Atlas*[459]". Die Küstenregion besitzt noch ein mäßiges Mittelmeerklima, je weiter man der Küstenstraße nach Süden folgt wird es wärmer und trockener, Regen fällt, wenn überhaupt nur in den Monaten Octobris bis Aprilis. So heiß es tagsüber ist, so empfindlich kalt konnte es auch in den Nächten werden. Und in den Sommermonaten drückte der vorhin schon erwähnte *Shirroc* als stickig heißer Sandsturm in diese Region, der so manche reisende Karawane schon in seinem wilden Rachen verschlungen hatte. Auf meinen Reisen in die verschiedenen Provinzstädte, hatte ich diese Erfahrung oftmals gemacht, einmal auch in fast gefährlicher Weise, was ich aber noch später schildern möchte.

---

452 Cyreneica = Landschaft im östlichen (heutigem) Lybien
453 Limes Tripolitanus = Grenzwall im römischen Nordafrika
454 Leptis Magna = antike Hafenstadt (nahe Ghoms / Al-Chum) Gebiet heutiges Lybien
455 Tacapae = Küstenstadt (Südtunesien)
456 Turris Tallameni = heutiges Telmine (Tunesien) am Djebel Tabaga
457 Lacus Tritonum = Salzwüste, Schatt el Dscherid, Tunesien
458 Mauretania Caesarensis = röm. Provinz in Nordafrika; heutiges Algerien
459 Atlas = mythologischer griechischer Name nach Homer & Herodot, damals Grenze der Welt. Hier stützte Atlas das Himmelsgewölbe..

Die Ursprünge dieser Grenzlinie waren in erster Linie nicht als eine feststehende zu verteidigende Grenzlinie zu verstehen, sondern in vorrangiger Weise zur Kontrolle der indigenen nomadischen Stammbevölkerung. In der Phase der letzten 150 Jahre jedoch hatte die fortschreitende Vermessung durch den territorialen Strassenbau, eine erfolgreiche landwirtschaftliche Bewirtschaftung zur Folge, was auch den Wohlstand der einheimischen Bevölkerung zur Auswirkung hatte, und die Mißgunst so manchen Wüstenstammes zur Bevölkerung hatte. Die Armee der *Legio III Augusta* hatte ihren Stützpunkt in *Ammaedara*[460], und deren *Vexillationen*[461] verteilten sich am Grenzwall in den verschiedenen Kleinkastellen. Als Schutz verfügte diese regionale Militäreinheit (*exercitus Africanus*), an die 17 Auxiliar-Einheiten, 5 alae (Reiter-Einheiten) sowie 6 berittene Kohorten, um dieses großflächige Gebiet abzusichern. Manchmal stießen Teile dieser Einheiten auch ins Gebiet der Wüstenstämme vor, wohl um die Präsenz des römischen Reiches verstärkt zu proklamieren. Nachdem sich vor 50 Jahren die Überfälle diverser Nomadenstämme u.a. der *Garamanten*[462] und *Gaetuler*[463] nach deren Unterwerfung durch *GajusValerius Festus*[464] geendet hatten, war die Region relativ befriedet, was wiederum unseren erhabenen Imperator *Hadrian* dazu veranlasste, während seiner Inspektionsreisen in dem Gebiet weitere Befestigungsanlagen anzustoßen.

---

[460] Ammaedara = heutiges Haidra (mittleres Tunesien)
[461] Vexillationen = militärische Untereinheiten/Garnisonen
[462] Garamanten = antikes Volk der Berber (Nomadenstämme) in Lybien
[463] Gaetuler = römischer Name für nomadische Völkerschaften
[464] Valerius Festus = röm. Feldherr, Politiker und Senator († 85 oder 86 n. Chr.)

Und ich hatte mit meiner Aufgabe als kaiserlicher Statthalter der Provinz neben der politischen Verwaltung, deren regionale Seestreitkräfte der *Classis Alexandrina*[465] auch die Verantwortung, der kontinentalen Legions-Kommandeure dieser verteilten Einheiten regelmäßig zu besuchen, um deren Versorgung, und Einsatzfähigkeit zu gewährleisten. Da diese z.T. sehr weit verstreut waren, hatten diese damit auch größtmögliche Entscheidungsfreiheiten erhalten, deren Aktivitäten ich dann damit auch regelmäßig kontrollieren mußte.

Meinen Regierungssitz hatte ich direkt in der *Colonia Julia Concordia Carthago*[466], der durch Rom neu gegründeten Siedlung der ehemaligen punischen Hauptstadt, die vor über 240 Jahren zerstört, und unter *Gajus Julius Caesar*[467], sowie seinem Nachfolger und ersten Kaiser *Oktavian (Augustus),* wieder errichtet wurde. Die Stadt lag im nördlichen Landesteil in einer sanften Bucht, an einer Halbinsel, und verfügte über seine Lage eine hervorragende Position um den Seehandel, als auch die militärische Stärke im *mare nostrum* zu kontrollieren. In der Stadt lebten zu diesem Zeitpunkt bereits über 300.000 Einwohner, und war nach *Rom*, *Alexandria*[468] und *Antiochia* die viertgrößte Stadt im Römischen Reich. Die Bevölkerung bestand neben Nachkommen der urbanen punischen Bevölkerung, aus sesshaft gewordenen Nomaden, Einwanderern, als auch Legionsveteranen, die sich in verschiedene Bereiche der wirtschaftlichen Versorgung integrierten.

---

465 Classis Alexandrina = Mittelmeer-Seestreitkräfte

466 Concordia Julia Carthago = ehem. Punische Hauptstadt; zerstört 146 v.Chr.), östlich vom heutigen Tunis liegend.

467 Gajus Julius Caesar = (*100 - † 44v.Chr.) röm. Feldherr, Politiker, Namensgeber der späteren Kaiser (Caesaren)

468 Alexandria = heutige Küstenstadt in Ägypten

Bedeutend war auch der Warenaustausch zwischen sesshaften Bauern und nomadischen Nachbarn. Bodenschätze wie das begehrte Steinsalz aus der Wüste, Edelmetallen, Gold, im Gegenzug zu regionalen landwirtschaftlichen Produkten wie Gerste, Weizen, Oliven. Alles was römische Kultur ausmachte, war in dieser Stadt vertreten. Neben einem großen Wirtschafts- als auch Militärhafen, Bauwerken wie Theater, Amphitheater, Bäder, Odeum, einen Circus, Tempel sowie, monumentale Regierungsgebäude, die privaten Villen, Äquadukten zur Wasserversorgung, an nichts fehlte es hier. Hatte es im Römischen Reich doch den Ruf einer außerordentlich prestigeprächtigen Provinz, die in der Regel mit dem senatorischen Posten eines kaiserlichen *Procuratores*[469] besetzt wurde, wobei unter dem Vorgänger – *Trajan* unseres heutigen Imperators *Hadrian*, mehr und mehr langgediente Offiziere aus dem Stand der „*Ritter*“[470], diese Aufgabe zugewiesen bekamen.

[469] Procurator = kaiserlicher Statthalter, ziviler und militärischer Verwalter einer Provinz

[470] Ritter = 3. Stand, neben dem Senatoren- und dem Bürgerstand. Aufstieg meist über Militär, Wechsel in späteren zivilen Stand ab 1.Jhdt. n.Chr. zur Verwaltung von kaiserlichen Provinzen.

**December 874** - ab urbe condita **(A.D. 121)**
Im 5. Regierungsjahr des Erhabenen Hadrian

Mittlerweile lag mein drittes Dienstjahr in dieser Provinz vor mir. Mit meinen Präsentationsaufgaben hatte ich mich zwischenzeitig gut eingelebt, und eine gute Übersicht erhalten. Mir zur Hilfe stand auch meine Frau *Pamphilia-Gratia*, die seit ihrer Ankunft vor einem Jahr mir in meinen Aufgaben, und Empfängen zur Seite stand, und mich vor allem bei der weiblichen römischen Bevölkerungsschicht hervorragend vertrat. Vielfältig waren die Aufgaben, die sie auch während meiner Abwesenheit auf Dienstreisen innehatte, vor allem versorgte sie mich in vielen Fällen mit wichtigen Informationen und Ratschlägen, aufgrund ihrer weiblichen Intuition, wenn mir mal die Entscheidungsratio in wichtigen Entscheidungsaufgaben schwer fiel. In den allgemeinen Verwaltungsaufgaben stand mir mein treuer alter Gefährte und Verwalter *Mamertus* zur Seite, den ich in keinster Weise mehr missen wollte.

Auf einer meiner Inspektionsreisen ins Landesinnere, am Ende meines zweiten Dienstjahres, war ich unterwegs mit meinem Verwalter *Mamertus* und einer begleitenden militärischen Eskorte bestehend aus der Hälfte einer *Turma*[471], von der Siedlung *Theveste*[472] nach Süden über die Bergoase *Ad Thurres*[473] nach *Turris Tamalleni*[474] an den Limes im Süden des Landes, um die Grenzkastelle zu

---

[471] Turma = militärische Reitereinheit/Hilfseskorte (1/2 Turma=15Reiter)
[472] Theveste = antike Römische Grenzstadt in Algerien zum heutigen Tunesien,
[473] Ad Thurres = antike Siedlung (heute Tamerze) an der Grenze zu Algerien
[474] Turris Tamalleni = antike Grenzfestung (heuteTelmine) Tunesien Mitte, Gouvernement Kebili

inspizieren. Von dort aus wollten wir dann weiter ostwärts an die Küste zu *Tacapae*[475], um mit dem Schiff zurück nach *Carthago* zu reisen. Mit uns reisten einige Kaufleute, als auch regionale Karawanenführer, da der Weg durch die Salzwüste *Lacus Tritonis*[476] führte und ortskundige Personen erforderlich waren, da dieses Teilstück der Strecke von 80 Meilen[477] nicht ungefährlich zu durchqueren war. Während unserer Inspektionsreise waren wir bereits acht Wochen unterwegs, und rüsteten uns für dieses vorletzte Teilstück der Reise an die Grenzbefestigung des Limes, wofür wir nach Auskunft der Führer ca. eine Tagesreise von 9-10 Stunden im „Wüstentempo" benötigen würden. Nachdem wir frühmorgens von *Thurres* losritten, mit Begleitkarawane und Kamelen, kamen wir ca. 8 Meilen/Stunde voran, bevor wir die vor uns liegende Salzwüste durchqueren mußten.

An diesem Morgen waren die Reittiere außergewöhnlich unruhig beim Packen unserer Reiseutensilien, was wir zuerst der allgemeinen Aufbruchstimmung zuordneten. Nach etwa fünf Stunden, begann sich der Horizont im Süden gelblich und braungrau zu färben, und es begann sich auch allgemeine Sorge in den Gesichtern und Stirnrunzeln der Karawanenführer abzuzeichnen, sofern man die Gesichter der verhüllten Reiseleiter genauer studieren konnte. Man versuchte das Reisetempo etwas zu erhöhen, da man vorsichtigerweise einen Zwischenstop unterwegs an einem markanten Felsmassiv einplanen wollte. Die Sonne brannte unbarmherzig vom Himmel,

---

475 Tacapae = antike Küstenstadt, (heute Gabes) Gouvernement Gabes

476 Lacus Tritonis = Salzwüste Schott el Djerid = antike Bezeichnung Tritonis Lacus, Salzsee/Sumpf s

477 Meile = römisches Wegmaß (1 Meile = 1,609lm)

und der südliche Horizont begann sich langsam mehr und mehr braungräulich zu verfärben. Allgemeines Stimmengewirr, und hektischere Bemerkungen der Karawanenführer und Kaufleute mehrten sich. Auf meine Frage hin was der Grund für die allgemeine Unruhe war, antwortete mir der Karawandenführer knapp mit besorgter Miene – *Shirroc*! Nachdem das Wort aus dem Munde gefallen war, zuckten die Gestalten der Ortskundigen zusammen, und trieben die Reittiere zu noch eiligerem Tempo voran. Von Ferne konnte man ein leises Brausen hören und die Besorgnis wuchs um jeden Augenblick, der mit der Verfärbung des Horizontes sich abzeichnete. Der Boden begann leicht zu zittern, und man trieb die Karawane im eiligen Tempo voran auf eine Felserhebung in ca. vier Meilen Entfernung zu. Die sonst so friedfertige Stimmung der Reisegesellschaft, wandelte sich langsam aber stetig in eine hektische Betriebsamkeit, man trieb die Reittiere mit knurrenden Befehlen zu eiligem Tempo an.

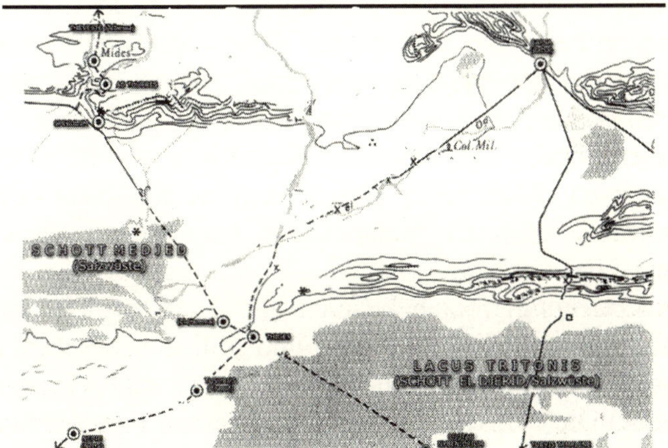


**Bild – 25- / Der Autor /** **-----** **R**ömische Strasse; **- - - -** Weg Verbindungsstraße (vermutet); X= aufgefundene Inschrift (Zeichnung: Der Autor)

Langsam begann der Staub der zu überquerenden Salzwüste sich am Boden zu kräuseln, das leise Brausen des entfernten Windes steigerte sich allmählich in ein Knurren und Ächzen. *Shirrocc!* – allein die Nennung und Betonungs des Wortes ließ nichts Gutes ahnen, hatte ich doch gehört, dass sich manchmal ein Wüstenwind aus Süden aus der Wüstenregion bewegte, und dann ganze Landstriche mit seinem Toben überzog. So entwickelte es sich auch langsam in diesem Falle. Nach dem die angestrebte Felsformation vor uns auftauchte, befahlen uns die Reiseführer umgehend die Reittiere in einer kleinen Kreisformation auf den Boden zu postieren, und uns umgehend in den Schutz dieser Formation zu begeben. Kaum getan, begann es um uns zu stürmen, eine Braune Wolkenwand bewegte sich mit tobendem Brüllen auf uns zu, kaum daß wir die kommandierenden Befehle der Karawanenführer in die Praxis umgesetzt hatten. Ich versuchte mich neben meinem Verwalter *Mamertus* auf den Boden zu legen, und uns mit einem Tuch über unseren Körpern zuzudecken. Kaum dass wir dies gerade geschafft, und uns entsprechend geschützt hatten, nachdem wir dies von unseren Reisebegleitern beobachtet hatten, begann die Hölle, um uns herum zu toben. Der Wüstenwand fuhr mitten unter uns, Sand peitschte um uns herum, so daß wir nur notdürftig unsere Augen und Atemwege vor diesem Unwetter schützen konnten. Eine Verständigung trotz hektischer Zurufe, war nicht mehr möglich, um uns herum tobte und brüllte der Sturm, als wenn er uns verständlich machen wollte, daß wir uns in unerlaubter Weise in seinem Herrschaftsgebiet bewegt hatten. Keuchend und hustend, begleitet von dem tobenden Geräusch des Sturmes, versuchte ein jeder sich so gut wie möglich zu schützen. Solcherart hatte ich in meinem Leben noch nie erlebt, und ich hoffe es auch nie mehr in so einer Weise zu erleben. Quälende Augenblicke, die sich für uns in unendliche Stunden wandelten, empfanden ich, und sicherlich auch sämtliche Reisebegleiter, ein jeder durchlebte sein Grauen und empfand Angst vor dieser unerbittlichen Naturgewalt. Der uns umwirbelnde Sand, deckte uns Minute für Minute ein, wir konnten nur mehr schemenhaft unseren Vordermann oder das am Boden liegende Reittier erkennen. Die Sandünen bedeckten uns allmählich, bis sich erst unmerklich, aber doch unablässig das Wüten dieses Sturmes allmählich über uns gezogen war. Nach einer gefühlten Zeitdauer von mehreren Stunden, ich war ob diesen Sturmes leicht in einen Dämmerschlaf verfallen, beruhigte sich die allgemeine Situation langsam aber doch unablässig, bis sich die brennenden Sonnenstrahlen wieder blicken ließen. Der Sturm war über uns gezogen, und hatte sich weiter gen Norden gewälzt, das Brausen verlor sich allmählich in der Ferne. Langsam aber beständig bewegten sich der eine oder andere wieder auf seinen Beinen, den Sand aus den Kleidern und Haaren schüttelnd. Die Tiere spürten ebenfalls die Erleichterung und erhoben sich allmählich wieder. Manchem mußten man helfend auf die Beine richten, den Göttern dankend, dass dieses Unwetter an uns vorübergezogen war. Bei der Prüfung von Verlusten, mußten wir feststellen, dass sich zwei Reitkamele, und ein Pferd losgerissen hatten, und sich im Sturm verloren hatten, von den unseren Männern glücklicherweise niemand. Größerer Schaden war glücklicherweise nicht entstanden, jedoch werde ich dieses Erlebinis einer solchen Naturgewalt nicht mehr vergessen. Man prüfte, ob ansonsten alles in Ordnung war, richtete das Gepäck, stärkte sich an den vorhanden Wasserflaschen, um die rauhen Kehlen, vom Staub des heftigen Wüstenwindes zu spülen, und setzten unsere

Reise danach zu unserem Ziel nach *Turris Tamalleni* fort, das wir fünf Stunden später erreichten.

In *Turris Tamalleni* angekommen, war unser allererstes Streben, uns erst mal von den Strapazen dieser Wegstrecke hierhin zu erholen. Während die Kaufleute der Karawane sich in Ihren Geschäften zum lokalen Basar zurückzogen, hatte unsere Truppe sich erstmal in der hiesigen Therme erholt, um unsere geschundenen Körper zu pflegen, und danach zu einem üppigen Gastmahl beim Stadtkommandanten und *duumviri*[478] *Apulejus* einzufinden, mit dem wir weitere Ziele und Aufgaben unserer Reise besprachen. Dieser war uns aus der Hafenstadt *Tacapae*[479] entgegengeeilt, da er die Nachricht unseres Imperators *Hadrian* weiterreichen wollte, dass dieser sich mit uns in drei Tagen aus *Alexandria* in *Tacapae* eintreffend, in *Aquae-Tacapitanae*[480] - einem römischen Militärkastell, einer Oasensiedlung nahe am *Limes Tripolitanus* sich mit uns treffen wollte, um die Grenzfestungen zu inspizieren, die er weiter auszubauen gedachte. Mit Interesse sah ich diesem Treffen entgegen, hatten *Hadrian* und ich uns das letztemal vor seiner Thronbesteigung vor 4 Jahren in der Provinz *Judae* zuletzt getroffen. So war unser Aufenthalt an diesem Orte nur sehr kurzfristig, da wir am nächsten Tage aufbrachen, um in die ca 75 Meilen entfernte Oasensiedlung zu kommen, in dem wir Imperator *Hadrian* und seinen militärischen Stab treffen wollten.

Zwei Tage später, traf auch *Hadrian* dann mit seinem Gefolge ein und so konnten wir uns nach langer Zeit

---

[478] Duumviri = (auch duoviri) römischer Beamter, ein mit 2 Beamten besetztes Amt während der Kaiserzeit

[479] Tacapae = (heute Gabes) Hafenstadt in antiker Provinz Africa Proconsularis

[480] Aquae-Tapitanae = römische Oasensiedlung (heutiges El Hammah/Gouvenement Gabes) am Limes Tripolitanus

wieder einmal ausführlich über unsere vergangenen Zeiten austauschen. Bei dieser Gelegenheit pflegten wir natürlich auch ausgiebig der Badezeremonie, einen Brauch den ich in der römischen Kultur zu schätzen gelernt hatte. Die Siedlung war auch an solch einem Ort, der artesischen Quellen gegründet worden, war ja das Bad nicht nur eine Körpererfrischung, und Erholung sondern gleichzeitig auch ein Ort des Austausches, der politischen Ereignisse, Neuigkeiten aus dem Reiche und Diskussionsort für geplante Aktivitäten. So erfuhr ich von *Hadrian*, dass der vor einem Jahr in der im Norden des Reiches der fernen Provinz *Britannia* einen Wall zu errichten begonnen hatte, nach seinen Namen benannt – *limes hadrianus*[481], um die Region gegen Überfälle rebellischer Stämme der *Picten* und *Scoten* abzusichern. Ebenso war er bemüht die Grenzbesfestigung in meiner fernen Heimat dem *limes germanicus*[482] begonnen durch seinen Vorgänger *Trajan*[483] weiter auszubauen. War vor ihm *Trajan* ein Kaiser der Eroberungsfeldzüge, so bevorzugte es *Hadrian*[484] in seiner Regentschaft als *restitutor*[485] die Gebiete abzusichern. Solcherarts plante er nunmehr auch in dieser südlichen Region *Africa Proconsularis* diese noch mehr auszubauen, um die wirtschaftliche Prosperität als Getreidekammer für Rom abzusichern. Dabei sollten sich in den nächsten Jahren verschiedene Castelle und Grenzbastionen am *Limes Tripolitanus* in Richtung Osten nach zur Provinz *Aegyptus*, und nach Westen hin nach

[481] limes hadrianus = Hadrianswall (Grenzgebiet Britannien/Schottland)
[482] limes germanicus = Obergermanisch-raetischer Limes (Odenwald/Region Hessen)
[483] Trajan = römischer Kaiser von 98-117 n.Chr.)
[484] Hadrian = römischer Kaiser (117-138) und Nachfolger von Trajan
[485] Restitutor = (*restitutor & locupletor orbis terrarium*) „Wiederhersteller, Bereicherer des Erdkreises" historische Bezeichnung auf Münzprägung während seiner Herrschaftsdauer

M*auretania Caesariensis*[486] und *M.Tingitana*[487] verstärkt werden. *Hadrian* erstaunte mich immer wieder in seinem Temperament als Mensch mit weltoffener Wissbegierde, seiner Vorliebe zur hellenischen Kultur, guten Beziehungen zum römischen Senat, immenser Bautätigkeit ebenso wie kultureller Traditionspflege. Vor allem aber die Nähe zu seinen stationierten Legionen in den verschiedenen Provinzen, zeichneten seine Inspektionsreisen aus. Nicht nur militärisches Interesse, sondern auch gute persönliche Beziehungen, gleichwohl zu einfachen Legionären, als auch Befehlshabern, beeindruckte seine Untergebenen immer wieder durch seine immensen täglichen Reisestrapazen. Nachdem wir uns über seine verschiedenen Planungen, sowie meinen Berichten zur Entwicklung in dieser Provinz ausführlich unterhalten hatten, klopfte er mir wohlwollend auf die Schulter – <„*Ich sehe, du hast dich in dieser Provinz gut eingearbeitet*“,> und beglückwünschte mich zudem zu meiner späten Heirat vor 4 Jahren mit *Pamphilia Gratia* auf *Sardinia*, und erkundigte sich nach ihrem Wohlbefinden. <„*Nun wenn du Gelegenheit hast uns nach Carthago danach zu begleiten, kannst du sie ja selbst mal kennenlernen*“,> antwortete ich ihm, <„*der Einladung komme ich gerne nach*“,> antwortete er mir, <„*ich möchte gerne die Frau kennenlernen, die einen meiner fähigsten Beamten so in den Bann gebracht hat, dass er sogar noch im späteren Alter geheiratet hat*!“>
Mit diesem heiteren Austausch, setzten wir unsere Grenzinspektion in den nächsten drei Tagen in der lokalen Region fort, bis wir uns dann wiederum in *Tacapae* einschifften, um nach *Carthago* weiterzureisen. *Mamertus* hatte ich bereits zwei Tage zuvor mit einer kleinen

[486] Mauretania Caesariensis = heutiges Nordafrika/Algerien
[487] Mauretania Tingitana = heutiges Nordafrika/Marokko

Barkasse nach *Carthago* vorausgesandt, um die Nachricht meiner Frau und den Beamten in der Provinzhauptstadt Bescheid zu geben, und dort einen Empfang vorzubereiten, wenn ich mit *Trajan* in den nächsten Tagen eintreffen wollte.

Bei unserer Ankunft im Hafen waren bereits die wichtigsten Vertreter der Stadt, sowie der Militärkommandos vor Ort, um uns am Uferkai zu empfangen. Im Hintergrund hatte sich die Stadtbevölkerung von *Carthago* als jubelnde Menge eingefunden, um den Imperator aus nächster Nähe zu sehen, der ihre Stadt mit seinem Besuch ehrte. Kam es ja nicht jeden Tag vor, dass man solch einen hohen Empfang in seiner Stadt begrüßen konnte. Als wir vom Schiff gingen, empfing uns neben den städtischen Würdeträgern auch meine Gattin *Pamphilia-Gratia*, der ich freudestrahlend *Hadrian* vorstellte. Sie wusste um meine freundschaftliche Beziehung zum Kaiser, den ich seit über 20 Jahren vom Beginn meiner militärischen Karriere im fernen *germania inferior* getroffen und kennengelernt hatte. *Pamphilia* verneigte sich in anmutiger Schönheit vor ihm, jedoch selbstbewußt in ihrere Position als Ehefrau des Provinzstatthalters. Mit einem freundichen Kopfnicken verneigte sich dieser vor ihr – nicht ohne seinen Kommentar <„*Jetzt verstehe ich warum mein alter Freund sich vor der Zierde seiner Gattin nicht zu verstecken braucht“*,> seinen Blick in meine Richtung wendend, mit einem freundlichen Lächeln abzugeben. <„Solch ein Schmeichler, dachte ich mir“>, nicht jedoch ohne einen anerkennenden Blick an meine Frau zu richten, und sie nach Wochen der Rundreise wieder glücklich in meine Arme schließen zu können. < *“Ich habe gehört, was Euch wärend Eurer Wüstenreise im Sandsturm widerfahren ist“>,* antwortete sie mit leiser aber freudvoller Stimme, <“*Mamertus hat mir von Euren Erlebnissen berichtet*“>. Solcherart beschwingt begaben wir uns durch die Menschenmenge in Richtung zu unserem Stadthalterpalast, begleitet von der jubelnden Menge, die stolz darauf war, den römischen Kaiser in ihrer Stadt empfangen zu können.

Nachdem sich der Kaiser einquartiert hatte, trafen wir uns dann am Abend zum Empfang mit den Stadtrepräsentanten, und tafelten in fröhlicher Runde, froh den Staub der vergangenen Tage und die Anstrengungen der Reise hinter uns zu lassen und den fröhlichen Empfang zu feiern. Zur kulinarischen Begleitung, trat auch eine Truppe schwarzer Tänzer auf, die zur einheimischen musikalischen Begleitung, akrobatische Kunststücke vor der Gesellschaft zum Besten gaben. Denke ich manchmal an diese Tage zurück, so erfreute mich mein Herz, solcherart friedliche Zeiten in der Begegnung mit Menschen zu erleben, inmitten einer Zeit, wo mir auch die Gräuel und kriegerischen Auseinandersetzungen in meiner Vergangenheit nicht unbekannt waren, die dieses *Imperium Romanum* auch schon erlebt hatte. Wie schön könnte doch die Welt sein, wenn sie in friedlichem, kulturellem Austausch sich treffen könnte, wie in solchen wenigen Zeiten dies auch zum Ausdruck kommen kann, dachte ich mir, eine „Augenweide für die Götter“ aber naja, auch die Götter hatten schon mal ihre Auseinandersetzungen, dachte ich mir. Ob nun die römischen Götter, oder dieser eine Gott den die *Judäer* verehren, die ich vor mehreren Jahren während meiner Tätigkeit im fernen Osten des Römischen Reiches kennengelernt habe, unser aller Schicksal lenkten, vermag ich nicht eindeutig zu sagen. Jedoch tragen wir Menschen mit unseren Gedanken und Handlungen entscheidend dazu bei, ob wir uns im Frieden oder im Krieg miteinander befinden. Unser Denken und Handeln bestimmt die Gegenwart und die Zukunft, solcherart Gedanken blitzen mir in diesen erlebten Momenten immer wieder durch den Kopf, und ich habe versucht soweit es mir möglich war, mein Leben und mein Wirken immer auch in diese Richtung zu lenken. Ob mir dies auch immer in der gewünschten Weise gelungen ist, mögen meine und unsere Nachkommen besser beurteilen zu können, als wir selbst in solchen Situationen……

Nach diesem Zeitpunkt, genoss *Hadrian* noch fünf weitere Tage in unserer Mitte, besichtigte den Baufortschritt dieser zur Colonia ernannten Siedlung, und deren Schönheiten, bevor er sich von uns verabschiedete, und sich wieder zurück nach Rom einschiffte, um seinen Regierungsgeschäften weiter zu widmen.

Der Alltag kehrte wieder ein und mein drittes Amtsjahr in dieser Provinz neigte sich langsam dem Ende zu, bis ich eine Depesche aus Rom erhielt, in dem mich *Hadrian* zu einer neuen Aufgabe, zum neuen anbrechenden Kalenderjahr in der germanischen Grenzprovinz *Noricum*[488] berief. Ich befand mich nun in meinem 58. Lebensjahr, und gemäß den amtlichen Voraussetzungen, sollte dieses meine letzte berufliche Station vor meiner Pensionierung zu werden. Zum Glück lag meine Heimat in der ich geboren wurde nicht weit davon entfernt, in

[488] Noricum = römische Grenzprovinz im Norden des Reiches (Gebiet heutiges Österreich)

*Raetia*[489], einer Region in der ich auch beabsichtigte meinen Ruhestand zu verbringen. Bevor ich jedoch meinen neuen Dienst in *Noricum* antreten konnte, erreichte mich eine Nachricht meiner Tochter aus der fernen Heimat, daß es mit der Gesundheit meiner Mutter nicht zum Besten stand, die sich ja nun schon im 76.Lebensjahr befand. Aufgrunddessen, dass ich wegen meiner wechselnden Diensteinsätze im Römischen Reiche nicht allzuoft meine Heimatfamilie besuchen konnte, entschloss ich mich aufgrund einer vorherigen Dienstregelung durch den Imperator *Hadrian* mir gewährt, vorzeitiger in meine Heimatprovinz *Raetia* abzureisen, um vielleicht meine Mutter noch lebend anzutreffen. Verdankte ich ihr doch so viel in meinem Leben, dass sie nach dem frühen Ableben meiner ersten Ehefrau *Livinia*, und deren Heimgang ins *Elysium*[490], meine beiden Kinder *Marcus Claudius* und *Flavia-Aterissa* ab dem frühen Kindesalter von 6 und 4 Jahren an, mit in meinem früheren Heimatort aufgezogen hatte. *Marcus Claudius* war mittlerweile 32 Jahre alt, und mittlerweile selbst in den militärischen Dienst eingetreten, wie ich aus den Briefen entnehmen konnte und zur Zeit in der fernen Provinz *Cappadokia*[491] stationiert. *Flavia Aterissa* jetzt 29 Jahre alt, hatte in ihrem Heimatort einen wohlhabenden Kaufmann geheiratet, und führte mit meiner Mutter im Heimatort *Abodiacum* die Geschäfte einer Reisestation an der bedeutenden Strassenverbindung in *Raetia* an der *Via Claudia Augusta*. So verblieb meine Frau vorerst bis zum Antritt meines Nachfolgers in *Carthago*, während ich meinen Abschied von der Provinz im Monat Octobris

[489] Raetia = röm. Provinz, heutiges Gebiet Schweiz und Bayern/Deutschland
[490] Elysium = elysische Gefilde“ - antike römische Bezeichnung des „Jenseits“ (Reich des Todes)
[491] Cappadokia = heutige (nördliche Türkei) an der Schwarzmeerküste

nahm und zur Heimreise nach *Raetien* aufbrach. Von dort aus, sollte ich dann zu Beginn des neuen Jahres meinen Dienst in *Noricum* antreten. Mein treuer Verwalter *Mamertus*, sollte meinem Nachfolger den neuen Statthalter *Atilius Metilius Bradua*[492] nach seiner Ankunft in *Carthago* die Amtsgeschäfte übergeben, und dann zusammen mit meiner jetzigen Ehefrau *Pamphilia Gratia* nach Auflösung unseres Haushaltes in die neue Dienstprovinz folgen.

Mit dem Schiff ging es von *Carthago* aus 630 Meilen weit an die 4-1/2 Tage durch das *mare nostrum*[493] bis zum Hafen *Ostia* von Rom und weitere 3 Tage an der Küste entlang bis zur Hafenstadt *Luna*[494], von dort mit der Eil-Kutsche die restliche Strecke von 950 Meilen über *Parma*, *Verona*[495], *Tridentum*[496] die an der Fernstrasse der *Via Claudia Augusta* die Alpen überquerend entlang über *Pons Drusi* [497], an *Foetibus*[498] vorbei, weiter nordwärts nach *Abodiacum*[499], wo ich nach über 18-tägiger Reise einer Wegstrecke von über 1.100 Meilen[500] endlich eintraf. Als ich mich meinem Heimatdorf näherte, begannen all die Erinnerungen wieder in meinem Gedächtnis zu kreisen, die ich während meiner Jugendzeit, und späteren wenigen Besuchen in meinem Heimartort erlebt hatte. Als man die Kurierkutsche sah, die sich im Eiltempo dem Dorf näherte, empfing mich an der

---

492 Atilius Metilius Bradua = Statthalter Carthago (ab 123 n.Chr.), nicht historisch sicher belegt

493 *Mare nostrum = Mittelmeer, Westküste heutiges Italien bis ..*

494 *Luna = heutige Hafenstadt Luna (la Spezia) Golf von Genua*

495 *Verona = heute gleichnamig Verona (bekannt durch röm. Amphitheater)*

496 *Tridentum = heutiges Trento (Trient) Italien/Südtirol*

497 *Pons Drusi = Bozen (Norditalien)*

498 *Foetibus = Füssen, Bayern*

499 *Abodiacum = heutiges Epfach, an der Via Claudia Augusta (Bayern/Deutschland)*

500 *Meile/km = Umrechnung 100 Meilen = ca. 160km = ca. 1750km*

Strassenstation eine junge Frau mit zwei Kindern an ihrer Seite, die ich als bald an ihren markanten Gesichtszügen, als meine Tochter *Flavia Aterissa* erkannte. Überglücklich fielen wir einander in die Arme, hatten wir uns doch schon eine Ewigkeit von fast zehn Jahren nicht mehr gesehen. Trotz des Wiedersehens nach so langer Zeit, war der Anlass nicht gerade zur Fröhlichkeit gestimmt. Laut ihrer Aussage hatte meine Mutter in den letzten Tagen zusätzlich einen schlimmen Husten bekommen, der vehement an ihrer Lebenskraft zehrte, und ihren schmalen Körper jedesmal schüttelte. Trotz dem sichtlichen Freudenglanze in ihren Augen nach zu urteilen, ihren Sohn nach so unendlich langer Zeit wieder zu sehen, merkte ich, wie ihre Lebenskraft in den Tagen danach zu schwinden begann. Das feuchte Klima der hiesigen Region, sowie auch die nebelverhangenen Wochen des angebrochenen Monats Novembris taten ihr übriges. Kaum acht Tage nach meiner Ankunft verstarb sie in meinen Armen, im Kreise der gesamten Familie, die sich um sie versammelt hatte. Nach der feierlichen *conclamatio*[501] und der anschließenden Ruhebettung am Scheiterhaufen, wurden neun Tage später die verbliebenen Knochenreste, mit Wasser und Milch gewaschen und anschließend der Urnenbestattung übergeben. Ihre letzte Ruhe fand sie dann am Siedlungsanger an der Dorfstraße, wo wir bereits vor über 26 Jahren meinen Vater beerdigt hatten. Viele Verwandte und Freunde kamen um an den Begräbniszeremonien teilzunehmen, kannten sie doch viele aus der unmittelbaren Umgebung, aber auch von weiter her, da sie zu ihren Lebzeiten, nach dem Ableben meines Vaters, die lokale Strassenstation an der *Via Claudia* weiterführte und mit ihrem herzhaften Humor und

[501] Conclamatio = Trauer-/Totenklagezeremonie

ihrem keltischen, energischen Temperament vielen Gästen, sowie auch Reisenden in guter Erinnerung war.

Nun lag es an mir und meiner verbliebenen hier ansässigen Familie, Onkel, Cousins sowie Nichten und Neffen, ihrer zu gedenken. Einen mir noch gut aus meiner Zeit, bekannten *acisculariu*s[502], den ich vor meiner Militärzeit in *Augusta Vindelicorum*[503] kennengelernt hatte, beauftrage ich mit der Herstellung eines würdigen Gedenksteines zum ewigen Andenken an meine Mutter, den dieser mit entsprechender Inschrift (siehe Folgeseite) in den nächsten Wochen bis zu meiner Abreise nach *Noricum* fertigen sollte.

[502] Aciscularius = antike römische Bezeichnung für einen Steinmetz
[503] Augusta vindelicorum = Augsburg, Stadt im heutigen Südbayern

Bild -27- Weihewidmung CPC an seine Mutter

Dieser Grabsteinaus (Tuffstein) ist historisch belegt unter folgender Bezeichnung: **CIL.III 5777 = Vollmer 87**. aufgefunden im Jahre 1830 beim Abtragen der spätrömischen Mauer des Lorenzberges bei Epfach (röm. Abodiacum) Heute gelagert im Maximilianeum Augsburg, unter (Inv. Lap 128)

-------------------------------

**CL** (audiae) **INDUT** [i f(iliae)]
**CLEMENTI** [nae]
**CL** (audius) **PATERNVS**
**CLEMENTIAN** [us]
**PROC** (urator) **AVG** (usti)
**MATRI**.

---

***Sinngemäße Übersetzung:***

*Der Claudia Clementi, Tochter des Indutus, Mutter des kaiserlichen Prokurators Claudius Paternus Clementianus, gewidmet.*

---

# KAPITEL X

## Vices ages legatis (noricum)

**Frühjahr 876** - ab urbe condita **(A.D. 123)**
im 7. Regierungsjahr des Erhabenen Hadrian

***Mihi fere satis est quod vixi vel ad aetatem vel ad gloriam!***
*Für mich habe ich genug gelebt, im Hinblick auf Alter wie auf Ruhm!*
(Cicero)

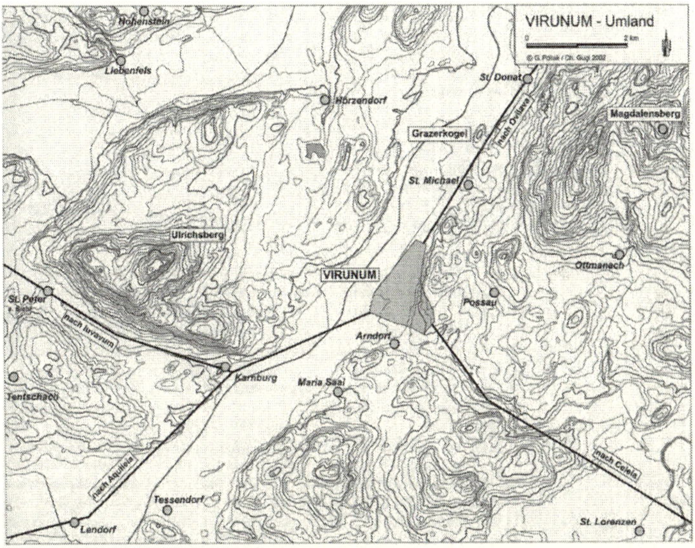


Bild – 28- / Virunum und sein heutiges Umland (grau unterlegt, das eigentliche Stadtgebiet)
Bildquelle: R.Jernej / Ch. Gugl (Virunum, Das Römische Amphitheater)

## Provinzkarte – Noricum

Bild -28- / Quelle: Joachim Schäfer - Bild Public domain; freigegeben
<a href="www.heiligenlexikon.de">Ökumenisches Heiligenlexikon</a>

Nun, schweife ich zurück in meinen Gedanken an die letzten Wochen und Monate, so muß ich sagen, daß diese Zeit nach meiner Ankunft nicht einfach war. Nachdem wir meine Mutter begraben, und die angeordneten Begräbnisfeierlichkeiten und kultischen Reinigungsrituale abgeschlossen waren, hatte ich die Zeit mich nun mehr meiner Heimatfamilie zu widmen. *Flavia Aterissa* war zu einer jungen Dame herangewachsen im Alter von 28 Jahren, hatte nach ihrer Vermählung mit einem Kaufmann, zwei Kinder – 1 Sohn, *Livinius und 1* Tochter, *Drusilla* bekommen, und führte nun mit Ihrem Mann *Sempronius* die Strassenstation an der *Via Claudia*. Auch die Familien meiner Cousins – *Sicatus*, als auch *Marcus* lebten in Abodiacum, sodaß diese Zeit meines Aufenthaltes mit vielen gemeinsamen Treffen ausgefüllt war. *Sicatus*, der das Pferdegestüt seines Vaters *Indutus [filius]* übernommen hatte, den ich aus meiner Jugendzeit immer noch wegen seines „Reitkunststückes“ in Erinnerung hatte, reagierte immer wieder voller Entrüstung, wenn ich seinen eigenen Kindern und Enkeln davon erzählen mußte, die von mir natürlich viele Antworten, zu Fragen aus der Vergangenheit ihrer Eltern und Großeltern wissen wollten. So verstrichen die Festtage der *Saturnalien*[504], der Winter hüllte die Landschaft in einen dicken weißen Mantel, der an der Siedlung vorbeifliessende *Licca*[505] begann zuzufrieren, sodaß die Kinder auch die Vorzüge des gefrorenen Flusseises spielerisch geniessen konnten. Ich genoß die Zeit ebenso mit meinen eigenen Enkeln *Livinius* und *Drusilla* (6 und 4 Jahre alt), den Kindern meiner Tochter *Flavia Aterissa,* die ihren neu kennengelernten Großonkel mit vielen Fragen zu der fernen Welt ausquetschten, in der ich bislang unterwegs gewesen war.

Der Januarius neigte sich langsam dem Ende zu, und für mich näherte sich die Zeit meine neue Aufgabe als Statthalter der Nachbarprovinz *Noricum* anzutreten. Zudem sehnte ich mich auch nach meiner lieben Ehefrau *Pamphilia-Gratia*, die mir in einer Depesche mitteilte, daß

---

[504] Saturnalien = römisches Hauptfest des Jahres (beginnend ab 17.Dezember für bis zu 7 Tage)

[505] Licca = Lech-Fluß, Hauptfluß der Region in Richtung der Provinzhauptstadt Augusta Vindelica

sie in der Zwischenzeit mit meinem Verwalter *Mamertus*, in *Carthago* alles abschließen konnte. Der neue Statthalter hatte meine Amtsgeschäfte von meinem Verwalter, mit den notwendigen Informationen übertragen bekommen, sodaß die beiden danach im Monat März zu meiner neuen Amtsaufgabe im fernen *Noricum* stoßen konnten.

Das Abschiednehmen von meiner Heimatfamilie, war diesmal nicht so schwierig, hatte ich ja aufgrund meiner Dienstjahre noch 3 Jahre bis zu meinem wohlverdienten Ruhestand, den ich plante hier in meiner ehemaligen Geburtsregion zu verbringen. Mit der Kutsche ging es bis zur entfernten Provinzhauptstadt *Augusta Vindelica*, wo ich in der Militärgarnison für eine Woche einquartierte, um mich am nächstmöglichen Termin am auftauenden Fluß *Danuvius,* in einer Fähre einzuschiffen. Die Gelegenheit des Aufenthaltes nutzte ich noch, um mich bei einem Besuch meines langjährigen Freundes und Kameraden *Titus Flavius Quintinus* zu treffen. Wir hatten uns seit 20 Jahren nicht mehr gesehen, als ich ihn in *Gontia*[506] auf der Durchreise zu meiner neuen Dienstaufgabe in *Brigetio* das letztemal besucht hatte. Auch er hatte seine militärische Dienstzeit verlängert und war nunmehr als „kaiserlicher Gardekommandant“ einer *Vexillation*[507] der *Ala-II flavia (pia fidelis)*[508] in der Provinzhauptstadt stationiert. Als Statthalter von *Raetien* war zur Zeit ein Bekannter von mir, *Quintus Baienus Blassianus*[509] ein Mann meines Alters, der zuvor schon das Amt des Procurators in den Provinzen

[506] Gontia = heutiges Günzburg

[507] Vexillation = Unter-Kommandoeinheit einer Legion

[508] Ala II flavia [pia fidelis] = römische Auxiliareinheit (als Ala II [milliaria] Flavia Gemina) gem. Diplom von 116 n.Chr.

[509] Quintus Baenus Blassianus = röm. Ritter und Statthalter von Raetia (ca. 123 n.Chr.)

*Cappadodocia/Armenia*[510] und *Mauretania*[511] innehatte. So hatten wir gemeinsame Erfahrungen in den verschiedensten Reichsprovinzen, die wir in der uns zur Verfügung stehenden Zeit ergiebig austauschten, und als zukünftige „Provinznachbarn“ weiterhin pflegen wollten. Zu solch einer freundschaftlichen Besprechung stieß dann auch mein Freund *Quintus*, der mich freudestrahlend begrüßte und sich stürmisch in meine Arme warf. Was für ein Empfang, was für eine stattliche Figur, ergrautes schütteres Haar, aber dennoch unverkennbar im Temperament der überschwenglichen Wiedersehensfreude. Den gemeinsamen Tag darauf verbrachten wir wie immer bei einem ausgiebigen Besuch in der urbanen Therme, und feierten danach unser Wiedersehen bei einem opulenten Mahl im Heim seiner Familie. Ich hatte noch gut in Erinnerung, dass „Amors Blitz“ bei ihm vor zwanzig Jahren eingeschlagen hatte, so lernte ich auch seine Frau *Amelia* und seinen Sohn – *Publicus Crescens* kennen, der vor kurzem auch die militärische Legionslaufbahn eingeschlagen hatte. Auch er nahm freudestrahlend zur Kenntnis als ich ihm mitteilte, dass auch ich mich inzwischen wieder vermählt hatte – gemäß seinen damaligen Abschiedsworten vor 20 Jahren – <„*Als unverheirateter Mann ist man nur ein halber Mensch*“>, was ich ihm nur bestätigen konnte. So vieles gab es zu erzählen und Informationen auszutauschen, sodaß der Tag zu schnell verging und ich mich in mein Quartier zurückbegeben mußte.

Am nächsten Tage bekam ich die Nachricht, dass ein Schiff am Handelshafen des *Licca*-flusses in Richtung

[510] Kappadocia / Armenia = heutige Schwarzmeerküste
[511] Mauretania = westl. Mittelmeer (Algerien/Marokko)

zum Danuvius und weiter in Richtung nach *Ovilava*[512] in zwei Tagen auslaufen wollte, wo ich einen Mitfahrgelegenheit bekam. So rüstete ich mich am Tage danach für meine Abfahrt, traf mich nochmals zum Abschied mit Quintus *Baenus Blassianus* und *Titus Flavius Quintinus*, bevor ich am Tage der Abfahrt am Fährhafen eintraf, wo meine Weiterreise beginnen sollte. Der Kapitän des Schiffes teilte mir mit, dass die Strecke über *Sumuntorum*[513] in den *Danuvius*, mit Zwischenstationen in *Castra Regina*[514], über *Bojodorum*[515] (240 Meilen) bis zum Zielhafen Lentia[516] nach *Ovilava* ca. 8-9 Tage dauern würde. Ich hatte schon einmal vor 20 Jahren eine Fahrt zu einer ähnlichen Jahreszeit auf dem *Danuvius* gemacht, als ich mich zu meinem Einsatzort nach *Vindobona* und *Brigetio* begeben hatte. Zu dieser Jahreszeit in den letzten beiden Wochen des Monats *Februarius*, war eine Reise noch relativ „erfrischend" wenn ich an all meine letzten Einsatzorte in *Judaea*, *Sardinia* und *Africa Proconsularis* denke, wo die Hitze und das Mittelmerklima die Fahrten bestimmte. Wie ich erfuhr, verteilten sich von *Ovilava* aus drei bedeutende Hauptstraßen. Die sogenannte „*Via Norica*" (Nord-Süd-Verbindung) die Ost-West-Verbindung in Richtung *Juvavum*[517], sowie einer weiteren Straße, die von *Ovilava* ausgehend über das Kastell „*Ad mauros*[518]" am Donaulimes entlang nach *Bojodorum* führte. In *Ovilava* angekommen übernachtete ich für einen Tag, bevor ich am nächsten Tage eine Kurierkutsche nutzen konnte, die mich

---

[512] Ovilava = heutiges Wels (Oberösterreich) an der Traun
[513] Sumuntorum = röm. Legionslager an der Flußmündung des Lech in die Donau
[514] Castra Regina = röm. Legionslager, heutiges Regensburg,
[515] Bojodorum = heutiges Passau (Grenze Deutschland zu Österreich)
[516] Lentia = Linz (Obersterreich) an der Traun-Mündung in die Donau
[517] Juvavum = Salzburg (Österreich)
[518] Ad mauros = Kastell bei Eferding (Oberösterreich)

durch die Alpentäler zu meinem neuen Einsatzort bringen konnte. Ab da hatte ich dann die Möglichkeit mit einer Eil-Kurierkutsche weiter die restliche Wegstrecke (ca.130 Meilen) über die Alpentäler nach *Virunum*[519] in weiteren fünf Tagen zu erreichen. An der Wegstrecke begann der Schnee allmählich an den Berghängen zu weichen, und so manche Brücke an Flussübergängen konnte nicht ohne erheblicher Gefahr wegen dem Schmelzwasser bewältigt werden. Letztendlich kam ich am sechsten Tage etwas verspätet in den Abendstunden in *Virunum* an, wo mich bereits der Quartiermeister erwartete, um mich in meine Unterkunft zu geleiten, wo ich mich nach den erheblichen Reisestrapazen auch ermüdet, den Tag meinen Göttern „empfahl" und ermattet einschlief.

Als ich am nächsten Morgen erwachte, erwartete mich bereits ein Adjutant mit einem ausgiebigen Frühstück, und der Mitteilung, dass mich der *duumvir*[520] (*magister vici)* zur *hora quinta*[521] des Tages gegen Mittag abholen würde, um mir die Stadt zu zeigen, um mich anschließend den städtischen *honestiores*[522] in meiner neuen Aufgabe vorzustellen. Vom Fenster meines Regierungssitzes aus, konnte ich die Stadt gut überblicken. Da dieser etwas erhöht auf einer Hügelkuppe lag, ergab sich mir ein eindrucksvoller Blick in Richtung Westen, in der sich die Siedlung entlang des *decumanus maximus*[523], einbettete. Soweit das Auge blickte, konnte ich die Ausmaße dieser *civitas*[524] erkennen, die in wahrhaft geometrischer Weise

---

[519] Virunum = Municipium Claudium Virunum, (Gründung ca. um 45 n.Chr.) als röm. Hauptstadt der Provinz Noricum

[520] duumvir / Magister vici = einer von 2 Bürgermeistern einer röm. Stadt

[521] Hora quinta = 5.Tagesstunde (entspricht unserer Tageszeit um 11:00 Uhr)

[522] Honestiores = Würdenträger der Stadt, (ordo decurionum) Stadtrat

[523] Decumanus maximus = Hauptstraße (Nord-/Süd-Richtung)

[524] Civitas = Siedlung, zur Stadt erhoben

angeordnet war. Wie ich vernommen hatte, befand sich eine ursprüngliche Siedlung (*Berg-/Virunum*[525]), die bereits durch die keltische Urbevölkerung der *Noriker*[526] gegründet wurde, auf einer größeren Bergflanke in ca. 11 Meilen Entfernung im Norden, die dann aber nach der römischen Übernahme unter dem Imperator *Claudius*[527] als *Municipium Claudium Virunum* im Tale gegründet, und als neuer Regierungssitz der Provinz *Noricum* eingesetzt wurde. Die Gesamtregion dieser Provinz umfasste ein Gebiet von ca. 5.600 Quadratmeilen[528], etwa ähnliche Größe wie *Raetien*. Sie erstreckte sich im Norden am Fluß *Danuvius*, von *Bojodorum*[529] über *Lauriacum*[530] bis *Vindobona*[531] zur Grenze *Pannoniens*, südwärts entlang bis *Poetovio*[532], und *Celeja*[533] am *Dravus*[534], nach Westen über *Aguntum*[535] bis *Vipetenum*[536], und wieder nördlich entlang des *Aenus*[537] bis nach *Poetovio*.

Zur vereinbarten *hora quinta* wurde ich dann vom *duumvir* der Stadt abgeholt, der sich freundlich mit Namen als *Lucius Sempronius* vorstellte. Er bot mir an, einen ersten Überblick über diese Siedlung zu verschaffen, bis wir uns mit den *honestiores* am Forum der Stadt danach zum ersten Kennenlernen treffen sollten. Die Stadt selbst

---

[525] Berg-/Virunum = ursprüngliche keltisch.-/röm. Siedlung auf dem Magdalensberg/Kärnten auf ca. 1.000m Seehöhe

[526] Noriker = keltische Urbevölkerung, ehemaliges Königreich vor römischer Besetzung

[527] Claudius = römischer Kaiser (41-54n.Chr.)

[528] Quadratmeilen = ca. 9.000km²

[529] Poetovio = heutiges Passau a.d. Donau

[530] Lauriacum = Enns a.d. Donau

[531] Vindobona = Wien a.d. Donau

[532] Poetovio = Ptuj (Pettau) Slowenien

[533] Celeja = Celje a.d. Save; Slowenien

[534] Dravus = Drau-Fluß (Kärnten/Österreich)

[535] Aguntum = Lienz (Osttirol/Kärnten)

[536] Vipetenum = Sterzing (Südtirol/Italien)

[537] Aenus = Inn-Fluß

war keine „gewachsene“ Siedlung, sondern wie schon erwähnt von Imperator *Claudius* vor etwa 70 Jahren gegründet, und in sehr planmäßiger Weise sehr rechteckig geplant. Von Süden ausgehend durchzog die „norische Hauptstrasse“ die Stadt nach Norden. Von hier aus verzweigte sich auch die Strasse wiederum nach Süden nach *Celeja* der alten „Bernsteinstrasse“, die schon seit jeher von der Bevölkerung als bedeutender Handelsweg genutzt wurde. Unterbrochen wurde die Hauptstrasse durch den Mittelpunkt der Stadt, dem sogenannten Forum, mit anschließendem Tempelbezirk, einer städtischen Basilica, einem Bäderbezirk, einem *Dolichenum*[538], dem Prokuratorenpalast, etwas östlich auf einer Anhöhe gelegen. Darum herum gruppierten sich dann sogenannte *Insulae*[539] durchbrochen von den in Ost-/Westrichtung ziehenden *Cardi*[540], sowie der nord-südlich ziehenden *Decumani*[541]. Ebenfalls östlich auf einer Anhöhung befanden sich ein *theatrum*[542], das kurz vor der Bauvollendung stand, sowie etwas weiter nördlich des Prokuratoren-Palastes gelegen ein *castrum*[543] der Statthaltergarde plus davorliegendem Siedlungsareal. Im Westen wurde die Siedlung durch den von Norden nach Süden fließenden *Glanus*[544] benannt nach einem keltischen Wassergott begrenzt, der sich durch die weite Ebene schlängelte, um nach weiteren 30 Meilen in den *Corcoras*[545] und später in den Hauptfluß der Region *Dravus*[546] zu münden. Inmitten dieser Ebene lag die

[538] Dolichenum = dem Gott Jupiter geweihter Tempel
[539] Insulae = mehrstöckige Wohnhausgruppen
[540] Cardi = (singular Cardo) Ost-/West Achsstrassen
[541] Decumani = (singular Decumanus) Nord/Süd Achsstrassen
[542] theatrum = Bühnentheater
[543] castrum = befestigtes Militärlager der „equites singulares“
[544] Glanus = Glan, Fließgewässer in die Gurk
[545] Corcoras = Gurk (der Gurgelnde) mündet in den Hauptfluß der Region der Drau
[546] Dravus = Drau, regionaler Hauptfluß Kärntens

Siedlung in einem fruchtbaren Tal, umrahmt von größeren Hügeln im Osten und Süden, sowie erhebenden Bergen im Norden und Westen. Alles in allem eine Stadt, die etwa ca. 4.000 Einwohnern Platz bot, und sich aufgrund der ambitionierten Lage im römischen Reich noch bestimmt weiterentwickeln würde.

Dies waren in knappen Schilderungen die Ausführungen des patroni/*magister vici*, sodaß ich mir eine Vorstellung zu den Daten der Region und der Stadt machen konnte. Die ausführlichere Variante stand mir mit den einzelnen städtischen *honestiores* und deren Verwaltungsbereiche und Aufgaben bevor, denen ich im Anschluß vorgestellt werden sollte. Zur dritten Stunde nach Mittag fanden wir uns dann im Zentrum der Stadt dem Forum ein, wo ich dann als neuer Statthalter, den urbanen Amtsträgern den diversen *magister vici* der umliegenden Siedlungen und Dörfern vorgestellt wurde. Da diese ausnahmslos der urbanen römischen *Municipalaristokratie*[547] angehörten, hatte man keine Mühe gescheut um ein entsprechendes Bankett für den Amtstritt des neuen Statthalters vorzubereiten. Galt es doch darum sich als besonders befähigt für die verschiedenen Bereiche des alltäglichen Lebens in Szene zu stellen. In den verschiedenen Provinzen meiner Tätigkeit hatte ich verschiedene Amtsträger kennengelernt, solche die sich durch Fleiß und Können auszeichneten, aber auch manchmal solche, die lediglich durch Protegierung einflußreicher Aristokraten und entsprechender Sesterzenanzahl in diverse Amtspositionen rückten. So bestand ein Teil meiner zukünftigen Aufgabe auch darin, in der Verwaltung der Provinz, auch die entsprechenden Amtsträger

[547] Municipalaristokratie = lokale Amtsschicht, mit römischem Bürgerrecht, tw. ehemalige keltische Bevölkerung

kennenzulernen, und deren Fähigkeiten in Ihren Verwaltungsressorts zu prüfen. In dieser Weise bekam ich also die verschiedensten Honoratoren des *ordo decurionum*[548] der Stadt vorgestellt.

Beginnend mit dem *Duumvir*, den *Aediles*[549], zu den *Questores*[550]*, bis hin zu den ca. 100 decuriones* die das Kassenwesen und Stadtarchive verwalteten, über die verschiedenen die für die Lebensmittelversorgung, Handels-/Marktüberwachung, dem Bauwesen, der Aufsicht der verschiedenen Verwaltungsbauten, den höheren Oberbeamten – den *Duoviri*[551], denen die Pflege der traditionellen Gemeinde- und religiösen Pflichten, der Steuereinnahmen, und Aufsicht der Zivilgerichtsbarkeit oblag. Den Abschluß bildeten noch 2 Vertreter der religiösen Verwaltung – *Auguren / Pontifices*[552], vom Tempel des *Jupiter Optimus Maximus* und *Mars Ultor*, und zuguterletzt noch der Kommandant der norischen *Ala I Augusta Thracum*[553]*, Gaius Geminius Priscus*[554]*,* der zu meiner Amtseinführung aus dem Hilfstruppenlager *Augustiacum*[555] am *Danuvius* in *Virunum* anwesend war. Ihn begleitete Decurio *Quintus Fabius Modestus*[556], aus

---

[548] Ordo decurionum = antike/r Angehörige/r des Stadtrates, Duumvir, Aedilen u. Quästoren. (Verwalter eines municipiums). Sind dem kaiserlichen Verwalter der Provinz (Statthalter) untergeordnet.

[549] Aedil = (plural aediles/jure dicundo) fortgeschrittener Beamter in Hierarchie

[550] Questores = Finanzstadtrat

[551] Duoviri = (plural. Duumviri) Oberbeamter, 2 Bürgermeister deren Amt täglich wechselt

[552] Auguren/Pontifices = Vertreter der religiösen Verwaltung

[553] Ala I Augusta Thracum = bis 96 in Raetia, danach in Noricum, Auxiliartruppe der thrakischen Bogenschützen in *Augustiana*

[554] Gaius Geminius Priscus = Legionskommandant der Ala I Augusta Thracum aus …

[555] Augustiacum = (Traismauer NÖ) Legionshauptquartier der Ala I Aug.Thracum am Danuvius

[556] Quintus Fabius Modestus = Decurio einer Reitereinheit, hist. belegt durch einen Gedenkstein (CIL III, 4806). Aufgefunden 1849/50 am *ISIS/Norea Heiligtum* Hohenstein (ca. 20km entfernt von Virunum), heute ausgestellt im Landesmuseum Klagenfurt/Kärnten

dem Vexillationslager oben am Hügel, neben dem Statthalterpalast. So reihte sich ein Name nach dem anderen in meinem Gedächtnis ein, und zog an meinem inneren Auge vorbei. Ich gab mir größte Mühe alle Namen zu merken, konnte ich mir jedoch so einen ersten Eindruck der regierenden Siedlungselite in dieser Stadt verschaffen. Für den nächsten Tag war dann die Präsenz an einer religiösen Opferzeremonie im Haupttempel geplant, der sich gleich neben dem Forum befand, an dem auch die hiesige Bevölkerung geladen war, um meinem Amtsantritt beizuwohnen. Vorerst jedoch bildete den Abschluß des heutigen Tages ein Bankett, um meinen ersten Arbeitstag in *Virunum* abzuschließen. Nach der abendlichen Stärkung begab ich mich in meine Privatgemächer, wo bereits eine Depesche von einem Eilkurier für mich abgegeben wurde. Mein Herz schlug höher, als ich die Schrift meiner lieben Frau *Pamphilia* erkannte, die ihre Reiseankunft zusammen mit meinem Verwalter *Mamertus* aus *Carthago* in 14 Tagen für Mitte Aprilis ankündigte. Wie sehr sehnte ich mich nach ihr, sodaß die Zeit der Trennung seit meiner Abreise letzten Jahres im October in meine Heimatstadt *Abodiacum*, fast wie eine Ewigkeit vorkam. Nun umsomehr spürte ich in mir, dass ein Mann ohne seine Frau nur ein halber Mensch ist, und so sehnte ich mich jeden Tag mehr, meine Geliebte endlich wieder in meine Arme schließen zu können.

Am nächsten Tage zur dritten Tagesstunde versammelte sich bereits eine große Menschenmenge am Fuße des Hügels, auf dem sich der Statthalterpalast befand, in dem dortigen Forum neben dem Kapitol im Tempelbezirk. Von meinem Fenster aus konnte ich dies überblicken, bis dahin waren es nur wenige Wegminuten, die ich jetzt zusammen mit meinem Adjutanten, *Rufus Colonius* hieß dieser, wie ich erfahren hatte, über die Treppen der Hügelkuppe hinunterschritt. Es war ein erhebender Blick, der über das weißglänzende Häusermeer in der Morgensonne schweifte, die sich über der östlichen Hügelkuppe erhoben hatte. Vorbei am riesigen Hof des Forums den *decumanus maximus* entlang, auf das angrenzende Areal des Capitols entlang in den Innenhof, wo die murmelnde Menschenmenge bereits auf meine Ankunft wartete. Trotz der bereits seit 1 Stunde aufgegangenen Sonne, fröstelte es mich etwas in meiner weißen Toga, so war ich froh, dass die Schritte von meiner Wohnstätte zum Ort der religiösen Zeremonie, mir doch etwas Bewegung und damit auch etwas Wärme – verschafften. Wir durchschritten die wartende Menschenmenge am Forum, über eine Treppe hinauf zum Tempelhof, der von einem aus drei Seiten umgebenden zweistöckigen Bau, mit darunterliegendem *Cryptoporticus*, einem Gewölbegang mit Säulenhalle, flankiert wurde. Die davorliegende Fläche bestand aus ungestampftem Lehmboden, der in Richtung zum Haupttempel, dem *Capitol* sanft anstieg. Dieser erhob sich auf einem Stufenportal und wurde von 6 gewaltigen Säulen umsäumt, an deren Seiten sich rechts und links große brennende Opferfeuerschalen befanden, die die dahinterliegende Vorhalle flackernd beleuchteten. Der ganze Bau war etwa an die 30 Fuß[557] hoch und maß in den Dimensionen 120 x 80 Fuß, und entsprach etwa einem Drittel der Breite, sowie einem Viertel der Länge des Hofes, und war der *kapitolinischen Trias*[558] *– Jupiter, - Juno & Minerva* gewidmet. Aufwendig mit Blattornamenten und Schmuckkapitellen und Gesimsen in bunten Farben verziert, vermittelte dieses Capitol einen

[557] Fuß = pes (plural) römisches Längenmaß; 1 Fuß = 296,0mm

[558] Kapitolinische Trias = oberste Schutzgottheiten (Jupiter, Juno u. Minerva) abgeleitet vom Haupttempel in Rom

imposanten Eindruck auf dem Tempelgelände. Links davon erhob sich in kurzer Entfernung ein kleinerer Kaiserkulttempel, auf dessen Marmorplattform eine Statue des ersten römischen Imperators *Augustus*[559] stand. An den Treppenstufen des Capitols angelangt, begrüßten mich kopfnickend die Amtsträger, die ich gestern bereits kennengelernt hatte. Zwei *pontifices*-Priester hatten in jeweils der ihnen vorstehenden Opferschale, die Weihrauchopfergabe gesenkt, sodaß den Vorplatz eine herbe rauchige Athmosphäre einhüllte. Auf ein Posaunensignal und dem Ausruf <*„silentium“*> des Bürgermeisters *Lucius Sempronius* hin, erstarb das Murmeln der zahlreich versammelten Volksmenge, sodaß ich meine Antrittsrede beginnen konnte.

<*„Ihr Bürger von Rom, Untertanen des römischen Reiches und Bewohner der Provinz Noricum, ich begrüße Euch und entbiete Euch den Gruß unseres Imperators Caesar Traianus Hadrianus Augustus, der derzeit auf Inspektionsreise in den östlichen Provinzen des Reiches weilt. Ich wurde Euch durch ihn, für die Zeit von drei Jahren zum Statthalter dieser nördlichen Provinz bestellt, dessen Wohlergehen und Förderung, ich mit besten Kräften meiner Person, als auch Eurer aller Unterstützung, dem Reiche zum Dienste stelle. Wir leben in einer Zeit des Wohlstandes und vor allem des Friedens, den wir alle unserem Imperator Hadrian verdanken, auch entstamme ich ebenso wie ihr einer nördlichen Provinz, - der Nachbarregion Raetia, und verdanke als Nachfahre der urbanen Bevölkerungsgruppen die Vorzüge des römischen Imperiums. Frieden, Wohlstand, wirtschaftlicher Erfolg der urbanen Region, und vor allem*

[559] Augustus = 1. Röm. Kaiserreichsgründer (Octavian *63 v./27v.-14nChr.)

*den Schutz unserer Legionstruppen an den Grenzen dieser uns bekannten Welt. Lasst uns gemeinsam daran arbeiten, dass unser Imperator Hadrianus, aber vor allem unsere Kinder und Kindeskinder diesen Wohlstand erleben und mehren können. Keltisches Erz, das vor allem in dieser Region abgebaut und zu Eisen verarbeitet wird, ist ein wirtschaftlicher Faktor, Steinsalz mit dem unsere Lebensmittel für den Handel und Transport haltbar gemacht werden kann, sowie Gold, Silber und andere Bodenschätze, die hier in den umliegenden Bergen abgebaut werden, sind über unsere Provinz hinaus im Römischen Reich hoch geschätzt und tragen so zu unserem Wohlstand bei. Mögen uns die Götter weiterhin begleiten und allen voran Jupiter Dolicenus durch unsere tägliche Mithilfe bewahren.“>*

Nachdem ich meine Ansprache zum Amtsantritt, mit einigen weiteren Ausführungen ergänzt und abgeschlossen hatte, brauste Jubel unter der Menschenmenge und Glückwünsche zu einem erfolgreichen Amtsbeginn auf. Anschließend begab ich mich mit einigen Amtsträgern zum angrenzenden Forumsgebäude, um den Tag und die kommenden Wochen mit entsprechenden Aufgaben zu planen.

Die Tage vergingen, und die Ankunft meiner Frau *Pamphilia* und meinem Verwalter *Mamertus* stand in den kommenden Tagen an. Mein mir von Anbeginn in *Virunum* zur Verfügung stehende Adjutant *Rufus Colonius* meldete mir, dass entsprechende Vorbereitungen, sowie Räumlichkeiten unserer Privatgemächer zum Empfang bereitstanden. Am Vormittag des darauffolgenden Tages erreichte mich ein militärischer Eilkurierreiter, der die Ankunft der Reisegruppe für den übernächsten Tag gegen

Abend auf der Route der *Via Julia Augusta*[560] von *Aquileija*[561] über *Ad Tricesimum*[562], *Julium Carnicum*[563], *Santicum*[564] nach *Virunum* ankündigte. Für diesen Tag hatte ich mir offiziell freigenommen, da ich die Reisegruppe privat und ohne amtliche Verpflichtungen zum Empfang begrüßen wollte. Als sich dann mein Blick in Richtung Süden wandte, und sich eine *carruca*[565] auf dem *decumanus maximus* der Stadt näherte begleitet von einer Schutzeskorte von vier Reitern, schlug mein Herz höher. Kurze Zeit später näherte sich die Reisegruppe dem kleinen hügeligen Aufweg zum Statthalterpalast. Als sich dann der Wagenschlag öffnete und meine Frau entstieg, schloss ich sie stürmisch nach unserer mehrmonatigen Trennung in die Arme. *Mamertus*, der ihr nach dem Aussteigen folgte, wartete geduldig nach dem fröhlichen Empfang, bis auch er von mir herzlich begrüßt wurde. Ein weiterer Wagen mit etwas Hausstand und sonstigen Reiseutensilien sollte dann wenig später noch nachfolgen, da der Kutscher auf Bitten meiner Frau für die letzte Wegstrecke etwas mehr Tempo eingeschlagen hatte. Mein Adjutant führte *Mamertus* in seine Unterkunft, und *Pamphilia* und ich begaben uns auf die Terrasse meiner Unterkunft und Diensträume, von wo aus ich ihr freudestrahlend die unter uns liegende Stadt und ihre Ausdehnung zeigte. Nach einem ausgiebigen Abendmahl, den ein hervorragender *Falerner* Wein abrundete, begaben wir uns in unsere Privatgemächer, wo wir überglücklich

---

[560] Via Julia Augusta = Hautverkehrsverbindung von Aquileija nach Noricum/Virunum

[561] Aquileija = adriatische Hafenstad (Friaul-Julisch Venetien/Italien)

[562] Ad Tricesimum = Tricesimo (Udine/Italien) 30.Meilenstein ab Aquileja an der Via Julia Augusta nach Noricum

[563] Julium Carnicum = Zuglio (Friaul-Venetien/Italien)

[564] Santicum = Villach (Kärnten/Österreich)

[565] Carruca = Carrus actuatus, antiker vornehmer Wagen, ähnlich carpenta, aber als Dienstfahrzeug für Damen oftmals benutzt

unser Wiedersehen mit stürmischen und leidenschaftlichen Liebkosungen feierten. So vieles hatten wir uns danach zu erzählen, als wir nach sinnlicher Leidenschaft ermattet und fröhlich einander in die Augen blickten, die Zeit stand still an diesem Abend für zwei überglückliche Seelen, die sich nach längerer Trennungszeit wieder erfüllend liebten.

Eine meiner ersten Reisen in die nähere Umgebung, war der Besuch des ehemaligen (Berg-/*Virunum*) einer ursprünglich keltischen Gründungssiedlung das, wie bereits erwähnt ca. 11 Meilen entfernt nördlich der heutigen Talsiedlung lag. Den Besuch machte ich zusammen mit meiner Frau *Pamphilia-Gratia*, sowie meinem Verwalter *Mamertus*, als auch mit dem *Decurio* meiner Gardereiter - *Quintus Fabius Modestus*. Ziel war es zum einen die ehemalige Hauptstadt *Noricum's* kennenzulernen, die mit der Gründung von (Tal-)*Virunum* vor 80 Jahren in ihrer wirtschaftlichen Bedeutung aufgehört hatte zu existieren. (Berg-)*Virunum* war eine ehemalige Goldbarrengiesserei des damals gerade okkupierten Alpenraumes. Das Gold wurde hier in den umliegenden Bergen des *Taurus*-Gebietes, und aus den goldseifenhaltigen Flüssen gefördert. Die Barren wurden damals in die Formen mit Titulatur des amtierenden Imperators versehen, da dies ein kaiserliches Monopol darstellte. Nachdem wir von (Tal-)*Virunum* aus, auf unserem Ausritt ca. eineinhalb Meilen nordwärts am *decumanus maximus* entlangritten, bog die Strasse dann nach rechts ab um sich langsam weitere 2 Meilen durch

die hügelige Landschaft zu schlängeln, bis dann der Weg steiler und steiler wurde, und sich der Weg in Serpentinen auf den nächstgrößeren Berg zu ziehen begann. Von *Quintus Fabius Modestus* erfuhr ich, dass diese aufsteigende Bergflanke einer der höchsten Erhebungen in dieser näheren Umgebung war, weshalb diese ursprüngliche Siedlung wohl auch von der keltischen Bevölkerung in den letzten beiden Jahrhunderten als sicheres *Oppidum*[566] und Bollwerk gegen feindliche Stämme genutzt wurde, bevor die römische Besatzung das Gebiet für sich in Anspruch nahm, wenngleich auch in friedlicher Nutzung, da die Zusammenarbeit zwischen der Urbevölkerung und der Römischen Besiedlung, sich in friedfertiger Weise vollzog. Vor allem wegen dem florierenden Handel der regional geförderten Bodenschätze, insbesondere dem berühmten *ferrum Noricum*[567], das zur Waffenherstellung genutzt, sowie auch dem hochgeschätzten wertvollen Golderz, das für die kaiserlichen Finanzkasse verarbeitet wurde. Ja sogar der Export alpiner Bergkristalle ins südliche *Latinum*, bezeugte dies, wie *Plinius*[568]*-Secundus* dies in seiner *naturalis historia*[569], über die Herkunft excellenter Quarze aus der alpinen Region vor über 50 Jahren beschrieb.
Für das anstrengendste Wegstück nunmehr brauchten wir nunmehr aufgrund der aufsteigenden Bergflanke ca. zwei Stunden im langsamen Trabritt. Unterwegs erblühten zur Zeit gerade die Bäume, so daß wir zu unserem Ausritt auch die wunderbare Natur geniessen konnten. Sobald die vor uns aufragende Bergkuppe in Sicht kam, erweiterte sich

---

[566] Oppidum = keltische Verteidigungsschanzwerk, befestigte Siedlung
[567] ferrum Noricum = Norisches Eisenerz, hochgeschätzt wegen der Härte des geschmiedeten Materiales
[568] Plinius Secundus = Plinius d.Ältere (*23 v.; † 79 nChr), röm. Philosoph, Historiker, Forscher. Starb beim Vesuvausbruch
[569] Naturalis historia = Natur-Enzyklopädie in latein. Sprache von Plinius (d.Ä.)

der Weg in etwas breiterer Weise. Vor uns ragte ein triumphbogenartiges Doppeltor auf, das zum Teil bereits verfallen war. Am Tor erwartete uns ein keltischstämmiger Führer *Gajus Julius Adnamatus*[570], mit dem wir uns vor ein paar Tagen in Virunum zu diesem Ausflugsziel verabredet hatten. Wie es sich später herausstellte, war er ein Nachkomme der *Adnamati*[571], der mit seiner Familie hier in der Nähe sein Anwesen bewirtschaftete. Noch heute kann man schwere Silbermünzen bekommen, die seine Vorfahren geprägt haben. Die Bauern in den Tälern handeln noch immer ihr Vieh mit dieser norischen Währung. Nach dem Toreingang erstreckte sich zu unserer rechten Seite eine ehemalige Hangsiedlung, die sich schier auszubreiten schien. Schroffe Schiefer- und Tuffsteinfelsen, waren hier das hauptsächliche Material der Bergflanken, da entsprechende Häuser, Werkstätten und Mauern hauptsächlich daraus bestanden. Obwohl wir uns bereits in großer Höhe über der Talebene befanden, war die Temperatur hier an einem sonnigen Tage wie heute, wesentlich wärmer als unten im Tale. Grund dafür ist die Nebeldecke, die von Februarius bis Novembris die Täler verdunkelt. Hier oben aber ist, wenn es nicht regnet, fast immer Sonne, im Sommer wie im Herbst gibt, und im Sommer gibt es auch weniger Blutsauger, sagt man. Die ehemalige Siedlung zog sich terrassenförmig am Hang entlang, und lag ca. 350 *Ellen*[572] unter dem Gipfel des „*Helenen*[573]-Berges". Die Ausmaße nach erster Schätzung erstreckten sich ungefähr auf eine Fläche von 3 *Kampfarenen*[574]. Leider waren bereits viele Häuser dem

[570] Gajus Julius Adnamatus = kelt. Nachkomme der *Adnamati.*
[571] Adnamati = alte norischer Königsfamilie.
[572] Elle = röm. Längenmaß; (entspricht 1 cubitus= 1½ Fuß; 1 Elle = 0,445m
[573] Helenenberg = antiker Name für Magdalensberg (ca. 1100m Seehöhe)
[574] Kampfarena = (heutige) Fläche ca. 100x50 x 3 = 300x150m

Verfall preisgegeben. Ein früheres Erdbeben hatte sein Zerstörungswerk hinterlassen, und Wind und Wetter hatten zusätzlich den Gebäudefragmenten stark zugesetzt. Das frühere bunte Treiben der urbanen Bevölkerung konnte man nur mehr erahnen. Wo sich hier früher in der Siedlung, Handwerker, Kaufleute, Einwohner, Werkstätten, Läden befanden, wirkte nun der Eindruck einer verlassenen Stadt, einzelne noch einigermaßen gut erhaltene Steingebäude, dienten der lokalen Bevölkerung vielleicht noch als Unterkunft, oder den Berghirten mit Ihren Ziegen, und Rinderweiden. Am Siedlungseingang rechterhand erkannte man noch teilweise handwerkliche Gebäude, durchzogen von *tabernae*[575], Produktionsstätten, Töpfereien, Schmieden, Erz-Formgießereien und Münzprägestätten, erkennbar an den noch teilweise vorhandenen steinernen Beschilderungen, wo früher nach deren Verarbeitung die Waren per Esel- oder Ochsenkarren, später talwärts in die Siedlung am Glanfluß gebracht, und weiter transportiert wurden. Vor allem die ehemaligen Werkstätten waren, wie ich erfuhr, meist von privaten römischen Handelsunternehmen aus Venetien (Oberitalien) geführt, die den Import südlicher Handelsgüter, als auch den Export der hergestellten Edelmetalle in das südliche römische Kernland steuerten. Die Siedlung selbst hatte ihren kultur-wirtschaftlichen Höhepunkt bereits, aufgrund der verkehrsmäßig günstigeren Gründungslage von *(Tal-)Virunum* vor über 80 Jahren überschritten, und war danach mehr und mehr der Erosion der Naturgewalten überlassen worden. Auf ebenem Gelände ging dann der Bereich über in einen mittleren Teil, auf dem noch Überreste des Forums, sowie eine größere Podiumstempelanlage des Kaisers

---

[575] Tabernae = singul. Taberna; Taverne, Gaststätte, Herberge

*Tiberius*[576] zu Ehren seines verstorbenen Stiefvaters, des *Divus Augustus* und der *Dea-Roma* standen.

Davor erstreckte sich noch ein größeres Gebäudefragment, in das man über eine tribünenartige Marmortreppe in den *Porticus*[577] flankiert von einer Säulenreihe an der Südfront gelangte, der sogenannten *Marktbasilika*[578], die früher für administrative Zwecke, z.B. Geschäftsabschlüssen, und Handelsvertretungen genutzt wurde. Wir erfuhren, daß von diesem Podium herab auch die Amtsvorgänger unseres Ortsführers ehemals das Königreich *Noricum* regiert hatten. Auf deren teilweise moosüberwachsenen Treppen, huschten Eidechsen und andere tierische Bergbewohner flink über Stein- und zerborstene Säulenfragmente. Schließlich konzentrierten sich gegen Ende der Siedlung die Überreste des ehemaligen *Praetorium's*[579] mit den dazugehörigen Regierungs- und Verwaltungsgebäuden, die sich früher harmonisch in den nördlichen Terrassenhang schmiegten, aufgrund der Naturzerstörung jedoch an Form und Farbe verloren hatten. Teilweise erkannte man an den zerborstenen Mauerfragmenten im ehemaligen Innenraum des *Praetorium's* zum Teil mit wertvollen, wunderbaren und imposanten Wandgemälden der *Iphigenia*[580], sowie ein *Dionysos*[581]- Fresko. <*“Ich kenne solche Fresken eigentlich nur aus den feinsten alten Stadthäusern in Pompeji und in vornehmen römischen Vierteln. Beim Jupiter ! – dies ist wirklich gute Arbeit. Schaut Euch doch*

---

[576] „tiberianisch“ = Bauphase genannt nach dem Imperator Tiberius (Reg.-Zeit: 14-37nChr.)

[577] Porticus = Toreingang, meist an Tempeln und administrativen Gebäuden

[578] Basilika = größeres rechteckiges Gebäude für Markt-/Handelszwecke etc.

[579] Praetorium = urspr. Zelt/Lager, später Reg.-Sitz des röm. Befehlshabers (Kommandanten)

[580] Iphigenia = der griech. Mythologie nach älteste Tochter des Agamemnon

[581] Dionysos = griech. Gott des Weines u. der Fruchtbarkeit

*die Wand mit der Iphigenie und dem Dionysos an“>,* dachte ich mir.

Im Hintergrund des *Praetorium*’s zogen sich ehemals vornehme Villenbauten der örtlichen Siedlungsaristokratie, die man hangaufwärts aufgrund der marmornen Mauerreste noch teilweise erkennen konnte. Im Vordergrund des Ariales erkannte man noch weit sichtbar auf einem zerborstenen Treppenpodium Fragmente einer ehemalige Reiterstatue des Imperators *Augustus* als Symbol des Schutzes durch den Kaiser des Imperiums. Weiter in der Runde linkerhand der Strasse lagen noch steinerne Mauerreste ehemaliger Werkstätten, wo die Verarbeitung von Stein- und Marmorwerkstücken, ebenso die Erzverarbeitung erfolgte. Wie wir von unserem lokalen Ortsführer erfuhren, befand sich dort ehemals auch die kaiserliche *flatura auraria*[582] - Goldbarrengiesserei, deren Gebäudeüberreste sich terrassenförmig den Hang südwärts, sowie weiteren erkennbaren Wohngebäuden zogen. Daran angrenzend konnte man aufgrund der Reste einer starken Mauerbewehrung noch eine Wachstation der ursprünglich stationierten militärischen Auxiliartruppe der *cohors Montanorum prima*[583] erkennen. *Quintus Fabius Modestus* wies uns auch darauf hin, daß sich diese Gebirgsjägereinheit (*cohors I Montanorum*) dann unter Kaiser *Trajan* in den Dakerkriegen besonders bewährt

[582] flatura auraria = kaiserliche Goldbarrengiesserei, einzigartig gem. archäolog. Grabungsbefunden im Imperium Romanum aufgefundene Goldbarren-Gussformen mit Inschrift: *(aurum) C(aii) Caesaris Aug(usti) Germanici imp(eratoris) ex Noric(is metallis)* Übers.: *Gold des Gajus Caesar Augustus Germanicus, des Imperators, aus norischem Metall.*

[583] Cohors montanorum prima = 1.Kohorte der „Bergbewohner“, von Kaiser Vespasian ursprünglich um Virunum ausgehoben und später in den Provinzen Moesia und Pannonia eingesetzt. Hauptstandort Carnuntum (Niederösterreich)

hatte, und dafür auch ausgezeichnet wurde. Ich erinnerte mich dabei an meine eigene Zeit in Dakien, erlebt habe ich diese Eliteeinheit jedoch leider nicht persönlich. <“*Kannten sich halt in den Bergen aus, dachte ich mir, kein Wunder, daß sie im keltischen Bergland rekrutiert wurde*“>. Hier waren die Kerle nur als kleine *Vexillations*-einheit tätig, die für die Transporte der Edelmetalle, als begleitende Schutztruppe zuständig war.

Im Anschluß an diese Werkstätten, lagen dann früher eine Großbäckerei, sowie eine Therme mit einer eigenen Quellfassung, das Teil einer Großvilla war. Ausgestattet mit einem *tepidarium*[584], *caldarium*[585], sowie einem *sudatorium*[586] fehlte es zur damaligen Zeit, an nichts zur körperlichen Entspannung für die Besucher der Anlage. Heute lag vor unseren Augen nur mehr noch traurige Überreste, an denen man die wichtigsten Strukturen der früheren Siedlung erkennen konnte. Unser Weg führte weiter aus der Siedlung, zur letzten Wegstrecke auf den Berggipfel, für die wir auf unseren Pferden noch eine Viertelstunde benötigten. Bis zum Berggipfel, sah man noch vereinzelt verfallene Hütten und ältere zerborstene Baukomplexe, zwischen denen vereinzelte Rinder auf den schwer zu bewirtschaftbaren Ackerflächen aufgrund des abfallenden Berghanges, grasten.

Den Höhepunkt am Gipfel des Bergweges bildete dann ein dreifaches stufenförmig umschließendes Mauerwerk, auf dem sich einmal ein imposant aufragendes Heiligtum erhoben hatte. Wie wir erfuhren, war dies der erste römische Tempel in *Noricum*, den man im ganzen Land

---

[584] tepidarium = Warmwasserbad
[585] Caldarium = Heißwasserbad mit Badewanne
[586] Sudatorium = Schwitzbad/Sauna

kannte, den Kaiser *Augustus* für *Apollo* (*seinen Lieblingsgott*) errichten ließ, den die hiesige Bevölkerung im *regnum noricum*[587] *Belerus* nannten. Der Tempel war leider nach einem Erdbeben zusammengestürzt., Am oberen ehemaligen Stufeneingang im Schutt lag aber noch eine mannsgroße Bronzestatue eines *Jünglings*[588], sowie ein auffallend gefertigter Schild, jeweils mit entsprechenden Inschriften. Aufmerksam buchstabierte ich folgende Inschrift auf dem rechten Oberschenkel der Statue:

---

[587] Regnum noricum = ursprüngliche Bezeichnung des keltischen Königreiches Noricum vor der röm. Übernahme

[588] Jüngling „vom Magdalensberg"; röm. Broncestatue, 1502 am Feldterrain des Berges aufgefundene Statue, Original ging verloren, eine Kopie steht im Wiener Kunsthist. Museum, als auch auf dem archäolog. Gelände des Magdalensberges. Einzige bekannte antike Bronzegroßplastik aus dem Ostalpenraum, von überregionaler Bedeutung

Bild -29- / Der Autor
Jüngling von Virunum

***A*[ulus] *Poblicius* *D*[ecimi] *l*[ibertus] *Antio*[cus] *Ti*[berius] *Barbius* [uinti] et *P*[ublii] *l*[ibertus] *Tiber*[inus].** sowie am Schild der Statue - ***M. Gallicinus* *Vindili* *f*[ilius] *L*[ucius] *Barb*[ius] *L*[ucii] *l*[ibertus] *Philoterus* *pr*[ocurator] /*Craxsantus* /*Barbi*[i] *P*[ublii] *s*[ervus].**

Wie uns der der Ortsführer erklärte, stammten diese Inschriften von den ehemaligen Stiftern, also einem Freien bzw. freigelassenen Kelten, der oberitalischen Familie *Barbia*, sowie ebenso eines Freigelassenen, einem einheimisch-keltischen Sklaven aus derselben Familie, die als Händler vor einigen Jahrzehnten in der Stadt auf diesem Berg tätig gewesen waren.

Das innerste Zentrum des ehemaligen Heiligtumes bildeten noch vereinzelt zerborstene Säulen, sowie Reste verschiedener Marmorstatuen, und Götterfresken. In meiner Vorstellung reiste ich zurück in die Vergangenheit, und sah vor meinem inneren Auge, eine prächtige *cella*[589], umrahmt von feuerflackernden Opferschalen und Blumengaben, umnebelt vom aufsteigenden Weihrauch. <„Wie vergänglich doch das Leben mit allen seinen Facetten, persönlichen Erlebnissen und politischen Geschehnissen ist,“> dachte ich mir in diesem Moment, und blickte dabei auf meine eigene Vergangenheit zurück. All unsere Götter konnten den Verfall und Niedergang von Kulturgut und deren Völkern nicht stoppen, und dennoch blicken wir als Mensch immer wieder zu ihnen auf, und erwarten uns von Ihnen ihren Beistand und Hilfe, ob als „*freier*“ Römer, oder urbanisierter keltischer Einwohner, oder auch dem „*unfreien*“ einfachen Arbeitssklaven, nur mit dem Unterschied, daß wir unser Schicksal größtenteils selbst bestimmen können, letzterer aber von der Willkür unserer Lebenseinstellung abhängig ist. In diesen Gedanken sinnierend zog auch verschiedene Stationen meines Lebens an meinem inneren Auge vorüber. Sowohl Kämpfe in Dakien als auch Friedensperioden, die mein

---

[589] cella = Kleiner Raum, Bezeichnung für das innerste Zentrum eines röm. Tempels

Leben begleiteten, ließen mich besonders an meine Zeit in der „*Provincia Judaea*[590]“ erinnern, als ich von einigen dortigen Einheimischen deren Vorstellung von einer Gottheit hörte, <„*vor dem alle Menschen gleich wären*“>. Was für ein friedvoller Gedanke, der mir aber nicht als „real“ in diese Zeit gehörend schien, war die uns bekannte Welt doch so zerrissen in seinen verschiedenen Stämmen und Völkern, die unser Imperator *Hadrianus* nur mit starker Hand führen konnte. Möge es uns allen einmal als Volk vergönnt sein, diesen Frieden und Wohlstand vielleicht in Zukunft zu realisieren. Wo früher noch stille Andacht herrschte, aber auch römische Größe zur Schau gestellt wurde, beschien uns jetzt die heisse Mittagssonne zwischen den Säulenresten und Bautrümmern. Das holte mich aus meinen philosophischen Gedankengängen wieder in die Gegenwart zurück.

Solcherart von der menschlichen Kunstfertigkeit beeindruckt, traten wir etwas später wieder aus dem Heiligtum und standen vor einem himmlischen Panorama. Die Sonne war bereits über den Mittagsscheitel gewandert, es war relativ klare Sicht, und wir konnten sämtliche Berge und Täler aus dieser so erhöhten Position klarst erkennen. In südlicher Richtung zog sich am Horizont in ca. 20 Meilen entfernt das Gebirgsmassiv der norischen Bergkette[591], nach Westen hin blinkte die Oberfläche einer entfernten größeren Seefläche[592], und in westlicher, nördlicher bis östlicher Richtung zogen sich erhöhte Bergzüge[593], in ihren hell- bis dunkelgrünen

---

[590] Provincia Judaea = röm. Mittelmeerprovinz Judäa (Israel)

[591] Norische Bergkette = Gebirgszug der Karawanken, Grenzgebirge zum heutigen Italien und Jugoslawien

[592] „Seefläche“ = … dem heutigen Wörthersee (Nähe Klagenfurt/Kärnten/Österreich)

[593] Bergzüge = heutige Nockalm- Gurktal- Seetaleralm-, Sau- & Koralpengebiet (Kärnten/Österreich)

Farbnuancen vor unseren Augen hin. Diese Aussicht, war in der Tat ein bestechendes Argument, warum die regionale Urbevölkerung sich ehemals diese Berghöhe als Rückzugsort und befestigte Höhensiedlung ausgesucht hatten, bevor die römische Besiedlung vor ungefähr 170 Jahren in dieser Alpenregion einsetzte. Nachdem wir uns an diesem herrlichen Anblick ausgiebig satt gesehen hatten, stärkten wir uns ausgiebig am mitgebrachten Proviant, und stießen bei einem ausgezeichneten Rotwein auf die Schönheit dieser Region an. Nachdem wir uns dann gestärkt und etwas ausgeruht hatten, begaben wir uns langsam wieder auf die Rückreise, genossen dabei das Farbenspiel der einfallenden späteren Nachmittagssonne, zwischen den einzelnen Baumgruppen auf unserem Wege bergabwärts. Am Fuße des Berges angekommen, dankten wir unserem lokalen Ortsführer, der uns die Bedeutung und Reste dieser ehemaligen Siedlung auf dem Berge verständlich näher gebracht hatte, und luden ihn und seine Familie ein, uns doch bei nächster Gelegenheit in (Tal-)*Virunum* zu besuchen, was dieser dankend versprach. Den Rest der Wegstrecke bewältigten wir dann noch ca. in knapp eineinhalb Stunden, wo wir zwar ermüdet, aber außerordentlich beeindruckt über den Reichtum und der Schönheit dieser Region, den Tag beschlossen.

So vergingen die weiteren Tage, Wochen und Monate mit verschiedenen Besuchen in den jeweiligen Hauptsiedlungen in der Region wie z.B. *Celeia*[594], *Iuenna*[595], *Santicum*[596] (vor allem wegen seiner warmen Quellen, die ich so sehr schätzen gelernt habe, wegen meiner beanspruchten Gelenke, ich war ja auch nicht mehr

[594] Celeija = Celje (Slowenien)
[595] Iuenna = Hemmaberg/Globasnitz (Kärnten/Österreich)
[596] Santicum = Nähe zu Villach (Kärnten)

der Jüngste.....), sowie *Teurnia*[597], *Aguntum*[598], *Iuvavum*[599], um einen ausgiebigen Eindruck der Provinz und deren Tätigkeiten und Erträge, sowie steuerlichen Einnahmen zu erhalten. *Mamertus* war mir in dieser Hinsicht ein treuer und zuverlässiger Begleiter und Beamter, sowie Verwalter meiner Tätigkeit in dieser Provinz geworden, den ich nicht mehr missen wollte. Zwischendurch galt es auch mehrmals Empfänge von Repräsentanten, sowohl verschiedener keltischer Stämme, als auch der nun oftmals vermischten urbanen keltisch-/romanisch urbanisierten Bevölkerung abzuhalten. An einem dieser Empfänge im Spätsommer des Jahres galt es auch wiederum einen hohen kultischen Feiertag auszurichten, zu dem ein besonderes Ereignis stattfinden sollte.

[597] Teurnia = St.Peter i.Holz; b. Spital/Drau (Kärnten)
[598] Aguntum = Nähe zu Lienz (Osttirol/Österreich)
[599] Iuvavum = Salzburg (Salzburg/Österreich)

**Ludi Romani**

Weihefest zu Ehren Gott Jupiter (4.-19.September)

**September 876** - ab urbe condita **(A.D. 123)**

7. Regierungsjahr des Erhabenen Hadrian

Wie bereits vorhin erwähnt, sollten diese jährlichen 9-tägigigen „*ludi romani*“ [600] -Festtage mit einem besonderen Ereignis gekrönt werden. Auf der im Vorjahr getätigten Inspektionsreise der nördlichen Reichsprovinzen, hatte Kaiser *Hadrian* auch *Virunum* besucht. Angesichts der wachsenden Bevölkerung, als auch der wirtschaftlichen Bedeutung dieser Region, hatte *Hadrian* festgestellt, dass der wichtigen Stadt einige Bauwerke fehlten, die die Bedeutung dieser vor 80 Jahren von Kaiser *Claudius* gegründeten Siedlung unterstrichen. Deshalb hatte bei der ortsansässigen Aristokratie angeregt, nebst einer Sport- & Kampfarena, ein Bühnentheater zu bauen und dieses mit einem *donum*[601] aus seiner Privatkasse bedacht. Unser erhabener Imperator *Hadrian,*

[600] Ludi romani = römische Festtage, zu Ehren des Gottes Jupiter, vom 4.-19. September des Jahres

[601] donum = lat. Bezeichnung für Geschenk

der mich vor über vier Jahren in meiner Aufgabe als Statthalter in der Provinz *Proconsulis Africae* besucht hatte, war von dort errichteten Kulturstätten, insbesonders einem Bühnen- *theatrum*[602] und *odeum*[603] so begeistert, dass er diese Eindrücke bei einem seiner nächsten Besuchsreisen in den nördlichen Provinzen umsetzten wollte. *Hadrian*, selbst war dem *Philhellenismus*[604] zugetan, und bekannt als leidenschaftlicher Förderer der griechischen Kunst und Muse, was ihm in der römischen Oberschicht auch den Beinamen *Graeculus*[605] einbrachte.

Nun ergab es sich, dass das Bauprojekt dieser Kulturstätte, im 2. Baujahr seiner Fertigstellung näherte, das just zu diesem Zeitpunkt der *Ludi-romani* Spiele eingeweiht werden sollte. Schon bei meiner Anreise in diese Provinzhauptstadt vor sechs Monaten, war mir das Bauprojekt aufgefallen, das sich in südlicher Richtung annähernd 500 Fuß[606] südöstlich meines Statthalterpalastes in einer Geländemulde liegend errichtet wurde. Gemäß dem Vorbild in *Carthago*, entsprach dieses Bauwerk in den Ausmaßen etwa 1/3 der Größe seines Vorbildes. Ausgehend vom Decumanus 1(Ost), schmiegte sich die errichtete Anlage über 2-3 Geländestufen in Richtung Osten, in das aufsteigende Hügelgelände.

---

[602] theatrum = röm. Schauspielhaus, Theater
[603] odeum = rundes Gebäude, zur künstlerischen & Musikaufführung (Theater)
[604] Philhellenismus = deutsch: „Freundschaft zum Griechentum, Förderung griech. Kulturgutes
[605] Graeculus = ironische Bezeichnung für „Griechlein“
[606] Fuß = Längenmaß 1 Fuß entspricht 0,296m

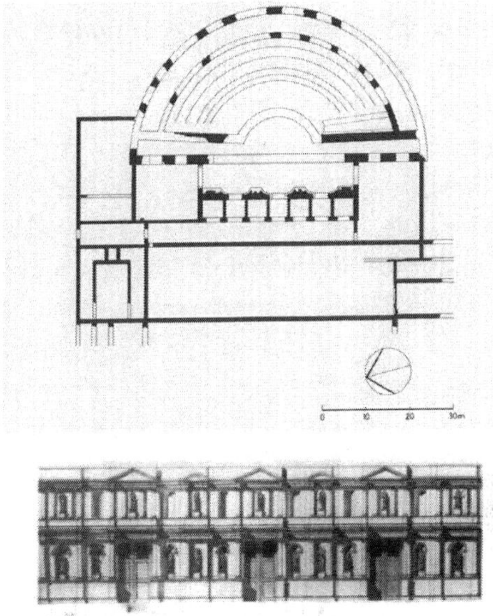

Bild -31- Virunum, Plan Bühnentheater und Vorderfront; Zeichnung nach Grabung
von 1923 ( J. Egger)

Über schneeweiße Marmorstufen aufsteigend, erblickte man eine Säulenreihe, an deren Nord- und Südflanke sich jeweils 1 Eingang befand. Die Gebäudefrontseite über einer Säulenreihe, zierten kunstvoll gearbeitete Steinornamente, wanden sich kunstvoll wunderschöne Arabesken in bunter blau-weiß-roter Farbe, die herrlich dekorierte Wandmalereien von menschlichen Figuren, Göttern und Tieren umrahmten. Den Eingang passierend, boten sich dem Betrachter beim Durchgang einer Basilicahalle, seitlich des angrenzenden Bühnenvorraums, kunstvolle Wandmalereien, sowie weiße Stuck-Delfine, die sich auf blauem bemaltem Meeresuntergrund tummelten, umschlungen von Ornamentbordüren, dazwischen Fresken im pompeijanischen Stil. Kunstvoll dargestellt wurden an Wänden, wie auch an Raumdecken, verschiedene Tierdarstellungen, von Schwänen, Singvögeln, aber auch Säugetieren, wie Gazellen, Löwen, Leoparden, aber auch Fabelwesen wie dem Greif, oder Pegasus in wechselnden Bildgruppen dargestellt. In den Zwischennischen der einzelnen Mauer-Wandsegmente standen kunstvolle Statuen aus glänzend weißem Marmor gefertigt, griechische und römische Philosophen darstellend, die die Zuschauer eindrucksvoll willkommen hießen. Danach gelangte man in das eigentliche Halbrund des Auditoriums, dessen Durchmesser eines Halbkreises von etwa 200 Fuß in nord-/südlicher Ausrichtung maß. Die Sitzreihen stiegen in 5 Stufen + 2 Stehreihen hangaufwärts empor, die von 7 Laufgängen von unten nach oben begehbar waren. Dem Auditorium vorgelagert befand sich die tiefergelegene Bühne (*pulpitum*), die westwärts in eine vorgelagerte ca. 150x50 Fuß lange/breite Bühnenvorhalle überging. Alles in allem hatte der Baumeister im Sinne seines Auftraggebers, Kaiser *Hadrianus*, ein imposantes Bauwerk geschaffen, das die Bedeutung der Provinzhauptstadt Virunum noch mehr unterstrich, und in Zukunft zusätzliche Bürger, Kaufleute und politische Würdenträger in diese reiche Stadt anlocken sollte.

An diesem Nachmittag zur Stunde der *hora septima*[607], eine Stunde nach Mittag, hatte sich in der gleißenden Nachmittagssonne bereits eine große Menschenmenge für das bedeutende Ereignis eingefunden. Sanfte Musik eines im Hintergrund spielenden Orchesters, begleitete das murmelnde Geräusch der wartenden Zuschauer. Man hörte vier Musikinstrumente – bestehend aus einer

[607] Hora septima = Siebente Stunde nach röm. Tageszeitrechnung (ab 06:00 morgens gerechnet)

*Buccina*[608], einer *Lyra*[609], einer *Hydraulis*[610] und einer *Tuba*[611], dessen Spieler bereits an den Instrumenten für die Uraufführung im Inneren des Gebäudeareals übten. Vor den blendendweißen marmornen Treppenaufgangstufen zum Bühnentheater, harrten die versammelten Zuschauer, um den Weihezeremonien der Priester beizuwohnen. Diese entzündeten die bereitstehenden Opferschalen, umkränzt durch geschmückte Blumengirlanden, sodaß sich weißer Rauch vermischt mit duftenden Ölen in den Nachmittagshimmel kräuselte. Nachdem die Weiheriten dargebracht wurden erhob ich mich von der für mich als Statthalter bereitgestellten Sitzgelegenheit, um meine Ansprache zur Einweihung an die wartende Zuschauermenge zu richten.

<*"Bürger von Virunum! Heil Apollo und dem Kaiser! Ihr seid heute hier zusammengekommen, um gemeinsam mit uns in dieser Stadt das kulturelle Zentrum durch die Einweihung eines Bühnentheaters zu erweitern. Unser Imperator Hadrianus*[612]*, der hier vor einigen Jahren bei seinen Reisen in dieser Stadt für einige Tage weilte, hat in seiner Güte und Liebe zur Verschönerung dieser Provinz, den Grundstein zum Bau dieses Bühnentheaters gelegt. Als er mich in der Provinz Africa Proconsularis vor über vier Jahren besuchte, war dieser so von der Architektur des dort erbauten architektonischen Bühnentheaters angetan, sodaß er den Bürgern dieser wichtigen, nördlichen Provinz seines Reiches, ebenfalls eine solche kulturelle Versammlungsstätte ermöglichen wollte. Heute nach nunmehr zweijähriger Bauzeit ist es soweit, und ich*

---

[608] Buccina = Horntrompete
[609] Lyra = lat. Zupfinstrument mit 6 Saiten
[610] Hydraulis = lateinische Wasserorgel
[611] Tuba = tiefes Blasinstrument, auch im Militär genutzt
[612] Hadrianus = röm. Kaiser (ab 117-138 n.Chr.)

*habe die Ehre, diese kulturelle Stätte seiner öffentlichen Bestimmung zu übergeben. Möge dieses Bauwerk anlässlich der eröffneten Ludi romani allen seinen Besuchern, Freude an der Muse der darstellenden Dichtkunst, sowie der Musik zu Ehren unserer Gottheiten – allen voran Jupiter dienen. Zur Einweihung erleben wir heute ein Bühnenstück des ehemaligen griechischen Dichters Homeros*[613]*, der in seinen ‚Homerischen Hymnen' den Untergang von Troja, und der Völkerreise seiner Nachfahren in die neue italische Heimat, vor vielen Jahrhunderten schildert, dank derer wir heute als riesiges Volk in diesem Imperium des Wohlstandes und auch Reichtumes unser Leben verbringen können. Mögen alle Völker an diesem unserem Wohlstande teilhaben, und mit uns dieses Imperium Romanum erweitern, durch unseren täglichen Einsatz und Dienst unseres Landes. Dank unserem Imperator Hadrian, weihe ich nunmehr an dieser Stätte das neu errichtete Bühnentheater ein. Ihm zu Dank und Ehren enthülle ich nunmehr eine Büste unseres oImperators, auf dass alle Besucher wohlwollend seinem Gönner und Stifter dieser Künste auf ewig gedenken können. Im Anschluß an die folgende Bühnenvorstellung sei von meiner Seite gesagt –* ***‚Saltare nostris moribus non in vitiis ponitur'*** **[614]"** – ehret mit einem gemeinsamen Tanze der kulturellen Stiftung unseres Imperators *Caesar Traianus* ***Hadrianus*** *Augustus*!">

[613] Homer = altgriechisch - Homer, Dichter und Erschaffer der Illiade,

[614] röm. Spruch = <*Tanzen wird gemäß unseren Sitten heute nicht mehr zu den Lastern gezählt*>. Der Tanz war für Männer gem. dem röm. Dichter *Cornelius Nepos* (100-28 v. Chr.) verpönt, und zählte zu öffentlichen Lastern.

Bild -31- Portraitbüste Kaiser Hadrian; aufgefunden im Theater von Virunum
(Quelle: G. Piccottini Die Römer in Kärnten")

Nach diesen einführenden Worten zog ich gemeinsam mit dem staatlichen Würdenträger – *Lucius Sempronius* – und den Magistraten der Stadt ein weißes Leinentuch von einer gefertigten Statue, die eine Portrait-Büste[615] des Stifters dieser Kulturstätte - *Hadrianus* - auf einem Marmorsockel enthüllte. Diese aus weißem Marmor gefertigte Büste war aus kunstvollem italischem Marmor gefertigt, und traf wie ich feststellte vollkommen seine Gesichtszüge. Seinen Kopf umrahmte eine gelockte Haartracht, die etwas von seinem Normalhaar abwich, seine Barttracht entsprach jedoch der Realität, wie ich anerkennend feststellen mußte. Mit diesem Bildnis hatte der beauftragte Steinmetz ein wahrhaft anerkennendes

[615] Portraitbüste Hadrian = Bei Grabungen 1931 in den Ruinen des Bühnentheaters aufgefundener Portraitkopf des röm. Kaisers Hadrian. Einziger bislang in Kärnten gefundener Portraitkopf eines römischen Kaisers in der Region.

Meisterwerk geschaffen, und die Menschenmenge zollte der Enthüllung ein wohlwollendes Murmeln und Raunen des Erstaunens.

Mit diesen Worten übergab ich die Kulturstätte ihrer Bestimmung, und beim Klang einer dumpf ertönenden Tuba wurden die Tore zum Einlaß in die dahinterliegenden Bühnenränge für die Menschenmenge geöffnet, die bereits voller Erwartung der ersten kulturellen Bühnendarstellung an diesem Orte harrten. Der Nachmittag verlief mit der Vorstellung der darstellenden Künstlern, der Lyrik und Musikalischen Darbietung vollauf im Sinne des Publikums, das gebannt der überzeugenden Darbietung und lyrischen Erzählung zur Geschichte der Trojanischen Flucht, und der „*Aenaeis*[616]" des röm. Dichters *Vergil*[617] folgten. Die festliche Veranstaltung zog sich bis in die späten Abendstunden, nachdem ich mit meiner Ehefrau *Pamphilia Gratia* den feierlichen Abend mit einem gemeinsamen Tanze gemäß meiner Ankündigung am Nachmittag eröffnet hatte, und somit den Feierlichkeiten für alle anwesenden Besucher einen offiziellen Rahmen gab. Tanz, Musik, Guter Wein und dargereichte Speisen rundeten den Abend nach der Bühnenveranstaltung ab, und gewiss nicht jeder Besucher hatte an diesem Abend noch einen korrekten aufrechten Gang nach Hause. Meine Frau und ich beschlossen den Abend auf der Terrasse unserer Wohnstatt, die nur in geringer Entfernung zum Bühnentheater lag. Aufgrund der Hanglage des Statthaltergebäudes und der angrenzend integrierten Privatgemächer, konnten wir die wunderbare

---

[616] Änäis = mythische Darstellung (Epos) des röm. Dichters Vergil, über die Homer zugeordnete Illiade/Odyssee über die nachtrojanische Flucht und Geschichte angeblicher Besiedlung im heutigen Mittelitalien, Etruskische Mystik

[617] Vergil = latein. Dichter (70-19 v.Chr.)

Stimmung mit Sicht auf die beleuchtete, unter uns liegende Stadt und die fröhliche Volkstimmung zu Musik, Gesang und Wein verfolgen, bis wir ermüdet den Tag beschlossen, und uns zur Ruhe begaben.

## ISIS-NOREIA

**Aprilis, 877** - ab urbe condita **(A.D. 124)**
8. Regierungsjahr des Erhabenen Hadrian

Schon wieder ist ein halbes Jahr vergangen seit meiner letzten Erzählung. Das im letzten Jahr eröffnete Bühnentheater hat sich großer Beliebtheit erfreut, insbesondere für die Bevölkerung, für die der Eintritt als römische Bürger dieser Stadt ja frei ist. Lediglich für Zuschauer aus anderen Städten und Regionen, die von diesem Bühnentheater erfahren haben, bestand ein kostenpflichtiger Eintritt – war aber zumeist damit verbunden diese Provinzhauptstadt zu besuchen, und die Errungenschaften der römischen Kultur zu bewundern, und das Leben darin als Besucher zu beobachten, und in die eigenen regionalen Provinzsiedlungen und Städte weiterzutragen. Mittlerweile war auch wieder der Winter in diese Region eingekehrt, und die Landschaft hatte sich mit einem weißen Mantel überzogen. Vor allem die Kinder der Siedlung genossen es vom den östlichen Hügelstufen mit ihren Holzkufen herunterzurutschen. Ein Vorzug, den es in den südlichen Provinzen des Reiches, die ich mit *Judaea* und *Africa Proconsularis* kennengelernt habe, nicht gab, da dort das Klima sehr heiß und trocken war. Das Winterhalbjahr in der hiesigen Region, war manchmal kurz aber heftig, so daß die Wege und Straßen in den Monaten Decembris und Januarius fast kaum, oder nur mit größter Anstrengung zu passieren waren. Mit dem Februarius und Mars begann die Schneeschmelze und wandelte sich in den Wochen danach in ein gemäßigtes mildes Frühlingsklima. Diese „ruhigeren" Winter- und Frühlingsmonate genoss ich mit meiner Frau, vor allem mit den Besuchen in der errichteten

Thermenanlage, die nahe zum Stadthalterpalast nordwestlich gelegen, in der nachfolgenden Straße des *Decumanus maximus*[618] an der Kreuzung zur *Cardo maximus*[619] lagen. Meine Gelenke, vor allem Knie hatten darunter gelitten, so daß ich die Besuche während der Erholungsphasen, zwischen den verschiedenen politischen Empfängen, Rechtssprechungen, anstehenden Verwaltungsaufgaben und steuerlichen Regelungen, sichtlich genoss. Bevorzugte ich früher auf meinen Reisen oft auf Reisen mit einem eigenen Reittier unterwegs zu sein, so genoss ich jetzt mehr die Vorzüge eines Reisewagens, mit angenehmer Federung. Dass die römische Badekultur, nicht nur uns Römern, sondern auch der einheimischen urbanisierten keltischen Besiedlung gefiel, förderte sichtlich den Zusammenhalt der Siedlungsstruktur, waren doch mittlerweile viele Familien in der vierten bis fünften Generation als homogene Volkseinheit zusammengewachsen, was den friedlichen Zusammenhalt der Provinz zum römischen Reiche förderte. Weiter im Norden am *Danuvius*[620] liegend, in den Legionslagern *Vindobona*[621] und darüber hinaus die germanische Stammesbevölkerung der *Markomannen*[622] und *Quaden*[623] war es momentan relativ ruhig. So hatte unser Imperator *Hadrian*, einige Legionseinheiten dort stationiert, sodaß man im Ernstfalle sofort bei auftretenden Konflikten eingreifen konnte. Der *Danuvius* als *„nasse Limesgrenze*“ bis nach *Castra Regina*[624] in der Provinz *Raetia*, sowie nordwärts der *„obergermanisch-Raetische*

[618] Decimus Maximus = Hauptstraße der Siedlung (Nord-/Südachse)
[619] Cardo maximus = numerierte Siedlungsquerstraße (Ost-/Westachse)
[620] Danuvius = Donaufluß
[621] Vindobona = heutiges Wien/Österreich
[622] Markomannen = germanische Stammesverbände (Gebiet heutiges Tschechien)
[623] Quaden = germanische Stammesverbände (Gebiet heutige Slowakei)
[624] Castra Regina = Regensburg (Bayern/Deutschland)

*Limes*“ bis zum *Rhenus*[625]und weiter bis zum *Mare friscum*[626] hatte sich bewährt. Nicht als eine starre Grenze, aber doch als Grenzkontrolle für die intensivierten Handelsbeziehungen zwischen dem römischen Reich und den einzelnen germanischen Völkerstämmen. So hatten sich die Bemühungen von Kaiser *Hadrian* seit seiner Regierungsübernahme von seinem vor über sieben Jahre verstorbenen Zieh-Vater *Trajan*, nunmehr bewährt, und in den Provinzen des Reiches war relative Ruhe eingekehrt, ein Markenzeichen der „*pax Romana*“ wie man zu sagen pflegte.

Ein weiterer kultureller Bau, den *Hadrian* bei seinem Besuch vor 3 Jahren in *Virunum* neben der Errichtung des Bühnentheaters angestoßen hatte, war die Errichtung einer großen Arena, die sich im Laufe des Jahres bis zum nächsten Frühling hin fertiggestellt werden sollte. Das unmittelbar nördlich des Statthalterpalastes gelegene Militär-Garnisonslager, benötigte für die Truppenausbildung und Aushebung neuer Rekruten aus der regionalen Bevölkerung neuer Legionshilfstruppen, ein größeres Trainingsfeld, für die militärischen Kampfübungen. Den größten Nachschub für unsere Legionen und Hilfstruppen erhalten wir aber aus unserem „Jugendverein Manlia“ (*iuventus Manliensium*). Der Jugendbund ist knapp 100 Jahre alt und die Virunenser erziehen dort die Knaben zu kaisertreuen Militäranwärtern. Dort haben natürlich heimgekehrte Veteranen das Sagen.

Da sich das handwerkliche und zivile Umfeld des Lagers vor den Lagertoren ausgebreitet hatten, war ein

---

625 Rhenus = Rheinfluß
626 Mare friscum = Meer der Friesen (Nordsee)

neues Trainingsfeld notwendig, um die Rekruten ordnungsgemäß auszubilden. Deshalb hatte man sich auf Anordnung von *Hadrian* etwas weiter südwestlich noch auf der Hanglage zur civitas *Virunum* ein Feld auszuheben, und zu ebnen, das sowohl als Übungsfeld für die Truppen, aber ebenso auch als Kampfarena für Tierschau- und Gladiatorkämpfen genutzt werden konnte. Die Bauarbeiten waren im vollen Gang, da das Feld und die damit erforderlichen Zuschauerränge einer Fläche von ca. 600x250 Fuß Platz benötigte, und massiver kostspieliger Erdbewegungen zur Planierung und Befestigung bedurften. Zudem waren durch die Hügelhanglage von ca. 100 Fuß über dem Stadtniveau entsprechende Wasserquellen, in entsprechende Kanäle zu leiten, sodaß sich der Bau der Kampfarena nunmehr im dritten Jahr befand. Gemäß Auskunft des städtischen Bauleiters, rechnete man damit das Bauwerk im Frühjahr des nächsten Jahres abzuschließen.

Der Mai des Jahres war angebrochen, und es galt zu Ehren der keltisch-römischen Fruchtbarkeitsgöttin *Isis-Noreia*[627], die als Schutzpatronin des regionalen Bergbaues, des Lebensglücks und der Fruchtbarkeit verehrt wurde, eine entsprechenden Tempelbezirk zu errichten. Das sollte mein Einstiegsgeschenk als neuer Statthalter sein, um mir die wichtigste Gottheit Noricums gewogen zu stimmen. Als entsprechenden Ort hatte ich nun eine Stelle in einer Entfernung von ca. 30 Meilen nordwestlich von Virunum ausgesucht. Diese lag in unmittelbarer Nähe einer Strasse die von *Virunum* über

---

[627] Isis-Noreia = keltisch/röm. Mutter-Gottheit der Fruchtbarkeit, und des Bergbaues auf dem Gelände von Hohenstein (heutige Gmd. Liebenfels/St.Veit a.d. Glan)

das Flüsschen des *Glanus*[628] führte, auf einer Hügelkuppe, die ca. 300 Fuß über dem Talniveau lag. Von dort aus hatte man eine Übersicht über die nahe Region von *Virunum* und Umgebung. Die Bauarbeiten hatten zum Teil bereits im Vorjahr begonnen, die Fundamentmauern hatten in etwa Ausmaße von 45x25 Fuß und war mittig in zwei ungleich große Bereiche aufgeteilt. Die nördliche quadratische *cella*[629] hatte ein Ausmaß von ca. 15x15 Fuß. Hier stand die Kultstatue der Fruchtbarkeitsgöttin. Südlich davon erstreckte sich ein jeweils von ein nach Süden hin offener Bau, dessen Frontfassade einem *Prostylos*[630] gemäß, vier große Säulen säumten, den man über eine vierstufige Marmortreppe erreichte. Dieses Tempelgebäude umgrenzte in 12 Fuß großer Entfernung, ein zur Innenseite 10 Fuß breiter offener *Porticus*[631] in dessen errichteten Nischen, sich kleine, blumengeschmückte Weihealtäre und Inschriften befanden, die durch Wachslichter beleuchtet wurden. Das Dach der gesamten Tempelanlage war durch karminrote Ziegel gedeckt, deren Farbe im gleissenden Sonnenlicht kräftig schon von weitem dem Besucher entgegenleuchteten. Wie der von mir beauftragte Bauherr *Rufus Sabinius* berichtete, befand sich auf diesem Areal bereits seit der Regierungszeit des Imperators *Claudius*[632] ein altes Heiligtum, das im Laufe der Zeit baufällig geworden war, weshalb man diesen Platz zur Errichtung einer größeren Tempelanlage nutzen wollte. In unmittelbarer Nähe, ca. 200 Fuß entfernt in nordöstlicher

---

[628] Glanus = Glanfluß, (Zufluss der Gurk in die Drau)
[629] Cella = innerer Bereich eines Heiligtumes (Tempel) mit dem Kultbild
[630] Prostylos“ = Tempel nach griechischem Vorbild mit cella + Vorhalle mit Säulen; Lange Raumflucht mit Säulenstellung an der Längsseite zur Einfassung von Plätzen und Höfen.
[631] Porticus = Gebäudelaufgang mit einseitiger umrahmter Säulenreihe
[632] Claudius = röm. Herrscher (41-54 n.Chr.) und Begründer von (Tal-)Virunum

Richtung der Anlage, befand sich auch eine *Villa Rustica*[633], bestehend aus einem Wohn- sowie mehreren Wirtschaftsgebäuden, deren Bewohner die Versorgung und Betreuung des errichteten Tempels gewährleisteten. Ebenso diente die gesamte Anlage auch als Strassenstation zusammen mit einem etwas weiter östlich gelegenen weiteren Gutshof.

Ringsum blühten die Bäume und sonderten einen wunderbaren Duft mediterraner Früchtekulturen wie Holunder, Weißdorn, Kirsche und Walnuss hatten ihre prachtvollen Astarme gen Himmel gestreckt und versuchten im Wettbewerb um jeden Lichtstrahl immer größere Höhen zu erreichen. Gewürz- und Küchenkräuter dufteten vom nah angelegten Tempelkräutergarten, die Natur erwachte in funkelndem Glanz ringsum, wie um dieses geplante Ereignis der Einweihung würdevoll zu begleiten. Der Tag hatte bereits die vierte Stunde überschritten, als eine kleinere offizielle Menschenansammlung, bestehend aus städtischen Würdenträgern, Bauleuten, Priestern und Zuschauern sich zur Einweihungsfeier versammelt hatten. Vor dem Tempelaufgang brannten einige Opferschalen mit Weihrauch, Blumenschmuck umkränzte verschiedene Bauwerke, und im Hintergrund klangen einige Musikinstrumente u.a. *Buccina*, sowie das Klappern einer *Sistra*[634], als die Einweihungszeremonie beginnen sollte. Der Opfergesang der *Isis*-Priesterinnen[635] stieg in

---

[633] Villa rustica = römische landwirtschaftliche Gutshofanlage. In den Jahren 1930/34 durch archäolog. Grabungen entdeckt. Literarische Grundlage nach Dolenz/Piccottini/Petricovits „Grabungen: Hohenstein/Gmd.Liebenfals/BH St.Veit a.d. Glan"

[634] Sistrum = (sistra) kultisches Klapperinstrument aus Metall

[635] Sodales = Priesterschaft, spirituelle Vereinigung zuständig für Kulte die nicht ursprünglich römisch waren

betörender Weise gen Himmel, und verband sich mit den weißen Rauchwolken der Opfergaben und Gebetsformeln, in denen man die Gottheit um weiteren Segen, Fruchtbarkeit und Erfolg für die Region, und den darin lebenden Menschen bat. Mit dem feierlichen Ende der religiösen Zeremonie durch die weibliche Priesterschaft des *Isis-Noreia*-Kultes beendet war, bat man mich um einige eröffnende Worte als offizieller Repräsentant des Kaisers in meiner Statthalterschaft.

<„*Oh Göttin Norea – die wir hier als Allmutter und zehntausendnamige Isis verehren! Erhabene Priesterschaft, verehrte städtische Würdenträger, sowie Besucher dieser Einweihungszeremonie – wir sind zusammengekommen, um diese Tempelanlage ihrer Bestimmung zu übergeben. Unserer verehrten Gottheit Isis-Noreia, der diese Anlage geweiht ist, bitten wir als römische Bürger dieses Landes um Deinen Segen und Schutz, sowohl für den wirtschaftlichen Wohlstand dieser Region, als auch für die Bewohner diesen Landes. Möge die Fruchtbarkeit und Prosperität dieser Schutzgöttin, den täglichen Einsatz der Bevölkerung zum Wohle der römischen Nation erhalten. Wir danken den edlen Spendern einzelner Weihealtäre, und Votivtafeln, die nunmehr diese Tempelanlage zieren. Möge das Opfer dieser Männer und Frauen zugunsten des Tempels den Wohlstand und Frieden dieser Region und dieser römischen Provinz nähren und erhalten. Da ich - Claudius Paternus Clementianus - nunmehr das zweite Jahr in dieser Provinz die Statthalterschaft für unseren Kaiser Hadrian innehabe, möchte auch ich als Initiator dieses Tempelbaues, eine persönliche Weihung für diese Gottheit widmen. Möge sich diese Schutzgöttin auch meiner auf ewig erinnern, und für den Rest meiner Amtszeit in dieser*

*Region Glück und Erfolg zum Wohle unseres Kaisers beitragen, durch den ich diese Aufgabe mit all meinen bisherigen Lebensstufen im römischen Reiche dienen konnte.“*>

Mit diesen Worten reichte man mir eine Bügelschere, mit deren Hilfe ich das gespannte Band vor dem Eingang zur Tempelhallte durchschnitt, und begleitet vom Applaus der Zuschauermenge die Öffnung des Tempels für die Bevölkerung freigab. Ein städtischer Würdenträger zog ein leinernes Tuch von einer verhüllten Bauinschrift, die zu Ehren der errichteten Tempelanlage aufgestellt wurde.

Bild -32- / Rekonstruktionsversuch der Bauinschrift aus Hohenstein (H.Dolenz / Zeichnung G.Piccottini/E.Grasser)

Mit dieser 10x2 Fuß großen Steintafel[636], die der Erbauer *Rufus Sabinus*[637] mit Ehrenbezeugung an den regierenden Statthalter enthüllte, war die offizielle Zeremonie abgeschlossen, und die Menschenmenge durfte sich auf dem Gelände und in der Tempelanlage umsehen.

Ich selbst wollte es mir nicht nehmen lassen, einen Rundgang in der Anlage zu machen, und die errichteten Votive zu besichtigen. Rechts neben dem Eingang von der Vorhalle zum eigentlichen Tempel, hatte ich nämlich zu

[636] Votiv-Steintafel = aufgefunden 1921 bei Grabungsarbeiten auf dem Tempelgelände durch Egger.

[637] R. Sabinus = hist. Belegter Bauherr der Anlage im Auftrag des röm. Statthalters von Virunum

meinem eigenen Andenken zur Stiftung dieser Tempelanlage, eine Marmorbüste von einem römischen Steinmetz fertigen lassen. Vor mir erblickte ich nun eine lebensgroß aus Marmor gefertigte Portraitbüste, im seitlichen Profil abgebildet. Die linke Schulter umschlang ein faltig gelegter Mantel, gehalten durch eine Scheibenfibel. Das portraithafte Gesicht eines älteren vornehmen römischen Mannes um die 60, mit kleinlockigem Bart- und Haupthaar, tiefen Nasen- und Wangenfalten, hervortretenden Backenknochen und Charakterstirn, durchzogen von Altersfalten. Alles in allem treffend gelungen, wie ich anerkennend feststellten konnte. (Anmerkung des Autors; Portraitbüste heute ausgestellt im Landesmuseum Klagenfurt/Österreich).

Beim Gang ins Innere des Tempels, der in der Halbdämmerung durch Wachskerzen beleuchtet war, stand eine halblebensgroße Statue aus hellweißem Marmor, der Gottheit *Isis-Noreia* in norischer Frauentracht und Faltentoga gehüllt. Ein herabhängendes Gürtelband mit reichlich Brustschmuck und Schulterfibeln verzierte ihre Frontpartie. In der rechten Hand hielt sie ein früchtequellendes Füllhorn, das die Ausschüttung der Fruchtbarkeit symbolisieren sollte. Als Muttergöttin beschützte sie Kinder und gebärende Frauen. Gleichermaßen war sie Mond- und Erdgöttin ebenso gleich der Göttin *Nerthus*[638]. Den Raum erfüllte eine stille würdevolle Ruhe, die jeden Besucher in andächtiger Ehrerbietung erschauern ließ, und ebenso verließ man in andächtiger Stille wieder diese heilige Stätte. Beim weiteren Rundgang durch die gesamte Anlage erblickte man im äußeren Porticus u.a. einen Weihealtar, gewidmet

---

[638] Nerthus = germanische Erd-/Fruchtbarkeitsgöttin, verehrt von Stämmen wie german. Sueben, Avionen, Anglier.

durch *Q.Fabius Modestus*[639], eines Quästors der 1.thrakischen *Ala Augusta*, sowie eines weiteren Altars von einem *Q. Septeius Valens*, einem Verwalter der norischen Eisengruben zur Einlösung eines Gelübdes. Die Tempelanlage hatte, wie ich beurteilen konnte, eine enorme Würdigung an die lokale Schutzgottheit erhalten, und würde dem römischen Reich und seiner lokalen Bevölkerung sicherlich einen großen Segen bringen.

Nachdem wir den ausführlichen Rundgang beendet hatten, begaben wir uns wieder auf den Heimweg in das nahe *Virunum*, um den Tag würdevoll zu begehen, und zusammen mit all den fröhlichen Menschen der städtischen Bevölkerung diesen prosperierenden Frühlingstag zu feiern. Wie ich Monate später vernommen habe, hatten die vielen Gebete zur Fruchtbarkeitsgöttin *Isis-Noreia*, eine reiche Ernte für das kommende, beginnende Neue Jahr eingefahren, und die regionale Bevölkerung in Form eines reichen Kindersegens mit noch mehr neuen Erdenbürgern gesorgt. Dies lag aber bestimmt nicht nur an den frommen Gebeten, sondern sicherlich auch an der fruchtbaren Stimmung der Natur, dem sich die Menschen in ihren leidenschaftlichen Beziehungen hingaben. Ich dachte in wehmutsvoller Stimmung an meine Kinder im nicht so fernen *Raetien*. Meine Tochter war, wie ich inzwischen erfahren hatte, wiederum Mutter von einem gesunden Knaben geworden. Und mein Sohn war diese Jahre als Sub-Präfekt einer Legionseinheit im fernen *Dakien* stationiert, und plante bei seinem nächsten Dienstwechsel im Einsatz als Präfekt einer *Auxiliareinheit* in der Provinz *Cappadokien* an der Küste des *Pontus*

---

[639] Q.Fabius Modestus = röm. Decurio (Rittmeister) der berittenen Hilfstruppe *Ala I Thracum* (bei Grabung 1849 aufgefunden, und im Lapidarium des Landesmuseums Kärnten ausgestellt.

Euxinus[640] meine Frau *Pamphilia* und mich in *Virunum* zu besuchen. So freute ich mich darauf ihn nach langer Zeit wiederzusehen, hatte ich doch während meiner dienstlichen Laufbahn nicht oft die Gelegenheit ihn zu treffen. Außerdem wollte er unbedingt meine sardinische Lebenspartnerin *Pamphilia* kennenlernen, da er schon jegliche Hoffnung aufgegeben hatte, dass sein Vater nachmals den Schritt zu einer Heirat wagen würde. So verbrachten meine Frau und ich diesen ereignisreichen Tag am einbrechenden Abend auf der Terrasse, und verfolgten den Sonnenuntergang über der unter uns liegenden Stadt, in vertrauter Stille und Dankbarkeit für das gemeinsame Leben. Auch wir ließen uns von dieser Stimmung verzaubern, und gaben uns bei einbrechender Nacht unseren liebenden Gefühlen füreinander hin. Ob die Schwingen unserer Götter- seien es *Artemis, Venus, Ceres oder Isis-Noreia*, über unseren Häuptern schwebten, vermochten wir nicht zu sagen, auf jeden Fall dankten wir einander in verzauberter Zweisamkeit und stürmischer Umarmung, und gaben uns der noch spät im Alter füreinander leidenschaftlich lodernden Liebe hin……

[640] Pontus Euxinus = Schwarzmeerküste (heutige nordöstl. Türkei)

**Herbst 877** - ab urbe condita **(A.D. 124)**
8. Regierungsjahr des Erhabenen Hadrian

Der Sommer war zur Neige gegangen, die Blätter färbten sich golden im Sonnenlicht, und die Abende begannen früher mit den Nachtfrösten, die die lauen Sommerabende ablösten, die ich in dieser Region so liebte. Für einen Römer, der in *Latinum* (Rom) geboren, mochte das Klima hier über dem Alpenkamm als kühl erscheinen, dem konnte ich nur zustimmen, wenn ich an meine Lebensstationen in den Provinzen *Judaea* oder *Africa Proconsularis* zurückdenke. Dort begann das abendliche Leben erst ab den späten Nachmittagsstunden, wenn die Gluthitze der Sonne langsam kühler wurde. Hier aber in der Alpenregion, waren die Sommer kurz und heiß aber wenn mit dem Herst der Octobris begann, wich die spätherbstliche Wärme einem kühleren Ambiente, Nebelschwaden begannen sich morgens zu heben, und abends sich wieder abzusenken. Aber an schönen Tagen färbte die herbstliche Sonne diese Täler und Bergflanken mit goldenem Lichte, und spielte in den prächtigsten Farben auf den welkenden Blättern des Baumbestandes.

An einem dieser Abende waren meine Frau und ich zu Gast bei der Familie eines Virunenser Stadtbeamten eingeladen. *Caeutus Tertinius Statutus*[641] – hieß dieser und bekleidete das vornehme Amt eines *Aedilen*[642]. Als solcher war er zuständig für das städtische Bauwesen, der Versorgung und Wohlfahrt für die urbane Bevölkerung.

---

[641] Caeutus Tertinius Statutus = Aedil, röm .Beamter für Bauwesen und Wohlfahrt (#=historisch belegt anhand eines Grabmonumentes (heute im Landesmuseum f. Kärnten/Klagenfurt)

[642] Aedil = römischer Beamter der Municipalaristokratie (unterstand den beiden Bürgermeistern/Duumviri)

Seine Ehefrau *Catronia Severa*, begrüßte uns persönlich an der Pforte ihres Hauses. Die Insula des Anwesens befand sich auf der nordwestlichen Seite der Siedlung, an der Strassenkreuzung des *2.Cardo*[643] im Norden mit dem *6.Decumanus*[644] im Westen. Da die Stadt wie schon beschrieben in einem schachbrettartigen Muster angelegt wurde, war der Weg von meiner Dienststelle am östlichen Berghügel, bis dahin ein angenehmen Fußweg von ca. 30 Minuten erreichbar. Das Angenehme dieser Stadt bestand darin, daß man sämtliche Wege ohne größerem Aufwand auch ohne Transportsänfte oder Pferdekutsche erreichen konnte. Den Eingang des *domus*[645]*, betrat man durch d*as *vestibulum*[646] am Eingang der Insula[647]. Dieses erweiterte sich nach vorne zu einem *Peristylum*[648], vor dem sich rechts und links jeweils ein Zugang zu weiteren Räumen befand. Obwohl bereits zur *Vespera*[649], der späten Nachmittagsstunde des Tages, war dieser Innenhof mit seinen gepflanzten Blumen, in helles angenehmes Licht getaucht. Sträucher und Marmorornamente, zierten den Garten, in dessen Mitte sich eine plätschernden Brunnenquelle mit einem Wasser-Bassin befand. Dies war auch der offizielle Empfangsbereich, wo sich die Besucher gegenseitig kennenlernten bzw. einander vorgestellt wurden, bevor man zu weiteren Handlungen eines geplanten abendlichen Treffens schritt. Der Hausherr und seine Gattin stellten uns dann den weiteren Besuchern vor,

---

643 Cardo = 2.Hauptstraße einer röm. Stadt (West-Ostrichtung), bildet mit dem decumanus einen rechten Winkel

644 Decumanus = Hauptstraße einer römischen Stadt (Nord-Südrichtung) Die Nummernfolge wurde ausgehend vom sacralen Stadtmittelpunkt – dem Forum/Capitol aus gezählt.

645 Domus = vornehmer Bau (Luxusanwesen)

646 Vestibulum = Vorraum eines Patrizierhauses zum Atrium

647 Insula = Siedlungsbau/-(ca. 70x35m) -Fläche, meist rechteckig angelegt

648 Peristylum = nach oben hin offener Hof mit Säulenumrandung

649 Vespera = 5.Nachmittagsstunde

einem gewissen – *Petronius Maurus* – seines Zeichens Architekt und Baumeister, zusammen mit seiner Frau *Auriana*, als auch der uns bereits bekannte duumvir - *Lucius Sempronius* – zusammen mit Frau, sowie den uns bekannten *Decurio* des *Virunenser* Gardereiterlagers, *Quintus Fabius Modestus* und seiner Ehefrau *Petronella*.

Der Besuch war eigentlich nicht nur rein privater Natur, sondern man hatte eingeplant, dass nach dem gemeinsamen Abendessen, die männlichen Besucher sich für eine Planung im kommenden Jahr zusammensetzten sollten, während die weiblichen Besucher sich miteinander treffen und entsprechend den fraulichen Interessen austauschen wollten. Beim Durchschreiten der Räume blitzten mir einige Gedanken durch den Kopf. <*“Der kleine Speiseraum ist schon ein Schmuckstück geworden! Man hat sich in Virunum schön länger das Maul darüber zerrissen. Ein immer wiederkehrender grell-bunter Ornamentenreigen nach neuestem Stil ohne Figuren und freien Flächen. Und dann erst der Dionysos-Boden! Der ist wirklich vom Feinsten! Nun, Caeutus Tertinius Statutus hatte wirklich Glück, daß er einen der besten Mosaizisten*[650] *gewinnen und auch bezahlen konnte. Nun ja, der griechische Mosaizist, Polychoras hieß er, hat auch schon in der Villa des Kaisers gearbeitet, und war gerade auf der Durchreise nach Colonia Claudia Ara Agrippinensium*[651]*, um den Palast des Statthalters dort auszustatten“*>.

Nachdem die Dame des Hauses in die Hände klatschte, erschienen zwei Dienerinnen mit auf Platten servierten

---

[650] Mosaizisten = röm. Mosaikkünstler der Antike

[651] Colonia Claudia Ara Agrippinensium = lat. Bezeichnung für Köln (kurz CCAA), Provinzhauptstadt von Germania Inferior.

Speisen, Hühnchen in Sauce, sowie gebratenem Fisch, und einer Gemüseplatte, dessen Speisen den Besuchern aufs Köstlichste mundeten. Der dazu gereichte rote Wein, rundete die gereichten drei Gänge, serviert mit kandierten Früchten und Kuchen ab, sodaß sich die Teilnehmer nach ihrer lukullischen Stärkung zu dem jeweiligen geplanten Vorhaben zuwendeten. Während sich die Damen ihrem Austausch widmeten, begaben sich die Männer in einen Nebenraum, in der wir die geplante Besprechung abhalten wollten. Inmitten des Raumes befand sich ein größerer Tisch, der mit einem Leinentuch überdeckt war, unter der sich unregelmäßige Strukturen abzeichneten. Der *dominus* des Hauses wendete sich mit einem Wink an *Petronius Maurus*, der das Leinentuch entfernte, woraufhin alle ein angefertigtes Modell des aktuell geplanten Bauwerkes für die Siedlung – einem *Amphitheatrum*[652] bewundern konnten. Das geplante Bauwerk war ebenso beim letzten Besuch in der hiesigen Provinz von Kaiser *Hadrianus* vor 2 Jahren angestoßen worden. Die geplante Baustelle lag auf halber Hanghöhe im Osten der Siedlung auf einer 150 Fuß hohen Hügelanhebung, die sich wellenartig abwärts nach Westen zur Siedlung hinzog, geplant worden. Die unmittelbare Nähe, südlich ca. 600 Fuß zum Bühnentheater, das dieses Jahr seiner Bestimmung übergeben wurde, als auch dem schräg ca. 300 Fuß in südöstlicher Richtung über einem weiteren Hügel liegenden Regierungsanlage des Statthaltergebäudes, sowie etwas weiter ca. 700 Fuß nordöstlich gelegenen kleinen Militärlagers, ergaben für die Siedlung einen enormen kulturellen Mittelpunkt, der für die kommenden Jahrzehnte und Jahrhunderte einen enormen wirtschaftlichen Aufschwung versprach.

---

[652] Amphitheatrum = antike Kampfarena, sowohl für militärisches Training, Gladiatorenkämpfe und Tierschaukämpfe

Wir wollten hier nun einen eigenen Stadtteil am Hang errichten, der nur der Unterhaltung diente. Für die Straße zwischen den beiden Theatern hatten wir auch schon unsere Vorstellungen. Alle großen und vermögenden Vereine von *Virunum* durften hier ihre Clubhäuser errichten. Die Handwerksgilde, die *inventus Manliensium* und das hochnoble *Collegium der Liber Pater* (Dionysos) haben schon ihre Beschlüsse gefasst. Kein Wunder, wir geben ihnen den Grund dafür kostenlos, und das ist die beste Lage der Stadt. Da das Amphitheater im Hang lag, mußte ich mir Pläne von meinem befreundeten Architekten *C. Saturninius Nuragus* aus *iol Caesarea Mauretania*[653] schicken lassen. Dort war die Geländesituation ganz ähnlich der hiesigen Hanglage, und Nuragus hatte das bestens im Griff!

Die ersten Erdaushub- und Planierungsarbeiten, hatten im Frühjahr vor zwei Jahren begonnen, um eine entsprechende Fläche vorzubereiten. Die geplanten Maße des Areals waren für eine ovale Baustätte mit 570 x 240 Fuß[654] ausgelegt, und nachdem die Planierung abgeschlossen war, hatte man im letzten Jahr bei meiner Ankunft in Virunum begonnen entsprechende Mauerzüge hochzuziehen. Entsprechende Erdsicherungen, aufgrund der Hanglage, sowie der Regulierung der Quellwasserströme hatten das Bauwerk etwas verzögert, sodaß mit diesem Jahr die Absicherungen abgeschlossen, und die Mauerfundamente größtenteils fertiggestellt werden konnten. Ein unterirdisch von der Westseite des Bauwerkes angelegtes Tunnelsystem mit Ausgang auf der zentralen Fläche des *Amphitheaters* mußte zusammen mit

[653] iol Caesarea Mauretania = Cherchel/Sharshal (heute Algerien), ehemalige Hauptstadt der röm. Provinz Mauretania Caesariensis

[654] Fuß = röm. Längenmaß entspricht 0,296m (also 170 x 70m)

der Quellwasserdrainage durch Holzrohrleitungen koordiniert werden, sodass die entsprechende Statik aufgrund der Hanglage nicht gestört wurde. Da die Hangneigung ca. 22% betrug waren die östliche Mauerseite in den Hang gebaut, während sich die westliche Seite freistehend vom Fundament aus sich ca. 20 Fuß hoch erhob, und entsprechend abgesichert werden mußte. Unmengen des Mauermaterials für die *cavea*[655], größtenteils Schiefer, mußten von den umliegenden Steinbrüchen transportiert, und entsprechendem Mörtelmaterial vermauert werden. Um den zentralen Kampfplatz der Arena zogen sich 2 parallele Mauerringe im Abstand von 16-20 Fuß breit, die eine Innenfläche der langovalen Form von 320x110 Fuß freigaben. In der endgültigen Bauphase hatte man nunmehr hölzerne Tribüneneinbauten für ansteigende Zuschauerränge eingeplant, sodaß man mit einer Zuschaueranzahl von 3-4.000 Personen planen konnte. Die 12-Fuß breiten Eingangstore zur Arena befanden sich jeweils im Norden und Süden der Anlage und wurden seitlich von Säulenreihen flankiert, die eine imposante und monumentale Ansicht des Bauwerkes freigaben. An der Ostseite der Zuschauertribüne befand sich mittig des Oval-Areals eine überdachte Konstruktion als Zuschauertribüne für die *honestiores*[656], sowie dem Zuschauerareal des Statthalters und seinem Gefolge. Darunterliegend in einem überbauten Raum, befand sich eine entsprechende sakrale Opferstätte mit Weihealtar der Schicksalsgöttin *Nemesis*[657]. Das Material für die erforderlichen Holzkonstruktionen waren zum Teil vorbereitend gelagert

---

[655] cavea = Zuschauerraum, oftmals gemauerter Bereich mit Holztribünen

[656] Honestiores = Ehrenbürger (meist Angehörige der Municipalaristokratie)

[657] Nemesis = röm. Gottheit (d. Schicksals und der ausgleichenden Gerechtigkeit) als Opferstätte von Gladiatoren genutzt

und sollten im Folgejahr bis zu den frühen Sommermonaten mit der Verbauung abgeschlossen werden. Solcherarts dargestellt, verfolgten wir mit Interesse den Ausführungen des Baumeisters, der uns mit den erforderlichen Mitteln abgesichert, eine Fertigstellung der Anlage im nächsten Jahr zusicherte. Der *municipale* Stadtrat hatte mit den zuständigen *Aedilen*, sowie der *Duumviri* [658] die Zusicherung der finanziellen Mittel gegeben, wie der Magister Vici – *Lucius Sempronius* - zustimmend nickte, sodaß dem weiteren Bauverlauf nichts mehr entgegenstand. Solcherart beeindruckt, durch die Darstellung des Modells und der geplanten Baufortschritte, konnten die anwesenden Gesprächspartner sich für ein ereignisreiches kommendes Jahr freuen, das viele Gäste und Besucher auch in die Provinzhauptstadt locken würde.

Und ich konnte zufrieden meinem Imperator *Hadrianus*, über den geplanten Bauabschluß informieren, was diesen sicherlich erfreuen würde. Eben diese außen- und innenpolitische Staatsführung, hatte ihm in den Jahren seit seiner Amtsübernahme im August vor 8 Jahren durch den Senat den Titel als *pater patriae*[659] eingebracht, und das Volk zollte ihm für diese Periode des relativen Staatsfriedens der „*Pax Romana*“ im Reich unumwundene Anerkennung. Vor allem auch für die Förderung der verschiedenen kulturellen Baudenkmäler, während seiner provinzialen Inspektionsreisen, Grenzsicherungen, sowie der systematischen Rechtssprechung, aber auch für die Förderung der städtischen Selbstverwaltung.

---

[658] Duumviri = röm. Oberbeamte zuständig für Finanzaufsicht, Steuereinnahmen und ziviler Gerichtsbarkeit

[659] Pater Patriae = Ehrentitel (“Vater des Vaterlandes“) an die Staatsführung von K. Augustus (27v.Chr.-14 n.Chr.) angleichend

Selbst der Kommandant meiner Garde, *Quintus Fabius Modestus* äußerte sich zufriedenstellend, hatte er doch mit der geplanten Fertigstellung des Amphitheaters, einen ausreichend großen Exerzier- und Übungsplatz für seine Reitertruppe, und wenn sich nun auch der *inventus Manliensum* mit ihrem Vereinshaus ansiedelt, hat auch die Vereinsjugend ein Trainingsstadion zur körperlichen, und paramilitärischen Ertüchtigung für ihre Reiterspiele.

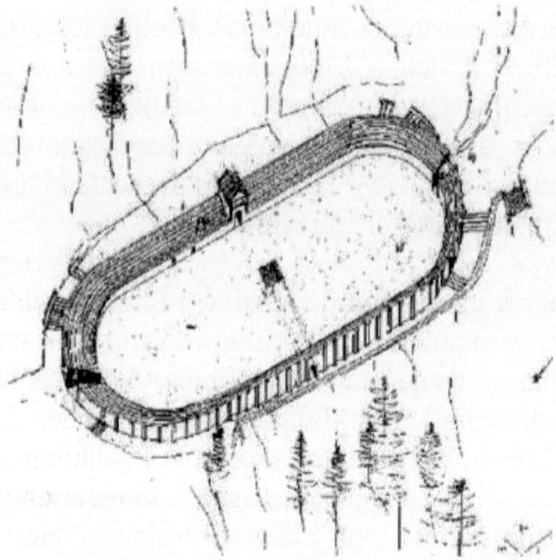

Bild -34- Rekonstruktionszeichnung des röm. Amphitheaters

Solcherarts informierend zufriedengestellt, begaben sich die Männer wieder zurück in das *triclinium*[660], wo sich die Frauen angeregt in der Zwischenzeit unterhalten hatten, und man ihnen zu den frischen Datteln auch eine Tanzvorführung von punischen Mädchen aus dem Theater

[660] Triclinium = röm. Speisesaal/Zimmer, benannt nach den Liegen/Sofa auf dem man liegend speiste

geboten hatte. Die Unterleiber bewegten sich wie unendlich gebremste Kreisel, wenn die Mädchen in Ekstase gerieten. Wie sich herausstellte, hatten unsere Frauen nicht nur über Haushalt und Kindererziehung sich unterhalten, sondern auch über die Eigenschaften ihrer Ehemänner, was zu großen erheiternden Lachmomenten der Damen geführt hatten, die wir während unserer intensiven Gesprächsrunde ab und zu im Nebenraum schmunzelnd vernahmen.

„So müssen Frauen sein! Würden wir Söhne *Jupiter*'s und *Mars* oftmalig behaupten, aber zu deren Verteidigung sei auch gesagt, „*auch wir Männer haben unsere Eigenarten*". Aber was wäre, wenn es diesen Unterschied neben dem eigentlichen „kleinen" nicht zwischen uns Menschen geben würde, da sind sich römische Bürger sicherlich gleichwie andere keltische und germanische Volksstämme gemeinsam darüber einig. Die Welt wäre sichtlich arm, ohne diese charakterlichen Unterschiede. Solcherarts in die Unterhaltung unserer Frauen ergänzend eingreifend, verstrich der restliche Abend in erholsamer und fröhlicher Athmosphäre, und die Zeit schritt erheblich voran, bis der eine oder andere der späten Stunde bewußt, langsam zum Aufbruch nach Hause drängte. Für den Heimweg zu unserer Wohnstätte hatten wir für diese späte Uhrzeit dann aber doch eine Sänfte geordert, deren Träger uns im spärlichen Licht der städtischen Strassenfackeln sicher und wohlbehalten nach Hause brachten.

**Frühjahr 878** - ab urbe condita **(A.D. 125)**
9. Regierungsjahr des Erhabenen Hadrian

Die kalten winterlichen Wochen und Monate zogen dahin, und der Frühling hielt langsam Einzug in diese Region. Die Schneeschmelze war größtenteils erfolgt, das Grün der Natur lugte versteckt unter dem aufgetauten Boden hervor, nur der frische Wind zeugte noch etwas von dem schwindenden Gesicht des Winters, da die umliegenden Bergspitzen teilweise noch von weißen Schneeflächen bedeckt waren. Der Monat *Aprilis*[661] war fast vorbei und die Knospen an den umliegenden Bäumen begannen auszutreiben, der Duft der aufbrechenden Blüten durchströmte die Bergtäler. Das Schmelzwasser hatte die abfließenden Flüsse anschwellen lassen, so auch den des *Glanus*[662], der sich träge im Westen der Siedlung durch die Flusswiesen zog, und teilweise Tümpel und stehende Wasserflächen bildete. Man begann in den umliegenden Ackerflächen den Boden umzupflügen, und die Saatkörner für die spätere Sommerernte in den Boden zu pflanzen, und beging mit diesen Handlungen auch eine Opferung zu Ehren der römischen Göttin *Bona-Dea (Maia)* [663], deren Ehren-/Feiertag am 1.Tag des kommenden Monats bevorstand. Insbesonders hier im keltischen Siedlungsraum wurde ihr große Ehrerbietung entgegengebracht, verhieß sie doch als Mutter des römischen Gottes *Mercurius* [664], symbolisch verehrt als Gott des Handels, der Kaufleute und des Gewinns, als Spenderin von Fruchtbarkeit, Jungfräulichkeit, guten

---

661 Aprilis = April
662 Glanus = Glanfluss
663 Bona-Dea (Maia) = römische (altitalische) sinnbildlich: „Gute Göttin", deren Ehrentag am 1. Mai gefeiert wurde.
664 Mercurius = röm. Gottheit (Götterbote), Symbol des Handels und Gewinnes

Ertrages und Segen. Dem dritten Tag des Monatsbeginnes folgend begannen dann die mehrtägigen Spiele, der „*Ludi Florales*“ [665] (*Floralia*), Ehrentag von Fauna, einer (alten) Tier- und Fruchtbarkeitsgottheit.

Zu diesem Zeitpunkt sollte auch dann das östlich der Siedlung, an einer sanften Hangfläche gelegene, neu errichtete große Amphitheatrum feierlich eröffnet werden, dessen Modell wir bei unserem Besuch im Herbst des Vorjahres im Hause des Verunenser Stadtbeamten – *Tertinius Statutus* – bewundert hatten. Eine fieberhafte Geschäftigkeit hatte sich in der Stadt in den letzten Tagen vor den Feierlichkeiten entwickelt. Gäste, politische und militärische Würdenträger, Beamte aus den umliegenden Siedlungen der Provinz hatten sich zu Besuch angekündigt. Der verantwortliche Stadtbeamte *T.Statutus* hatte alle Hände voll zu tun, sich um engsprechende Unterkunftsmöglichkeiten in der städtischen Siedlung und Umgebung für die Ehrengäste zu kümmern. Gastwirte hatten ihre Herbergen herausgeputzt, sich mit entsprechenden Vorräten an Speisen, und Wein versorgt, um dem Ansturm der Besucher versorgen zu können. Kaufleute versprachen sich ein gutes Geschäft für die kommenden Tage, alles in allem sah man zuversichtlich in die Entwicklung der Stadt, deren kulturelles Angebot durch die Einweihung im letzten Jahr, und nunmehr durch das neu errichtete *amphitheatrum* [666] zusätzlich bereichert wurde.

---

[665] Ludi Florales = Spiele zu Ehren von Fauna, Göttin der ungezähmten Wildnis, symbolisch dargestellt durch eine ineinander verknotete Schlange, Beschützerin des Lebens in Wald und Flur, zuständig für Fruchtbarkeit in den Feldern und des Viehs.

[666] amphitheatrum = Sport-/Kampfstätte (ähnlich dem röm. Colosseum) für Tierschau- und Gladiatorenkämpfe

So brach der Monat Maius an und die städtische Priesterschaft beging mit der urbanen Bevölkerung den offiziellen Feiertag. Man beging die Felder und Ackerflächen, und erbat durch die zeremoniellen Handlungen den Segen der Gottheit *Bona Dea Maia*, für ein fruchtbares und segensreiches Jahr, das durch die Opferung der Eingeweide eines Schweines, eines Lammes und eines Hundes[667], symbolisch begangen wurde. Der priesterliche *Pontifex maximus*[668] wurde begleitet von weißgekleideten *sacerdotes*[669], die Räucherpfannen schwenkten, dessen Rauch mit den gesprochenen Gebeten gen Himmel den Göttern entgegenstieg, und damit den Fruchtbarkeitssegen über die begangenen Fluren ausschütten sollte. Die Bevölkerung stimmte in die Bittgebete ein, sodaß der Prozessionszug sich um, und durch die Stadt in einer langen Schlange reihte. Bei Prozessionsende zerstreute sich die Menschenmenge und verkostete in fröhlicher Gemeinsamkeit die kulinarischen Angebote der anbietenden Tavernen, Garküchen, Weinstuben. Schließlich brach auch dann der große erwartete Festtag zur Eröffnung der *Ludi Florales* an. *Fauna* als auch *Bona Dea* meinten es gut mit den Feiernden. Ein strahlender Maimorgen brach an, und versprach einen herrlichen Festtag für die vielen ankommenden Gäste sowie der urbanen Bevölkerung.

Nach einem ausgiebigen Frühstück und vorbereitenden Gesprächen mit den organisatorischen Verantwortlichen der Festspiele, brachen meine Frau *Gratia Pamphilia*, mein Verwalter *Mamertus* und ich zum nahegelegenen

---

[667] Hund = Opferung der Eingeweide eines Hundes, da Feld-Aussaat durch Aufstieg des Sternenbildes „Canis“ (lat. für Hund) am Himmelsfirmament angekündigt wurde.

[668] Pontifex Maximus = Oberster Priester

[669] sacerdotes = allgemeine Priester

Amphitheater auf, in das die wartende Menschenmenge langsam einzog. Dieser imposante Bau, der sich im Vergleich zum Vorjahr auf den errichteten Grundmauern und Fundamenten des bebauten Areals erhob, war nach den Baufortschritten der letzten Wochen kaum wiederzuerkennen. Sah man im Herbst vorigen Jahres noch Grundmauern und Baustrukturen, so erhoben sich jetzt im Innern des Areals kunstvoll errichtete hölzerne Zuschauertribünen, die sich in mehreren aufsteigenden Reihen erhoben. Durchschritt der Besucher die steinernen Eingangstore, über denen hölzerne Masten mit bunten leuchtenden Fahnen flatterten, Gewölbe mit kunstvollen Wandtafeln, Skulpturen und Votiven, sowie an gemauerten Wänden bunte Wandmalereien bewunderte, bis man das ovale gestaltete Innenareal betrat, um sich zu den aufsteigenden Sitzreihen emporzuarbeiten.

Abgetrennt vom Zuschauerbereich zum Innenraum des Amphitheaters, befand sich eine zusätzliche Trennmauer, die den ca. 10 Fuß tieferliegenden Arenaboden abgrenzten. Die lichte Innenfläche der Arena erstreckte sich mit einer Länge von ca. 300 x 100 Fuß[670] an beiden Scheitelenden mit einem halbkreisförmigen Radius von ca. 55 Fuß, sodaß die Form nicht einem Oval, sondern eher einem römischen Circus ähnelte. Der gesamte Arenaboden war mit Sand ausgelegt, nur in der Mitte des Arenenzentrums unterbrochen, von einer hölzernen 10x10Fuß breiten Abdeckung, die einen darunterliegenden Raum vermuten ließ. An der östlichen Seite es Amphitheaters war ein ca. 35x35 Fuß gemauertes überdachtes Podest, die Senatorentribüne, in deren Richtung wir uns nunmehr bewegten. Langsam strömte

[670] Fuß = röm. Längenmaß; 1 Fuß = 0,296m

die Menschenmenge in die Arena, die Sitzplätze füllten sich mehr und mehr, und das Publikum harrte der Dinge, die nun an diesem ersten Eröffnungstag kommen sollten. An der Honoratiorentribüne angekommen, empfing uns bereits *Lucius Sempronius*, der Duumvir, ebenso der Aedil, *Tertinius Statutus*, in dessen Haus wir uns vor 9 Monaten gemeinsam die Planungen der Arena angesehen hatten. Ebenso anwesend, der *Decurio* des Verunenser Militärlagers – *Quintus Fabius Modestus*, sowie auch der Baumeister der Anlage, *Petronius Maurus*. Sämtliche Personen waren mit ihren Ehefrauen anwesend, und wiesen uns freundlich winkend auf die reservierten Plätze ein. Es schien ein herrlicher Tag zu werden, die Sonne stand noch nicht am Zenit, als die 4.Stunde des Tages anschlug, die Luft war angenehm und noch nicht zu heiß, es wehte ein laues Lüftchen, über die östlich gelegene Bergkuppe. So wie es schien, war die gesamte Stadt auf den Beinen, um an diesem Ereignis der Arenaeinweihung teilzuhaben. Von nah und fern der umliegenden Regionen und Siedlungen, waren viele Gäste in der Stadt angekommen, da Virunum mit dieser Kultstätte eine weitere Bestätigung von Kaiser *Hadrianus*, für die Wichtigkeit als Provinzhauptstadt erhalten hatte. Vor und auf den Zuschauertribünen eilten eifrige Verkäufer hin und her, um ihre Ware den teilnehmenden Zuschauern anzubieten, seien es Speisen aus den Garküchen, Souvenirartikel, oder sonstige Dienstleistungen, für die die Anwesenden bereitwillig den Verkäufern winkten.

Auf ein Zeichen des *Auxiliardecurio F. Modestus*, erhoben einige Bläser Ihre *tuba*[671], sowie *cornus*[672] und *bucina*[673], um das Signal für den Beginn der Veranstaltung zu blasen. Das Stimmengemurmel ebbte die Geschäftigkeit ein, sodaß ich mich als Statthalter und offizieller Vertreter des Kaisers erheben, und der anwesenden Menge Stille gebot, um meine Begrüßungsworte an die Besucher zu richten. Hier bewies sich u.a. auch die bauliche Leitung der Akkustik des Architekten *Petronius Maurus,* daß jeder Laut klar und deutlich in dieser Anlage, egal in welcher Lautstärke, verstanden werden konnten.

*<"Heil Dir Nemesis, Heil und Gesundheit dem Kaiser! Bürger von Virunum ! Wir sind hier und heute zusammengekommen, um eine weitere kulturelle Stätte, die unser Imperator Hadrianus, bei seinem letzten Besuch dieser Stadt vor drei Jahren angeregt hatte, seiner Bestimmung zu übergeben. Diese Stätte soll ein Symbol der kulturellen Leistung unseres Volkes sein. Da unsere stationierte Auxiliareinheit der Legio Ala I Thracum bislang in Ihrem Castell oberhalb des Hügels aufgrund der geographischen Lage, wenig Platz für ihre militärischen Übungen hatte, wird diese Stätte zukünftig unter anderem auch munera*[674] *militae*[675] *als Trainingsarena fungieren. Darüber hinaus aber soll diese Stätte auch Austragungsort von Kampfspielen dienen, die sowohl als „Munera gladiatoria*[676] *als auch venationes*

[671] tuba = militärisches Blasinstrument, in die Länge gezogene Signaltrompete
[672] cornus = gebogenes Blasinstrument, aus dem sich später die Fanfare entwickelte
[673] bucina = Signalinstrument, ähnlich dem cornus, aber meist von Reitern der Auxiliareinheit verwendet
[674] Munus = (Totenspiele) zu Ehren Verstorbener, aus diesem Brauch während der römischen Republik stammen auch die Gladiatorenspiele
[675] munera militae = Austragungsort für militärische Übungen, und
[676] munera gladiatoria = Gladiatorenkämpfe und

*der bestiarii*[677] *als Austragungsort dienen sollte. Wann immer ein offizieller Feiertag stattfindet, so soll dieses Amphitheatrum uns daran erinnern, was unsere Kultur der Bevölkerung der verschiedenen Regionen und Provinzen bringen kann, und den Menschen die Erhabenheit und Größe unseres Kaisers Hadrianus, sowie seiner Vor- und Nachregenten zeigt. Mit diesen Worten, möchte ich diese Stätte ihrer Bestimmung übergeben, auf dass sich sowohl die Bevölkerung, aber auch alle zukünftigen Gäste dieser Stätte immer rühmen können, diese nördliche Provinz des Römischen Reiches einmal besucht zu haben“.>*

Auf meinen Wink hin, erhoben die Bläser wieder ihre Instrumente und kündigten damit die offizielle Eröffnung der Tagesveranstaltung an. Zusätzliche Paukenschläger begleiteten zur Musik den Einzug einer Reitereinheit, einer halben *Turma* [678] bestehend aus 15 Mann, die in ihren farbenfrohen Kostümen, geschmückt mit Fahnen ihre militärischen Übungen, aus Angriffs- und Verteidigungstaktik zum Besten gaben. Das dumpfe Donnern der Pferdehufe auf dem Sandboden der Arena vermischte sich mit den Klängen der gekreuzten Schwerter, Speere und Schilde der Schaukämpfer, begleitet von den begeisterten Zurufen und dem Applaus des Publikums. Auf ein weiteres Kommando schritten nunmehr aus dem gegenüberliegenden südlichen Tor eine halbe *Centurie*[679] Fußsoldaten - die symbolisch den Gegner zur Reiterei in der Form einer *testudo*[680] bildeten. Durch diese Einigelungstaktik bildete die Einheit einen

---

[677] bestiarius = Tierhetzer, auch venatores genannt; Venatio = Jagd, hier Tierhetze

[678] turma = kleinste Reiter-Einheit einer militärischen Ala (Auxiliareinheit) bestehend aus 30-33 Reitern

[679] Centurie kleinste Infanterieeinheit, bestehend aus 80, später 100 Mann

[680] testudo = Infanterieformation in Form einer Schildkröte

starken Schutz gegen die anstürmende Reitertruppe, die bei ihrem Angriff den Sand der Arena aufwirbelten. Auf die akkustischen Signale der Bläser hin, simulierten die beiden Einheiten, Angriffs- und Verteidigungsbewegungen, wie sie in einer offenen Feldschlacht normalerweise stattfinden würden, um so den Zuschauern die Wehrhaftigkeit der Armee und deren Grenzschutzaufgaben plastisch darzustellen.

Nach den offiziellen Aufmärschen ergriff der Bürgermeister noch das Wort und es erschienen etwa 30 Jungen zwischen 6 und 16 Jahren zu Pferde, alle Mitglieder der *inventus Manliensium*, die hier ihr *lusus Troiae* – das trojanische Reiterspiel aufführten. Sie ahmten die kompliziertesten taktischen Manöver nach und zeigten ihren stolzen Verwandten ihre Reitkünste.

Nach ca. 1-1/2 Stunden endete diese Schaustellung, die Akteure zogen sich durch die Tore nördlich und südlich der Arena wieder zurück. Die Sonne stand nun auf ihrem höchsten Punkt am Firmament. Um die größte Hitze abzuhalten, begann man nunmehr über den Arenasitzreihen, Sonnensegel aufzuspannen, die über kunstvolle Verstrebungseinheiten auf Bedarf auf- und zugezogen werden konnten. Die Pause nutzten die Zuschauer um sich an den *thermopolia*[681] zu stärken, oder ihren Durst zu stillen. Nach einer Stunde, ertönte ein weiteres Signal, zur Fortführung der Spiele in der Arena. An der untersten Sitzreihe am *balteus*[682] der *cavea*[683] hatte man nun an bereitgestellten Stangen Netze bis zu einer

[681] thermopolia = Garküchen/Vorläufer späterer Imbißstuben, gereicht wurden Eintopf, Bohnen, Brot, Früchte, und Wein.
[682] balteus = Mauerabsatz der untersten Sitzreihe, zumeist ca. 3 Fuß hoch
[683] cavea = Sitzbereich in Theatern und Amphitheatern

Höhe von zusätzlich 5 Fuß gespannt, um bei Tierschaukämpfen zusätzlichen Schutz vor hochspringenden Tieren zu gewährleisten. Was nun folgte, sollte meinen Geschmack weniger berühren, da ich als ehemaliger Soldat bevorzugte, im Kampfe den Feind persönlich gegenüber zu stehen, und nicht Raubtiere zu töten, außer wenn man zur Jagd war. Nun die Geschmäcker der Bevölkerung waren vielfältig, manch einer konnte sich richtig am Blut abgeschlachteter Tiere ergötzen, teilweise geriet eine Menschenmenge richtig in Raserei, wenn es derart tumultartig zuging. Ich für meinen Teil bevorzugte lieber einen offenen Kampf, und wenn nötig fairen – wo man sich nicht gegenseitig abschlachtete, sondern als Gegner achtete und ihm Respekt zollte, auch wenn der Kampf hart und erbittert war. Die Tore öffneten sich und ein Rudel Wölfe und Wildschweine wurden in die Arena gelassen, wo diese anscheinend aufgrund tagelanger Hungerperioden nunmehr als tierische Feinde übereinander herfielen. Mit lautem Gebrülle, Geheule und Knurrgeräuschen, beäugten sich diese zuerst gegenseitig bis sie auf ein Zeichen ihrer Rudelanführer übereinander herfielen und sich gegenseitig wütend zerfleischten. Je länger die Auseinandersetzung dauerte, desto frenetischer reagierten die Zuschauer, die das Gebrüll der kämpfenden Tiere noch zumeist durch ihre Anfeuerungsschreie übertönten. Nach ca. 30 Minuten war diese Tierschlächterei vorbei, einige noch nicht verendete Tiere, wurden durch Pfeilschüsse oder Keulenschläge getötet, sodaß dieser unrühmliche Programmpunkt schließlich und endlich seinem Ende zuging. Dies war nach meinem Geschmack kein Ausdruck von römischer „Kultur“, sondern einfach eine simple Tierquälerei, die sich in der Natur niemals in dieser Form vollzog, sondern nur der Mehrheit der Zuschauer zur Ergötzung diente.

Im folgenden Programm sollte nun ein Kampf eines *bestiarius*[684] gegen einen Bären stattfinden. Der Schäukämpfer betrat theatralisch die Arena, stellte seinen stählern geformten, ölglatten Körper der Menschenmenge zur Schau und vollführte schlagende und stechende Gesten mit seinem Speer und Netz das er bei sich trug. Auf ein Zeichen hin öffnete sich ein Torspalt, und gab den Weg eines zotteligen grimmigen Braunbären in die Arena frei. Als dieser den Schaukämpfer erblickte, ertönte ein tiefes Grollen aus seiner Kehle, und begann langsam aber stetig sich in die Richtung seines Gegners zu bewegen. Beide umkreisten einander in respektvoller Nähe, bevor der bestiarius sich mit einem Sprung vorwärts bewegte, um dem Bären einen Lanzenstich in die Seite zu versetzen. Auf diesen Ausfall hin schien dieser im ersten Moment gar nicht gerechnet zu haben, schmerzvolles Gebrüll ertönte aus seinem Rachen, als dieser sich mit lefzender Schnauze und ohrenbetäubendem Gebrüll seinem Gegner gegenüber in Bewegung setzte. Vorsichtig reagierend setzte dieser einige Schritte zurück und versuchte mit seinem Netz den tierischen Gegner einzukreisen, um diesen mit einem schnellen Wurf die Bewegungsfreiheit zu nehmen. Dieser aber erhob sich plötzlich zu seiner vollen Größe – er maß an die 7 Fuß hoch und stürzte sich auf seinen Gegner, um ihm mit einem mächtigen Prankenhieb eine seitliche Wunde zu reißen. Mit schmerzverzerrtem Gesicht wich der *bestiarii* zu seiner eigenen Sicherheit zurück, hatte er doch mit dieser schnellen Reaktion des Bären nicht gerechnet. Dabei bewegten sich beide in Richtung zur südlichen Mauer des Zuschauerbereiches hin. Da – plötzlich ein Schrei – aus tausend Kehlen, die Menge

[684] Bestiarius = (oder Venator) Tierschaukämpfer;

kreischte auf, als sie sah was passiert war. Einer der Zuschauer in der untersten Reihe hatte versucht, sich etwas über die Schutzmauer zu lehnen, um besser den Schaukampf verfolgen zu können, da die beiden Kontrahenten sich in seinem toten Blickwinkel der Arenenmauer bewegten. Dabei hatte dieser das Gleichgewicht verloren und war trotz Sicherheitsnetz zusammen mit diesem in die 10 Fuß tiefere Arena gestürzt. Sich rappelnd im Netz auf dem sandigen Boden bewegend, versuchte dieser sich zu erheben, und aus dem Bereich der beiden kämpfenden Kontrahenten zu kommen. Dabei hatte er die Aufmerksamkeit des Bären durch seine zappelnden Bewegungen erregt, sodaß sich dieser mit einem Gebrüll dem anscheinend neuen Gegner zuwandte. Mit schreckverzerrten Gesicht versuchte sich dieser verzweifelt vollständig aus dem Netz zu befreien, um dem Bären zu entkommen. Dieser aber war mit einem mächtigen Satz schneller und holte zum Schlag mit seiner Pranke aus. Dabei streifte er den Zuschauer mit seinen Krallen an der Schulter, der sich geistesgegenwärtig hatte nach rückwärts fallen lassen. Der Bär holte zu einem nochmaligen Prankenschlag aus, um das am Boden liegende Opfer endgültig zu töten. Plötzlich sprang ein weiterer *bestiarius* hinzu, und prügelte mit kurzen harten Peitschen auf den Bären ein, der von seiner ursprünglichen Absicht abließ und sich wütend seinem neuen Gegner stellen wollte.
Dies gab dem ersten *bestiarius* die Möglichkeit den Bären in seinem Rücken mit dem Netz zu umschlingen, um ihm der rechten Tatze den weiteren Schwung zu einem erneuten Ausholen zu nehmen. Die Menge tobte vor Begeisterung, dachten viele doch, daß dies ein zusätzlicher Schaupunkt des Kampfes war, ohne die Realität zu ahnen, daß der unglückliche Teilnehmer nur Opfer seiner eigenen

Unvernunft war, als er sich zu weit über die Mauer beugte. Das erneute Brüllen holte die menschlichen Teilnehmer als auch Zuschauer wieder in die Realität zurück. Der unglückliche Zuschauer, schleifte sich rückwärts bewegend aus der Gefahrenzone, wobei der erste *Bestiarii* erneut seinen Speer zückte und diesen in die Brust des Bären rammte. Ein heller Blutstrahl schoss daraus hervor, sodaß der Angreifer sich geistesgegenwärtig nach hinten beugte, um nicht durch das ausschießende Blut des Bären auf sein Gesicht behindert zu werden. Todeswütig holte der Bär erneut aus und riß mit einem Schlag den Oberschenkel des *Bestiarii* auf, traf dabei seitlich den Speer, der durch die Wucht des Schlages zur Seite geschleudert wurde. Seiner primären Waffe entledigt, zückte der Schmerzverzerrte sein zusätzliches längeres Messer und sprang dem Bären todesmutig auf den Rücken, um sein Messer in den Nacken des tobenden Bären zu versenken. Beide stürzten zu Boden, der Bär gab noch röchelnde Laute von sich, bevor er endgültig zusammenbrach, und seinem Gegner im letzten Aufbäumen, halb unter sich begrub, und endgültig verschied. Eilends herbeigeeilte Helfer, zogen den stark blutenden *bestiarius* unter dem Bären hervor, wie sich herausstellte hatte er tiefe Fleischwunden und anscheinend einige gebrochene Rippen, war aber ansonsten dem Kampf todesmutig entronnen. Der Zuschauer lag unter dem Netz immer noch halb begraben, und zitterte wie Espenlaub am ganzen Körper, ob diesen lebensgefährlichen Kampfintermezzos, heilfroh und einigermaßen unbeschadet dem Tode entronnen zu sein. Unter dem frenetisch johlenden Gebrüll der Menschenmenge, wurden beide menschlichen Überlebenden aus der Arena getragen, um sich anschließend in ärztliche Betreuung zu begeben.

Eine erneute Pause unterbrach den Festtag, was den Zuschauern eine Verschnaufpause verschaffte, die viele nutzten, um sich zu stärken, oder auch für das kommende Schauspiel die Quoten der Wetten zu bestimmen und einzusetzen. Als abschließenden Höhepunkt war der Kampf zweier Gladiatoren geplant, die ihre Ausbildung in der Gladiatorenschule *Aquileia*[685] absolviert hatten, nachdem *Virunum* bislang noch keine Gladiatorenschule hatte. Die beiden waren ein Geschenk des Legionskommandanten, *Gajus Geminius Priscus*[686], den ich vor Amtsbeginn in der Provinz *Noricum* im Castell *Augustiana*[687] kennengelernt hatte. Dieser hatte mir diese beiden mächtigen Kämpfer mit der Auflage gestiftet, einen starken Schaukampf zu liefern, jedoch in jedem Falle dem unterlegenen Kontrahenten das Leben zu schenken, da jeder Kämpfer für die Gladiatorenschule und seines *lanista*[688] eine Menge an finanzieller Investition bedeutete, das mit dem Tode eines Kontrahenten auf jeden Fall verloren war. Dieses Versprechen hatte meine volle Zustimmung, hielt ich es ähnlich wie der römische Schriftsteller *Sueton*[689] gemäß seinen Worten: *„Ein guter Hirte darf seine Schafe wohl scheren, aber nicht schinden."*

---

685 Aquileia = Stadt in der italienischen Region Friaul-Julisch Venetien.

686 Gaius Geminius Priscus = Auxiliarkommandeur der Ala I Thracum (um 120 n.Chr.) mit Sitz in Carnuntum

687 Augustiana = (Traismauer; NÖ) Legionshauptquartier der Ala I Thracum am Danuvius

688 Lanista = Leiter u. Besitzer einer Gladiatorenschule

689 Gaius Suetonus Tranquillus (Sueton *70 – 130 n.Chr.) römischer Schriftsteller, Verwaltungsbeamter. Wurde durch seine Kaiserbiographien berühmt, in denen er das Leben der römischen Kaiser von Caesar bis Domitian schildert.

Mit dieser Zusage war ich doch bei der Einweihungsfeier der Arena, eines möglichen Todesurteils für den unterlegenen Kämpfer enthoben, da ich einen guten und verdienten Kampf, einem Kampf mit tödlichem Ausgang auf jeden Falle vorzog.

Bild -35- / Der Autor / Gladiatorenkampf

Der letzte Akt des Tages sollte sich nun vollziehen, mittlerweile war es später Nachmittag geworden und die Stimmung der Zuschauer strebte dem Höhepunkt entgegen. In den Pausen an den angebotenen Speisen gut gestärkt, und an den Weinstuben am Rebensaft erfrischt versammelten sich die Zuschauer wieder an den Sitzplätzen, nachdem das Signalhorn für den nächsten Schaukampf ertönt war. *Tertinius Statutus*, der Aedil des *municipium Virunum* erhob sich, die Arme gebieterisch den Zuschauern zugewendet und in die Höhe erhoben, um Aufmerksamkeit für seine Ankündigung zu erhalten.

*< “Volk von Virunum! Heil Kaiser Hadrian! Unsere Spiele an diesem Tage zu Ehren der Bona Dea, sehen nun dem Höhepunkt entgegen.... In seiner großen Güte entbietet der Kommandant der Ala I Thracum aus dem Garnisonsort Augustiana*[690]*, im Namen unseres Kaisers Hadrian, seine Grüße an diese ruhmvolle Stadt. Ihr zu Ehren und zu Ehren der Einweihung dieses Amphitheaters, sendet uns dieser für den heutigen Schaukampf zwei ruhmvolle Gladiatoren aus der Gladiatorenschule Aquileia. Unser erhabener Herrscher Hadrian, hat in seiner wohlwollenden Güte im vorigen Jahr diesen Ort zur römischen civitas erhoben, aus dass die Grenze zu den nördlichen germanischen Völkern über dem Danuvius durch seine Legionen ausreichend unterstützt werden kann. Er entbietet der civitas Viruno seine Grüße und sendet uns anlässlich der Spiele zur Bona Dea und der Eröffnung des Amphitheaters seine Grüße und Glückwünsche, zum Ruhme und Wohle des Römischen Reiches. Verfolgt nun gemeinsam mit uns diesen außerordentlichen Kampf der beiden Kontrahenten, dem Kämpfer -Crixus Hispanorum- als Darsteller eines Murmillo, sowie dem zweiten Kämpfer -Balbinus Superior- als Darsteller eines Thraex.“>*

---

[690] Augustiana = Auxiliar-Reiterkastell (1.-4.Jh); belegt durch die Ala I Augusta Thracum (Reitereinheit/Bogenschützen); ab 117/121 als Garnison in der Provinz Noricum

Bild -36- / Der Autor /
Gladiator „Thraex“

Mit diesen Worten ertönten dumpfe Paukenschläge, der durchdringende Ton einer Tuba ertönte in der Arena, und Rauch stieg in der Mitte der Arena aus einer Öffnung am Boden. Alles wartete in spannungsvoller Erwartung der Dinge die angekündigt waren. Plötzlich öffnete sich eine Bodenklappe – der Ausgang eines unterirdischen Gewölbeganges – aus dem in stoischer und aufrechter Haltung die zwei angekündigten Kämpfer langsam stiegen. Nun wurde mir auch bewußt, wofür dieser Gang von seinem Baumeister *Petronius Maurus* konzipiert war, den ich vor einigen Monaten, anhand eines Modell im Hause des Aedils *Tertinius Statutus* bei dem Besuch in seinem Hause bemerkt hatte. Beide Kämpfer traten in der üblichen Kontrahentengattung der Bewaffnung auf.

***Crixus Hispanicus***, stammte laut Ankündigung aus dem municipium *Italica* [691], der fernen Provinz im Westen und hatte laut meiner Information bereits viele Kämpfe in der Gladiatorenschule in *Aquileia* siegreich bestanden. Seine gewählte Kampfgattung stellte den ***murmillo***[692] dar, symbolisch einem Legionsinfanteristen ähnelnd. Den ölglänzenden Körper bedeckte eine wollene braune Kurztunica, in seiner linken Hand hielt er einen rechteckig gewölbten Schild (*Scutum*), in der Rechten hielt er einen *Gladus*[693], seinen Ober- und Unterarm bedeckte eine dickbauchige *armia*[694]. Sein linkes Standbein schützte eine bis unter das Knie reichende Beinschiene. Als Kopfschutz diente ihm ein Helm mit Visier, dessen gerader hoher Kamm bunte Federn in Form eines Fisches (*murmylos*), von dessen Namen sich auch die dargestellte Kampfgattung ableitete. Auf beiden Beinen tänzelnd, bewegte er sich auf dem sandigen Boden, um gegenüber unserer Ehrentribüne Aufstellung zu nehmen.

Sein Gegner – ***Balbinus Superior***, kam aus der östlichen Provinz *Thrakien*, und war während der 2. Dakischen Krieges gegen die römischen Streitkräfte des vorherigen Kaisers *Trajan* in Gefangenschaft geraten. Dieser muskulöse Mann, schien in seinem Lebensalter kurz vor 40 zu sein, Narben bedeckten seinen Oberkörper, der in seiner Kleidung und Bewaffnung den Kampftypus des ***Thraex***[695] darstellte. Vielleicht hatte er gerade wegen

---

[691] Italica = römische Stadt in der Provinz Hispanien (ca. 10km. nördlich vom heutigen Sevilla)

[692] murmillo = alte Gladiatorengattung, bereits im 1. Jh.v.Chr. nachgewiesen, einem Legionsinfanteristen ähnelnd

[693] gladus = römisches Kurzschwert

[694] armia = dicker Armschutz, meist durch wattiertem Stoff und Leder unterstützt

[695] thraex = aus Thrakien stammende Kampfgattung hinweisen, Merkmal: Schwert mit gekrümmter Klinge

seiner Abstammung aus dieser Provinz diese Waffengattung gewählt. Jedenfalls kämpfte er mit nacktem Oberkörper, und einem kurzen wollenen braunrotem Lendenschurz. Dickförmig gepolstert waren seine beiden Beide, dessen Schienbeinschutz bis zu den Oberschenkeln reichten. Als Körperschutz diente ihm am linken Arm ein kleiner gewölbter, bunt bemalter Rechteckschild. In seiner Rechten hielt er eine *sica*[696], einer krummförmigen Klinge, seinen Kampfarm bedeckte ebenfalls ein gepolsterter Schutz, von dessen Oberfläche lederne Streifen als Schmuck baumelten. Als Kopfschutz diente ihm ebenso ein großer Helm, dessen Kamm ein Greifenkopf zierte.

Beide Kämpfer nahmen vor der Ehrentribüne Aufstellung, um dem Stellvertreter des römischen Kaisers in der Provinzhauptstadt *Virunum* ihre Ehrenbezeugung darzubieten. Danach betraten beide Kontrahenten das unter dem Ehrenpodium befindliche Heiligtum der Schutzgöttin für Gladiatoren – *Nemesis*[697] - um Beistand der in den bevorstehenden Kampf zu erbitten. Nach wenigen Minuten erschienen diese wieder, um in der Mitte der Arena Aufstellung zu nehmen, um den Kampf zu beginnen. Auf ein Zeichen des Schiedsrichters mit seinem Stab begannen die beiden Kontrahenten sich langsam zu umkreisen. Jeder versuchte mit Blicken seinen Gegner zu fixieren, um dessen Schwachstelle zu entdecken. Plötzlich schnellte *Crixus* vor, zielte mit seinem Schwert auf die linke Schulter des Gegners, wurde aber von *Balbinus* durch dessen reflexartig erhobenen Schild abgewehrt. Wieder umkreisten sich beide Kontrahenten, diesmal

---

[696] sica = gekrümmte Klinge des Thraex

[697] Nemesis = urspr. griechische (Zorn-/Rache-)Göttin, von Rom übernommen. Schutzgöttin der Gladiatoren und der Spiele

versuchte *Balbinus* mit Schwung ausholend hinter die Körperdeckung des gegnerischen Schildes mit seiner gekrümmten Klinge zu stoßen, auch dies wurde abgewehrt. Einige Minuten vernahm man nur die Schläge der Kämpfer auf die gegnerischen Armierung oder an den Schildern metallisch klingend abgleitend, was jedesmal mit heftigen Atemstößen und schrillen Schreirufen unterstützt wurde. Da - *Crixus* hatte sich kurz vor der gegnerischen Klinge geduckt und stieß mit seinem *Gladus* weit ausholend und schwungvoll unter die Deckung des gegnerischen Schildes, streifte dabei den Oberschenkel von *Balbinus*. Sofort zeigte sich darauf eine Blutspur, die der Gegner mit stoischem Gleichmut jedoch hinnahm, und seine Deckung optimierte. Beide versuchten hinter die Deckung des Gegners zu gelangen. Begleitet durch die lautstarke Hintergrundkulisse der Zuschauer, schlugen die beiden Kämpfer mit lautstarken Schreien und metallischen Schwertschlägen auf den gegnerischen Schild. *Crixus* schien aufgrund seines jüngeren Alters über eine schnellere Reaktion zu verfügen, jedoch sein Gegner *Balbinus* war aufgrund seiner langjährigen Erfahrung in der Arena ein ebenbürtiger Gegner. Durch die beiderseits doch unterschiedlich schwere Bewaffnung kamen beide durch ihre kämpferischen Bewegungen außer Atem. *Balbinus* strauchelte kurz bei seinem nächsten Ausfall, vielleicht begründet durch seine leichte Oberschenkelverletzung, was *Crixus* sofort auszunutzen versuchte und mit seinem *gladus* nachsetzte. *Balbinus* zog jedoch sofort seinen Schild hoch und versetze seinem Gegner mit der Schildkante einen harten Stoß in die Schulterbeuge, sodaß dieser tief Luft holend sofort zurückweichen mußte. Jetzt lag es an *Balbinus* seinen Gegner *Crixus* zu bedrängen, Mal versuchte er von rechts seitlich, mal von oben herabstoßend die Schilddeckung von *Crixus* zu umgehen, was ihm jedoch nicht zufriedenstellend gelang. Beide Gegner bluteten aus kleinen Schramm-, und Schnittwunden, die bei der Abwehr des Gegners entstanden waren, schwer atmend den anderen Gegner im Auge behaltend. Plötzlich deutete Crixus bei seinem nächsten Ausfall ein Straucheln seines rechten Beines vor, fiel knieend zu Boden und schleuderte aber geistesgegenwärtig mit seiner Schwerthand eine Faust voll Arenensand in das Gesicht seines Gegners. Balbinus wich sofort zurück, um sich mit schmerzverzerrtem Gesicht den Sandstaub aus seinen Augenlidern zu befreien. Beide Kämpfer waren nun schon über dreißig Minuten im fortwährenden Kampfeinsatz, man merkte beiden eine lähmende Müdigkeit in Ihren Gliedern an, deren Schläge sich sichtlich verlangsamten. Da beide Gegner ziemlich gleichwertig kämpften, tobte die Menge über diesen sichtlich spannenden und ausdauernden Kampf zur späten Nachmittagsstunde. Die Zuschauer wurden nicht müde die beiden Kämpfer anzufeuern, hatten ja viele beträchtliche Wettsummen, auf ihren jeweiligen Favoriten gesetzt. Beim nächsten Ausbruch von *Balbinus* konnte dieser seinen gekrümmten Säbel hinter die Schilddeckung seinen Gegner setzen, dessen Spitze sich schmerzvoll in dessen linke Schulter bohrte. *Crixus* stürzte schwächelnd zu Boden, und versuchte sich mit der Schwerthand aufstützend wieder zu erheben, was ihm jedoch nicht völlig gelang. *Balbinus* setze nach und versetze *Crixus* mit seinem eigenen Schild einen Schlag, sodaß dieser gänzlich auf seinen Rücken stürzte, seinen Schild verlor, und kaum mehr erheben konnte. Schlagartig verstummte das Geschrei eines Teils der Zuschauer, die auf diesen Kämpfer gewettet hatten, um der nächsten Dinge zu harren. *Balbinus* trat an *Crixus* heran, stieg mit seinem linken Fuß auf die Schwerthand des Gegners, um einen erneuten Schlag zu verhindern, während *Crixus* seine verwundete linke Hand hob, um mit Zeige und Mittelfinger seine „*missio*[698]“ zu bekunden. Danach wandte er sich erwartungsvoll in Richtung zur Ehrentribüne über dem Tempelheiligtum des *Nemeseum‘s*, um das Urteil des Prokurators abzuwarten. Die Zuschauer erhoben sich von ihren Sitzen, die Arena glich einem Hexenkessel, aus Schreien und Anfeuerungsrufen. Stimmen erhoben sich, die das Bluturteil über den am Boden liegenden *Crixus* forderten. Andere wiederum riefen um Gnade für den unterlegenen Gladiator. Viele blickten mit fragendem und erwartungsvollem Gesichtsausdruck zur Ehrentribüne des Statthalters.

Nun war mein Moment gekommen, den ich von Anfang an befürchtet hatte, dessen ich mir aber mit durch mein Versprechen dem Kommandanten - *Gajus Geminius Priscus*, von der *Ala I Augustana Thracum* gegenüber wohlwollend einzuhalten pflegte. Ich erhob mich von meiner Sitzgelegenheit, erhob meine Arme, um der Menge Ruhe zu gebieten und antwortete mit lauter und energischer Stimme:

< *“Bürger von Virunum! Diese Arena hat heute im Namen des Kaisers an ihrem Eröffnungstag wahrhaft einen großartigen Festakt erlebt. In diesem heutigen letzten Kampf zwischen den beiden Gladiatoren Crixus und Balbinus konnten wir alle den Mut und die Ausdauer der beiden Kämpfer bewundern. Das römische Volk und alle seine hier anwesenden Gäste aus den verschiedenen Nachbarprovinzen, habe mit diesem Kampf ein Beispiel*

---

698 missio = Gladiatoren, Aufgabe, Bitte um Gnade und Schonung des Lebens

*gesehen, wie römische Kämpfer durch ihren Mut, Tapferkeit und Kampfeswillen Ihrem Kaiser und Imperator Hadrianus, und dem römischen Reiche dienen. Da beide Kämpfer ihren vollen Einsatz nach diesem ausdauernden Kampf gegeben haben, und Balbinus doch als Sieger aus diesem Kampf hervorgegangen ist, so zolle ich dem unterlegenen Gegner Crixus durch seinen ehrenhaften Einsatz ebenso meine Ehrenbezeugung. Im Namen unseres Kaisers und Imperators Hadrian, mögen ihm die Götter ein langes Leben schenken, gewähre ich als sein Statthalter und Prokurator dieser Provinz, dem im Kampfe unterlegenen Gegner Crixus die missio!“>.*

Mit diesen Worten forderte ich *Balbinus* mit einer bestimmenden Handbewegung auf, von seinem Gegner abzulassen, an die Tribüne heranzutreten, und den Lorbeerkranz des Siegers entgegenzunehmen. Die Zuschauer tobten und schrien aus Begeisterung, erhielten sie ja durch dieses Gnadenurteil, die Möglichkeit beide tapferen Kämpfer auch in Zukunft in weiteren Kämpfen zu bewundern. Wie ich mit zufriedenstellender Miene bemerkte, verlangte das Publikum in erster Linie von den Kämpfern Regeln[699] und Brutalität eines Gladiatorenkampfes, wie ich sehen konnte, nicht nur rohe Gewalt, sondern erhoffte sich ebenso durch qualifizierte Gegner, einen spannenden Kampf, Todesmut symbolisch für die Tapferkeit des römischen Volkes präsentierend, und damit auch spannende Unterhaltung.

So ging dieser ereignisreiche Tag langsam zu Ende, und die Zuschauermenge, die die Arena langsam verließ, verteilte sich in der gesamten Stadt, um den ausklingenden

[699] Kampfregeln = hierzu entsprechender Quellennachweis gem. Petronius, Satyrica XLV 11-12

Tag in Feierlichkeit, mit Speis und Trank, sowie allerlei Ergötzlichkeiten zu begehen. Insbesonders die Kaufleute und Gastwirte, sowie Herbergen, nicht weniger auch die Dienerinnen des horizontalen Gewerbes, waren besonders erfreut über die Früchte des Tages, und der nachfolgenden, brachten sie ja reichen Ertrag, durch die vielen besuchenden Gäste, und ebenso neuen Geschäftsbeziehungen und damit auch verstärkte regionale wirtschaftlichen Entwicklung. Sicherlich hatten sich auch viele Patrizierfamilien einen vermehrten Einfluß und Ruhm in der städtischen Karriereleiter, und damit auch eine provinziale Karriere erhofft und erhalten. Ich für meinen Teil gesellte mich nach abschließendem kleinen Gesprächen mit einigen noch anwesenden Repräsentanten, in den unmittelbar ober der Arena liegenden Statthalterpalast liegende Wohnstatt, wo ich mich für den Rest des Abends mit meiner Frau zurückzog, um persönliche Eindrücke zu besprechen.

Einer der persönlichen Punkte, die ich im Gespräch mit meiner Frau erwähnte, war mein bevorstehender Ruhestand, nach Ablauf diesen Jahres. Nach nunmehr 36 Dienstjahren, anfänglich im militärischen, danach im zivilen Verwaltungsbereich, ging meine berufliche Verpflichtung dem römischen Reich und Kaiser gegenüber zu Ende. *Hadrian* hatte mir in seinem letzten persönlichen Schreiben, zur Fertigstellung des Amphitheaters und dessen Einweihung, gratuliert und mir angekündigt, daß ich zum Jahresende, meinen wohlverdienten Ruhestand antreten könnte. So plante ich nach diesem Zeitraum, wieder in meine alte Geburtsheimat, in die Provinz *Raetia*, in *Abodiacum* zurückzukehren, wo ein Großteil meiner Familie noch lebte. *Gratia Pamphilia*, als gebürtige, ehemaliger Bewohnerin der Provinz *Sardinia*, war zwar nicht so ganz erfreut, in einer kühleren Alpenregion zu leben, willigte schließlich aber doch ein, da ich ihr auch die Vorzüge dieser Heimatprovinz schmackhaft machen konnte.

Zudem kam noch ein Entschluß, der mir schon lange am Herzen lag. *Mamertus*, mein treuer und langjähriger Verwalter, hatte hier in *Virunum* seine Blume des Herzens kennengelernt. Sie hieß *Alyssa*, und war die Tochter eines hiesigen bekannten Handwerksmeisters der Steinbearbeitungskunst. Er war Besitzer und Eigentümer der örtlichen Steinmetzwerkstatt, die nicht nur in Person von *Acceptus*, dem Vater der *Alyssa*, über einen hervorragenden Steinmetz (*lapidarius*) verfügte, sondern mit den beiden Sklaven *Diomedes* und *Hermes* auch zwei Bildhauer (*sculptores*) hatte, die ihr Handwerk in einer guten Werkstatt in Athen gelernt hatten, und hier zur Freude aller wirkten.

*Mamertus* wird sich sicherlich gefragt haben, wie meine Entscheidung mit Beginn meines Ruhestandes für ihn ausfallen würde. Schließlich hatte ich ihn doch während meiner Militärzeit vor nunmehr über 17 Jahren in *Dacia*, als Sklaven im jungen Alter von 19 Jahren freigekauft, der dann damit in meinen Besitz überging. Rechtlich gesehen, war er kein „freier Römer", was mir oft durch den Kopf ging, wie ich dieses Problem hätte lösen können. Schließlich hatte er mir während dieser Zeit treu gedient, und in ihm hatte ich nicht nur einen zuverlässigen Begleiter, sondern immer als interessierten und offenen Gesprächspartner, zu allen auftretenden Themen und Problemen, während meiner beruflichen Inspektionsreisen, durch die jeweiligen Provinzen gewonnen. Für diese treuen Dienste beabsichtigte ich nun, vor Antritt meines Ruhestandes, ihn als „freien" römischen Bürger zu adoptieren, und ihm damit die Freiheit zu schenken, sodaß er selbst eine Familie mit allen Rechten gründen konnte. Ich konnte ihm so richtig im Herzen nachfühlen, wie es für Ihn als Mensch und vor allem als Mann dabei ging, war es mir doch ähnlich ergangen, als ich meine jetzige Frau in der Provinz *Sardinia* kennengelernt hatte. Er war nunmehr an die 36 Jahre alt, ein Mann in den besten Jahren, der sicherlich auch Sehnsucht nach einer Familie hatte, was ihm als „Unfreien" zwar nicht verwehrt, aber nach rechtlichem, und erblichen Status zu einem freien römischen Staatsbürger bislang versagt blieb.

An einem Abend der nachfolgenden Wochen, hatten *Gratia Pamphilia* und ich, ihn und seine Geliebte zu einem Abendessen eingeladen, um mit ihm einige anstehende Dinge der zukünftigen Wochen zu besprechen. Bei einem ausgiebigen Mahl, genossen wir köstlich gebackene

Geflügelkeulen, serviert mit regionalem Gemüse, als auch der köstlichen Sauce – dem *liquamen*[700], das in keiner römischen Küche fehlen durfte. Als der Nachtisch, mit kleinem süßen Gebäck im Honigteig, das wir zum köstlichen Falerner Wein genossen, serviert wurde, begann ich ihm meine Gedanken für meinen beruflichen Abschied darzulegen.

<*“Mamertus, als ich Dich nun vor über 17 Jahren auf dem Sklavenmarkt in Alta Ripa*[701] *zum erstenmal gesehen und kennengelernt habe, konnte ich noch nicht die Tragweite unserer heutigen Beziehung erahnen. Während meiner Dienstzeit, hast Du Dich als Verwalter meiner jeweiligen Arbeit als zuverlässige und treue Person erwiesen. In all den Provinzen, in denen ich seit dem damaligen Zeitpunkt eingesetzt war, warst Du mir ein guter Begleiter, und wir haben uns über viele sozialen Themen und Probleme besprochen, in denen ich Dich mit deiner ehrlichen Betrachtungsweise schätzen gelernt habe, Wir kennen uns nun seit jener Zeit, und wir haben oftmals nicht nur einen Becher guten römischen Wein genossen, viele Erlebnisse miteinander als Reisebegleiter geteilt, aber zusammen auch viele Gefahren während dieser Zeit gemeistert. Wie Du weißt, stehe ich nunmehr vor meinem beruflichen Abschied, und habe mit Freuden zur Kenntnis genommen, daß Du hier in Virunum, auch Alyssa - die „Blume Deines Herzens“ kennen, und lieben gelernt hast. Aus diesem Grunde möchte ich Dir, und damit Euch beiden sowohl von mir als auch meiner Frau, ein Geschenk übergeben“*>.

---

[700] liquamen = auch Garum genannt. Standardgewürz der antiken römischen Küche. Eine Würz-Sauce zu salzigem und süßen Speisen verwendet, aus gegorenem Fisch und Meeresfrüchten. Ähnlich der heutigen Sojasauce…

[701] Alta Ripa = röm. Militärstützpunkt in der Provinz Pannonia inferior (heutiges südl. Ungarn)

Mit diesen Worten, überreichte ich ihm eine Pergamentrolle, die ich vom Magister der Stadt amtlich beurkundet hatte lassen, mit den erklärenden Worten, daß ich mich entschlossen hatte, ihm mit diesem Papier – der *Manumissio testamento* [702], die dokumentierte Freiheit zu schenken. Somit hast Du und Deine *Alyssa* die Möglichkeit aus dem Status eines „*servus*“[703] in den Stand eines „*libertus*“[704] mit allen juristischen Begriffen von *obsequium*[705], als auch *officium*[706], eine offizielle Familie zu gründen, und damit Euren gemeinsamen Nachkommen, die römischen Rechte verbrieft zu vererben.“ >

Mamertus, war wie vom Donner gerührt, hatte er doch nicht so etwas erwartet, aber in seinen Augen leuchtete eine tiefe Dankbarkeit, da ihm dadurch nun die Beziehung zu Alyssa als „freier römischer Bürger“ gewährt wurde. Das Erstaunen fiel dann in tiefe Freude und Dankbarkeit uns gegenüber, auch Alyssa war zutiefst gerührt, freute sich jedoch aus ganzem Herzen und fiel zuerst *Mamertus*, und danach mir und meiner Frau glückselig um den Hals, da sie eine sehr spontane Person war. Den beiden Glücklichen war nunmehr auch der Weg in eine offizielle Eheschließung gesichert. *Gratia Pamphilia* schloß Sie freudestrahlend in Ihre Arme und ebenso dann *Mamertus*, der diesen Abend nicht in dieser Form erwartet hatte, und mich gegenüber in dankbarer Weise bewegt, ebenso in

---

[702] manumissio = Freilassungsbrief für einen Sklaven, in den Rechtsstatus eines römischen Bürgers

[703] servus = lat. Bezeichnung für Unfreier (Sklave)

[704] lLiberto = lat. Bezeichnung für einen „Freigelassenen“ mit vollem römischen Bürger-Rechtsstatus

[705] obsequium = Beachtung der Allgemeinen Respekt- und Treueverhältnis zum ehemaligen „Herrn“

[706] officium = sämtliche konkreten Verpflichtungen (nach Karl Christ: „Geschichte der römischen Kaiserzeit“

seine Arme schloß. Ich beendete dann diese festliche Konversation mit den Worten – <“*sie beide nun die Möglichkeit hätten, mit uns zur Jahreswende – entweder nach Raetien mitzukommen, oder in Virunum verbleiben könnten, um Ihrer Familie eine feste Heimat zu gewährleisten*“>.

So verblieben wir an diesem Abend noch in fröhlicher Runde, und genossen mit Blick auf das *municipium Virunum,* auf die im Westen hinter den Bergen langsam untergehende Sonne, und die damit verbundene abendliche Stimmung, die mit fortschreitender Stunde die unter uns liegende Stadt, langsam in ein bezauberndes Lichtermeer der Laternenbeleuchtung hüllte.

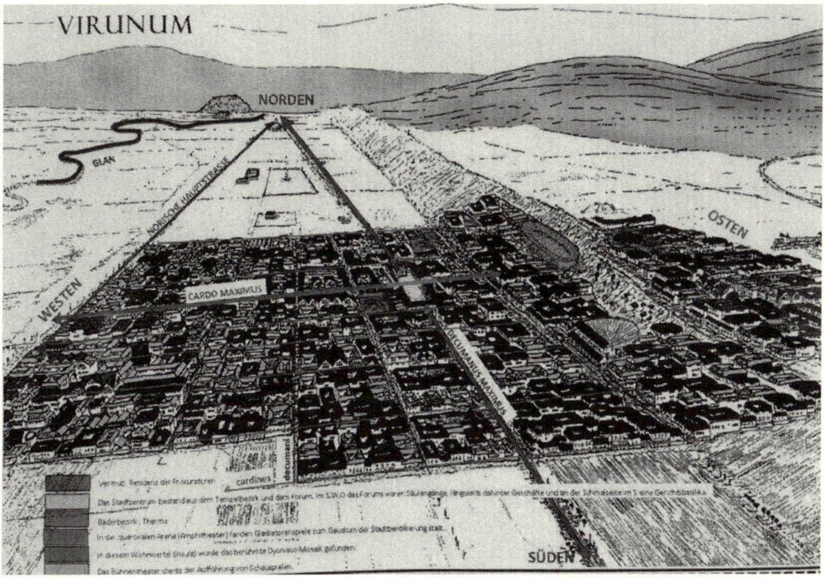


Bild -37- / Der Autor / Luftbild – graphische Rekonstruktion des Municipium Virunum
einer graphischen Zeichnungsrekonstruktion auf dem Gelände des Freiluftmuseums Virunum)

## KAPITEL XI

### Zurück in der Heimat
### (Erinnerungen)

**Octobris 883** - ab urbe condita **(A.D. 131)**
im 15. Regierungsjahr des Erhabenen Hadrian

***Vixi et quem dederat cursum fortuna peregi!***
*Ich habe gelebt und bin den Weg, den mir das Schicksal vorgezeichnet hat, zu Ende gegangen (Seneca zitiert hier Vergil)*

Jetzt wo ich auf mein Leben zurückblicke, das so ereignisreich an Stationen in diesem gewaltigen römischen Reich war, von der Provinz *Britannia* im Westen, bis zur Provinz *Asia* weit im Osten, habe ich heute den Eindruck, dass die Welt so klein ist. Von dieser kleinen Ansiedlung *Abodiacum*, wo ich nunmehr wieder zurückgekehrt bin, um meine alten Tage im Kreis meiner verbliebenen Familie zu geniessen, ging damals vor über 65 Jahren mein Leben hinaus in die weite Welt, an verschiedene Flüsse und Meeresgestade, von einem Caesar zu nächsten, dem ich in militärischem Dienst, und der Verwaltung des Reiches diente. Und dennoch fühle ich mich hier wieder wie zu Hause zu Beginn meines Lebens, als ich noch im Elternhaus wohnte, und von der weiten Welt zu träumen begann.

Ich erinnere mich noch gut an meinen Abschied von meiner letzten beruflichen Station – *VIRUNUM* – der Stadt in der Provinz *Noricum*, die sosehr auch der meiner heimatlichen Provinz *Raetia* ähnelt, liegt sie doch im Norden des Römischen Reiches. Gerade diese *civitas* hat es mir besonders angetan, da ich viele Erlebnisse mit den Menschen und vor allem der Kultur dort hatte. Diese ehemals keltische Region (R*egnum noricum*[707]), war nach der relativ friedlichen Eingliederung ins Römische Reich vor ca. 300 Jahren schnell integriert, die Menschen hatten sich an den Wohlstand adaptiert, und die regionale Kultur hatte regen Austausch mit Rom auf wirtschaftlicher Grundlage. Hier hatte ich die Gelegenheit, für den Imperator *Hadrianus* verschiedene Bauprojekte abzuschließen, die er zum Bau angeregt hatte - dem Bühnentheater, dem Amphitheater, sowie mehrere Heiligtümer, die immensen Einfluß auf die Attraktivität der Region seiner Besucher ausübten. Die nördliche Grenze der Provinz war nunmehr der Fluß *Danuvius,* an denen mehrere militärische Kastelle errichtet, und zivile Siedlungen entstanden waren.

Kaiser *Hadrianus* selbst, war wieder unterwegs auf seiner zweiten großen Reise durch die Ostprovinzen seines Reiches, wo er aus *Arabia* kommend die Provinz *Judaea*, und *Caesaria* besuchte. Wie immer hinterließen *Hadrian's* Reisen Spuren, die Gründung eines *Hadrianeums*[708] in *Tiberias*[709], sowie *Caesarea*[710], ja sogar der momentane Statthalter von *Judaea – Quintus*

---

[707] Regnum Noricum = Zusammenschluß 13 keltischer Stämme auf dem Gebiet des heutigen Österreich. Davon sind acht Stämme namentlich belegt auf dem heutigen Magdalensberg (Kärnten/Maria Saal): Alaunen, Ambidraven, Ambilinen, Ambisonten, Laianker, Noriker, Saevaten und Uperakten

[708] Hadrianeum = Tempel Hadrians

[709] Tiberias = Stadt in Galiläa (Israel) am Westufer des Sees Genezareth

[710] Caesarea = antike Stadt am Mittelmeer, zwischen Tel-Aviv und Haifa (Israel) liegend

*Tineius Rufus*[711], ließ anlässlich des Kaiserbesuches ihm zu Ehren eine Statue aufstellen. Alle diese Bilder ziehen an meinem geistigen Auge vorbei, hatte ich doch selbst dieses Amt noch vor 20 Jahren inne, und vieles verbindet mich auch mit dieser Region. Ich denke oft daran, wie ich mit meinen damaligen Verwalter *Mamertus*, viele Diskussionsgelegenheiten hatte über dieses Volk, und der Religion der Einheimischen zu reden, in deren Vorstellung man nur an einen Gott glaubte. Und doch hielten sich einige Bevölkerungsteile so rebellisch gegen die römische Besatzung, wodurch die gesamte Bevölkerung dann auch leiden mußte. Zwei vernichtende Aufstände, der *Erste-Jüdische Krieg*[712] vor über 75 Jahren unter Kaiser *Vespasian*[713], ein weiterer Krieg - *Diasporaaufstand*[714] vor über 15 Jahren unter Kaiser *Trajan*[715], und wie ich hörte rumorte es schon wieder in dieser Provinz unter *Bar-Kochba*[716], zu deren Sicherung *Hadrian* während seiner Reise das Hauptquartier der *Legio X Fretensis* besuchte, die als römische *civitas* auf dem Gebiet der ehemaligen jüdischen Hauptstadt *Jerusalem*, einen neuen Zeustempel errichten ließ.

Ja auch *Mamertus* mein treuer Begleiter, dem ich zum Abschluß meiner Diensttätigkeit in *Virunum* die Freiheit

---

[711] Quintus Tineius Rufus = röm. Politiker u. Senator im 2.Jhdt. (Statthalter von Judäa 130-133),

[712] Erster jüd. Krieg = 66-70 n.Chr; Zerstörung Jerusalems

[713] Vespasian = röm. Kaiser (69-70n.Chr.)

[714] Zweiter jüd. Aufstand = 116 n.Chr. (Diaspora-Aufstand)

[715] Trajan = röm. Kaiser (98-117n.Chr.)

[716] Aelia Capitolina = röm. Siedlung auf dem Gelände der zerstörten jüd. Stadt Jerusalem, nach deren Schleifung 169 n.Chr. errichtet. Man vermutet, dass in den Folgejahren von 131/132 die Errichtung eines Röm. Zeustempels, und weiterer reger Bautätigkeit, auch Ursache für neuerliche Revolten zum 3. Röm.-Jüdischen Krieg (Bar-Kochba-Aufstand; 132-136 n.Chr.) führten, dessen endgültige Zerschlagung die Zerstreuung der jüd. Bevölkerungskultur zur Folge hatte.

geschenkt habe, hatte mit seiner keltischen Gefährtin *Alyssa* eine Familie gegründet, und sich in der dortigen Region angesiedelt. Wie sie uns in einer Nachricht mitteilten, waren sie mittlerweile Eltern von drei Kindern, im Alter von 5 (einem Jungen, *Donatus*), und zwei Mädchen (3 Jahren, *Priscilla* und *Clementia, 1 Jahr*) geworden, was meine Frau und mich sehr freute, da die beiden uns während unserer Zeit in *Virunum* sehr ans Herz gewachsen waren.

Ja so fließen die Jahre dahin, der Fluß der Zeit läßt sich nicht aufhalten, der Abschied von *Virunum* war uns schwer gefallen, aber nach vielen Jahren in den Diensten der verschiedenen Kaiser, war ich auch froh, dass ich mit einem offiziellen Dokument von Kaiser *Hadrianus* in den wohlverdienten Ruhestand entlassen worden war. Zum Abschied hatte mir dieser in meinem jetzigen Heimatort *Abodiacum* ein großes Landgut mit ausführlichen Wirtschaftsflächen vermacht, das mir zu einem ansehnlichen Leben im Ruhestand verhalf. Viele Annehmlichkeiten hat heute der Ort. War es in meiner Jugendzeit nur ein kleines Dorf, das sich auf den Hügeln um ein kleines Militärkastell an der Flußschleife des Licca schmiegte, so ist dies heute eine ansehnliche Siedlung geworden. Ehemalige Legionäre, Kaufleute und Bauern, hatten sich hier angesiedelt, auch auf römischen Komfort und Lebenskultur muß man heute, ob Anwohner oder Durchreisender nicht mehr verzichten. Am Ortsrand längs der Hügelebene, westlich ober dem alten Castell, steht heute ein hübsches und großes Badehaus, mit Kalt- und Warmwasserbecken, wo sich der müde Wanderer, oder durchreisende Kaufmann auf seinem Wege an der Straßenstation der *Via Claudia* von den Strapazen des Weges bei einer Übernachtung in der Herberge, ausruhen und erholen kann. Viele umliegende Siedler hatte der Ort in den letzten Jahren angezogen, vom Handwerker, Schmied, oder Steinmetz, alle schätzten die Vorteile dieser zentralen Straßenkreuzung von Nord nach Süd oder Ost nach West, und umgekehrt. Von meiner ländlichen Villa, die nur einige Gehminuten davon entfernt ist, habe ich oft die Gelegenheit eines angenehmen Badevergnügens, das meinen alten Gelenken wohltut.

Eine interessantes und zugleich amüsantes Erlebnis hatte ich auch beim Besuch meines Sohnes *Marcus Clemens Claudius,* kurz nach unserer Rückkehr von *Virunum,* nachdem es ihm vor seinem Dienstantritt als Praefect einer Auxiliareinheit in der Provinz *Cappadocia*[717], nicht möglich war mich und meine Frau in *Virunum* zu besuchen. So hatte er diese Gelegenheit nachgeholt, als er in seiner militärischen Laufbahn in die Provinz *Belgica*[718] versetzt wurde. Bei seiner Durchreise in *Raetia*, hatte er mich hier in *Abodiacum*[719] besucht, wo wir Gelegenheit hatten, einige ausführliche Gespräche über seine Jugend und Vergangenheit zu führen, an der ich bedauerlicherweise aufgrund meines unsteten Lebens, leider so wenig Anteil hatte. Einmal beim Besuch des örtlichen Warmwasserbades, teilte er mir aufgrund meiner Frage, warum er denn noch keine Familie gegründet hatte, auch mit, daß er während seiner Dienstzeit als Subpräfekt in der Provinz *Dalmatia* schon eine attraktive Römerin aus *Aquileia* [720] kennengelernt hatte, und später Vater eines Jungen geworden war. Seine Mutter *Volturnia,* stammte aus dem Geschlecht der *Claudier*[721] und hatte ihm bei

---

[717] Cappadocia = röm. Provinz in der heutigen Osttürkei
[718] Belgica = heutiges Belgien
[719] Abodiaco = Abodiacum; heutiges Epfach (Bayern/Deutschland)
[720] Aquileija = röm. Stadt in Noricum (heute Oberitalien, nahe Küstenstadt a.d. Adria)
[721] Claudier = Gentilname aus dem Geschlecht des Claudius (Kaiser 41-54 n.Chr.)

seiner Geburt zu Ehren des Vaters den Beinamen *Clemens* gegeben. Sein vollständiger Name war daher *Titus Varius Clemens*[722], und zu diesem Zeitpunkt nunmehr 16 Jahre alt, und war bestrebt ebenfalls eine militärische Laufbahn, wie sein Vater und Großvater, im römischen Reiche anzutreten. Dies erfüllte mich doch mit großer Freude, verblieb der Name unseres Geschlechtes doch nicht in der Geschichte verloren, sondern lebte in den weiteren Generationen fort.

Über vieles sprachen wir in dieser Zeit, auch über eine Situation vor über 26 Jahren, liebe(r) Leser(in) – als ich auf dem Weg in meine neue Aufgabe nach *Carnunto* und *Brigetio* in die Provinz *Pannonia inferior* unterwegs war. Bei der anschließenden Verkostung eines hervorragenden Weines, offenbarte er mir auch ein bestgehütetes Geheimnis, das sich damals bei meinem Heimatbesuch vor 26 Jahren zugetragen hatte. Ich war damals mit meinen beiden Kindern *Marcus Claudius* und *Flavia Aterissa* bei einem Ausritt mit meinem ehemaligen Hengst *Vitus* auf Besuch auf einem Landgut, flussaufwärts des *Licca*, als beide Kinder noch 12 und 10 Jahre alt waren. Nur beiläufig erinnere ich mich noch daran, dass mir damals meine Tochter unter der Hand ein „pubertäres" Geheimnis meines Sohnes verraten hatte, dessen Auflösung ich aus dem eigenen Munde meines Sohnes *Marcus*, erst nach all diesen Jahren erfahren sollte. Auf diesem Landgut einer Villa rustica, dessen Besitzer ein guter Bekannter meines Onkels *Sicatus* war, lebte auch eine Tochter des Hauses – *Gemella* – der jugendliche Schwarm meines Sohnes. Sie

[722] Titus Varius Clemens = röm. Ritter aus der norischen Stadt Celeija, in beruflicher Laufbahn in mehreren Provinzen des röm. Reiches Statthalter, u.a. unter Antoninus Pius (Kaiser 138-161), späterer Amtssekretär und Vorsteher der kaiserlichen Kanzlei und steter Begleiter von Kaiser Marc-Aurel (161-180), belegt durch mehrfach milit. Urkunden.

war damals etwa zwei Jahre älter als mein Sohn, dieser hatte sich doch hoffnungslos in diese Schönheit vom Lande verliebt, sodaß er sich mit deren Bruder *Quintus* verabredete, um einen Liebeszauber zu erwirken, sodaß ihn seine heimliche Angebetete doch vielleicht erhören könnte. Beide hatten damals auch Kontakt zu einem weiteren Jugendlichen aus der Nachbarschaft, dessen Großvater auch ein keltischer Priester war, von dem er sich eine geheimnisvolle Beschwörungsformel auf zwei Bleiplättchen aufschreiben ließ, und mit dem Bruder seiner angebeteten Romanze unter einer Bodenplanke des Schlafzimmers von *Gemella* heimlich versteckte. Leider hatte sich diese *„magische Liebes-Formel*[723]" nicht in seinem Sinne erfüllt. *Gemella* hatte laut Auskunft ihres Bruders zu einem späteren Zeitpunkt einen Weinhändler aus der näheren Region der südlichen Alpen geheiratet, und mehrere Kinder großgezogen. Wahrscheinlich hatte sich dieser heimliche Zauber auf deren Ehemann und ihrer Familie ausgewirkt, und nicht ihm als Verehrer der heimlichen Muse, wie mir *Marcus Claudius* verschmitzt offenbarte.

[723] Peitinger Liebeszauber = Bei Grabungsarbeiten 1956 im Fundament des Haupthauses der Villa Rustica in Peiting (b.Weilheim/Bayern) aufgefunden. Das Original ist heute in der Archäologischen Staatssammlung in München. Bei diesem Text handelt es sich um einen in der Antike häufigen Liebeszauber, worin sich der Schreiber in seiner Sehnsucht an seine Geliebte, Verehrte *Gemella* wendet. Eine Kopie der Abschrift und Übersetzung findet der/die heutige Leser/in in der restaurierten Villa Rustica bei Peiting.

Bild -38- / Der Autor / Infopavillion Peitinger Römervila)

Anmerkung des Buchautors:
Die Übersetzung dieses lateinischen Textes von Dr. Fritz Then Bergh / Wolfram Jahn (Schongau) könnt ihr auf einer Schautafel an der Villa Rustica in Peiting entdecken….

## „Der Peitinger Liebeszauber“:

**Lateinischer Text, sofern entzifferbar:**

**Gemella, supra mensuram naturae domini tui**
**Clementis iaces, qu- - ut**
**te patitur, sic tu patere - - am eius- -**
**ram, patere audacter, quod te iuve (t).**

**Somnus te tuetur, Gemella sub**
**iugum missa q(u)iesce - - contineas te**
**non pe - - s, ama Clementem**
**sic ut ubi eum non videbis, . . . . . s, qua-**
**plumbum - - - a -.**

**Octobris 885 -** ab urbe condita **(A-D. 135)**
im 19. Regierungsjahr des Erhabenen Hadrian

**Soll die Geschichte doch meinen Namen vergessen, solange ich den/diejenigen in Erinnerung halte, die ich liebe !**
*(Claudius Paternus Clementianus)*

Am liebsten habe ich es, wenn ich von meinem Hause an der *Via Claudia*, in das 500 Ellen entfernte Hügelchen sehe, ja manchmal mich auch aufraffe und auf die Kleine Anhöhe an der *Licca*-Flußschleife spaziere, und ich in der nachmittäglichen Sonne westwärts auf diese Ansiedlung sehe. Zum einen gibt es das Gefühl einer großen Weite, wenn mein Blick über dieses Gelände schweift – vom Osten des Hügels wo der Fluß seine murmelnden Schleifen zieht, weit in den Süden, den Wiesen im Sommer mit den dahinterliegenden sanft aufsteigenden Anhöhe zur Ortschaft. Oftmals wenn die Schneeschmelze nach dem Winter begann, war der Fluß so hoch über die Ufer gestiegen, dass er diese kleine Tiefebene völlig überschwemmte. Dann sah man nur eine Insel aus den Fluten aufsteigen, und darauf noch die ursprünglichen Gemäuer des ehemaligen kleinen Kastells das die kleine Garnison von 50 Mann – nicht mal eine ganze Zenturie beherbergte. Jetzt wo die Grenze des römischen Reiches im Norden des Reiches hinter den Fluß *Danuvius* an den neuen Grenzwall des Limes, und im Osten des Reiches die Donauprovinzen *Pannonia inferior/superior Moesia und Dacia* durch die Imperatoren – *Trajan* und *Hadrian* gesichert wurden, war hier keine ständige Mannschaft im

Castell mehr notwendig, das langsam in den Schlaf der Geschichte versinkt. Dafür prosperierte die Ortschaft umsomehr, war sie doch wirklich ein Kreuzungspunkt zum einen für die Nord-/Südverbindung über die Alpen der *Via-Claudia*, und zum anderen über die Ost-/Westverbindung von *Juvavum*[724] nach *Brigantium*[725]. Von der Provinz *Noricum*[726] durch die Provinz *Raetia*[727], das für sein Salzreichtum, auch die Strasse der – *Via Salina* – benannt wurde. Und hier an dieser Siedlung kreuzten sich diese bedeutenden Verkehrswege. Es scheint als ob die „*Pax-Romana*" zur Zeit endlich mehr realisiert wurde, nachdem unser jetziger Caesar *Hadrianus*, seine reichsweiten Absicherungen mit den militärischen Truppen zum einen und Friedensverhandlungen andererseits mit den verbündeten Volksstämmen in seinem Reiche erfolgreich waren. Aber die Geschichte zeigt, daß solch ein Zustand niemals lange währt, bis irgendwo wieder ein Aufstand losbricht, der dann im Gegenzug wieder blutig niedergeschlagen werden mußte. So auch passiert in der östlichen Provinz *Judaea*, als sich vor drei Jahren das jüdische Volk unter einem ihrer charismatisch-fanatischen Anführer, einem gewissen *Simon-Bar-Kochba* wieder erhob. Der Kaiser war persönlich sehr angeschlagen, als er vom Tode seines in den letzten Jahren ständigen Begleiters – *Antinoos*[728] in der Provinz *Aegyptus*, erfuhr. Er trauerte sichtlich sehr um ihn und ließ ihm zu Ehren auch die Stadt *Antinopolis*[729] gründen. In den zwei Jahren danach fiel *Hadrianus* in

[724] Juvavum = heutiges Salzburg (Österreich)
[725] Brigantium = Bregenz am Bodensee (Österreich/Bayern)
[726] Noricum = röm. Noricum (Gebiet in Österreich)
[727] Raetia = röm. Provinz (heute Bayern)
[728] Antinoos = *um 110 – 30.Oct.130nChr.) Günstling und Begleiter Kaiser Hadrian's, Man sagt ihm auch eine persönliche erotische Beziehung zum Kaiser nach
[729] Antinopolis = Stätte in Oberägypten, nahe dem heutigen Dorf Besa. Zu Ehren von Antinoos Tod von Hadrian gegründet.

weitere, rege Reisetätigkeit, die ihn in die östlichen Provinzen des Reiches, *Arabia, Thracia, Moesia* und *Macedonia* führte. Mitten in diese Zeit fiel dann auch die Nachricht eines erneuten jüdischen Aufstandes, was ihn veranlaßte umgehend den britannischen Stadthalter *Sextus Julius Severus*[730] nach *Judaea* zu beordern, um ihn den Oberbefehl zur Niederschlagung des Aufstandes durch die *Legio IX Hispana*[731] zu übertragen. Nach anfänglich verlustreichen Kämpfen in der Bergregion, gelang es ihm dann im Herbst diesen Jahres in einer Entscheidungsschlacht gegen die gut geschützte Festung *Betar*[732] den Aufstand endgültig niederzuschlagen, in der auch der messianische Anführer *Simon-Bar-Kochbar*[733] den Tod fand. Dies war dann das endgültige Ende der jüdischen Kultur, mit über 580.000[734] Gefallenen in allen Kämpfen dieses gesamten letzten Aufstandes. Die Überlebenden der verbliebenen regionalen Bevölkerung, wurden der Versklavung übergeben. *Hadrian* jedenfalls ließ mit diesem Sieg, den Namen der Provinz *Judaea* aus den Annalen tilgen, und benannte diese fortan *Syria-Palaestina.* Die civitas *Aelia Capitolina* wurde ausgebaut, Tempel zu Ehren *Jupiters*[735] und dem Kaiser *Hadrian*

---

[730] Sextus Julius Severus = Britannischer Stadthalter, 133 n.Chr. von Hadrian nach Judaea beordert, um den 2. jüdischen Krieg (Bar-Kochba-Aufstand) niederzuschlagen

[731] Legio IX Hispana = röm. Legion, gem. neueren Forschungen, in Britannien stationiert, Einsatz im Bar-Kochba-Aufstand, jedoch in späteren Konflikten des 2. Jh. Entweder zerrieben oder aufgelöst.

[732] Betar = letzte Bastion des Bar-Kochbar-Aufstandes (3. jüd. Krieg). Heute palästinensische Siedlung, südlich von Jerusalem (Israel) liegend, in der der Anführer Bar-Kochbar den Tod fand

[733] Simon Bar Kochbar = als messianischer Anführer verehrt, führte den 3.jüd. Krieg gegen das Römische Reich (Hadrian), verstarb beim Endkampf um die Festung Beta.

[734] gem. Cassius-Dio = röm. Konsul, Senator und Geschichtsschreiber

[735] Jupiter = in der antiken Mythologie, höchste römische Gottheit, oft als Juppiter Optimus Maximus (IOM) bezeichnet („bester und größter Jupiter")

errichtet, noch regional überlebende Juden durften die Stadt nicht mehr betreten.

Wie oftmals fragt man sich – warum oder weshalb dieses überhaupt so passieren musste. Manche sagen, daß dies auf die Entweihung der jüdischen Stätten, durch die verstärkte römische Tempelbautätigkeit verursacht war, andere wiederum sehen in der strikten römischen Gesetzgebung, insbesondere dem Gesetz des Verbotes gegen das jüdische Brauchtum der *Beschneidung*[736] der männlichen Bevölkerung. Aber auch die religiös-fanatische Auslegung der jüdischen Prophezeiung, dass ähnlich dem „*babylonischen Exil*" - 70 Jahre nach der Zerstörung von Stadt und Tempel *Jerusalem*'s, gemäß ihrem Propheten *Jeremias*[737], die Stadt wieder erstehen würde. All diese Ursachen mögen vielleicht mit dazu beigetragen haben, daß dem jüdischen Volk dieses Schicksal widerfuhr, fest steht jedoch eines, daß religiöser und politischer Fanatismus, gegenseitiger Hass, und Willkür sämtlicher beteiligter Menschen, schon immer eine Antriebskraft zur Zerstörung ganzer Völker war. Möge die Geschichte Ihren Mantel über diese unrühmliche Zeit legen, vielleicht wird die Zukunft der folgenden Jahrhunderte ihr eigenes Urteil über diese Geschehnisse fällen, und für die Menschen hoffentlich ein gegenseitiges besseres Verständnis und friedlicheren Austausch der Kulturen fördern.

Zeigt doch andererseits auch, daß die Menschen im friedlichen Austausch der Kulturen die Schönheiten des Lebens, die Unterschiedlichkeit der Gebräuche und

---

[736] Beschneidung = religiöses jüd. Brauchtum auf den Urvater „Abraham" zurückzuführen
[737] Jeremias = jüd. Prophet (um 650-570 v.Chr.)

Lebensgewohnheiten, im friedlichen Austausch zu nutzen. Mögen die Götter es gewogen stimmen, dass diese Zeiten uns immer wieder begleiten, aber wofür wir ständig immer wieder arbeiten müssen, ist der gegenseitige Wille des Austausches der Unterschiedlichkeiten unserer Volksgruppen. Was für Schönheiten können Künste, und Kulturen erschaffen, die in Friedenszeiten gedeihen, man muß sich diesen Willen sich immer vor Augen halten. Unsere Gedanken beeinflussen unser Handeln, und unser Handeln lenkt unser Schicksal. Mögen die nachfolgenden Generationen dies immer bedenken, und wie immer sich die Zukunft auch gestalten mag, wir müssen täglich daran arbeiten – dies ist die Erfahrung die ich durch meinen Lebensweg immer wieder gemacht habe.

Nun, wo diese Gedanken durch meinen Kopf schiessen, spüre ich wie sich eine feuchte Schnauze an mein linkes Bein drängt. Das flauschige Wollbündel, das sich daran kuschelt ist „*Lupus*" mein Wolfshundrüde, den ich mir auf meine alten Tage mit Beginn meines Ruhestandes vor 9 Jahren angeschafft habe, und nun mein täglicher Begleiter auf meinen kleinen Wanderungen an dieser Flußbiegung wurde. *Lupus* stammte aus einer Züchtung meines Schwagers *Marcus Balbinus*, dem Ehemann meiner Schwester *Lucia Clementina* und seiner Familie, der hier im Ort eine Hundezucht betreibt. Ein treuherziger Rüde, zum einen im Gesicht schwarz mit weißen Fellrundungen um die Augen, stets wachsamen Ohren und einem sehnigen mit flauschigem schwarz-weißem Fell bedeckten ausdauernden Körper, buschiger Rute, dessen Ungestümheit mich noch oftmals aufmunternd zu einem schnelleren Gang auffordert. Man sagt ja, daß ein Hundejahr gemessen am menschlichen Alter von sieben Jahren entspricht, da wäre er ja gerade im besten Alter (menschlich) gesehen an die 35. Trotzdem - seine Ungestümheit und Treue erinnert mich noch oft auch an meinen ehemaligen Hengst *Vitus* während meiner Militärzeit in *Pannonia* und *Dacia*, der mich oftmals in den Kriegszügen während der Dakerkämpfe, aus gefährlichen Situationen sicher aus dem Schlachtfeld gebracht hatte. Wenngleich dieser heute nach all den vielen Jahren bereits im „Pferdehimmel“ seine Zeiten verbringt, so ist mir doch „*Lupus*“ in diesen alten Tagen zu einem neuen treuen Begleiter geworden. Besonders beliebt war er bei meinen Enkeln *Livinius, Drusilla*, und Nichten, wenn sie mich, wann immer möglich, in meiner Villa am Ortsrande besuchen.

Einige Mitglieder meiner weit verzweigten Familie leben heute noch in dieser Siedlung am *Licca*fluß, andere wiederum hat es wie mich aus der Heimat in die Ferne geführt. Mein Sohn *Marcus Clemens Claudius* – heute im Alter von 44 Jahren, hatte wie ich, eine militärische Karriere angetreten. Als *primo pilo*[738] der *legionis X (Geminae)* in *Vindobona*[739] begonnen, hatte er sich als Subpräfect in den Provinzen *Dacia* und *Cappadokia*[740], hochgearbeitet, begleitet und aufgrund seiner Verdienste gefördert unter dem Patronat meines langjährigen Freundes *Hadrianus* dem jetzigen *Caesar* des römischen Reiches. Mit diesen seinen Fähigkeiten, bieten sich ihm, wenn er so weitermacht eine gute weitere militärisch/zivile Karrieremöglichkeit. Mit ihm lebten auch seine jetzige Familie – Ehefrau *Auriana*, und ihre Kinder *Tiberius Claudius Macedo (3Jahre)*, sowie Tochter *Fulminia-Ava* (2 Jahre) in seinen jeweiligen

---

[738] Primo Pilus = Höchster Centurio der 1. Kohorte einer Legion
[739] Vindobona = röm. Legionslager an der Donau (bei Wien/heutiges Österreich)
[740] Cappadocia = heutige Osttürkei

Einsatzgarnisonen in der fernen Provinz *Belgica.* Sein erster Sohn aus der Beziehung zur Norikerin *Volturnia* hatte wie vermutet ebenfalls eine Laufbahn als Soldat mit der ritterlichen Ausbildung des *Tres militae*[741] im Stab von unserem Kaiser *Hadrianus* begonnen, mit seinem jetzigen Alter von 21 Jahren stünde ihm mit seinen Möglichkeiten und Fähigkeiten eine gute Karriere im Römischen Reich bevor.

Meine Tochter *Flavia Aterissa,* heute im Alter von 41 Jahren hatte einen wohlhabenden Kaufmann der Gegend geheiratet, ihre Familie wohnt heute im Siedlungszentrum von *Abodiacum* und führt mit ihrem Mann *Sempronius* die *Taberna* an der *Via Claudia.* Dank den vielen Durchreisenden auf dem Wege zur Provinzhauptstadt *Augusta Vindelica*, als auch der durchgehenden Salztransportstraße von *Juvavum* nach *Brigantium*, hatte sich ihre Familie mit dieser geschäftlichen Grundlage prächtig entwickelt. Ihre beiden Kinder – ein Junge *Livinius* und ihre Tochter *Drusilla* im Alter von 12 und 10 Jahren – besuchten mich oftmals und versüßen mir heute das Leben im Ruhestand. Besonders wenn sie mit *Lupus* im Gras vor dem Hause herumbalgen, erfüllt mich dies immer wieder mit großer Dankbarkeit, hat mein Leben mir doch trotz der Fülle der Jahre in der Fremde, nun im Ruhestand viel Freude und Zufriedenheit geschenkt. So war mein bisheriges ruheloses Leben nicht umsonst, sondern immer mit einem besonderen Zweck, der Berufung und Karriere als Soldat, ziviler Beamter, Statthalter des Kaisers, oder jetzt als Großvater im Familienkreise eine freudige Erfüllung gefunden.

[741] Tres militae = militärische Karrierestufen eines Reiterordens der römisch-kaiserlichen Armee

Oftmals kommt auch meine Tochter, um nach dem Rechten zu sehen, ob alles in meinem Haushalt soweit funktioniert. Bis vor 2 Jahren hatte ich noch mit meiner zweiten Ehefrau *Pamphilia Gratia* zusammen das Haus bewohnt. Ja - die „*Heitere; Anmutige*“, um die Bedeutung ihres Namens zu unterstreichen, war mir in den Jahren zuvor eine treue Gefährtin in meinem späten Lebensabschnitt. Nach meinem zahlreichen, militärischen Lebensstationen in der *pannonischen* und *dakischen* Provinz, meinem Wechsel in die zivile Amtslaufbahn mit den Stationen in den Provinzen *Judaea*, und danach als Finanzverwalter des Imperators *Hadrian* auf der Insel *Sardinia*, hatte ich mit spätem Alter nochmals eine Blume des Herzens kennengelernt. Im Alter von 53 hatte ich es nochmals gewagt, die Tochter eines wohlhabenden Senators auf der sardischen Insel nicht nur kennen- sondern auch lieben zu lernen. *Pamphilia-Gratia* war wie ich nicht mehr die Jüngste, zählte damals an die 45 Lenze und war Witwe im Hause ihres verstorbenen Mannes *Sempronius*, eines bedeutenden Beamten. Beide hatten keine Kinder, da ihr Gatte, als er ihr versprochen wurde schon ein älterer Mann war. Bei einem Bankett hatten wir uns kennengelernt, und waren uns nach unseren Lebensschilderungen nähergekommen. Seit diesem Zeitpunkt, hatte sie mich an meinen weiteren Lebensstation in der Provinz *Africa Proconsularis*, sowie *Noricum*, und mich mit in meinen Ruhestand hier nach *Abodiacum* begleitet. Sie war mir eine hilfreiche Stütze und Ratgeberin bei meinen täglichen Entscheidungen, aber auch temperamentvolle und liebenswerte Gefährtin meines Lebens geworden. In Körper und Seele waren wir zueinandergewachsen, bis sie vor 2 Jahren einer Krankheit erlag, und sich von mir ins Land der „Ahnenseelen“ verabschieden mußte. Mögen ihr die Götter im *Elysium* beistehen, oder auch der eine, von dem ich in *Judaea* von der regionalen Bevölkerung gehört habe. Seitdem war mein Leben einsam geworden!

Meine Gedanken schweifen zurück an meinen Vater, der starb, als ich noch in meiner Ausbildung in *Gontia* war, meiner lieben Mutter, die später meine Geschwister und meine Kinder betreute, und die nun auch vor 13 Jahren meinem Vater in die Seelenwelt folgte. Ebenso an die vielen Kameraden, die ich während meiner Dienstzeit kennen- und schätzen gelernt habe, und mich ebenso manchmal von ihnen verabschieden mußte, da sie die oftmaligen Kampfeinsätze ihres Legionsdienstes nicht überlebt haben. Blicke ich auf all diese Zeitspanne zurück die vor meinem geistigen Auge vorüberzieht, so stehe ich heute an einem Punkt der inneren Ruhe und Zufriedenheit. Wie denke ich an meine Jugend, in der mir nichts weit entfernt genug sein konnte, meine Gedanken, Wünsche und auch Abenteuer, die im späteren Leben mich so begleitet haben. Der damalige Meldereiter in meiner Jugend *Rufus*, der mit seinen Schilderungen um den Untergang der Stadt *Pompeij*, meine unbändige Reiselust weckte, meinen ersten zaghaften Beamtenschritte in der Provinzhauptstadt *Augusta Vindelica*, den Wechsel zur militärischen Ausbildung in *Gontia*, meinen weiteren militärischen Stationen in den verschiedenen Provinzen des Römischen Reiches, sowie dem Wechsel in die zivile Beamtenlaufbahn als Statthalter der Provinzen *Judaea*, *Sardinia*, und *Noricum*.

In all diesen Lebensstationen habe ich Menschen kennengelernt, die wie ich und jeder andere nach Erfüllung ihrer Lebensbedürfnisse, Frieden und Wohlstand gestrebt haben, aber auch Menschen, denen nichts genug im Leben war, und die sich oft und gerne aufgrund ihrer menschlichen Neigungen gegen andere erhoben und unterdrückt haben. Ob gebürtiger Römischer Bürger, oder provinziell eingemeindeter Bürger des heutigen Römischen Imperiums, wir alle sind wie ich heute sagen kann, Bewohner eines mächtigen Lebensraumes, auch wenn es auf dieser Welt noch andere Völker geben mag, die uns noch nicht bekannt sind. Was uns heute, und auch in Zukunft vielleicht miteinander einen vermag, ist der Wunsch eines gemeinsamen friedlichen Zusammenlebens, auch wenn uns die Geschichte in vielen Momenten das Gegenteil belehren mag. Politische Reiche mögen aufsteigen oder auch zerfallen, einzig und allein ist der Wunsch einer gemeinsamen Zusammenarbeit einer weltlichen gesetzgebenden Ordnung, der gegenseitige Wille zum kulturellen Austausch und Verständnis unserer unterschiedlichen menschlichen Kulturen, und vor allem der größten Kraft des uns bekannten Lebens - der Liebe, die neues Leben, Prosperität und menschliche Vielfalt hervorbringt. Mögen diese Werte uns Menschen in die Zukunft weiterbegleiten, wir wissen nicht was uns der „Morgen“ bringt, wir werden aber immer wissen, was wir verlieren, wenn wir diesen wertvollen Schatz, der in unseren eigenen Händen liegt, nicht beherzigen!

**ENDE**

# EPILOG

„Wie es mit dem Aufwärtssteigen des menschlichen Geschlechtes ist, so ist es auch mit seinem Abwärtssteigen. Untergehenden Völkern verschwindet zuerst das Maß. Sie gehen nach Einzelnem aus, sie werfen sich mit kurzem Blicke auf das Beschränkte und Unbedeutende, sie setzen das Bedingte über das Allgemeine; dann suchen sie den Genuß und das Sinnliche, sie suchen Befriedigung ihres Hasses und Neides gegen den Nachbar, in ihrer Kunst wird das Einseitige geschildert, das nur von einem Standpunkte Gültige, dann das Zerfahrene, Unstimmende, Abenteuerliche, endlich das Sinnenreizende, Aufregende und zuletzt die Unsitte und das Laster. In der Religion sinkt das Innere zur bloßen Gestalt oder zur üppigen Schwärmerei herab, der Unterschied zwischen Gut und Böse verliert sich, der einzelne verachtet das Ganze und geht seiner Lust und seinem Verderben nach, und so wird das Volk eine Beute seiner inneren Zerwirrung oder die eines äußeren, wilderen, aber kräftigeren Feindes!"

*__Adalbert Stifter__ – Österreichischer Schriftsteller (*23. Oktober 1805 in Wien, Österreich; † 28. Januar 1868 in Wien)*
*Auszug aus - Vorrede zu den Bunten Steinen (Herbst 1853)*

Wenn wir solche Berichte über Handlungen in der Vergangenheit lesen, denken wir oftmals, was hat dies all mit uns in der Gegenwart zu tun? Als Autor denke ich – „eine ganze Menge", wenn wir nicht verstehen, wie unsere

Vorfahren gefühlt, gedacht, geliebt und gehandelt haben, können wir nicht deren Erkenntnisse, als auch Fehler im Einklang mit unseren eigenen Erfahrungen in der Gegenwart verstehen. Abenteuer, Wissensdurst, Weltreisen – auch wir erleben dies in unserer heutigen Zeit, jeder auf seine Weise und Möglichkeit. Wie auch der bedeutende englische Geschichtshistoriker „Arnold Toynbee" (1889-1975) schon mal ausgedrückt hat, - *„die Geschichte ist wie eine Spirale in der Zeit, sie kehrt immer wieder zurück, nur auf einem höheren (späteren) Niveau*". Was wir aus den Fehlern der Vergangenheit nicht lernen, verfolgt uns immer wieder. Achten und ehren wir also als Nachfahren, welche guten und kulturellen Errungenschaften weitergegeben wurden, und vermeiden wir Irrtümer und Erkenntnisse, die vor uns lebende Generationen in den Untergang geführt haben. Nur wenn wir dies erkennen, und auch in unserem Leben praktizieren, schaffen wir damit auch eine Grundlage für zukünftige Generationen. Wir leben in einer Welt mit begrenzten Resourcen, mögen wir in Achtung vor der Natur, und Respekt vor allen Menschen gleich welchen kulturellen Hintergrundes, sie sinnvoll einsetzen und Neues daraus schaffen – dies ist der Auftrag der früheren Generationen an uns heute, auf dass auch unsere Nachwelt, dies eines Tages über uns selbst berichten kann.

Der Autor

## Anhang - Namensregister

(geordnet in Reihenfolge der beschriebenen Kapitel)

Römische Namen werden grundsätzlich unterschieden zwischen Männer- und Frauennamen, sowie zwischen römischen Bürgern und Freigelassenen. Weiters teilt sich diese Namensgebung auch in den verschiedenen Epochen der römischen Antike.

Diese beziehen sich vor allem zwischen Mitte des 2., sowie frühen 3. Jh. (v.Chr.), vor allem der römischen „Oberschicht“. Sklaven, und freigelassene Reichsangehörige, ohne römisches Bürgerrechts sind hierbei nicht ausführlich erörtert.

Der Gentilname (z.B. „Paternus“), endet bei original römischen gentes immer auf *-ius*, und wird vom Vater vererbt. In manchen größeren Familien bestand das *nomen gentile* aus 2 Teilen, zur Unterscheidung einzelner Familien-(Clans). Ab dem 2.-3. Jhd kam dann der *„Cognomen*“ als 3.Bestandteil dazu. Siehe *„tria nomina“* – z.B. **Claudius** (*praenomen*) **PATERNUS** (*nomen gentile*) **Clementianus** (*cognomen*).

Ebenso trugen Frauen ein individuelles *praenomen*, wurde jedoch nur selten erwähnt. Zumeist trugen sie den Familiennamen ihres Vaters, der in der weiblichen Form *-ia*, bezeichnet wurde. Vater: Clementianus; Tochter: Clementia. Gleich Schwester- oder Generationsnamen (Mutter-/Tochter) unterschied man mit *major* (die Ältere), *minor* (die Jüngere), oder *secunda* (die zweite), *tertia* (die dritte) usw. Ab der Kaiserzeit kam dann ebenso, wie bei Männern ein cognomen dazu, das den vor dem Gentilnamen stehenden Eigennamen ersetzte.

***Namensgebung*** – (3 Bezeichnungen) die jeder freie römische Bürger führte – sind:

- ***Vorname** (praeonomen)* Bezeichnung des eigenen Individiuums
- ***Geschlechtsnomen** (nomen gentile);* Bezeichnung des Fam.-Hauses/Geschlecht (*heute Familiennamen*), dessen der Namensträger angehörte; sowie der –

- ***Beinamen*** *(cognomen);* Bezeichnung des einzelnen Familienzweiges der **„gens“**

**Namen der aktiven Roman-Handlungspersonen: [#]** = hist. belegte Personen

- ***Claudius PATERNUS [#] Clementianus*** *jr.* ***[#]*** (* 65 – ca. 130/135 n.Chr)
  Hauptperson des Romans, dessen Lebensgeschichte mit seinen verschiedenen Karrierestationen geschildert wird. (Abkürzung C.P.C.)
- ***Claudius PATERNUS [#] Clementianus*** sr. (* 20 – ca.98 n.Chr); Vater der Hauptperson der nach Abschluß seines aktiven Militärdienstes in Abodiacum lebt.
- ***Claudia Clementina [#]*** *Induti* (* 47 – ca. 120 n.Chr) Mutter der Hauptperson und Tochter des – Indutus (keltisches Stammesoberhaupt).
- ***Indutus [#]***; Vater der Claudia Clementina, Name keltischer Herkunft aus der Region Raetien, Stamm der Licater.
- ***Aeilius Domitian (67-140)*** Bruder des Claudius Paternus
  ***Aurelia Livinia*** Ehefrau des Bruders von Claudius Paternus
  ***Janus (*88) und Delia (*)*** deren Kinder
- ***Lucia Clementina (72 - 147)*** Schwester des Claudius Paternus
  ***Marcus Balbinus*** Ehemann der Schwester des CPC
- ***Indutus Licatus***;(30-107) Bruder, von Claudia Clementia, Sohn des Indutus
  ***Flavia Secunda***;(Ehefrau des Indutus Licatus)
  ***Sicatus***; (Ältester Sohn des Indutus Licatus und Flavia Secunda), Venia (seine Ehefrau)
  ***Markus;*** (Jüngerer Sohn des Indutus Licatus und Flavia Secunda), Auriane (seine Ehefrau)
- ***Publivs Rufus;*** Nachrichtenkurier auf der Strecke Rom – Augusta Vindelica,

- ***Lucius Proximvs*** (röm. Verwaltungsbeamter in Augusta Vindelica)

- ***Fulvius* und *Domitia;*** Gutsbesitzerehepaar an der Via Claudia
  ***Flavia Domitilla;*** deren Tochter
  ***Linus, Decius***; Söhne von *Fulvius und Domitia*

- ***Titus Flavius Quintinus; [#]*** Rekrut Mitkamerad und späterer Freund von Cl.-Paternus
  *späterer kaiserl. Gardereiter (Grabplatte hist. belegt in Castel Gandolfo CIL VI 3255)*

- *sowie* ***Victorinus Longinus:*** Mitkamerad im Castell Gontia

- ***Titus Flavius [#] Norbanus****;* Procurator Provinz Germania Superior (86-91 n.Chr.?)

- ***Livinia-Pryscilla;*** erste Ehefrau des C.P.C. geb. *Narisker (Variscii)* aufgewachsen in Phoebiana/Faimingen Die Narisker (auch *Varisker* genannt) sind ein geschichtlich bezeugter Stamm. Tacitus bezeichnet sie in seiner Germania als Naristi, später werden sie als Varistae (bzw. Varisti) bezeichnet. Beide Namen sind gem. Forschung authentisch, doch Deutung ihres Ethnonyms sind umstritten; für Tacitus galten sie als Germanen

- ***Marcus Clemens Claudius*** *Paternus **[#]**; (*92 -?)* Sohn der 1.Ehefrau des Claudius Paternus
  ***Auriana;*** *dessen spätere Ehefrau*
  ***Tiberius Claudius Macedo****;* (`*ca. 123) deren Sohn und –
  ***Fulminia Ava;*** (ca.124) deren Tochter

- ***Titus Varius Clemens; [#]*** (*ca. 115-184 n.Chr.), erstgeborener (fiktiver) Sohn von Marcus Clemens Claudius und seiner Geliebten Volturnia. Römischer Ritter, (geb. in Celeja//Noricum) späterer Statthalter Provinz Belgica, und Provinzen (Germania inferior + Superior), Raetia, Mauretania, Lusitania, Caesariensis, Kilikien. Späterer kaiserl. Sekretär unter Marc-Aurel (161-180) u. Mitkaiser Lucius Verus (161-169)

- ***Flavia Aterissa Paternus*** [#]: (95-170); Tochter des CPC, der Hauptperson des Romans
***Sempronius;*** Kaufmann, ihr Ehemann
***Livinius;*** (*124; Junge) und
***Drusilla;*** (*125; Tochter); deren Kinder

- ***Flavius Aurel;*** Römischer Garnisons-Medicus/Arzt im Castell Gontia

- ***Julius Ursus Servianus [#];*** (*47 - †136 n.Chr); römischer Politiker und Senator

- ***Lucius Licinius Sura*** [#]; (*40–†115nChr): hochgebildeter Anwalt/Redner, Legat Germania inferior, Teilnahme an beiden Dakerkriegen als Konsul/Feldherr, geehrt mit Diplomen, 107 erneut Konsul in Rom, 2.Mann im Staat, Vertrauter von Trajan.

- ***Titus Vettius Rufus; [#]*** Centurio der *Legio XIIII Gemina*, Weihealtar Castell Vindobona;

- ***Publius Aeilius Hadrianus;*** [#] (* 76; † 138), Großneffe von Trajan, Feldherr und späterer röm. Kaiser (117-138) - ***Caesar Traianus Hadrianus***

- ***Quintus Marcius Turbo*** [#] (ca.* 75; ca. † 145), 117-119 Statthalter von Pannonia inferior, Freund von *Trajanus* ***Hadrianus***

- ***Litteratus;*** litterator ***(Balbus)*** Hauslehrer der Kinder von CPC

- ***Rufus Gemellus;*** Besitzer eines röm. Landgutes (Villa Rustica) am Licca, nahe Abodiacum
**Regin**a, (seine Ehefrau), -
**Quintus** (deren Sohn),

**Gemella** (deren Tochter).

- ***Mamertus***; persönlicher Verwaltungsassistent von C.P.C.; als Gefangener nach dem Dakerfeldzug in *Alta-Ripa* freigekauft, späterer dessen engerer Freund.

- ***Wagenlenker im Circus-Maximus (Rom)***:
*Jogenius aus Alexandria, der Provinz Ägyptus*
*Quintus-Arrius aus Palmyra, der Provinz Syria*
*Vergilo aus Athen, der Provinz Achaia*
*Pontius-Dio aus der Provinz Tarraconensis von Toletum*
*Gajus-Apuleus aus Salamantica der Provinz Lusitania*
*Scorpus-Decimus aus Virunum der der Provinz Noricum*
*Agrippinensus-Rex aus Colonia Agrippina der Provinz Germania Superior*

- ***Quintus Pompejus Falco;*** **[#]** (ca. † 140) Politiker, Feldherr, Legat, Teilnahme an beiden Dakerkriegen, später Statthalter von Judäa (Vorgänger v. CPC?), später Germania inferior, Britannia (Bau des Hadrianswalles), danach Proconsul in Provinz Asia.

- ***Quintus Baenius Blassianus*** (ca. Anfang 2.Jh) röm. Ritter u. Gardekommandant, Statthalter in Augusta Vindelica (123 n.Chr./Augsburg)

- ***Tiberianus;*** Nachfolger (114 n.Chr.) von CPC als Statthalter in Judäa

- ***Lucius Sempronius;*** Patrone, (duumvir/Amt:1.Bürgermeister) Virunum (Provinz Noricum)

- ***Gaius Geminius Priscus; [#]*** röm. Präfekt, Anfang 2.Jh., Kommandant der *Ala I Augusta Thracum in Noricum* aus Augustiana (Traismauer NÖ)

- ***Quintus Fabius Modestus;*** ein Decurio der Auxilia Vexillation Virunum, regionaler Vertreter von Gajus Geminius Priscus (historisch belegt !)

- ***Rufus Collonius;*** Adjutatant con C.P.C. in Virunum

- ***Gajus Julius Adnamatus;*** Ortsführer der Siedlung (Berg-)Virunum, Nachfahre einer alten norischen Königsfamilie.

- ***R.* Sabinus; [#]** Bauherr der Tempelanlage in Hohenstein, Norikum/Kärnten (hist. Belegt)

- ***C. Tertinius Statutus*; [#]** Oberbeamter (*Aedil*) von Virunum, Stadtrat f. Bauwesen, Versorgung und Volkswohlfahrt
  ***Catronia Severa****;* **[#]** Ehefrau des *C. Tert. Statutus*

- ***Petronius Maurus;*** Architekt, Baumeister Amphitheater Virunum
  ***Auriana;*** Ehefrau von *P.Maurus*,

- ***Crixus Hispanicus;*** spanischer Gladiator im Amphitheater Virunum

- ***Balbinus Superior;*** thrakischer Gladiator

- ***Alyssa;*** keltisch-stämmige Partnerin von Mamertus, Verwalter von C.P.C.

- ***Donatus, Priscylla, Clementia;*** Kinder v. Alyssa und Mamertus

- ***Quintus Tineus Rufus;*** [#] Stadthalter v. Judaea (130-133), späterer Politiker, Senator

**Anhang**
**Handlungsorte des Romans**
**in alphabetischer Ordnung**
(In Klammern – heutiger Name, sofern existent).

- **Abodiacum:** (Epfach/Gmd. Denklingen)
Römischer Straßenvicus, an der Wegkreuzung Fernverbindungsstrasse – *Via Claudia Augusta* (von Füssen/*Foetibus* nach Augsburg/*Augusta Vindelicorum*) und der Fernverbindung von Kempten (C*ambodunum* ->Gauting/*Bratanavia* ->Salzburg/Juvavum) die am Lech liegenden Siedlung kreuzte. Nach Sicherung der Provinz Raetia entwickelt sich diese Station als Siedlungsort ehemaliger Legionssoldaten, Kaufleuten und deren Familien, in dem auch die Hauptperson des Romans – Claudius Paternus Clementianus geboren wurde.

- **Alta Ripa:** (Tolna/Ungarn)
Provinz *PANNONIA INFERIOR*. Hafenstadt a.d. Donau (Dienstort von C.P.C AD 108-110) als Kommandant der Auxiliareinheit *ALA SILIANA*.

- **Augusta Vindelicorum:** (Augsburg)
Provinz *RAETIA*. Gegründet im Jahre 15 v.Chr., bei der röm. Besetzung des keltischen Gebietes der *Vindeliker* unter dem ersten Kaiser Augustus (Octavian). Aus einem Militärlager am Zusammenfluss von Lech und Wertach entwickelte sich Augusta Vindelicum (Augusta Vindelicorum) im Laufe der Jahre zu einer Stadt und wurde im 1. Jahrhundert nach Christus schließlich zur Hauptstadt der neu gegründeten römischen Provinz Rätien.

- **Aquincum:** (Budapest/Ungarn)
Provinz (ab 106 n.Chr.) *PANNONIA INFERIOR*; röm. Legionslager der *Ala I Tungorium Frontoniana* (40-104 n.Chr.) an der Donau gelegen dann während Dakerkriege (101-106) Trajan's - *Legio X Gemina* (und später in Vindobona)

- **Brigetio:** (Komarom/Ungarn a.d.Donau)
Provinz *PANNONIA*. Standort der *Legio XI Claudia* (101-106)

während der Dakerkriege zusammen mit ca. 60km entfernten Szöny

- **Carnuntum:** (Petronell-Carnuntum/ bei Wien/Niederösterreich) Provinz *PANNONIA*. Ehemaliger röm. Legionsstandort Legio *XIV Gemina Martia Victrix, Pia VI Fidelis VI,* später *Legio X Gemina:* an der Donau gelegen.

- **Caesarea Maritima:** (Hafenstadt /Israel) Provinz *JUDÄA*. Verwaltungs- u. Regierungssitz des röm. Stadthalters.

- **Castra Regina:** (Regensburg/Bayern/Deutschland) Provinz RAETIA.

- **Coralis:** (Carales, Hafenstadt/Sardinien/Italien) Provinz *SARDINIA*………

- **Carthago:** (Stadtteil von Tunis/Tunesien) Provinz *AFRICA PROCONSULARIS* (*Colonia Julia Concordia Carthago*)

- **Gontia:** (Günzburg/Bayern/Deutschland) Provinz RAETIA.

- **Hohenstein/Liebenfels:** (St.Veit/Glan; Kärnten/Österreich) Provinz NOREIA. Weihetempel der Fruchtbarkeitsgöttin *Isis-Noreia,* ca. 20km nordwestlich von Virunum. 1850 entdeckte man bei Feldarbeiten Fundamentreste eines Tempels, sowie einer männlichen Marmorbüste (heute im LM-Kärnten), des Stifters *Claudius Paternus Clementianus*.

- **Mogontiacum:** (Mainz/Hessen/Deutschland) Provinz GERMANIA SUPERIOR (Obergermanien) Hauptstadt

- **Phoebiana:** (Faimingen-Lauingen/Bayern/Deutschland) Provinz RAETIA. Ehem. Röm. Tempel dem Apollo-Grannus geweiht, unmittelbar am Donaufluss.

- **Sarmizegethusa:** (Rumänien)
  Provinz *DACIA*. Bergfestung, wichtigstes kulturelles Zentrum und Dakische Hauptstadt vor Dakerkriegen (101-106). Von Rom vollständig zerstört und später unter Trajan da. 40km entfernt wieder erbaut unter dem Namen *Ulpia Trajana Augusta Dacica Sarmizegetusa.*

- **Silistra/Durustorum:** (Silistra, Hafenstadt im NO von Bulgarien)
  Provinz MOESIA…

- **Szöny:** (b.Budapest/Ungarn)
  Standort der Legio XI Claudia (101-106) während der Dakerkriege, zusammen mit ca. 60km entfernten Brigetio

- **(Tal-)Virunum:** (heutiges Zollfeld b. Maria Saal/Kärnten/Österreich)
  ehemalige Hauptstadt der römischen Provinz *Norikum*. Letzte politische Station der Romanhauptperson.
  Ursprünglich als keltische Siedlung am Magdalensberg liegend, wurde der Ort *Municipium Claudium Virunum* während der römischen Besetzung auf das heutige „Zollfeld" (bei Maria Saal) - einer Talebene zwischen Klagenfurt und St. Veit verlegt. Vor allem durch seinen "norischen Stahl" war diese ehemalige römische Provinz ein bedeutender Wirtschaftsfaktor. Das zu dieser Provinzhauptstadt gehörende Territorium erstreckte sich auf das heutige Mittel- und Ostkärnten sowie Teile der Steiermark. Die üblichen Verwaltungsorgane, wie Gemeinderat, Magistrate und Doppelbürgermeister (II viri iure dicundo) sind auch in Virunum zum Teil namentlich bekannt. Hierzu zählt auch der im Roman benannte Statthalter (procurator augustii*) – *Claudius Paternus Clementianus* (AD 123-125). Die Stadt unterlag dem latinischen Bürgerrecht und war bis in die zweite Hälfte des 2. Jahrhunderts Sitz des Provinzstatthalters (procurator Augusti provinciae Norici). Nach den Markomannenkriegen (166-182) wurde die Provinzverwaltung nach Ovilava (bei heutigem Wels/OÖ.) verlegt, in Virunum verblieb nur die Finanzverwaltung. Durch Diokletian (285-305) wurde Noricum erneut Provinzhauptstadt von Binnennoricum (Noricum mediterraneum), ab 343 dann Bischofsitz.

Zur Zeit der späteren Völkerwanderung wurde dieser Regierungssitz, der nicht befestigt war, dann nach Teurnia (bei Spital/Drau) verlegt, und zerfiel dann langsam in Vergessenheit. Nach dem Zerfall der Provinz Norikum (ca. 400n.Chr.) gründeten die Slawen dann den Staat Karantanien auf dem Gebiet des heutigen Kärnten. Erst Ende des 17. Jhdt. wurde dieses Gebiet durch den damaligen Landrat Johannes Dominikus Prunner (1692) wiederentdeckt. Maria Saal hat wohl das einmalige Privileg dieser Region als römisches Erbe zu gelten, sind doch viele der antiken Grab-/Gedenksteine verbaut in den heutigen Ortshäusern. Das Prunnerkreuz mit eingemauerten Römersteinen zeugt noch heute als einzelstehendes Denkmal davon.

- **(Berg-)Virunum:** (Magdalensberg/Kärnten/Österreich) ehem. Von Kelten gegründete, und später von Rom übernommene Hauptstadt der Provinz NOREA am heutigen Magdalensberg gelegen. Verlor ab 40 n.Chr. (unter Kaiser Claudius) nach Gründung der im Tal- (*VIRUNUM*) benannten Siedlung an wirtschaftlicher Bedeutung innerhalb der nächsten 50-70 Jahre bis Anfang 2.Jh. Bekannt durch heutige archäologische Ausgrabungen.

| n.Chr. | Anhang - Zeittafel |
|---|---|
| | |
| **63** | Vater von ***Cl. Paternus Clementianus (sr.)*** beendet Militärdienst nach 25 Jahren in *Abodiacum/Epfach.* |
| **65** | Geburt ***Clavdivs PATERNVS Clementianvs (jr.)*** kurz: C.P.C., in *Abodiacum*/Epfach (Provinz *Raetia*). |
| **66-70** | **1. Jüdischer Krieg** |
| **68/69** | Ende des 3-Kaiserjahres ***(Galba, Otho, Vitellius)*** |
| **69** | Regierungsantritt: ***Titus-Flavius Vespasian*** am 1.Juli |
| **73-74** | Feldzug Rom's gegen *Parthien* (Vorderasien) |
| **79** | Tod Kaiser ***Vespasian*** in Rom; Regierungsantritt von Kaiser ***Titus*** |
| **79** | Ausbruch des *Vesuv's* (20. August), Zerstörung von *Pompeij & Herculaneum* |
| **81** | Tod Kaiser ***Titus*** (13. Sep.); Regierungsantritt von Kaiser ***Domitian*** (-96) |
| **81-83** | ***Chattenaufstand*** (Hessen); Errichtung des *Limes* zwischen Rhein und Donau |
| **85-86** | 1. Daker-Krieg *Domitian's* |
| **85** | Beginn Ausbildung von ***Clavdivs Clementianvs Paternvs*** (jr).in *Augusta Vindelicorum* |
| **88-89** | Erneuter Daker-Aufstand (*Moesia superior/inferior*), ebenso *Quaden, Jazygen* Aufteilung Provinz in *Germania superior* (Ober-) und *inferior* (Nieder-)Germanien) |
| **90 -95** | milit. Offiziers-Ausbildungsantritt (***Tresmilitae Equestres***) von *C.P.C.* |
| **95?** | Tod des Vaters von C.P.C. in *Abodiacum*/Epfach (Provinz *Raetia*) |
| **96** | Tod Kaiser ***Domitian***; Regierungsantritt von Kaiser ***Nerva*** (96-98) |
| **98** | Tod Kaiser ***Nerva***; Regierungsantritt von Kaiser ***Trajan*** (-117) |
| **98-99** | Errichtung des Neckar-/Odenwald-Limes |
| **100** | Beginn der 10-jährigen ***Militato Primo / Secundo / Tertio*** zum (*Praefectus cohortis*); zw.100-110, in der ➢ *Cohors I Classica- [pia fidelis] [Domitiana]* - Kohorte *(„Classis Cohors-Nauticorum ");* Rhein-Flottenkommando & „*domitianische*" Auxiliareinheit |

| | |
|---|---|
| | (*Germania inferior*/Niedergermanien) mit Standort in *Castel Op de Hoge Woerd* (Vleuten-De-Meern/NL) |
| **101-107** | **2. Dakerkrieg**, Kriegszug Kaiser ***Hadrian*** Provinz *Moesia, Dacia* 104 Ernennung C.P.C. zum – (***Militato Secundo***) ➢ ritterlichen Legions-Tribun/Stabsoffozier (*Tribunus militum, Legio XI Claudia [Marcia Victrix*]) Legionsstandort – *Carnuntum / Brigetio / Mursellae / Ad Flexum* in *Pannonia Superior* |
| **104-107** | Diensteinsatz in *Carnuntum / Brigetio / Mursellae / Ad Flexum (Pannonia Superior), (Pannonia inferior).* |
| **106** | Ernennung zum Legionskommandanten / ***Proconsularis*** *(Legio XI Claudia/Pannonia superior & inferior)* |
| **108** | Ernennung C.P.C. zum – (***Militato Tertio***) ➢ Reiterpräfekt (***Praefectus alae cinquenaria***), der *Legio Ala-Siliana* |
| **108-110** | Einsatzdauer in Provinz *Pannonia* und Feldzüge nach *Dacia*, Hauptort: *Sarmizegethusa* |
| **110** | Milit. Auszeichnung (***silianae torquatae***) C.P.C. mit Halsreif u. römisches Bürgerrecht in der Provinz *Pannonia.* |
| **110-111** | Ernennung C.P.C. zum ***Pro-Curator AVG(gusti)*** Kaiserlicher Finanzprokurator. Wechsel von der militärischen in die politische Laufbahn |
| **111-114** | C.P.C. in Provinz *JVD(ae) VAL(Syria)* Hauptort: *Caesarea* |
| **113-117** | Partherkriege von ***Hadrian*** (*Parthia capta/Cappadocia*/Mesopotamien) |
| **115** | Ernennung C.P.C. zum kaiserl. (Finanz-) ***Procurator AVG(usti)*** |
| **115-119** | *C.P.C. Diensteinsatz in Provinz SAR(dinia) Hauptort: Coralis.* |
| **116-117** | Jüdischer **Diaspora-Aufstand** |
| **117** | Tod Kaiser ***Trajan***; Regierungsantritt am 11. August von Kaiser ***Hadrian*** (-138) |
| **117 119** | Ernennung C.P.C. zum kaiserl. ***(Finanz)Procurator AVG(usti)*** |
| **119-132** | Inspektionsreisen ***Hadrian***'s (*Pax Augusta*) in Provinzen, und deren polit. Verwaltung |

| | |
|---|---|
| **119-122** | C.P.C. in Provinz ***AFRICA(e) Proconsularis,*** Hauptort: ***Carthago.*** |
| **121-125** | Ausbau des *Obergermanisch-/Raetischen Limes* |
| **123** | Ernennung C.P.C. zum ***Procurator AVG(gusti)*** Kaiserlicher Finanzprokurator |
| **123** | Tod der Mutter von ***Claudia-CLEMENTINA*** in *Abodiacum*/Epfach (Provinz *Raetia*) |
| **123-126** | C.P.C. kaiserlicher Statthalter (***Vices Ages legati***) in Provinz ***N(orici)/Virunum***. |
| **126** | Eintritt C.P.C. Ruhestand / Pensionierung: Heimkehr nach *Abodiacum*(Provinz Raetia). |
| **132-136** | Jüdischer ***Bar-Kochba***-Aufstand (*expeditio Judaica*) |
| **134/135** | Adoption durch ***Hadrian*** von *Lucius Cejonius* (Konsul) dieser stirbt unerwartet am 1.Januar 138 |
| **135/138** | C.P.C. stirbt in diesem Zeitraum in *Abodiacum* |
| **138** | Doppeladoption (im Juli) aufgrund Gesundheitszustand ***Hadrian***'s, von ***Antoninus Pius***, sowie Adoption von ***Lucius Verus*** (Sohn des *Cejonius*) ***& Marc-Aurelius*** |
| **138** | **Tod** Kaiser ***Hadrian***; Regierungsantritt im August von Kaiser ***Antoninus Pius*** (138-161) |
| **138-161** | Regierungszeit Kaiser ***Antoninus Pius*** |
| **161-180** | Regierungszeit Kaiser ***Marc-Aurel[ius]*** |

## ANHANG – LITERATURQUELLEN –


- **Arnold, Hugo;** Claudius Paternus, ein Nachfolger des Pontius Pilatus und oberbayerischer Landsmann aus Epfach.
- **Boehme; W;** Römische Beamtenkarrieren
- **Brodersen, Kai;** Dacia felix (Das antike Rumänien im Brennpunkt der Kulturen)
- **Christ, Karl;** Geschichte der Römischen Kaiserzeit, Municipalaristokratie
- **Christer Brun**; Sardinia; News on Roman Imperial Administration
- **Czysz, Wolfgang;** GONTIA – Günzburg in der Römerzeit
- **Czerwinski, Lukas;** Legio XXI Rapax
- **Dolenz, Heimo;** Insulae, Untersuchungen am westl. Stadtrand von Virunum
- **Dolenz, Heimo; Knappinger, Josef**; Magdalensberg, Kulturraum - Naturjuwel
- **Eck. Werner; Foerster, Gideon;** Ein Triumphbogen für Hadrian im Tal von Beth Shean bei Tel Shalem
- **Eck, Werner;** (Uni Köln), Epigraphik
- **Giardinia, Andrea;** Der Mensch der römischen Antike
- **Graichen, Gisela;** Limes, Grenzwall gegen die Barbaren
- **Hendel, Daniela;** Kaiser Trajan und die Dakerkriege
- **Jerney Renate/Gugl Christian;** Virunum – Das Römische Amphitheater
- **Johnson, Anne;** Römische Kastelle
- **Luschin, Edgar-Markus**; Das Stadtzentrum von Virunum
- **Matyszak Philip**; Legionär in der römischen Armee
- **Piccottini Gernot;** Die Römer in Kärnten
- **Pollard, Nigel & Berr,** Joanne; Die Legionen Roms
- **Prangerl, A;** Entwicklung und Diplome von Auxiliar Einheiten
- **Riess, Werner**; Römische Geschichte II (Kaiserzeit)
- **Strobel, Karl;** (Uni Klagenfurt) Domitian / Trajan, Untersuchungen zu den Dakerkriegen Trajans
- **Reuter, Marcus; / THIEL Andreas;** Der Limes – Auf den Spuren der Römer

- **Stradner, Reinhard;** Militärwissenschaftliche Methodologie zur Lokalisierung des norischen Stammeszentrums
- **Tentea, Ovidiu;** About the roman frontier at the lower Danube
- **Trousett, Pol Msr.;** (l'ècole francais) Thiges et la civitas Tigensum
- **Weksler-Bdolah, Shlomit;** Aelia Capitolina: The Roman Colony and its periphery
- **Vismara, Cinzia;** Sardinien und Korsika in der Römerzeit
- **Völk, Carolyn;** Auf den Spuren der Römer vom Ammersee nach Verona
- **Werner, Joachim**; Studien zu Abodiacum; Der Lorenzberg – frührömische Militärstation

**ANHANG – Quellen-Bildmaterial**

| Bild | Titel | Quelle | Photorechte |
|---|---|---|---|
| | | | |
| 01 | Claudius Paternus Clementianus Büste | Bild -1- Kärntner Landesmuse um | A.Platschka |
| 02 | Cl.P.Cl. Lebensstationen | Bild -2- | A.Platschka |
| 03 | Cl.P.Cl. Daten, Funktionen | Bild -3- | A.Platschka |
| 04 | Vesuvausbruch bei Nacht (Ölleinwand) | Bild -4- Joseph Rebell (1822) | |
| 05 | Aufbau Römische Legionseinheiten/Ma nnstärken | Bild -5- | A.Platschka |
| 06 | Aufbau Römische Legion & Funktionen | Bild -6- | A.Platschka |
| 07 | Aufbau Römische Kohorte & Mannschaftsränge | Bild -7- | A.Platschka |
| 08 | Aufbau Römische Auxiliareinheit (Hilfstruppe) | Bild -8- | A.Platschka |
| 09 | Siedlungsgebiet Germanische Stämme nördlich des Limes | Bild -9- Hist. Handatlas v. Droysen (1886) Wikipedia | WikiPedia |
| 10 | Römischer Limesverlauf (Raetien/Obergerman ien) | Bild -10- | A.Platschka |

| | | | |
|---|---|---|---|
| 11 | Limes & Römische Siedlungsorte in Bayern & Schwaben | Bild -11- Museum Aalen | A.Platschka |
| 12 | Römisches Weltreich unter Kaiser Trajan 98 - 117 | Bild -12- | A.Platschka |
| 13 | Römischer Reisewagen / Prozession | Bild -13- Dom Maria Saal | A.Platschka |
| 14 | Römische Flächen- & Längenmaße | Bild -14- | A.Platschka |
| 15 | Flottenstützpunkt Brigetio a.d. Donau | Bild -15- Wikipedia | WikiPedia |
| 16 | Trajans Dakerkriege 101/102 und 105/106 | Bild -16- | A.Platschka |
| 17 | Roma Antica im 2.Jh. n.Chr.<br>Forum Romanum<br>Kaiserfora Rom | Bild -17- Hist. Atlas: 1965 Völker, Staaten, Kulturen | A.Platschka |
| 18 | Sieben Hügel von Rom | Bild -18- | A.Platschka |
| 19 | Forum Romanum mit Tempel | Bild -19- | A.Platschka |
| 20 | Landkarte Provinz Judaea | Bild -20- Hist. Atlas: 1965 Völker, Staaten, Kulturen | A.Platschka |
| 21 | Provinz Sardinia | Bild -21- Graphik | A.Platschka |
| 22 | Provinz Proconsulis Africae (Karthago) | Bild -22- Hist. Atlas: 1965 Völker, Staaten, Kulturen | A.Platschka |
| 23 | Provinz Proconsulis Africae (Karthago) Römische Siedlungen | Bild -23- Hist. Atlas: 1965 Völker, | A.Platschka |

| | | | |
|---|---|---|---|
| | | Staaten, Kulturen | |
| 24 | Graphik ehemalige Siedlung Colonia Julia Concordia (Karthago) | Bild -24- Graphik | A.Platschka |
| 25 | Tunesien Schott El Djerid | Bild -25- Graphik | A.Platschka |
| 26 | Weihewidmung C.P.C. an seine Mutter Claudia Induti Clementi | Bild -26- CIL III 5777 = Vollmer 87/ | Augsburg/Maximilianeum |
| 27 | Virunum Umland | Bild -27- R. Jernej/Ch. Gugl / G.Pollak/Röm.Amphitheater | KLM/Kärntner Landesmuseum |
| 28 | Provinzkarte Noricum | Bild -28- | J. Schäfer (Public Domain) |
| 29 | Bronzestatue „Jüngling vom Magdalensberg" | Bild -29- Replik im Museum Arch. Park Magdalensberg | A.Platschka |
| 30 | Ludi Romani (Römische Spiele) | Bild -30- Graphik | A.Platschka |
| 31 | Risszeichnung Virunum Bühnentheater | Bild -31- Grafik, Grabung 1923 / J. Egger | KLM/Kärntner Landesmuseum |
| 32 | Büste Kaiser Hadrian | Bild -32- G. Piccottini „Römer in Kärnten" | KLM/Kärntner Landesmuseum |
| 33 | Rekonstruktion Weihetafel Hohenstein | Bild -33- G. Piccottini / | KLM/Kärntner Landesmuseum |

| | | | |
|---|---|---|---|
| | | E.Grasser / Kärnten | |
| 34 | Virunum Rekonstruktionsgraph ik | Bild -34- Röm. Amphitheate r Virunum | A.Platschka |
| 35 | Gladiatorenkampf in Arena | Bild -35- | A.Platschka |
| 36 | Gladiator „Thraex“/Thraker | Bild -36- | A.Platschka |
| 37 | Graphik Rekonstruktion Municipium Virunum | Bild -37- Gelände am Amphitheate r Virunum | A.Platschka |
| 38 | Peitinger Liebeszauber | Bild -38- Infopavillion Peitinger Römervilla | A.Platschka |

**Danksagung:**

Wie immer schreibt man ein Buch zwar allein, mithilfe seiner Gedanken und Hände, jedoch ohne die Mithilfe verschiedener Quellen, sowie Unterstützer kann ein solches Werk nicht entstehen. Aus diesem Grunde möchte mich vor allem für die literarische Unterstützung meiner Recherchen zu den verschiedenen Lebensabschnitten des Claudius Paternus und peripherer Geschichtsquellen bedanken.

Angefangen durch das Archäolog. Staatsamt München, (Hr. Dr. Bernward Ziegaus; Hr. Dr. Anton Huber †) ehem. Kreisheimatpfleger Landsberg/Lech, sowie verschiedenen Werken regionaler Heimatforscher. Der historischen Bibliothek in Landsberg/Lech, deren Literaturfundus immer eine große Bereicherung und Themenhilfestellung war.

Dem historischen Verein in Günzburg (Hr. Dr. Martin Büchele), dem Heimatmuseum in Epfach, dem Museum Königsbrunn (Hr. Rainer Linke u. Grabungsteam), sowie den Amtsvorständen (Bgm.) diverser betroffenen Gemeinden, Denklingen/Epfach (Bayern), und Maria Saal/Kärnten/Österreich.

Dem Landesmuseum Kärnten/Klagenfurt (Hr. Dr. Heimo Dolenz, Fr. Ebner-Baur), als auch Mitarbeiterstab, für ihre literarischen Hinweise, Grabungserkenntnise am Magdalensberg und Virunum, sowie entsprechender Textkorrekturen.

Ebenso gilt mein Dank an die Familie Toff in Töltschach (Gutsbesitzer auf dem Areal Virunum), die mir bei meinen Heimatbesuchen immer freundlicherweise Informationen zu Grabungsfunden auf ihrem Grundstücksflächen gaben, sowie die Möglichkeit auf deren Landwirtschaftsgrundstücken zu wandern, auf denen ich in meiner Kindheit in den 60er-Jahren so oft gespielt, und damit die Geschichte sich in meinem Kopf und Herzen auch zu meiner archäologisch-historischen Leidenschaft entwickelte.

Besonders danken möchte ich auch meinem Freund Peter Valenta, der als erster mein Rohmanuskript durchgearbeitet hat, und sowohl mit Korrekturen, als auch anteilnehmenden Kommentaren, sowie mit eigenen Photos und Wandereindrücken entlang dem

obergermanischen Limes versorgte, und mich begeisternd mit Tips zur Veröffentlichung dieses Buches unterstützte.
Ebenso allen mein Dank, die mir während der Optimierung meines Manuskriptes mit Rat und Tat zur Seite standen, besonders auch Herrn Wolfgang Pusch, der durch sein Fachwissen und gemeinsames Hobby der Geschichte interessante Anregungen geben konnte. Allen Personen weiterhin, daß sie mir während meiner Recherche zur Veröffentlichung meines Buches ermutigend zur Seite standen, und Zuversicht zur Veröffentlichung gegeben haben.
Zuguterletzt möchte ich aber auch meiner Familie, Ehefrau und Kinder danken, die oftmals meine historische Leidenschaft mit viel Interesse verfolgten, aber auch viel Geduld und Zeit für meine historische Forschungsarbeit, als auch Besuch von historischen geographischen Stätten, im Urlaub, wie in Familienfreizeit entgegengebracht haben.
------------------------------

europabuch